Una casa con goteras

Santiago Lorén
Una casa con goteras

Novela

Premio Editorial Planeta
1953

Planeta

© Santiago Lorén, 1953
Editorial Planeta, S. A., Córcega, 273-277, 08008 Barcelona (España)

1.ª edición: enero de 1954
2.ª edición: marzo de 1956
3.ª edición: febrero de 1958
4.ª edición: febrero de 1958
5.ª edición: enero de 1961
6.ª edición: noviembre de 1964
7.ª edición: octubre de 1967
8.ª edición: febrero de 1969
9.ª edición: setiembre de 1969
10.ª edición: marzo de 1971
11.ª edición: julio de 1972
12.ª edición: noviembre de 1972 (edición especial para Club Planeta)
13.ª edición: setiembre de 1973
14.ª edición: marzo de 1974 (edición especial para Club Planeta)
15.ª edición: julio de 1975
16.ª edición: marzo de 1976 (edición especial para Club Planeta)
17.ª edición: mayo de 1976 (edición especial para Club Planeta)
18.ª edición: setiembre de 1976 (edición especial para Club Planeta)
19.ª edición: mayo de 1977 (edición especial para Club Planeta)
20.ª edición: enero de 1978 (edición especial para Interbooks)
21.ª edición: diciembre de 1979 (edición especial para Club Planeta)
22.ª edición: mayo de 1981 (edición especial para Club Planeta)
23.ª edición: setiembre de 1981 (edición especial para Club Planeta)
24.ª edición: marzo de 1982 (edición especial para Club Planeta)
25.ª edición: setiembre de 1982 (edición especial para Club Planeta)
26.ª edición: diciembre de 1982 (edición especial para Club Planeta)
27.ª edición: enero de 1983 (edición especial para Club Planeta)
28.ª edición: abril de 1983 (edición especial para Club Planeta)
29.ª edición: junio de 1983 (edición especial para Club Planeta)
30.ª edición: enero de 1984 (edición especial para Club Planeta)
31.ª edición: marzo de 1985 (edición especial para Club Planeta)
32.ª edición: noviembre de 1986 (edición especial para Club Planeta)
33.ª edición: enero de 1987 (edición especial para Club Planeta)
34.ª edición: enero de 1987 (edición especial para Club Planeta)

Depósito legal: B. 41.375-1986

ISBN 84-320-8730-0

Printed in Spain - Impreso en España

I. G. Credograf, S. A., Llobregat, 36, Ripollet (Barcelona)

A C. B., que es para mí ánfora y fuente, silla y espuela. Si además de todo eso es mi mujer, a nadie puede extrañarle.

S. L.

Prólogo

EL HONRADO FONTANERO se llamaba Claudio, y, mientras trabajaba, extrañas ideas le mordían el cerebro. Tan extrañas como la de comparar los sesos de su madre política con el sistema de tuberías de una casa. En realidad, sus pensamientos actuales arrancaban del recuerdo de la escena de la tarde anterior. Había llegado a casa cansado como nunca. Anhelaba quedarse en camiseta, sentarse en la galería a merendar con los chicos alrededor y oírle contar a Laura, su mujer, los chismes del día. Pero cuando penetró en el piso comprendió con profundo desaliento que sus modestas aspiraciones habían cobrado la categoría de sueño irrealizable. Era una utopía. Y todo porque la vieja —única denominación que se dignaba aplicar a su suegra— había decidido enjalbegar la casa. De todas cuantas cosas odiaba en ella, su manía de pintar y blanquear todo lo que le rodeaba era la más odiada. La vieja se llamaba Sabina y era viuda de un blanqueador y pintor de brocha gorda que se murió, según los médicos, de saturnismo, a fuerza de aspirar el plomo de sus pinturas, y, según Claudio, de sabinismo, a fuerza de aguantar la venenosa presencia de su mujer. Como recuerdo de su oscuro tránsito por este mundo quedaron en la casa unas brochas y unas plantillas de Sabina, para reparar después de él muerto los disgustos que a su marido dio en vida, había elevado a la categoría de reliquias santas, y las limpiaba y las cuidaba con adoración fetichista además de usarlas constantemente embadurnando muebles y paredes. El ser viuda de un conspicuo artesano de la brocha le daba autoridad suficiente para tomar a su cargo la decoración del hogar. Claudio tenía vehementes sospechas de que el malestar y la irritabilidad que sentía por las mañanas se debía a la contemplación inevitable de unas guirnaldas escarlata y azul que le acosaban desde todas las paredes de su dormitorio y no a disfunciones hepáticas como pretendía el médico. Tampoco la purpurina, nunca seca, siempre pegajosa, que hermoseaba los respaldos de las sillas, contribuía a hacerle feliz, y su sentido del olfato se solidarizaba con las desgracias padecidas por el de la vista al verse obligado a soportar un constante vaho, mezcla de sudor, aguarrás y aceite de pescado, que emanaba de la viuda del artista. Todo lo aguantaba Claudio porque era pacifista por naturaleza. Al fin y al cabo, era la abuela de sus hijos, la madre de su pequeña y rellena Laura, y su filosofía sencilla le decía que la maléfica presencia era la cruz destinada para él y aún había de dar gracias por poder soportarla.

Por eso, aun viendo morir de golpe todas las ilusiones alimentadas durante el trayecto hasta su casa —los muebles amontonados, los suelos cubiertos de periódicos, la despensa cerrada..., no daban resquicio para la más leve esperanza—, se limitó a gruñir mansamente:

—Pero ¿otra vez de blanqueo?

Y, sin embargo, la vieja, subida en una silla, cubierta la cabeza con un viejo pañuelo sucio, al aire unas greñas canosas y lacias, y llena su cara de rata de pequeñas manchitas blancas, se volvió con injustificada furia:

—¿Otra vez dices? ¡Claro! ¿Qué te importa a ti tener la casa limpia si no sales de la taberna?

La alusión a su inocente vicio de pasar un rato con los amigos jugando al mus en casa de Benito, tenía la virtud de sacar siempre de sus casillas a Claudio. Quizá por ello su réplica fue mordaz:

—Algo menos iría si no tuviera que verla a usted en casa.

Sabina, también como siempre, decidió ampliar el número de beligerantes con objeto de reforzar su defensa y de disgustar a todo el mundo, y moviendo como aspas sus brazos arremangados, en uno de los cuales llevaba una brocha atada a una caña, comenzó a lanzar alaridos y a llamar a su hija:

—¡Laura, Laura! ¡¡Laura!! ¿Dejarás que insulten así a tu madre? ¡Decirme eso en mi propia cara! ¡Despacharme ya de casa! ¡Echarme a la calle! ¿No es eso lo que quieres? ¡Dilo, dilo ya, de una vez!

Laura acudió de una habitación interior donde se hallaba. Miró con cara asustada a su madre y a su esposo, sin saber a quien darle la razón, y, como tantas veces, se quedó plantada en medio de la habitación y se le arrasaron los ojos. Claudio, exasperado y rendido, caídos los cansados brazos a lo largo del cuerpo, decidió abandonar la lucha e inició una retirada. La vieja seguía gritando y expeliendo veneno desde su elevada posición. Se sentía invencible encima de una silla y con una brocha en la mano.

—¡*Desgraciao*! ¡Mal hombre! ¡Tonta soy yo que *m'escuerno pa* que ahorréis unas pesetas! ¡Las mismas que tú malgastas en vino! ¡Borracho...!

Y frenética porque el enemigo se ponía ya fuera del alcance de sus andanadas, alargó la caña y la brocha hacia él en un supremo esfuerzo para ofenderle de un modo más directo y obligarle a presentar batalla. Pero en su ignorancia de la Física no comprendió hasta muy tarde que este movimiento impulsivo trasladó su centro de gravedad a una línea que pasaba por fuera de la base de la silla y cayó al suelo. Durante unos segundos, silla, vieja, pinturas y brocha constituyeron un vistoso y dinámico espectáculo hasta que sus naturales tendencias al reposo les hicieron adquirir definitivas posiciones: la silla derribada, la pintura vertida, la vieja sentada. Pero ésta mantenía aún enhiesta la caña al brazo, como bandera no vencida. Por eso fue más trágica su rendición cuando Sabina, luego de permanecer unos segundos sentada, palideció de un horrible modo y cayó larga sobre un costado. La caña, describiendo un gran arco, cayó con ella, como símbolo de un vencimiento mortal.

Laura gritó y se arrodilló al lado de su madre. Claudio, que lo había contemplado todo desde la puerta, acudió a su lado y entre los dos llevaron la anciana a la cama.

Claudio colocaba tubo tras tubo empalmando cada trozo a lo largo de la pared. Era un extenso trayecto el que había que salvar hasta el desagüe general. Un trabajo rutinario y sin complicaciones: enfrentar los cabos, poner la estopa, enroscar, y así siempre. Mientras lo iba haciendo, le venía a la memoria lo que le dijo el médico: "Es una hemorragia cerebral. Como si en las tuberías del cerebro hubiera fallado una juntura y se produjese una gotera". Daba gusto lo bien que explicaba aquel señor las cosas. Lo tenían de médico hacía muchos años y siempre supieron a qué atenerse sobre las enfermedades de la familia por lo claro que lo ponía todo. Una vez llamaron a un médico joven, de una Cooperativa obrera a la que pertenecían, para que visitara a Laura, que tenía unos tremendos dolores de vientre. Vino, la manoseó bien y luego escribió aquel famoso volante que aún conservaba para enseñarlo a los amigos y reírse: "Colecistitis litiásica. Pasa al cirujano". Les dio el gran susto hasta que decidieron llamar al de siempre, a don Rafael, que les aseguró que era una inflamación de la vejiga de la hiel y la curó con paños calientes.

Cuando don Rafael vio a la vieja, que respiraba muy mal y que no volvía en sí, en seguida le dijo lo de las tuberías, porque sabía que era fontanero, y él lo comprendió perfectamente. Era como si a uno de los tubos que estaba colocando le dieran un golpe y lo rajaran o como si pusiera menos estopa de la debida en los empalmes y luego, poco a poco, la presión abriera una vía. Aquí el asunto estaba en el tamaño de esta vía. Si hubiese sido muy grande, la vieja hubiera muerto a los pocos minutos; si era pequeña tardaría más en morirse. Pero también puede ocurrir que sea tan pequeña que pueda formarse un atranco y cerrarse sola. Entonces la sangre que ya ha salido puede ir desapareciendo poco a poco, filtrándose, y quedar las cosas como antes o, todo lo más, quedar la vieja con la boca torcida, o arrastrando una pata, pero viva y campante...

Claudio era un hombre de bien e incapaz de hacer o desear mal a nadie. Por eso él mismo no llegaba a comprender por qué le parecía desagradable esta última idea. Había dejado a su mujer en casa a la cabecera de su madre, toda llorosa y temiendo un desenlace fatal de un momento a otro. El médico no podía pronosticar nada hasta que no pasaran unas horas. Ver llorar a su mujer era una de las cosas que más le afligían y por eso estaba convencido de que deseaba de todo corazón que la vieja se salvase. Y, sin embargo, siempre le volvía la misma idea de la vía de agua, de la presión, de la sangre saliendo a chorro por una juntura. ¡Era tan fácil! Él mismo podía poner un poco menos de estopa y con el tiempo la casa se llenaría de goteras. Sólo con que se distrajese... Había llegado al último empalme y se echó mano al bolsillo del mono donde guardaba la estopa. Se quedó perplejo. Juraría que, como siempre, había puesto allí la que calculaba como necesaria aproximadamente y ahora veía que le quedaba mucha aún. Contempló unos instantes el resto de los empalmes ya acabados. ¿Por qué no habían de estar bien? Nunca había hecho mal su trabajo. Tonterías que se le ocurren a uno a fuerza de pensar en lo de la vieja y por haber estado toda la noche sin dormir a su lado, oyéndole aquellos ronquidos en los que parecía echar medio pulmón. Hubo algún rato en el que pensó si no roncaría así adrede para preocuparlos más. Porque era capaz de todo la buena...

El aprendiz subía corriendo las escaleras gritando su nombre muy excitado y tan contento por poder dejar de fundir plomo para dar una mala noticia:

—¡Señor Claudio! ¡Señor Claudio! ¡Que le vienen a avisar de casa! ¡Que ha ocurrido una desgracia...!

El honrado fontanero palideció y permaneció quieto contemplando el puñado de estopa que tenía en la mano. Algo le pinchaba en el corazón y no sabía a ciencia cierta qué. Por primera vez en su vida le parecía tener la conciencia sucia. Entonces el subconsciente le hizo hacer la última tontería de la mañana: todo el puñado de estopa que llevaba en la mano fue adaptado al último empalme con bruscos movimientos y luego comenzó a enroscarlo con toda la fuerza de sus nervudos brazos. Paso a paso, la rosca avanzaba salvando el grueso obstáculo, y Claudio, como si de ello dependiese su salvación eterna, lo forzaba, poniendo en tensión todos sus músculos y empezando a sudar por primera vez en la jornada. El aprendiz lo miraba asombrado, sin comprender por qué no dejaba el trabajo y se iba corriendo a su casa.

Allá arriba, el Supremo Juez le apuntó a Claudio un palote en la columna de Faltas Expiadas. Allá arriba saben siempre por qué hacemos las cosas, aun las que parecen más absurdas. Después el Supremo Juez se arrellanó bien en su trono, poniendo cara seria, y se dispuso a ajustarle las cuentas a Sabina, que subía volando y muy confiada ella...

La casa fue poco a poco terminándose y perfilando su fisonomía fría y utilitaria. Era destinada a hotel de segundo orden. Albañiles, pintores, estuquistas, electricistas... contribuyeron con Claudio a darle fin. Todos eran personas como usted y como yo, y todos tenían sus problemas, sus satisfacciones, sus contrariedades... Cada uno diariamente, en su trabajo, pensaba en todo ello y es indudable que si nuestros sentidos, o mejor nuestra comprensión humana, fuera muchísimo más útil de lo que es, hallaríamos diferencias en su labor diaria que podríamos siempre identificar con su clima espiritual. Así es siempre, y por eso se valora tanto el trabajo de artesanía. Cada punto de una labor de encaje, por ejemplo, fue dado al mismo tiempo que la joven encajera pensaba en algo o en alguien, emitía un mensaje, y este mensaje, con otros muchos, sabemos que están allí engarzados en el dibujo cuando luego lo contemplamos terminado. No importa que no los comprendamos; están allí, y eso basta. Hay una irradiación humana en aquel tejido que no puede existir en el producto de una máquina.

Aquella casa fue terminada por muchas personas, pero a simple vista no pareció quedar allí nada personal. Cubículos iguales con lavabos iguales, ventanas iguales. Tres habitaciones con baño iguales en cada piso...

Como esto era precisamente lo que quería el dueño —un catalán de Gerona— cuando fue a inspeccionar la casa terminada no buscó mensajes ni ondas humanas en sus paredes, en su decorado, en sus instalaciones... Se limitó a visitar cuarto por cuarto, a encender todas las luces, a abrir y cerrar todas las puertas y todas las ventanas... Luego abrió todos los grifos, dejó correr el agua copiosamente, llenó las bañeras... Al día siguiente volvió con el arquitecto y el aparejador, que iban a hacerle entrega oficial de la obra. Al entrar en un cuarto del piso primero, miró unos momentos a la pared del fondo y hasta se acercó a ella. El aparejador acudió oficioso.

—¿Qué es lo que ve usted?

—¡Hum! No sé... Parecía haber una mancha como de humedad...

—No lo extrañe, señor Vernet. Todavía no se ha secado la pintura.

Y sin más comentario siguieron la inspección.

Ninguno de ellos sabía que allí había quedado emparedada una preocupación humana. Un acto humano llevado al error por oscura fuerza procedente de lo más profundo de la personalidad. Tampoco sabían que esa fuerza potencial emparedada habría de surgir un día para modificar el curso de varias vidas.

Ellos no lo sabían. El que escribe sí, porque conoce la historia hasta el final. Y no le va a quedar más remedio que contarla para justificar tanto misterio.

Primera parte
Sebastián Viladegut

CAPÍTULO PRIMERO

Sebastián Viladegut pasó altaneramente por la puerta que mantenía abierta el botones. Una vez dentro del cuarto, viró en redondo sonriendo con extraordinaria cordialidad al muchacho y le tomó la llave que le presentaba en la mano extendida y abierta. Luego, como la mano permaneciese todavía en la misma posición, le alargó la suya para darle un caluroso apretón, y le dijo:

—¡Bien, chico! ¡Mucho gusto! Ya sabes donde me tienes...

Y a continuación le cerró la puerta a dos centímetros de sus narices.

Quieto en el centro del cuarto miró a todos lados con curiosidad y comenzó a silbar uno de sus retornelos inexplicables que no recordaban a ninguna música conocida. Una vez recorrida con la vista toda la habitación, que tenía muy poco que ver, acabó, como siempre, su tocata con la escala incompleta de los afiladores y lanzó al aire con fuerza la gruesa cartera que llevaba en la mano. Una décima de segundo después de haberla lanzado, recordó que dentro llevaba unos frascos que podían romperse, y preocupadamente recorrió la vista su trayectoria aérea. Cuando la vio caer sobre la cama, sin daño, elevó los ojos al techo en muda acción de gracias.

Se dirigió al lavabo silbando de nuevo. Esta vez era un inédito aire marcial. Con los mismos movimientos que en los viejos tiempos empleara Frégoli para asombrar a nuestros abuelos, se desposeyó de toda la ropa, menos el pantalón, y abrió los grifos. En aquel momento llamaron a la puerta, pero Sebastián no hizo caso. Como de nuevo llamaran, se acercó a ella dejando de silbar y exclamó a voz en grito:

—¡Ya sé, ya sé! ¡El pago es semanal para los fijos y en el restaurante hay minuta a precios económicos!

Otra vez insistió el de afuera en golpear el panel y ante esta insólita perseverancia Sebastián se decidió a abrir, escondiéndose pudorosamente detrás del batiente. Nadie penetró, y, al asomar la cabeza, vio al botones de antes que, mostrando un gesto excesivamente avinagrado para una cara de dieciséis años, intentaba meter arrastrando una enorme maleta en la habitación.

Viladegut, sociable y expansivo por naturaleza, decidió evitar toda posibilidad de crearse un enemigo tan peligroso como el botones de un hotel y le dedicó una abierta sonrisa invitándole a pasar y echándole una mano para ayudarle. Luego se sentó a caballo en la maleta, y cogiéndole por el brazo, le obligó a sentarse a su lado.

—¡Vamos, chico! Cuéntame tus penas. Hazte cuenta de que soy un padre para ti.

Le ofreció un cigarro rubio, se lo encendió, y apoyando el codo en la rodilla y la cabeza en la mano, le contempló con atención benevolente.

El muchacho se sintió más predispuesto en favor de aquel tío chaveta. Le había dado un "Chester" y eso a los ojos de un adolescente es un espaldarazo de hombría muy de agradecer. Pero como no sabía qué decirle y estaba un poco azorado de verse contemplado tan insistentemente, se limitó a mirarlo de reojo sonriendo forzadamente y lanzando al aire grandes bocanadas de humo con innecesaria fuerza.

Sebastián tenía en aquel momento una de sus ausencias, pero como el chico no conocía sus peculiaridades, decidió romper la embarazosa situación diciendo:

—Es *mu* bueno este pito. Se ve que entiende. ¿Eh, *usté*?

—Escucha, Tony —dijo de pronto Viladegut—. ¿Llevas mucho tiempo aquí?

—¡Si no me llamo Tony! Me llamo Paco.

—¡Paco, Paco! ¡Qué gran error! Tienes cara de llamarte Tony y esto es suficiente. ¿Cuánto tiempo llevas aquí empleado?

El chico se encogió de hombros bastante perplejo. El dueño le decía todos los días como prescripción axiomática que el cliente siempre tiene razón. Pero ¡había cosas...! ¡Que no, vamos! No obstante, respondió:

—¡Si hace muy poco que han abierto esto! Los primeros que vienen son *usté* y una señorita que hay arriba.

—¡Ah! ¿Una señorita? ¿Y qué tal es...?

Pero, avergonzado de pronto por hacer semejante pregunta a un adolescente, exclamó:

—¡Bueno! Eso puede esperar. En ese caso, pocas informaciones puedes darme sobre el asunto y el trato. En fin, ¡todo eso!

Luego pareció perder todo interés por la conversación. Comenzó de nuevo a silbar el mismo aire marcial de antes y fue hacia el lavabo. Pero hablando para sí mismo interrumpió el concierto para decir:

—Recién estrenado. ¡Bien, bien! ¡Siempre me han gustado los estrenos! Sobre todo si...

Sonrió placenteramente y cambió la sonatina marcial por un aire lánguido y voluptuoso, que debía traerle bellos recuerdos, aunque nadie pudiera hallar parecido entre aquella música y cualquier otra oída alguna vez. El chico, que seguía fumando intensivamente, por primera vez comprendió algo de todo aquello, porque comprendió que sobraba. Se levantó para marcharse, pero Sebastián se dio cuenta y le dijo que esperara. De la gruesa cartera sacó una cajita de pastillas de menta para la tos y se la alargó con magnánimo ademán. Cuando el botones descendía escaleras abajo, iba pensando en que no veía claro porvenir económico en aquella colocación.

Estreno igual a primicia. Cuando Sebastián dijo que le gustaban los estrenos, había querido decir que le gustaban las primicias de todas las cosas. Sebastián no tenía un lenguaje depurado, aun cuando su espíritu sí lo era. O más bien que depurado diríamos joven y fresco. Cuando un hombre sonríe al recuerdo de emociones primas y a los treinta y siete años aún se ilusiona con la esperanza de gustar primeros aromas y primeros besos, es indudable que tiene un espíritu joven y sensible, cualquiera que sea su forma de expresarse. Era precisamente ésta su abierta y simpática posición ante la vida lo que le granjeaba fama de irresponsable en las mentes ruines y en los espíritus pobres. Otros, que no envidiaban menos su placentero interior, se mostraban más hipócritamente tolerantes y decían que era ligero e inconsecuente. Y éstos eran los más apartados de la verdad, porque la mejor cualidad de Sebastián era la lealtad inviolable a su manera de ser. Aun cuando se equivocó reconoció su error y sin tregua buscó otra vez su camino. Aun ahora, viudo y ya entrando en la madurez, mantenía puras sus ilusiones, esperaba aún, y siempre, la Gran Aventura.

La vieja idea de la Gran Aventura había nacido indudablemente en su tremenda efectividad. Fue desde su niñez un ser hecho para querer, con una capacidad afectuosa hacia el medio y las personas de alrededor extraordinaria, que le hizo ser el ídolo de la casa; la causa constante de disputas por sus favores y sus caricias entre nodriza y muchachas. Cada vez que una de ellas era despedida, lloraba copiosamente al besar a Sebastián. "El niño tiene un corazón demasiado grande. Va a sufrir mucho en esta vida", decía la madre pensando desde el punto de vista propio. "O van a sufrir mucho por él", apostillaba el padre, un apuesto hombretón, viajante de comercio y buen catador de mujeres. Sebastián, mientras tanto, jugaba a marido y mujer con una vecinita muy mona, y como arras de la amorosa unión le daba la mitad chupada de un palo dulce que llevaba en la boca.

No es preciso seguir a Freud en sus sucias hipótesis para comprender que cuando llegó Sebastián a la edad en que suelen pasar esas cosas, la mayor parte de su capacidad afectiva se orientó definitivamente hacia el sexo contrario. Poco a poco fue convirtiéndose en un amador impenitente y cordial, profundamente comprensivo y benevolente, dotado de enormes dosis de tolerancia para perdonar defectos físicos y morales. Todas las mujeres eran dignas de ser amadas, era su lema tácito, y en todas encontraba cualidades adorables. "Pero ¡hombre, Sebastián! ¿Es que no te das cuenta de que la chica esa que acompañas es tuerta del derecho?" "Sí, pero ¡si vieras qué ternura hay en la mirada del ojo sano!" Su erotismo era sublimado, tan alejado de la rijosidad como del platonismo. Había algo de juego retozón y amable, de graciosa concesión de diosecillo pagano, y en sus actos amatorios, y sabía dar acento apasionado y virilmente posesivo a la más inocente frase cariñosa. Nunca se comportaba bestialmente, respetaba hasta los más problemáticos pudores y la más avisada de sus amadas nunca podría encontrar una solución de continuidad entre el momento en que le acariciara la mano y aquel otro en que le pidiera sonriendo que se desnudase. Sabía siempre sortear con maravillosa habilidad esa transición embarazosa y torpe que media entre el balcón a la luz de la luna y el lecho destapado.

Su profesión fue siempre la de viajante, como su padre, y, deliberadamente, usó de todas las ventajas y la libertad que el oficio le confería. Los manoseados tópicos de las aventuras ferroviarias, de las conquistas de mozas de fondas, de cantineras, de los "flirts" con señoritas de pueblo, fueron concienzudamente justificados por él una y otra vez, desafiando la vulgaridad grotesca en que han sido sumidos por infinitos cuentistas picarescos y ramplones. Nunca desdeñó la más pequeña brizna de amor que encontrara en su camino, quienquiera que fuese la que se lo ofreciera, y multitud de mujeres de todas las edades, guapas o feas, tontas o listas, le debieron horas de felicidad que muchas, a no ser por él, no hubieran gozado jamás. Por eso quizá no se consideraran víctimas casi ninguna de ellas. La gran mayoría comprendió a su lado que el amor es un bello paraje que encontramos a veces en el camino de la vida. Podemos gozar de sus umbrías, retozar en sus prados, bañarnos en la frescura de sus arroyos; pero, tarde o temprano, saldremos de él si hemos de seguir caminando. Como nada prometió nunca más que la felicidad presente, nada pudieron reclamarle nunca.

Uno de los temas más apreciados por los autores y los lectores de literatura de cordel es el del idilio entre la bella hija del jefe de la estación y el viajero asiduo de la línea. En el trayecto Barcelona-Zaragoza, y en la estación de Puebla de Samper, se encontró Sebastián con el tema y, consciente de su obligación, tomó sus medidas para desarrollarlo. En principio chocó con grandes dificultades, porque los tercera paraban lejos del edificio de la estación, la chica permanecía siempre asomada a la ventana, sin bajar nunca al andén, y él no se atrevía a descender tampoco porque el tren no paraba más que un minuto. Y era desesperante ver aquella bonita cara, allí asomada siempre, sin poder recibir ni una mirada de ella. Durante un año entero, viaje tras viaje, la contempló y le silbó improvisadas endechas desde la más aproximada ventanilla. En el verano apoyaba la niña su busto en el antepecho, entre sus macetas de geranios, peinada la melena castaña hacia atrás, libres las orejas sonrosadas. Tenía una mirada verde claro, un poco triste y ensimismada, y su labio inferior, rojo y húmedo, se adivinaba tembloroso de esperas y virgen de besos. En el invierno cosía tras los cristales y, al llegar el tren, su mano, pequeñita y como alada, de dedos puntiagudos, limpiaba el vaho del cristal para aplastar luego en él la nariz respingona. El vidrio, cuando el tren partía, daba un último reflejo gris a aquellos ojos y los hacía más lejanos y tristes. Era invierno aquel día en que, por haber tenido un escape la máquina, se vio obligada a avanzar un poco más para cargar agua del sifón y el vagón de Sebastián quedó, por suerte, debajo de la ventana. Por suerte escasa, porque el inicial truco del silbido insinuante le falló al no poder oírlo la niña, refugiada tras los cristales. No obstante, algo consiguió, porque la muchacha detuvo en él, en su ventanilla, la errante mirada, que siempre tenía un recorrido lineal al seguir de punta a cabo el tren, y luego iba a perderse en la falsa y lejana convergencia de los rieles, como si otro día y otra vez no hubiera venido lo esperado. En aquella ocasión, la mirada ancló en Sebastián y sobre ellas las cejas en circunflejo puntuaron un risueño asombro. Después la niña rió con risa de cine mudo por culpa de la ventana cerrada, pero Sebastián oyó la risa en su infatigable corazón.

En la horrible monotonía de aquella existencia en la estación perdida en el campo, lo que estaba sucediendo en aquella ventanilla resultaba una nota cómica amenísima y digna de ser recordada durante muchas veladas de invierno. Primero aquel señor aplastó la nariz contra el cristal, movió mucho los ojos y crispó los labios en forma de flauta. Luego no se conformó con eso y bajó la ventanilla, sacando todo el busto fuera. Comprendió que estaba silbando para ella algo que debía de ser sentimental a juzgar por la cara que ponía. Pero el brusco insulto del terrible frío exterior le hizo estornudar y fue de ver lo difícil que resulta seguir silbando cuando otro estornudo ronda por la pituitaria. No hay en los anales de la mímica ejemplo igual de cara difícil como el logrado por Viladegut en esta histórica ocasión. Luego un señor de gesto avinagrado tocó al divertido personaje en el hombro diciéndole algo indignadamente. La niña comprendió: los ocupantes del departamento no se hallaban conformes con la pérdida de calorías que les proporcionaba las aficiones musicales de aquel viajero. Pero él siguió mirando y silbando sin hacer caso y bien pronto no fue uno sino tres o cuatro los que porfiaban a sus espaldas. Al fin, el primero y más intransigente de los descontentos quiso obligarle a introducir el cuerpo para cerrar, y como no lo consiguiera decidió elevar el bastidor de la ventanilla sin reparar en obstáculos. En esta malvada acción le secundaron sus simpatizantes, con el resultado de quedar la cabeza del extraño silbador atrapada en la parte superior, como en una guillotina al revés, pero sonriente y gesticulante y en demanda de aplauso por la endecha silbada pero no oída. Sólo la brusca arrancada del tren, al provocar un conato de separación traumática de aquella simpática cabeza, cortó en flor la cautivante sonrisa, obligando a su dueño a introducirla totalmente y a frotarse el cuello. Pero aún le restó tiempo al héroe para volver a sonreír y para agitar en despedida la mano tras el cristal, antes de que el tren saliera de los dominios de la mirada de la niña.

Sebastián, todavía intensamente emocionado por haber conseguido la atención y la risa de la hermosa muchacha, volvió a su asiento y miró a sus compañeros de departamento en demanda de comprensión para sus sentimientos y de identificación con su feliz estado de ánimo. Pero aquellos vulgares compañeros de viaje tenían espíritus anisotermos, o, dicho de otra manera, poseían alma de rana, puesto que su temperatura afectiva subía o bajaba con la temperatura del medio ambiente. Esta temperatura es indudable que había disminuido varios grados como consecuencia del rato que tuviera Sebastián la ventana abierta y los raquíticos tubos de la calefacción no podían vencer con su escasa irradiación la invasión del frío. Paralelamente, la cálida confianza y camaradería que se había establecido entre los cinco ocupantes del departamento había cedido el lugar a un huraño distanciamiento, a unos gestos de vinagre —aún quedaban en algunos ojos destellos de la anterior indignación— y mudos reproches unánimes cayeron sobre el entusiasmado Viladegut cuando éste se sentó. Los cuatro hombres y la mujer se habían arrebujado en sus mantas y en sus abrigos con manifiesto y exagerado alarde de escalofríos y temblores. La maestra, doña Orosia, era la que más aspavientos hacía y la que más duras miradas lanzaba contra Sebastián. Precisamente ella, que sólo diez minutos antes había desplegado en honor de Viladegut sus más bellas ideas, su más dulce tono de voz, hasta aquel ademán que la hacía semejarse a una Minerva maternal y complaciente, y que guardaba para las grandes ocasiones, fue incluso la única que tradujo en palabras el general disgusto:

—Una payasada que podía costarnos buenas pulmonías —masculló con toda la acritud de solterona hirsuta que defiende su preciada salud. Pero un psicólogo hubiera encontrado en su indignación un matiz semioculto, una repulsa de muy distinto origen al aparente. Un origen que podríamos encontrar en el tremendo desengaño sufrido. Desde que ingresara en el departamento, doña Orosia se había visto favorecida con las atenciones de Viladegut. Le había cedido la ventanilla de cara a la máquina en previsión de que se mareara, le había colocado primorosamente la valija en la red, le había pedido permiso para fumar... Su agradable comportamiento hizo que con la costumbre que tenía de catalogar niños en la escuela al primer intercambio de conocimientos, le anotara "in mente": Educación, 10; Conducta, A. Poco después fue cuando le dio un caramelo blando y la maldita dentadura postiza superior se pegó a él y había pasado por el trance de tener que cogerla con los dedos para ponerla de nuevo en su sitio. El admirable joven se había vuelto hacia el paisaje para no mirarla y dijo:

—Vea usted, señorita. Ya estamos dejando la Costa Brava. Yo creo que éste es el rincón más bonito de todo el trayecto.

Doña Orosia pudo enderezarse la dentadura con la mayor dignidad y disimulo, y Sebastián se vio favorecido con un 10 de Inteligencia.

Después ya conocieron sus nombres respectivos y cobraron más confianza. Las puntuaciones mentales de la maestra hubieron de ser abandonadas, porque los méritos del compañero de viaje pertenecieron ya a una escala de valores para la que no tenía baremo previsto o al menos, ¡ay!, lo había olvidado hacía mucho tiempo. Cuando aquel bruto de los embutidos sacó la estúpida conversación de los lentes, relacionados con la edad de las personas, supo Sebastián paliar la indiscreción de un modo admirable, diciéndole en un aparte íntimo y delicado:

—En cambio, en su caso se ve que lleva los lentes para aparentar más edad y poder infundir más respeto a sus alumnos. ¿No es así?

Esta indicación de intimidad sirvió para que prescindieran de la vulgar sociedad de sus compañeros y establecieron un agradable "pour parler" lleno de deliciosas sugestiones. Ella le expuso la teoría de su vida, le dijo aquello tan bonito que había oído una vez en el Club de Mujeres Intelectuales sobre la mayor grandeza espiritual de la fundación docente en relación con la conyugal y la maternal, le habló de sus dolorosas renunciaciones en aras a su irreductible vocación... Viladegut la escuchaba atentamente, sin hablar, por lo que en algún momento pensó doña Orosia que no la entendía, pero cuando pasado Caspe le dijo: "Créame, Viladegut. No comprendo que una profesional de la enseñanza pueda ser novia o casada; esto ha de incapacitarla para darse por entero a su augusta misión", fue entonces cuando Sebastián exclamó:

—Y, sin embargo, si yo pensara en casarme alguna vez elegiría una mujer como usted, doña Oro.

Doña Oro calló entonces, porque realmente no supo qué decir. La sencilla frase lanzada de un modo tan natural y tan encantadoramente ingenuo tuvo el poder de hacer tambalear sus robustas convicciones. Por otra parte, despertó emociones que creía muertas y olvidadas. Y no por la posibilidad que envolvían las palabras del simpático joven ¡ni mucho menos, Dios mío! ¡Cómo iba a hacerse ilusiones ella con un casi chiquillo! No era tampoco una vieja, pero ¡vamos!... Le conmovió más que nada oírle pronunciar la abreviatura de su nombre, que desde hacía muchos años nadie había sabido encontrar. ¡Doña Oro! Bonito y digno a la vez. Le traía el recuerdo de aquel empleado de Correos de su pueblo al que despreció porque era viudo con tres hijos y porque le dijeron que sólo quería casarse con ella para aprovecharse del derecho de consorte. Una vez le hizo unos versos que empezaban:

Oro en tu nombre y en tus cabellos...

Reclinada en la dura madera del banco con la misma ensoñadora laxitud que si lo hiciera en un diván oriental, la maestra, después de muchos años de no hacerlo pudo soñar despierta desde el kilómetro 241 al 256, contemplada con respeto y con un inconfundible arrobo por aquel joven guapo y comprensivo que fumaba suavemente un cigarrillo rubio. Se sintió heroína de un relato de amor, y los gruesos cristales de sus gafas empezaron a empañarse por la parte de adentro. Hasta que... aquella pantomima absurda en aquella miserable estación... ¡Dios mío, qué bien está una sola! ¡Nunca se llega a conocer del todo la falsía que cabe en el alma de un hombre...!

Viladegut, ajeno por completo a los pensamientos de la maestra y sin darse por enterado de la hostilidad ambiente, se mantenía entre las nubes del recuerdo, silbaba un nostálgico aire muy parecido a un fado portugués. Mentalmente la maestra iba añadiendo calificaciones negativas en la hoja de Sebastián. Insensato y botarate. Luego, cuando Viladegut, con una sonrisa inocentemente picaresca, se volvió a sus compañeros de departamento y dijo: "Linda chiquilla, ¿eh?, esa de la estación", añadió el calificativo de cínico inconsciente. Y se encerró en un impenetrable mutismo, duramente apretados los labios, y en los ojos, tras los gruesos cristales, un reflejo acerado que sus alumnos hubieran reconocido como precursor de una funesta jornada.

Y, sin embargo, el resto de los viajeros, ya algo más

reconfortados, estaban dispuestos a perdonar a Sebastián, contagiados de su sociabilidad. El primero que rompió el hilo fue el de los embutidos; un hombre congestivo, casi tan alto como ancho, con la cabeza redonda, calva y grasienta, incrustada entre los hombros por carecer de cuello. Tenía unos labios gruesos y siempre húmedos, que se relamía continuamente, lo mismo cuando se hablaba de temas alimenticios que cuando se conversaba sobre mujeres. Cuando Sebastián solicitó la opinión del concurso sobre los encantos de la beldad ferroviaria, se pasó la lengua tres veces por ellos y sonrió poniendo cara de entendido. No obstante, expresó alguna reserva al comentario:

—A mí me gustan más... —movía sus manos como dibujando una consistente silueta— más... hechas.

El peluquero de señoras que se sentaba a su lado frunció el coquetón bigotito hacia arriba, en gesto de reprobación por el excesivo grafismo de su compañero en las descripciones artísticas. Pero prestó atención al asunto, porque comprendió que se estaba abordando un tema que dominaba y al que tenía el deber de aportar su definitiva opinión. Hasta ahora había estado un poco al margen de todo lo tratado en el viaje. Al principio de él, y dada su condición de artista, creyó tener el suficiente nivel intelectual para sentar cátedra entre aquellos vulgares seres; pero, desbordado por la erudición de la maestra, reconoció tácitamente su superioridad académica y mental y decidió guardarse los bellos pensamientos bajo la cabellera ondulada y abrillantada, que lanzaba cegadores reflejos cada vez que la cabeza del artista se movía. Pero ahora era distinto. La cargante maestra habría de enmudecer a la fuerza y, además, se iba a tratar de su tema preferido: la mujer estéticamente considerada. Por eso dijo:

—No se puede juzgar a una mujer sólo viéndole la cara.

Y manifestada esta profunda verdad, dejó a cada cual que la asimilara según sus propios medios. El de los embutidos lo hizo a su manera; y dándole una palmada en la pierna al peluquero, que le desencadenó el reflejo rotuliano,

exclamó jovialmente, previo un relamimiento de labios:
—¡Vaya que sí! ¡No es tonto el joven! ¿Eh? ¡La cara...! ¡Puf! Eso es lo de menos... Donde haya un buen cuerpo...

Se dio cuenta, de pronto, de la presencia de la dolorida pedagoga y se echó hacia atrás en el asiento, muy colorado y confuso. Pero incapaz de guardarse para sí sus festivas ocurrencias, inclinó la cabeza hacia su compañero el peluquero y le explicó con escaso disimulo un ingenioso procedimiento para el mejor aprovechamiento de las mujeres feas de cara, pero bien dotadas de cuerpo. Algo relacionado con el cultivo de las lechugas. El artista piloso concedió el "placet" a la ocurrencia, sonriendo con media boca y medio bigote, y el de los embutidos, resoplando de risa y aprovechando que la maestra miraba dignamente el paisaje, decidió participar su estupendo método al viajero sentado enfrente de él. Era éste un caballero correctamente vestido de oscuro con una sonrisa cortés y eterna en sus labios delgados y pálidos y que asentía a todo cuanto se trataba, pero que luego de asentir hablaba con evangélica unción lanzando unas frases cortas y lapidarias que sublimaban y hacían abstractamente solemne el más alegre e intrascendente tema. Cuando él soltaba una sentencia se hacía una pausa en la conversación, como si todos se vieran obligados a reflexionar sobre las cosas serias de esta vida o sobre los misterios del Más Allá. No obstante ser una persona agradable y asequible a cualquier comentario atrevido, dejaban siempre sus palabras un eco de panteón y hasta se sentía un soplo gélido por encima de las cabezas. El único inmune a su influencia, tras su capa de grasa y concupiscencia sana, era el vendedor de embutidos, que le había tomado gran simpatía y se empeñaba siempre en hacerle sabedor de sus cosas. Ahora le estaba contando el asunto ese de la lechuga, y el caballero se inclinaba deferente y sonriendo hacia él para escucharle. Una vez que hubo terminado volvió a la posición erecta; y tras esperar a que se apagaran las risotadas del gordo dijo sucintamente:

—Ingenioso. Muy ingenioso. No obstante, la belleza de la mujer es tan perecedera...

El gordo lo miró con cara de no haberlo entendido, quieta la lengua que había comenzado su recorrido labial. Todos volvieron la cara hacia el de oscuro y el señor aquel del rincón, que no hablaba con nadie, estornudó. Bueno, no todos se volvieron, porque Sebastián estaba completamente ajeno a lo que se hablaba. En aquel momento se hallaba entretenido dibujando sobre el cristal empañado una cara de niña con un lacito, asomada a una ventana minúscula y debajo un tren que pasaba haciendo pi... pi..., según parecía indicar con sus silbidos. Doña Orosia, incapaz de aguantar por más tiempo su presencia, le adjudicó "in mente" una última calificación: "Retrasado mental", y se levantó bruscamente para salir del departamento. Pero antes, siempre pulcra con las formas, preguntó en voz alta a un señor que había en el pasillo:

—¿Sabe usted si aún llevamos el vagón restaurante?

Con ello justificaba plenamente su salida. Solamente el suspicaz peluquero, tan conocedor de las mujeres, se acordó de que le había visto comer una tortilla de patatas hacía bastante rato, y, por tanto, pensó que al único sitio adonde podía ir era al *water*.

Librados los honrados varones de su coartante presencia, pareció despejarse la atmósfera de respeto y comedimiento que reinaba en el departamento. Quien primero lo manifestó fue el de los embutidos, que lanzó un suspiro excesivamente parecido a un resoplido y demasiado ilustrado con partículas salivares. Al mismo tiempo expandió su satisfacción por todos los presentes, mirándolos con cara sonriente y gesto de complicidad. El peluquero, librado de la atosigante intelectual, habló en principio, y como continuando su trascendental preámbulo:

—A la mujer hay que examinarla como conjunto y no en sus partes. A veces muchas características perfectas, consideradas aisladamente, forman un conjunto vulgar o deplorable.

Sebastián, que en aquel momento se hallaba pintando unos gruesos lagrimones a la niña de la ventana y desgranando un repertorio de trinos de ruiseñor, interrumpió totalmente sus actividades artísticas al oír esto y se volvió hacia el peluquero como un rayo:

—¡Error, error! ¡Tremendo error! —Y mirando a todos los presentes exclamó con absoluto convencimiento—: ¡Este señor acaba de decir una melonada!

Sin hacer caso de la cara agresiva que adoptó el favorecido con el insulto cucurbitáceo, todos miraron a Viladegut curiosamente, como invitándole a exponer su teoría. Sebastián no se hizo esperar, porque habían dado con su tema; con el *leitmotiv* de todos sus actos. Por eso dijo:

—Hay que partir siempre de la idea de que Dios no creó a la mujer con el mismo criterio intencional que al hombre. Según sabemos por la Biblia, la hizo después de Adán y con el fin de darle una compañera. Luego vino todo el lío ese de la serpiente y la manzana y las cosas quedaron, poco más o menos, como están ahora; pero siguió y sigue imperando la primera intención divina de considerar a la mujer como un don, un regalo de Su Bondad. Siendo así, es indudable que en todas las mujeres ha de haber algo adorable, algo grato a uno u otro de nuestros sentidos o a la capacidad afectiva de nuestras almas. Todas ellas, sin excepción, tienen algo digno de ser amado y la actitud del hombre sano y del hombre bueno ha de ser siempre la de comprenderlo así, y buscar siempre en cada mujer que hallamos en nuestro camino las bellezas más o menos abundantes y más o menos ocultas que hay en ella, en su cuerpo o en su alma, y que siempre descubriremos a poco que insistamos...

—¡Oiga! —prorrumpió riendo el hombre gordo—. Pues yo conozco alguna que otra que, por más que uno las mire con buenos ojos... Ni siquiera yendo con prisas.

Viladegut tomó seriamente la bestial interpelación y continuó:

—No lo crea, buen hombre. Todas, sin excepción, son

dignas de ser queridas. Para evitar todo posible error existen dos factores de reserva. Uno es la gran diferencia de criterios que para juzgar la belleza moral o la física hay entre los hombres. Quizá lo que a usted no le guste, a otro le encante. Y otro factor es la gran capacidad de la mujer para ignorar los defectos del hombre que le gusta y, por tanto, para halagar nuestra vanidad. Esta sola cualidad es bastante en la mayoría de los casos para sentirnos atraídos hacia ellas... Y si no, dígame: ¿es usted casado?

El hombre gordo respondió que sí, un poco enfriada su alegría por esta interpelación tan personal.

—Pues si es casado —siguió Viladegut—, es usted un ejemplo viviente de lo que estoy intentando hacerle comprender. Porque, sinceramente, señores —se dirigía al resto del auditorio—, se necesita una absoluta ceguera a toda norma de estética masculina para encontrar algún rasgo gallardo y atrayente en este señor, y por tanto...

El de los embutidos renunció a escuchar el final de la demostración y se levantó iracundo, farfullando amenazas y salpicando de saliva a todos los de alrededor. El hombre vestido de oscuro se levantó también conciliador, con el resultado de asombrar por su extraordinaria altura a todos los que no le habían visto levantado.

—¡Cálmese, cálmese! —decíale al gordo, y su larga humanidad abrumaba al indignado hombrecillo casi eclipsándolo en el pequeño departamento—. No ha sido su intención ofenderle.

Sebastián, mientras tanto, contenía la risa a duras penas y se escudaba detrás del mediador, como jugando al escondite. Por fin, en uno de sus rasgos de irresistible afectuosidad, se asomó por debajo de un brazo del alto y le alargó una mano al hombre gordo.

—Vamos, buen hombre, perdóneme. No he querido insultarle. A mí no me parece un insulto el que me llamen feo. ¿Y a usted? ¿Y a usted? ¿Y a usted?

Preguntaba uno por uno a los circundantes. Todos se

apresuraron a responder que no con firme convencimiento. Incluso el "coiffeur pour dames".

—Es que no le consiento a nadie que se meta con mi familia —exclamó el gordo algo más calmado—. Y menos que se ría... Lo que piense mi mujer de mí no le importa a usted... ni a ningún idiota...

No le dejó seguir Viladegut y dándole en la espalda con la mano que el otro no había estrechado:

—Pero, ¡vamos, buen hombre! ¡Si no me he querido reír! Y en cuanto a lo que piense su mujer de usted... Dígame: ¿cuántos hijos tienen ustedes?

—¡Siete! —exclamó desafiante el de los embutidos—. Y no me llame buen hombre...

—Pues entonces, aunque le diga lo contrario su señora, no tenga usted duda de que piensa favorablemente de usted. ¿Eh, no les parece?

Los preguntados rieron de buena gana y su alegría descongestionó la atmósfera. El gordo se sentó mascullando alguna cosa, pero se le veía satisfecho por haber sido reivindicada su hombría...

—De todos modos, lo que hay que valorar siempre son los dones del espíritu. Los demás tendrán como últimos admiradores a los gusanos de la tumba...

Estas palabras del hombre vestido de oscuro contribuyeron en mucho a enfriar el ambiente y hasta un poco en exceso.

El peluquero, que era además practicante en Medicina y presumía mucho de ello, aportó entonces una nota científica y doctrinal.

—Todo eso de las atracciones entre los sexos depende siempre de las hormonas.

En aquel punto de la conversación se oyó un gemido proveniente del rincón donde se hallaba el hombre que no había hablado con nadie. Era de mediana edad, entrecano y pálido, de facciones simpáticas, y desde el principio del viaje había permanecido abstraído y sin hablar. Cuando le oyeron gemir, todos se asombraron y le miraron con gran curiosidad. Él se agitó inquieto, quizás arrepentido de haber despertado su atención, y en situación embarazosa. Hubo una pausa expectante y por fin vio que no tenía más remedio que decir algo.

—Perdonen ustedes... pero es que... las hormonas... Cuando oigo hablar de las hormonas me pongo muy nervioso.

El peluquero se creyó obligado a interesarse por él.

—¿Es que padece usted alguna afección hormonal?

—No, no es eso... O, por lo menos, no es del todo eso... Son cosas pasadas... —miró a todos con implorante gesto, como rogando que le dejaran en paz y que se conformaran con lo dicho. Pero la implacable curiosidad de cuatro viajeros de un correo al que le faltaban dieciséis mortales horas para llegar a su destino, no daba el menor resquicio a la esperanza. Comprendiéndolo así, y para evitar más preguntas, suspiró resignadamente y se dispuso a hablar.

—Verán ustedes... Es que yo soy una víctima, una pobre víctima de las hormonas. Yo tengo un pequeño negocio en Barcelona, que no me va mal, y llegué soltero a los treinta y ocho años. Como me gusta la vida de hogar, y sobre todo el tener hijos que me quieran y me sucedan, pensé en casarme; y dado mi natural ordenado y reflexivo, pensé en hacerlo con las mayores garantías de éxito. Mi primera mujer, Elvira, era una antigua amistad dos años más vieja que yo. La elegí de esa edad porque pensé que estaba en la mejor madurez para educarme unos hijos sanos y respetuosos. Pero pasaron tres años sin que hubiera novedades y entonces fuimos a un médico, que la miró por todos los lados y le hizo infinidad de análisis. Por último le dijo que tenía una insuficiencia hormonal. Miren... es muy difícil de explicar y de comprender, aunque yo creo que he llegado a entenderlo bien... Resulta que eso de las hormonas son unos calditos que salen de las glándulas y, a mi modo de ver, no hacen más que intervenir en el honrado y útil trabajo de los órganos respetables para fastidiar la procesión. A todos nos enseñaron en la escuela las funciones de nuestros órganos y la cosa era natural, sencilla y lógica. La respiración... entraba el aire, dejaba su oxígeno, se llevaba el carbónico; los pulmones hacían de fuelles apropiados. Fácil y comprensible. La digestión, igual: el alimento que entra masticado, los jugos, la cocción, la asimilación. Nada más natural. Pero se descubren las hormonas y la cosa se complica hasta extremos que hacen pensar cómo habrá un solo hombre sano. La insulina, las suprarrenales, el tiroides. Y cuando consideramos las funciones de procreación, es de locura. ¿Hay nada más lógico, señores, que lo que considerábamos como mecanismo definitivo para la obtención de la descendencia? Todo el mundo encontraba natural el modo de marchar las cosas, y hasta el más lerdo, desde los trece a catorce años reconocía que todo debía de ocurrir así y no de otra manera. Pero en cuanto intervinieron las hormonas... Oigan, les aseguro a ustedes que no había mujer más normal que la primera que tuve. Bien plantada, guapa y sabiendo sus obligaciones durante todas las horas del día y de la noche. Pero no tenía hijos y el médico aquel nos explicó lo que pasaba. Al parecer, hay una cosa en la cabeza que se llama hipófisis, que produce un caldito sin el cual los ovarios se niegan a trabajar. A su vez los ovarios dan otros jugos que, según su cantidad, o proporciones, dejan a la mujer en barbecho o le dan una fertilidad tropical. A mi mujer le faltaban unos y otros. Según el galeno aquel, porque había pasado mucho tiempo sin emplearlos. Vamos, que se habían pasado de fecha como esas medicinas que caducan a día fijo. Cuando se enteró la pobre Elvira sufrió mucho y no hubo remedio que no probara. Le dimos todas las hormonas envasadas que había en las farmacias. Las tomaba con ansia y fe extraordinarias. Las mayores dosis le parecían pequeñas y, ya sin consejo médico alguno, las compraba, se las inyectaba o se las bebía en cantidades prodigiosas. Algunas le hacían efecto momentáneo; otras, no. Una de ellas le fue tan bien que se me murió de una hemorragia.

Calló el hombre aquel, vencido por el dolor de los recuerdos. Todos callaban y ni el peluquero se atrevió a comentar sus manifestaciones. De nuevo levantó la cabeza y siguió hablando. Se le veía animado como si le hiciera bien el desahogarse con aquellos desconocidos.

—La segunda vez fue peor. Se llamaba ella Anita y era una chiquilla vecina mía, linda y cariñosa. Era muy joven y no niego que la elegí así deliberadamente para que no me volviera a ocurrir lo de la pobre Elvira. No les cuento a ustedes los años de ansiedad que pasé hasta que me decidí a ir de nuevo al médico, en vista de que tampoco me daba un hijo. Desequilibrio hormonal, me dijo aquel juez implacable. Al principio pensé que era una cosa leve y fácil de solucionar. Un desequilibrio ha de ser a la fuerza —pensaba— más fácil de arreglar que una insuficiencia. Total, poner un poco de orden en las cosas. Bien pronto salí de mi error. Aquello era peor. Muchísimo peor. Verán ustedes... La función de la procreación tiene un calendario para sus actos, tan exacto como pueda ser el del campeonato de Liga, pongo por ejemplo. Cada cosa sucede a su día, y hasta a su hora, y la ciencia ha llegado a saber estas cosas de un modo tan admirable que se puede por este medio incluso controlar los nacimientos. Pero si las hormonas actúan a destiempo... entonces estamos perdidos. La hipófisis que se adelanta, los ovarios también, el tiroides que se enfada y retrasa a todos, y como resultado de todo ello el tiempo hábil para la fecundación, reducido a unas horas extrañas, errantes, cambiables a cada intento de control, dificilísimo de prever... Al principio no había más remedio que estar de servicio permanente para no dejar pasar la menor oportunidad. Luego la virilidad, sometida a tan durísima prueba, se resintió y hubo que organizarse. El médico aquel, que sabía una barbaridad de estas cosas, nos enseñó a valorar síntomas y pequeños datos para saber cuándo la entrada a la estación de la vida tenía el disco levantado. Aún recuerdo con horror aquella temporada. A veces estaba en mi negocio, trabajando, cuando mi mujer me llamaba por teléfono. "Ven corriendo, Pepe —me decía—. En este momento tengo la temperatura basal más alta, me ha dado el dolorcito de la ingle y he orinado tres veces en media hora." Yo dejaba todo al instante, sea que fuere lo que estuviera haciendo, y me iba a casa. Otras, en medio de un plácido paseo, habíamos de tomar un taxi o meternos en el primer hotel con cara avergonzada y ante la sospechosa mirada de toda la servidumbre. Todo fue inútil; se agriaron nuestros caracteres; mi mujer, ante unas deficiencias observadas en mí y que no eran sino producto de mi doloroso calvario, comenzó a tener celos, enflaqueció... Un día murió envenenada al tomarse un frasco entero de hormona masculina que había comprado para mí y que yo no quise. Murió diciendo que era muy macho ella para consentir que se le riera nadie... Ella, tan delicada...

Cuando calló el atribulado caballero todos se habían contagiado de su dolor. El hombre oscuro murmuró unas frases de sentido pésame, hablándole de lo frágil de la naturaleza humana. El gordo, que había olvidado sus resquemores y se identificaba con el sentir general, le preguntó:

—Naturalmente, después de todo eso que le ha pasado, no volverá a casarse usted...

El hombre de las hormonas tardó un poco en contestar, y luego dijo con cierta turbación:

—Pues... sí... Voy a casarme. Verá usted. Ahora lo hago con una viuda joven que ya ha tenido tres hijos. Es un medio de asegurarse. Pero estoy preocupado... ¿sabe? Me he hecho reconocer por el médico de siempre y me ha asegurado que mis hormonas caducan con toda seguridad de aquí a un par de años... y no sé si me dará tiempo...

El estupor general lo salvó Viladegut con una de esas salidas que le hacían cobrar fama de irresponsable entre sus amigos.

—De todas maneras, bien se ha divertido, ¿eh?

La pausa azorante y tempestuosa que siguió fue interrumpida por una risa mal contenida y resoplona del hombre de los embutidos. La seriedad de la reunión la restableció el caballero alto, que se puso a explicar apresuradamente lo efímero de la belleza en la mujer.

—Todavía me acuerdo —dijo— del efecto que me hizo la Bella Junquito, aquella joven y célebre bailarina, toda fría y embalsamadita en su ataúd.

Todos se estremecieron como ante una corriente de aire helado. Al fin, el peluquero no se pudo contener y preguntóle al que había hablado:

—Si no es indiscreción..., ¿a qué se dedica usted?

—Soy empleado de "El último suspiro", la conocidísima empresa de Pompas Fúnebres. Precisamente voy a Madrid conduciendo un surtido de ataúdes de lujo que llevo en el furgón de cola. Cuando paremos en Zaragoza, vengan conmigo a verlos. Reconforta el ánimo ver cómo se preocupa la gente por los restos de sus seres queridos. Son una verdadera obra de arte.

Los gestos de repulsión de los presentes fueron disimulados por la llegada de doña Orosia, que venía, muy digna ella, a ocupar de nuevo su asiento. Su carácter rencoroso se puso de manifiesto cuando, nada más sentarse, dijo, mirando duramente a Viladegut:

—¡Dios mío, qué frío está este departamento! En cualquier sitio se está mejor que aquí.

Sebastián, siempre afectuoso, y sin darse por aludido, le sonrió, dándole la razón, y de pronto se le ocurrió mejorar las condiciones del ambiente abriendo más la rosca de la calefacción, que localizó en un rincón, encima del hombro de doña Orosia. Con un abrelatas y un llavero estuvo forcejeando hasta que llegó a un imprevisto resultado: la tuerca, enmohecida y fija por el tiempo y la humedad a su vástago, saltó, y salió un chorro de vapor ardiente, librándose la maestra por milagro de perecer abrasada. Todos se lanzaron alarmados fuera del departamento. El vapor silbaba al salir y el pobre Sebastián, a duras penas, con su pañuelo y su abrigo, contenía algo el abrasador chorro. Acudió el revisor y el jefe de tren, y de un sitio lejano fue cerrada la llave general.

El departamento aquel, húmedo e inhabitable, fue clausurado; y sus ocupantes, dispersos, fueron acomodados en otros. Esto le libró a Viladegut de sus iras.

En la estación próxima, aquel día el tren paró más que de costumbre, porque subieron unos obreros a reparar el desperfecto. Mientras lo hacían, Sebastián asomado a la ventana, miraba el edificio de la estación, una pobre estación en un páramo, y pensaba en la bella niña de la anterior parada. Pensaba y planeaba. Pocos momentos después había de dar con la idea que cambiaría el curso de su vida. Una idea que surgió de él como aquel chorrito de vapor saliera de la tubería, con tanto mayor parecido cuanto que en él tuvo su origen.

CAPÍTULO II

PERO HABÍA DE PASAR bastante tiempo hasta que Viladegut tomase de nuevo el hilo actual de sus pensamientos y conducido por él, llevase a la práctica su luminosa idea. Al ponerse de nuevo en marcha el tren, encontró de pronto un bello motivo para improvisar una marcha militar bizarra y airosa en el rítmico traqueteo de las ruedas sobre las traviesas, y durante los quince minutos siguientes estuvo silbándola, dedicado de lleno a la artística tarea. Luego se cansó y, observando que ya se había hecho de noche, decidió practicar uno de sus entretenimientos favoritos, para matar las horas largas de tren. Consistía en contemplar en espejo, sobre el fondo oscuro de los cristales del pasillo, el interior de los departamentos cerrados e iluminados. Veía de esta forma indirecta y como lejana, de cine mudo en tecnicolor, los manoteos y las risas. Gozaba procurando adivinar lo que cada uno decía y lo que los otros le contestaban. Descubría muestras de simpatía y de repulsión, de reserva, de parentesco. Cuando se cansaba de mirar a uno de estos grupos, pasaba al siguiente, y en este noble ejercicio psicológico ocupaba un buen rato. En el que estaba contemplando ahora podía ver al hombre vestido de oscuro que hablaba con exclusividad. Era un departamento ocupado por personas sin relieve alguno: un matrimonio campesino, dos jóvenes serios con cara de policías y una señora gruesa amamantando a un niño. Miraban todos como hipnotizados al disertante y en sus rostros había una disposición reflexiva matizada de temor. La madre abrazaba convulsivamente a su hijo, como para librarle de mortales peligros. El matrimonio campesino adoptaba indudablemente las mismas caras que las que presentaran al misionero redentorista que fuera a su pueblo a los sermones de la Cuaresma. Sebastián se entretuvo en imaginar una peroración adecuada al tétrico personaje y exclamó de pronto a media voz, causando el asombro de un pasajero que se hallaba cerca:

—¿Qué es este cuerpo que tanto cuidamos? Nada: polvo, ceniza, escoria. Pobre envoltura de un alma inmortal. Poco tiempo después de bajar a la tumba, será pasto putrefacto de los gusanos. Solamente si encargan ustedes sus féretros a "El último suspiro" demorarán ustedes todo lo que es humanamente posible ese fatal resultado, teniendo en cuenta que la excelente calidad de los materiales que emplea la casa...

Y riendo un poco nervioso, porque se había autoimpresionado con la solemnidad de sus palabras, pasó a contemplar otro departamento, cruzando por delante del asustado fumador, que temió hallarse a merced de un loco furioso.

En el departamento siguiente se hallaban favorecidos con la presencia del hombre de los embutidos. También él había salido ganando, indudablemente, con el cambio, porque se veía que el ambiente allí era el deseado por su alma festiva y su ocurrente ingenio. Nada más observar medio minuto se daba uno cuenta de que los seis hombres, sin dama inoportuna en vecindad, seguramente viajantes o comerciantes al por menor, se estaban contando mutuamente chistes verdes. Se les veía de pronto, requeridos por la llamada sonriente y expresiva de uno cualquiera de ellos, agrupar las cabezas en el centro para oír al narrador, que muy risueño hablaba *sotto voce*; no se sabe bien por qué causa. Luego, de pronto, el cogollo de cabezas, casposas unas y calvas otras, se abría en frotación de risas estentóreas. La última que aparecía siempre era la perteneciente al de los embutidos, porque la talla de su dueño siempre quedaba allá abajo. Parecía el repollito reluciente y blanco que queda en el fondo de la col cuando ésta se abre al madurar. Viladegut ahora no podía imaginarse lo que hablaban, porque conocía por experiencia que el repertorio de chistes verdes de cualquier español es tan abundante y surtido que no habrá nunca un antologista que pueda llegar a recopilarlos todos. Él, como agente comercial consciente de sus deberes, sabía muchísimos; pero en cada viaje o en cada reunión de fonda siempre oía algunos nuevos. Por eso pegó la oreja a la rendija de la puerta, entreabriendo un poco ésta, y escuchó lo que debía de ser el final de un chiste contado por una voz chillona, casi ahogada por una risa prematura:

—Prefiero que sea joven aunque me engañe. Me gusta más un bombón para dos que una m... para uno solo.

Viladegut, inmediatamente, comprendió toda la gracia y dijo para sí:

—Es nuevo. No está mal.

En el departamento siguiente se hallaba el hombre de las hormonas, callado y abstraído; un fraile, unos recién casados y una mujeruca de pueblo. No hablaba ni se meneaba nadie. Sebastián recordó todo lo que el hombre aquel había contado y pensó que había un mundo de sugestiones desconocidas en lo aprendido para comprender a las mujeres. Había en ellas, a despecho de su complejidad tan traída y llevada, y de sus cambios constantes de carácter, una forma reaccional determinada y siempre igual, como si obedecieran a características internas. ¿Sería esto culpa de las hormonas? Por dilatada experiencia había llegado a saber Sebastián que cada mujer requería un trato diferente, con independencia de su mayor o menor educación. ¿Cada mujer? ¿O cada grupo de mujeres determinadas? Este descubrimiento le deslumbró. Sí; había un tipo femenino y un temperamento que siempre iban unidos. Era el caso de Lucía y el de Elisa. Altas y ondulantes las dos; con una angulosidad en sus facciones y en sus movimientos suavemente masculina, que les daba un atractivo pecaminoso y una ambigüedad contranatural. Misteriosas, seguras de sí mismas, inaccesibles de lejos; pero, a la hora del desayuno, pobres mujeres dóciles y celosas, inseguras de su seducción y con un extraño y complejo temor que arrancaba del mismo fondo de su naturaleza. La misma Faly, su amada actual, ¿no era así? Al reflexionar sobre el caso, encontró grandes puntos de semejanza, pero comprendió también que hacía muy poco que la conocía y se hallaría coaccionado por su belleza y por su dificultad para poder juzgarla serenamente. Por cierto, ¿le esperaría en la estación? Aún recordó más semejanzas. Había, por ejemplo, unas mujeres niñas, coquetas y al parecer prometedoras, con un juego de ojos y de mimos escalabrinante, que huían siempre asustadas al acercarse al árbol del fruto prohibido y que si alguna lo probó dijo desilusionadamente que no le sabía a nada, convenciendo a la vez de esta verdad al contrariado oferente. Otras, con proporciones y armonías de estatua griega, serenas y cariñosas, sumamente resistentes al dulce pecado, madres luego prolíficas y perfectas... Otras... Era maravilloso este agrupar en tipos físicos y temperamentales lo que se supuso caótico y arbitrario, como dependiente de una estudiada *pose,* de un maquillaje o de momentáneos caprichos. Se veía la idea rectora, la dirección superior, en conexión con profundos misterios de su constitución. ¿O serían también las hormonas las que componían este estupendo mosaico? No podía ser. Sería muy triste referir a una fórmula química los hermosos matices, las insospechadas dulzuras, la variedad inagotable del regalo divino. Recordó en aquel momento a doña Orosia, y, viéndose a la luz de sus recientes ideas, encontró una relación entre su manera de ser y su edad. Automáticamente le vinieron a la memoria las imágenes de otras muchas mujeres, como ella situadas en la edad crítica, y en todas reconoció características que las unían en un solo grupo. Parece —pensaba Sebastián— como si al ponerse el sol de su sexualidad sin haber hecho florecer nada, quisieran escapar a la dura dictadura de la Naturaleza y aferrarse con el espíritu a las postreras ofertas de amor. Además, transfieren su estéril afecto a lo abstracto, a los símbolos: la Patria, la Justicia, la Educación, con mayúscula. Como si su capacidad maternal se aplicase a lo grande, ya que no pudo hacerlo a lo pequeño; a un pequeño trozo de vida procedente de ellas mismas... Por eso se sentía siempre dispuesto a desplegar frente a cualquier solterona de más de cuarenta sus mejores cualidades, su incomparable afectuosidad. Sin sombra de arrepentimiento recordaba horas de amor con mujeres maduras, y sentía una alegría interior por haberles podido dar unas dosis de felicidad que de otro modo no hubieran conocido.

Pensando así se había situado frente a otro departamento y vio reflejada en el cristal de enfrente la efigie justiciera y digna, a pesar de las gafas, de doña Orosia. No obstante la ternura con que la recordaba, no dejó de pensar que de momento podía considerarse excluido del círculo de los afectos de la maestra y, para evitar gestos desagradables, echó a andar pasillo adelante con un suspiro de amargura.

Al pasar frente al departamento desocupado por el accidente, lo vio oscuro y solo, y penetró en él. Apreciándolo ya bastante seco y caliente de nuevo, se arrebujó en su abrigo y se tumbó en el banco. Poco después dormía con absoluta tranquilidad de conciencia. Eran las cinco de la tarde.

Precisamente a las cinco de la tarde también Faly abría unos ojos circundados por profundas ojeras al espectáculo de ese cochino mundo. Espectáculo de momento limitado a las paredes de su cuarto, con los retratos de Humphrey Bogart, Alan Ladd y la ampliación de Johnny Weissmuller con unos sintéticos calzoncillos de piel de tigre. Todos ellos encima de un modesto tocador lleno de frascos y botes de crema. Sobre la alfombra en parte y en parte sobre una calzadora, único asiento del cuarto, toda la ropa interior y exterior; porque Faly, cuando pecaba se desnudaba siempre del todo y aquélla había sido una siesta pecadora.

Y el caso es que el pecado había sido sólo de intención, porque eso del paraíso artificial iba resultando un cuento. Dos veces había probado y las dos veces se había quedado totalmente desilusionada. Y no podía decirse que era cuestión de dosis. La primera vez, hacía quince días, se había inyectado una ampolla, pero esta última vez había podido requisar dos en el botiquín del Hospital y se las había echado al cuerpo las dos. Al principio, sí; se siente una con un bienestar muy grande como si no tuviera ninguna preocupación, y con ganas de dormir. Luego empiezan los sueños. Pero nada de lo que una se podía imaginar. Nada de hombres morenos y altos, de excursiones por paisajes de ensueño, de horas de placer sobre divanes orientales, de abrazos voluptuosos e interminables... Todo lo más el recuerdo del panadero aquel que la esperaba en el portal, el miedo que pasó aquella temporada que se creyó que estaba embarazada, escenas de besos, pero como vistas en el cine, sin que a ella le tocara parte, y, para acabarlo de enredar, pesadillas con la cara de su padre poniendo gesto feroz. Esta vez había habido una cosa nueva: un sueño sobre sus exámenes para sacar el título de comadrona, en los que tan mal lo pasó, porque no sabía nada de lo que preguntaban. Si no hubiera sido por Carlitos que estaba en el tribunal... Después, dolor de cabeza y una angustia en el estómago como de haber bebido mucho. ¡Eso es! ¡Como si hubiera bebido mucho! Y también durmiendo una mona de clarete o de coñac vienen a ser las mismas cosas las que se sueñan... Para esto no merece la pena. Y sin profundizar más en su descubrimiento, se levantó perezosamente y comenzó a ponerse una media.

Ni profundizó en esa idea ni en ninguna otra, porque los minutos que una mujer emplea en colocarse las medias están vacíos de todo pensamiento. Hace falta concentrar toda la atención de que son capaces en encontrar carreras y puntos, que en su iniciación pueden ser casi invisibles.

Y, sin embargo, sin saberlo, había hecho un descubrimiento científico que cualquier psicoanalista hubiera recibido con alborozados ¡eurekas! poniéndose en seguida a escribir un pesado artículo para cualquier *Revue, Review* o *Zeitsch* de Psicoanálisis, de las que corren por ahí. Porque Rafaela, conocida más corrientemente por el diminutivo, o lo que sea, de Faly, acababa de dar en el clavo de la cuestión. Había, sin querer, puesto al descubierto el misterio de los paraísos artificiales y su génesis psicobiológica. El psicoanalista presunto habría armado un tremendo lío sobre inhibiciones corticales, catarsis, subconsciente, acción de drogas sobre centros superiores... Nosotros podemos hacerlo más fácil por hallarnos entre personas normales y decentes. Está claro que las drogas hipnóticas —que el hombre toma para evadirse de una realidad con la que casi nunca está conforme— lo que hacen es levantar la tapa de ese baúl que se ha dado en llamar subconsciente y poner en evidencia lo que hay dentro. Y tantas veces lo que hay dentro es pobre, sórdido, que realmente no merece la pena gastarse mucho dinero para verlo. Todo lo más tres pesetas de vino tinto en cualquier taberna. Solamente un Edgar Poe, dipsómano y morfinómano, sacará del baúl maravillosas historias; o los chinos de China, habitantes de una naturaleza de leyenda y con un riquísimo subconsciente colectivo en el fondo del baúl, se verán obligados a hacer del opio un vicio nacional para escapar de su actual miseria por senderos bordeados de naranjos y con bellas que tienen nombre de flor.

Todo esto nos lleva a la consecuencia de que Faly no se habituará a la morfina, lo que no puede dejar de alegrarnos porque, después de todo, Faly es una buena chica. Si hace esas cosas y otras que sabremos es, según ella, porque quiere vivir su vida. Esta deplorable frase la leyó por primera vez en "Corazón inaccesible", de la Colección Ensueño, y le gustó tanto que la adoptó como lema de su conducta para lo sucesivo. No sabía qué cosas que echaba de menos en su joven existencia quedaban satisfechas con las sugestiones que despertaba.

Sin embargo, si algún biógrafo psicólogo llega a encontrar en lo futuro interesante la vida de Faly, con toda seguridad llegará a la conclusión de que, aunque no hubiera leído nunca "Corazón inaccesible", hubiera hecho las mismas cosas que hacía ahora. Había algo más profundo en la justificación de su norma de conducta. Una raíz aferrada a lo más oscuro de su biología. A veces, como ahora, mirándose al exiguo espejo del tocador, alzando el busto perfecto para que los pequeños senos entraran en el campo reflejado; cruzando los brazos para acariciarse la piel de los hombros, tersa y como transparente; acercando luego la cara, inexplicablemente atrayente y bella a pesar de sus ángulos, de su boca grande, de sus ojos en sombras con grises reflejos, podía apreciarse en su autoexamen un impulso muy diferente del natural y justificado en una mujer bonita. No había en su gesto la complacencia segura y presuntuosa de la Venus del Espejo, sino quizás un componente de inseguridad e interrogación. Diríase que, sin poder desmentir su belleza, dudara de sí misma o de su femineidad. En algunas ocasiones. Venciendo la dificultad que representaba para su inteligencia en barbecho el pasar de imprecisos pensamientos casi sin aflorar de lo inconsciente a palabras precisas, había traducido en preguntas sus preocupaciones: "¿Por qué no seré yo como las demás chicas?" "¿Por qué me desearán los hombres de esa manera nada más?" "¿Por qué no he de tener yo un novio para casarme como lo tiene mi hermana?" Y al no poderse contestar satisfactoriamente a estas tres interrogaciones, que en realidad eran una sola, se alejaba del espejo con rabia, como si hubiera descubierto en sus perfecciones algo maldito. Luego comenzaba a vestirse y cada prenda parecía comunicarle otro espíritu, desaparecía la angustiosa inseguridad, se iba convirtiendo en la irresistible Faly; y cuando la bonita bata larga y floreada le ceñía el talle limpio, sin faja ni artificio, cayendo sobre las piernas intachables y derechas como columnas de maravillosa escultura; cuando el último toque de "rouge" acentuaba la sensualidad de sus labios, era ya Faly, la deseada, la mejor mujer del barrio, según las opiniones masculinas de los hombres de las Delicias, y la preocupación de su padre, el señor Rafael. Una vez más creía haber encontrado el camino de vuelta; se creía de nuevo aferrada a su femineidad, solamente con la ayuda de la modista y del tocador. Naturalmente, se equivocaba. Lo mismo que cuando se buscaba a sí misma por el procedimiento de "vivir su vida". Pero era irremediable esta equivocación porque arrancaba de su mismo ser físico y espiritual.

Al acercarse Faly a la mesilla de noche, para coger de encima de ella el relojito de pulsera y colocárselo en la muñeca, miró la hora y recordó de pronto que la noche que se avecinaba estaba ya etiquetada en sus planes a corto plazo como "noche loca". Repasó mentalmente todo lo acordado para llevarla a buen término y, naturalmente, recordó también al compañero destinado para esta aventura. Se llamaba Sebastián, según él, aunque vaya usted a fiarse, y le agradaba más que muchos otros. Era representante de productos farmacéuticos y de perfumería, y lo había conocido en el Hospital una mañana de guardia. Siempre que iban al Hospital tipos de éstos, se metían en el antedespacho de don Antonio y se estaban muy serios y circunspectos, esperando a que el Jefe se despachase para soltarle el rollo. Éste, con la mayor desfachatez, se había metido en el departamento de niños, pretendiendo ver a la hermana Matilde, que era de Villanueva y Geltrú, como él. Como resultó que esto era verdad, la hermana se alegró mucho de hablar con un paisano y estuvieron charla que te charla un rato. Luego le revolvió la cartera y vio que llevaba unos frascos muy monos con forma de floreros. "¡Qué lástima que no lleve usted uno vacío para ponerle unas flores al Niño Jesús!" Y entonces el tipo aquel, con la mayor frescura, vació en el lavabo todos los frascos que llevaba iguales y se los dio a la monja, diciendo: "Tome, hermana. Es la primera vez que van a servir para algo". A Faly le gustó el fulano por su desenvoltura y su aplomo, pero no se rió como las memas de Esperanza y Charito, que estaban con ella apañando a los críos. El joven de los frascos, al oírlas reír, se hizo el avergonzado (sí, sí; ¡menuda vergüenza era la de él!) y se acercó a ellas, dejando a la hermana, que no sabía qué hacer con tanto frasco. "Perdonen ustedes que no las haya saludado. ¿Cómo están ustedes? ¿Son suyos? —les dijo, refiriéndose a los chicos. Luego se llevó la mano a la boca muy apurado, como si se le hubiera escapado una barbaridad, y exclamó—: Pero ¡qué bruto soy! Es la costumbre, ¿saben?" Y sonriéndose de una manera verdaderamente simpática, dio todo por perdonado. Faly, entonces, se sonrió un poco. Las otras reían como locas mientras se marchaban a la sala de al lado a llevar sus "paquetes". Él entonces le habló a ella en voz baja, diciendo: "Verdaderamente no sé cómo he dicho eso, porque está claro que cualquier niño que tenga usted no se parecerá a esos pedacitos de carne con agujeros que está envolviendo". "¿Cómo cree usted que será? —preguntó ella—, ¿de queso Gruyère?" Y él entonces contestó: "Verá. Se lo voy a explicar. Tendrá una piel de nácar transparente, como la suya. Unos ojos grandes y pensativos que harán adorarlo a quien lo mire. Una boca que quiere ser traviesa y es inocente como su alma..." "¡Bueno, bueno! ¿Está seguro que me está describiendo un niño o a la Venus esa?" Él se calló, quedando muy serio mirándola y parece que iba a decirle algo muy importante cuando llegó la hermana, que había podido ya soltar todos los frascos y lo apartó de allí diciéndole: "¡Vamos, vamos, paisano, que me va a soliviantar las chicas y sólo eso les falta a ellas!"

Faly se quedó muy pensativa, no por las tonterías que había dicho el individuo aquel, sino porque le había hecho revivir un anhelo semiinconfesado con sus figuraciones.

Muchas veces pensaba Faly, mientras fajaba y limpiaba los niños de las internadas, cómo sería un hijo suyo. Viendo aquellos montoncitos de carne patalear en la bañera, aferrarse con sus torpes manitas llenos de un oscuro miedo, al brazo que los introducía en ella, babear de contento cuando ya calentitos y limpios volvían a la cuna y sonreír cada mañana cuando los tomaba en brazos, sentía dentro de sí como un loco deseo de apropiarse alguno, por ejemplo aquel morenito del rincón, y tenerlo para siempre. Sentía muy hondo, en las entrañas, un anhelo extraño que no sabía a qué referir y que siempre acababa plasmándose en la rara idea de que un hijo salido de ella le haría ser de otra manera, la redimiría para siempre aunque fuera hijo del pecado. Era una paradoja absurda, pero sabía que con un hijo suyo caminaría por la vida más segura que caminaba ahora.

Todas estas cosas le había hecho pensar el fresco aquel de los frascos. Más adelante se había de dar cuenta de que Sebastián sabía decir cosas, al parecer sin importancia, que calaban muy hondo, como si sólo estuvieran pensadas para ella y no vinieran bien a ninguna otra mujer...

Aquel día llegaba él de viaje y se habían de ver por un espacio de tiempo y en unas circunstancias completamente distintas de las insulsas salidas de hacía unos días. Algo le decía a Faly que Sebastián habría de ser la piedra de toque para resolver sus torturantes dudas. Había empezado a quererlo; lo consideraba, a pesar de sus excentricidades y de sus raras maneras, como un hombre de porvenir seguro y apto para buen marido. Era cariñoso y en ningún momento brutal como otros, aunque pusiera en las más inocentes frases un fuego que estremecía a una. Y otras veces... ¡Hay que ver! El otro día, mientras paseaban, le cogió el brazo con pasión, le acercó la cara a la suya y dijo: "¿Quieres que vayamos al cine de cinco a siete, o de siete a nueve, vida?" Y un poco más tarde, mientras liaba un cigarrillo, y con la mayor indiferencia, le habló de que en la pensión donde estaba tenía un cuarto monísimo donde podían pasar una tarde muy amena.

Para aquel día tenían un estupendo plan de libertad absoluta, combinado por los dos, pero gracias a la aplicación de los procedimientos habituales. Como se estaba haciendo tarde y pronto podían empezar a pasar cosas, procedió a prepararse para escena. Primero volvió de nuevo al espejo y se despintó algo el "rouge". Luego quitó con las manos el excesivo aliño del peinado y se sacó las medias. Era preciso dar idea de que no se disponía a salir en toda la noche. Acercóse a la puerta con cuidado y exploró el terreno por una rendija. En el comedor, su madre y hermana cose que te cose sábanas y servilletas, almohadas y combinaciones. Preparar la ropa de una casada es más pesado y más caro que vestir a un ejército. Tanto enlazar y enlazar en cada trapo las iniciales de los contrayentes tenía resabios de superstición. Como si se quisiera de ese modo, por brujería, obligarlos a estar abrazados siempre. Y Faly, que iba todos los días a las salas de Maternidad, sabía las consecuencias y el significado de los abrazos de los hombres... Pero, ahora que caía: el hallarse su hermana Emilia allí a esas horas era un contratiempo grave. El "afligido padre" del otro día era el mismo que iba a venir porque no había podido encontrar otro, y ahora recordaba que lo recibió Emilia, su hermana, que hasta se había entretenido hablando con él. Si llegaba a verlo y lo reconocía, se iba a armar una buena. ¡A bien que no era maliciosa y entrometida la nena! Ella esperaba que hubiera estado su madre sola como otras tardes. Su madre era una bendita que creía tener dos santitas de cromo por hijas. Pero Emilia... Era preciso tomar una determinación. ¡Aquel pelma de Servando! ¡Seguramente que estaría haciendo horas extraordinarias en el banco! ¡Quería ahorrar para comprar el comedor birrioso con el que soñaban!

Con felino paso salió del cuarto y, dando un suspiro de hastío, se sentó junto a su madre. Ésta levantó la cabeza del dobladillo de una inmensa sábana que estaba cosiendo y dijo:

—¿Has dormido bastante, Rafaela? Hija, no me gusta nada ese oficio tuyo. Si por mí fuera... Ser comadrona no está bien para una soltera. Todas deberían ser casadas...

—Mamá, te aseguro que todas las comadronas que aún estamos solteras somos de la misma opinión que tú. Pero mientras no hagan una ley... ¡Escucha, Emilia! —interrumpió de pronto con un poco de sorna—. ¿Qué haces todavía aquí? ¡Si son más de las siete!

—Aunque no creo que te importe gran cosa, te diré que Servi tiene hoy trabajo y me ha dicho que no vendría hasta... —levantó la vista de la labor y miró a su hermana, empezando a encresparse. Emilia era muy suspicaz porque no era bonita—. ¿Y a qué viene ese tonillo? ¿Eh?

—No, nada, mujer. Si es por eso... —y se rió falsamente mientras se frotaba las uñas—. Los pobrecitos hombres siempre tan trabajadores. No les basta con el trabajo de todos los días que aún se buscan trabajos extraordinarios...

Una especial y sutilísima acentuación de la palabra "trabajo" tuvo el inesperado efecto de escandalizar a la madre e indignar hasta la congestión a Emilia, que profirió en airados gritos:

—¿Ves, mamá? ¡Como siempre! ¡Sembrando cizaña, como siempre! ¡Pero yo sé lo que es todo esto! ¡Envidia, sólo envidia! ¡Quisieras tú tener a un hombre como Servi para ti sola!

—Es mucho. Me empacharía...

—¡Rafaela, cállate! —impuso mamá Josefa—. ¡Y tú también, Emilia! ¡No ha sido para tanto la ofensa! ¡Dios mío, qué hijas!

Unos minutos reinó el silencio en la habitación. Sólo un murmullo de indignación larvada y efervescente salía del pecho de Emilia. Faly, con la mayor indiferencia, seguía frotándose las uñas. De pronto Emilia se levantó, dejó la labor y se introdujo en un cuarto adyacente. Al poco rato salió cubierta con un abrigo de paño bastante deslucido.

—¿Dónde vas, Emilia, hija? —preguntó mamá Josefa alarmada.

—A la tienda de papá. He de hablar por teléfono.

Faly levantó la cara sonriente y le gritó al salir:

—Recuerdos a Servilleta. Y que no se canse mucho...

Un portazo fue la respuesta.

Faly, sin hacer caso de las reconvenciones de su madre, calculó de prisa las posibilidades de su éxito. La droguería del señor Rafael se hallaba a unos doscientos metros de la casa. La conversación telefónica duraría al menos diez o quince minutos. Total, entre ir y venir, casi media hora. Eran las siete y veinte. Con un poco de suerte saldría bien todo.

No le fallaron los cálculos; porque aún no habían pasado diez minutos cuando sonó el timbre de la puerta y el estudiado mecanismo comenzó su perfecto funcionamiento. Sin alterarse lo más mínimo, dijo a su madre:

—¿Quieres abrir, mamá? No estoy presentable según quien sea...

Obediente, la señora Josefa se dirigió a la puerta. En la antesala sonó la bronca voz de Julio, el limpiabotas de "Gambrinus", que hablaba muy excitado y de prisa. La señora Josefa, contagiada por la inquietud y la prisa del recién llegado, penetró con toda la rapidez que sus palpitaciones se lo permitían en el comedor y dijo a Faly:

—Hija mía, un hombre viene a buscarte para que vayas a asistir a su mujer. Dice que está muy apurada.

—¡Bueno, bueno! Eso dicen todas. Pásalo aquí y que espere mientras me arreglo. ¡Vaya un fastidio, con el tiempo que hace!

Mientras Faly se metía en su cuarto, la buena señora hizo pasar y sentarse a Julio, un hombre pequeñito, de unos cuarenta años y con una cara de granuja que hubiera asustado a otra que no fuera la bendita señora Josefa.

Con todo interés y conmiseración lo contemplaba sin decidirse a recomenzar su labor, emocionada por albergar bajo su techo, momentáneamente, tan dulces inquietudes.

Julio, en efecto, estaba inquieto; pero no por lo que pensaba la cónyuge del señor Rafael, sino por la maternal mirada que ésta le dirigía. Sus huidizos ojos evitaban el mirarla y se frotaba las manos sobre el brasero dorado, como si estuviese aterido.

—Y... ¿es el primero? —preguntó por fin la señora Josefa, con una entonación que quería ser a la vez maliciosa y compasiva.

—¿El primero? ¿Quién...? —preguntó a su vez el limpiabotas. Pero dándose cuenta pronto de la intención de la pregunta y de su papel, añadió—: ¡Ah! ¡Sí! Digo... no. No, señora. El tercero. Hemos tenido ya dos...

Y sonrió de la manera más falsa posible, enseñando unos dientes negros de tabaco colillero. Después de adjudicarse sin más ni más una familia casi numerosa, se preguntó a sí mismo qué necesidad tenía él de cargarse así de obligaciones. Además, que por lo que vino luego, comprendió que se hubiera defendido mejor si hubiese dicho que era primerizo.

—Así... ¿por qué se inquieta tanto? —siguió la buena mujer—. Ya debería usted estar acostumbrado. Y saber lo que tardan desde que empieza la cosa...

—Es que... verá usted... Mi mujer es que dice que ya... pues ¡ahí va eso! Y tengo miedo por si *s'esgarra* o las hemorragias de sangre...

—¡Ah, claro! ¡Pobre! ¡Rafaela, Rafaela! ¡Date prisa, mujer! Y ¿qué son?

—¿Cómo que qué son? Nada. Aún van a la escuela.

—No. Si digo que si son niñas o niños.

—¡Ah! Niñas, eso es... niñas. Las dos.

—¡Niñas! ¡Como yo! Las niñas salen antes. Debe de ser porque son más vivas. Además, todas dicen que se mueven más que los niños. ¿Se le mueve mucho este de ahora a su señora?

Julio, que tenía unos conocimientos de Tocología extraordinariamente rudimentarios, y que, además, era soltero, creyó que se trataba de una broma.

—¡Hombre! ¡Señora...! ¿Cómo lo voy a saber si aún está dentro...?

—¿Cómo...? Pero ¿es que su señora no se advierte los movimientos en el vientre?

La cara de la señora Josefa era un himno a la extrañeza inocente.

El limpia, comprendiendo que había metido la pata, procuró salvar la situación lo mejor posible:

—Supongo que sí los notará. Pero a mí no me cuenta nada. Es muy reservada con sus interioridades...

Faly, con la puerta entreabierta, había escuchado la conversación y estaba inquieta. En cuatro minutos se arregló pensando hacerlo mejor en la estación y se dispuso a salir para librar al pobre Julio de la inquisición maternal. Pero antes se colocó en un bolso-maleta unas pinzas, unas tijeras, la bata, un juego de jeringuillas y algunos medicamentos. Había que hacer las cosas bien.

—¿Es usted el del parto? Cuando quiera...

Y dando un beso a su madre mientras le decía: "No os apuréis si vuelvo tarde", salió esbelta y garbosa delante del homúnculo, que, aliviado y casi sudoroso, la siguió escaleras abajo. La señora Josefa se dispuso de nuevo a emprenderla con el dobladillo aquel, mientras pensaba: "Aseguraría que he visto a este hombre antes de ahora". Pero en seguida su blanca mente se vació de todo pensamiento que no fuera el de seguir la marcha de la aguja con sus ojos cansados.

En el portal, Julio hablaba con la joven.

—Mire, señorita Faly. Otra vez que me mande hacer esto se espera usted arreglada y no me deje solo con nadie. El otro día su hermana me preguntó que si había roto ya la bolsa de aguas y me dejó *pegao*. ¡Me miró de una manera cuando le dije que yo no había roto nada que supiera! Y además... calcule si me llega a ver hoy otra vez. ¡Cualquiera le hace creer que tengo una costilla que pare cada medio mes!...

Faly, riéndose, le añadió un duro más a los dos convenidos y lo despidió con una carantoña.

Mientras esperaba el tranvía en la acera de enfrente, vio a su hermana que entraba en la casa ya de vuelta. Dio un suspiro de alivio y miró alrededor. Luces y charla de gente que pasaba de prisa y con frío. Una castañera que cantaba monótonamente su mercancía. A sus espaldas, un bar que lanzaba intermitentemente, cada vez que se abría su mampara, una tufarada de calor envuelta en voces roncas de hombres que comenzaban su sábado. Allá lejos, sobre el puente del ferrocarril que marca el límite del populoso barrio zaragozano, las luces de la ciudad le hacían guiños prometedores de todavía no sabía qué estupendas aventuras.

A Sebastián le despertó el estrépito del tren mientras corría por el largo talud de cemento y piedra que hay al llegar a Zaragoza. Se levantó pensativo porque había tenido un sueño revelador, aun cuando no podía hilvanarlo totalmente. Algo sobre la mujer ideal, protagonista única de la Gran Aventura que siempre deseara. Algo así como un ser tan perfecto que llenara con su presencia y sus actos, cambiando siempre, los cambiantes estados de ánimo del hombre. Una mujer que fuera una y fuera muchas a la vez... ¡Bueno! ¡Seguramente efecto del lío aquel de las hormonas! Sin preocuparse más se arregló el pelo y el traje, a oscuras en el departamento condenado, y salió al pasillo, a tiempo de ver cómo el tren iba parando en la estación de Campo Sepulcro. Ansioso miró por la ventanilla y en seguida distinguió en el andén la espléndida figura de Faly. Vestía un abrigo de pieles baratas, pero que lucían como si no lo fueran sobre sus derechas pantorrillas y ceñido frioleramente a las caderas, que recordaba tan armoniosas y duras. La linda cabecita emergía del presuntuoso cuello peludo atrevida y airosa, desafiando al frío de la noche. Dos oficiales y un paisano, que habían abierto una ventana para verla, le decían tonterías casi sacando todo el cuerpo. Ella recorría con la vista el largo tren y parecía dudar entre permanecer allí o esperar más atrás. Sebastián pensó que cuando a uno le espera una mujer así lo menos que se merece es que le vea salir de un vagón de primera; y cogiendo su maleta y su cartera por sobre su cabeza, echó pasillo adelante acompañado de las protestas de los pisados y atropellados, y pasando el primer fuelle descendió majestuosamente de uno de aquéllos. Antes de pisar el andén gritó emocionado: "¡Faly, Faly!", y cerciorado ya de que lo había visto bajar de allí, echó a correr hacia ella.

Al llegar a su lado, su efusivo temperamento le llevó a intentar abrazarla y besarla, pero ella, sonriente y firme, no se dejó. Viladegut entonces, sin enfadarse, abrió la cartera inevitable y sacando un pulverizador le perfumó el busto y el cabello. Luego le enseñó el rótulo del frasquito, que decía: "Besos de primavera".

—Es un sustitutivo, ¿sabes? Aunque, en realidad, el primavera mayor aquí soy yo, por no haberte besado.

Y tomando en una mano sus dos bultos la cogió del brazo muy enlazado y se dirigió con ella hacia la puerta, mirándola con arrobo y adoración. En vano el portero solicitó de ellos los billetes. Sebastián, en aquel momento, estaba encima de una nube dorada oyendo cantar a los angelitos; y cuando se está por encima de una nube dorada y oyendo cantar a los angelitos, se ignoran y desprecian los estúpidos formulismos de la RENFE.

Al llegar al final del túnel de salida, una fila de mozos de estación los asedió, reconociendo en ellos unas excelentes víctimas-para sus asechanzas propagandísticas:

—¿Pensión baratita, señor?
—¿Hotel, señor? ¿Habitación de matrimonio, señor?
—¿Un sitio tranquilo, señor?

El más avispado de ellos le dijo en voz baja:

—¿Habitación buena y sin preguntas, señor?

Sebastián descendió de su nube dorada y, contemplando

muy serio a toda la fila servil, se separó de Faly y tocando uno a uno con el dedo cantó:

*Una, una, a quien le caiga la treinta y una.
Al niñito que está en cuna.*

Y sin más formalidades arrojó la maleta en brazos de un ejemplar bigotudo y picado de viruelas, que escupió una colilla negruzca al suelo, en el colmo del asombro. Pero como el negocio es el negocio, cargó con ella y llevó a la pareja a un taxi y le dio la dirección de un hotel. Sebastián explicaba a Faly mientras arrancaban:
—Siempre hago esto porque me trae suerte. Y hoy necesito mucha suerte. Más que nunca...

Cuando llegaron al hotel, Sebastián rogó a Faly que esperara un momento mientras se inscribía en Conserjería. Luego la tomó del brazo y le dijo:
—¡Vamos! ¿Subes mientras me arreglo un poco?
Faly le miró con cara extraña.
—¿No crees que es mejor que te espere aquí abajo?
Con la más inocente de las sonrisas, contestó Viladegut:
—Como quieras, mi vida.
Y subió solo tras el botones que llevaba el equipaje.
El conserje, después de arreglar sus libros, posó la solemne mirada sobre la bella dama que estaba sentada frente a su mostrador y le preguntó:
—¿No sube la señora a la habitación?
—¡No, no! ¡Gracias! —contestó secamente.
El empleado tomó de nuevo el libro y leyó para sí: "Don Sebastián Viladegut y señora". Miró de nuevo a Faly y por fin se encogió de hombros, como lo haría quien ya está familiarizado con los misterios que esta vida presenta a diario.

CAPÍTULO III

...Y YO ME DIJE, DIGO... *Na*. Hay que sacar a la señorita sea como sea. Hay que exprimirse el *torrao*, Julio, *pa* quedar como un caballero. Y ya me conoce *usté*. Bueno... No me conoce, pero se lo *pué* figurar. Allí yo dale que le das inventando cosas y *prognósticos* de esos de los partos *pa* que la vieja no oliera el *guisao*. Y ella... venga a preguntar... Hay que ver, digo yo, lo que saben las mujeres de eso con sólo que hayan *echao* un par de críos encima de una cama. Y aunque no hayan *echao* nada. Porque... *mía* tú, *usté*, el bicho de la hermanita... Digo, con perdón, la cuñada de *usté*... Que si tenía que romper esto u lo otro, que si las aguas...

Era evidente que Julio, el limpiabotas del "Gambrinus", estaba seriamente impresionado con los conocimientos tocológicos de la familia de Faly. Además, como había que trabajarse la propina, mientras le limpiaba los zapatos a Sebastián hipertrofiaba un poco su actuación de la tarde, aprovechando que Faly estaba en el teléfono comunicando a su familia que la cosa iba despacio y que no la esperaran a cenar.

Sebastián, mientras el limpia peroraba, lo contemplaba atentamente, con el codo apoyado en la rodilla y la cara en la mano. Hacía ya unos minutos que se hallaba en esta posición y su cabeza se movía con un leve vaivén, de derecha a izquierda, que tenía todo el aire de un gesto negativo y reprobatorio. Julio, aunque seguía hablando, se empezaba a desconcertar por no entender esta actitud, muy poco de acuerdo con la narración. Por ver si el vaivén de la cabeza se debía a sus maniobras abrillantadoras, cesó un momento de mover la bayeta. El vaivén continuaba. Le dio más fuerte al trapo. El vaivén no se alteró.

—Julio —habló por fin Sebastián con manifiesta severidad—, te debías llamar Enero.

Sonrió el artista sin ganas y sin comprender adónde quería ir a parar aquel fulano.

—¿Yo?... *Usté* dirá. Pero me bautizaron en San Gil con todas las de la ley...

—O Febrero, mejor. Porque eres un fresco sinvergüenza.

—Oiga... que no *tié usté* derecho por dos cochinas pesetas, que aún no le he *cobrao*...

—¿Te parece bien ir con cuentos así a una casa decente donde te han dado de merendar?

—¡No! Pero qué lío...

—Bueno. Pero te habrás calentado en el brasero, ¿verdad? Donde te han ofrecido calor de hogar y con tus artimañas has sacado a una hija de esa honrada casa a las asechanzas de este podrido mundo, en el que quizá...

Comprendiendo que se estaba metiendo en un aspecto del asunto difícilmente explicable, si se había de ceñir a los preceptos morales, calló, para continuar poco después por otro derrotero:

—Nada. Hoy no hay propina. La tarifa pelada.

Y le dio una peseta al pobre Julio, que hacía ya un rato que no tenía más ocupación que mirarlo en el colmo del asombro. Maquinalmente la cogió y aún pasó más de un minuto para que las reflexiones de su lento cerebro pudieran ser resumidas en una frase apropiada a la situación:

—¡Anda con la que sale ahora!

Faly llegó peripuesta y sonriente, llevándose tras de sí, mientras atravesaba por entre las mesas, una estela de admiración y de piropos a medio reprimir. Viendo al estupefacto Julio con todos los trastos sin recoger y todavía mirando a Sebastián, que con la cabeza erguida lo ignoraba, pidió explicaciones que Julio se apresuró a dar:

—*Na...* Que este señor...

Viladegut, con gesto magnánimo y un poco apresuradamente por si las cosas se complicaban, exclamó:

—¡Bueno! ¡Está bien, está bien! ¡Te perdono! ¡Toma! Y le dio un tormo.

Faly, antes de que las chispas que veía en los ojos del honrado limpiabotas estallaran en palabras desagradables, se inclinó hacia él, le acarició la cara y le dijo en voz baja:

—No hagas caso, Julio. Es muy bromista y está un poco *tocao*.

Y le largó una sonrisa capaz de hacer perdonar el asesinato del padre de uno.

Julio se marchó, considerando así explicado suficientemente el asunto. Pero había un punto de él que le amargaría el resto de la noche porque había herido una fibra sensible de su escasamente sensible conciencia. Luego se lo explicaba a un camarero:

—¿No te fastidia? Decir que yo voy con cuentos a una casa decente... —pensativo, se le veía reflexionar sobre este aspecto de la cuestión, que era el que le pinchaba. Por fin se tranquilizó indirectamente, soltando una teoría propia que parecía no venir a cuento—: Aparte de que cada uno sale según lo que lleva dentro. Más *libertá* que me ha *dao* mi padre desde que tenía cinco años... Y, sin embargo, aquí me tienes... ¿eh, tú? A lo mejor si me *quié* sujetar había sido peor...

Cuando, de la caliente atmósfera del café salieron a la plaza de España, una ráfaga helada del celebrado viento de Zaragoza los azotó y les hizo arrebujarse en sus abrigos y juntar sus cuerpos enlazados. Por la plaza cruzaban despavoridos los transeúntes, ansiosos de ganar sus domicilios o un refugio momentáneo. En el reloj de la Diputación dieron diez campanadas pausadas y solemnes. Imbuido de la seriedad del edificio que coronaba, el reloj de cifras romanas parecía decretar la hora en vez de darla. Era el ordenador de la vida de la ciudad. Un conspicuo ciudadano, el tranviario que cambiaba las agujas del tranvía de Torrero, sintió caer sobre él todo el poder del decreto y dejando de dar patadas en el suelo y de frotarse las manos, exclamó en voz alta y como ritual:

—¡Vaya, hombre! ¡Ya han dado las diez!

Sebastián, que muy unido a Faly se hallaba al lado, esperando en el cruce a que el guardia tocara el pito, se volvió al honrado empleado y le preguntó:

—¿También usted conoce el solemne significado de las diez?

—¡Hombre... yo! ¡Figúrese! ¡Como que es la hora de ir a comer las patatas con la familia, alrededor del brasero!

—¡Bah! Es mucho más importante que todo eso. Es la hora clave. La que separa el mal del bien. La vida familiar de la aventura. Es la hora que cambia el sentido moral de todas las cosas...

—¡Bueno, bueno! ¡*Usté* sabrá! —manifestó el tranviario con el notable espíritu de tolerancia que es de esperar en un hombre que viajaba tanto—. A mí... con que venga mi relevo. Lo que haga él luego, tanto se me da...

El guardia entonces, convencido de que en unos cinco kilómetros a la redonda no se aproximaba ningún vehículo de tracción mecánica o animal que pudiera poner en peligro las vidas de los transeúntes, se decidió por fin a emitir un enérgico silbido que dejó empezada nada más una conversación tan prometedora en su filosófico principio.

Faly, que se reía mucho con lo que llamaba ocurrencias de Sebastián, había compuesto ahora un gesto que un espíritu poco cultivado hubiera catalogado como "mosca" y preguntó a su acompañante:

—Oye, tú. ¿Qué es eso de que a las diez empieza no sé qué y que si la moral...?

Sebastián, comprensivo siempre con los sentimientos y

con las opiniones femeninas, no pudo menos, sin embargo, de admirarse todo lo que era capaz de admirarse en este caso. Difícilmente se puede llegar a comprender del todo a las mujeres. De manera que una mujer, a la que se ha sacado de casa antes de las ocho para ir con uno, a la que se ha llevado al cine y al café, se va a llevar a cenar y luego... bueno... eso, aún se alarma por una inocente opinión sobre las particularidades de una noche provinciana. Además, después de dos horas de cine tan amenas.

No obstante, se dispuso a explicar a Faly pacientemente su inocente teoría sobre el significado de las diez de la noche en una capital de provincia. Y como siempre que empezaba a explicar alguna de sus teorías, comenzó con un motivo bíblico:

—Escucha, Faly, cariño: la noche, desde el principio del mundo, se ha considerado como la encubridora y amiga del pecado de amor. Esto, a pesar de que era de día cuando aquello de la manzana en el Paraíso. Aunque hay autores que afirman que la serpiente les dio la manzana de día, pero que se la guardaron para después de cenar.

Dejó un momento reír a Faly, que ya se había tranquilizado, no sabemos por qué razón, ya que el exordio no podía ser más atrevido, y continuó:

—Desde entonces, en todo lugar donde habiten hombres y mujeres la noche siempre trae unido a su sentido de fin de jornada, de descanso, de velada ante el fuego del hogar, otro sentido inquietante y delicioso, presente siempre que sus sombras caen sobre un hombre y una mujer que estén juntos. Y este espíritu erótico de la noche todos lo comprendemos desde nuestra pubertad, desde que en nosotros despierta el sexo, porque lo llevamos en nuestra sangre. No en vano el noventa y cinco por ciento de los humanos, según las estadísticas secretas del Instituto Gallup, hemos sido engendrados de noche. Los pocos mortales que lo han sido de día han vivido siempre inadaptados y como a destiempo. Todos los que he conocido yo han fracasado en la vida y en el amor. Menos uno, que consiguió una plaza de sereno.

Luego de largarle un beso a la garganta de Faly, aprovechando que ésta había levantado la cabeza para lanzar una carcajada, continuó. Se hallaban en un lugar oscuro y desierto de la calle de Blancas.

—Pero lo verdaderamente curioso es la forma como los refinamientos de la civilización han influido sobre este espíritu erótico de la noche. De qué modo cambia su sentido y su contenido si la noche nos sorprende en un mísero pueblecito o en una urbe cosmopolita de más de un millón de habitantes. He elegido estos dos extremos para que te des cuenta del contraste. Luego verás los grados intermedios, que son los que en realidad nos afectan directamente. En la aldea, el contenido y la intención afectiva de la noche van envueltos siempre en un velo de clandestinidad y delito. Es como si el bueno de Cupido se echase encima del arco y el carcaj una capa parda de conspirador. Por eso todo acto de amor en la aldea está manchado con los tintes del crimen. Aun el amor santificado y legalizado. El marido y la mujer no se atreverán nunca a yacer con la luz encendida, para hurtarse así su recíproca vergüenza. Cuando el hombre vuelve de la taberna, excitado por unos vasos de tinto áspero, es su paso furtivo y silencioso al entrar en la alcoba. La mujer quizás esté despierta, pero no por eso le llama ni le dice que no tenga tanto cuidado. Él se acerca a la cama a tientas, se desnuda y se arropa. Todo a tientas. El tacto es un sentido torpe, sin moral y sin memoria. La vista, en cambio, puede al día siguiente retratar en el fondo de los ojos la escena vivida, y es muy molesto comerse las gachas toda la vida con los ojos bajos. Y no digamos si el amor no es lícito. Entonces se rodea de todo el aparato necesario para cometer el más vergonzoso de los crímenes. Los mismos mozos y mozas que por las tardes se van a las eras más alejadas del pueblo y desaparecen entre los montones de paja y de trigo, ante la vista tolerante e indiferente de todo el mundo, si por la noche quisieran continuar las conversaciones interrumpidas habrían de derrochar toneladas de astucia y capacidad. Engaños sutiles a la familia y a los amigos, pedradas anteriores a las pocas luces de la calle, disfraces, acrobacias, valor... Porque hasta las mentes más obtusas del pueblo se vuelven sagaces y avispadas para captar cualquier detalle sospechoso... Una vez estaba yo en un pueblo de aquí, de tu tierra, acompañando a unos turistas franceses, y una rondalla cantó la jota esa tan conocida:

> *A eso de la medianoche,*
> *dicen que han visto saltar*
> *a un hombre por la ventana*
> *de María del Pilar.*

"Se la traduje a los turistas, poniendo toda la intención de que soy capaz para hacerles comprender su sentido, y no la entendieron. Su mentalidad estaba tan alejada de la aviesa maldad del que la inventó y de los que la comprendemos, que no la entendieron. Una señora me preguntó: "¿Y cómo sigue?" Otro explicó: "Es que debió de ir a robar".

"Y, sin embargo, era una copla capaz nada menos que de convertir a una mujer honrada en una perdida, sólo porque un individuo había hecho demostraciones atléticas desde su balcón. ¡Ah, pero las había hecho "a eso de la medianoche"! Esto eliminó todas las dudas en todos desde la primera vez que se cantó.

—No, y que es para pensar mal. ¿No te parece? —interpeló Faly, todavía riendo—. Pero lo que no comprendo es adónde me quieres llevar con todo este cuento de la noche. Es decir, me parece que sé adónde me quieres llevar, porque hace un rato que perdimos de vista la última farola.

Se hallaron en la Ronda del Huerva, acreditado paseo nocturno muy frecuentado por parejas efusivas, que aquella noche parecía desierto en la gran oscuridad de su alameda y batido por el terrible viento del Moncayo.

—En cambio —continuó Sebastián sin hacer caso y luego de haberle tapado la boca con un beso—, el cuadro es totalmente distinto cuando la noche cae sobre una gran ciudad. Su sentido amoroso se conserva. Todos esperan la noche como cómplice propicia para sus desahogos, para sus placeres, pero nadie se oculta. Se encienden las grandes luminarias de las "boîtes" y los "cabarets". Se lanzan a la calle con el alquila levantado las dispensadoras de cariño por horas. Vocean su mercancía con destellos de brillantes falsos y hasta verdaderos otras, sentadas en las barras de los bares y en los divanes de los cafés elegantes. Nadie oculta nada, todo se sabe o se supone, nadie cantará coplas al otro día. Lo que en la aldea era delito horrendo, que debía ocultarse en sombras y disimulos, es aquí broche dorado y alegre de un día afanoso. Y, sin embargo, son los mismos deseos, la misma pasión la que impulsa al ciudadano respetable que en compañía de amigos, a la vista de todo el mundo, entra en un "cabaret", que los que llevan al maestro, al médico o al secretario de la aldea a saltar de portal en portal envueltos en una capa negra y aprovechando el momento en que una nube tapa la luna. Y es que lo que en el pueblo es pecado, en París por ejemplo, se llama *joie de vivre*, y esto lo explica todo.

Faly se creyó obligada a sonreír y poner mirada soñadora al oír nombrar a París y esto otro que no entendía. El hombre continuó:

—Podría extenderme en consideraciones morales, pero lo que me interesa es que comprendas lo que ocurre en un sitio como este en que vives, que no es aldea ni gran ciudad, que equidista de los dos extremos. Como ves, acabamos de salir del centro de la capital y ya, como quien dice, nos encontramos en el campo. Los dos aspectos de la noche que te he descrito podríamos representárnoslos en el espacio de doscientos metros. Y, sin embargo, no es así. Ni aquí, en este descampado, nos imaginaremos una noche en la aldea; ni allá dentro podremos decir, hoy por hoy, que la noche le da aspecto de gran ciudad. Ciudades como ésta, que tienen el campo tan cerca y que, sin embargo, han de presumir de grandes capitales, necesitan, por un lado, mantener la moral porque, como todo el mundo se conoce, es el único medio de conseguir el mutuo respeto; pero, por otro lado, deben mostrar cierta tolerancia para adquirir el tinte cosmopolita por el que supiran. Estos dos convencionalismos han traído como consecuencia el sistematizar la cosa marcando un límite horario; y este límite son las diez de la noche. En verano las once, por el cambio de hora. El padre le dice a la jovencita de dieciocho o veinte años: "¡Que no te den las diez en la calle!" Los espectáculos de la tarde acaban a las nueve y media para que tengan tiempo de llegar a casa todos aquellos que no puedan justificar su presencia en la calle más adelante de las diez. Una pareja que no sea matrimonio, vista en cualquier sitio más de las diez, es inmediatamente fichada en el índice de los vicios ciudadanos. Y el vicio de verdad, que durante todo el día y parte de la noche, hasta las diez, recorre indolentemente las calles céntricas, que invade los bares, los cines y los cafés, al dar las diez se recluye en recónditos barrios perfectamente vigilados, en casas previamente señaladas, que todo el mundo conoce aunque al parecer nadie va. Ya ves: este paseo que a las nueve y media no tiene nunca un árbol libre, se ha despoblado por completo en esta hora...

Miró intensamente a su acompañante, que intuitivamente comprendió que iba a decir algo importante. Al verlo callado, preguntó Faly tímidamente:

—Pero ¿a qué viene...?

—Es que... han dado las diez, Faly, y estás conmigo todavía —respondió sin dejarle acabar—. Ésta es la meta de mi razonamiento. Es como si fuéramos protagonistas de una leyenda de esas en que el diablo fija una hora para vencer la hipoteca sobre un alma, y esa hora hubiera sonado ya. Todo es irremediable...

Y Sebastián Viladegut, mirando a la luna con cara de Mefistófeles triunfante, comenzó a silbar una aria, que bien podía ser la de *Fausto*, pero que no lo era.

Faly, no sabemos si de frío o por otra cosa, tembló a su lado y se arrebujó en su abrigo. Luego soltó una carcajada nerviosa. Verdaderamente, salir con Sebastián era como leer una novela de las de cincuenta pesetas. Todo ocurre de modo diferente a como una se lo imagina. Sobre todo a como una se lo imagina después de haber leído tantas novelas de las de diez pesetas de la colección "Ensueño" y de haber salido con tantos chicos del barrio. De modo diferente y más bonito, si bien se mira, porque una se siente más importante, más inteligente. Se olvida una de su cuerpo y hasta de defenderse y de pensar en cuál será la próxima mano que actuará, para estar al quite. Es como si por primera vez le concedieran a una importancia y dejaran de ver sólo lo bien repartida que tiene la carnecita. Pero al lado de esa presunción nacía la eterna inseguridad atormentante: "Si no es eso ¿qué es lo que puede encontrar en mí, qué es lo que puedo darle yo si no soy más que eso?"

Era, sin embargo, característico en Faly que sus palabras no siguieran a sus más íntimos pensamientos, y por eso dijo una tontería:

—¡Vamos, hijo! ¡Me parece que te estás haciendo demasiadas ilusiones!

Pero Sebastián no le replicó porque en aquel momento estaba admirándose a sí mismo. Lo denotaba en la transición del aria a unos acordes triunfales. La verdad era que cuando empezaba a exponer una de sus peregrinas teorías nunca sabía adónde iría a parar, porque sus ideas fluían siempre como los compases de sus inauditos conciertos silbados, impulsados siempre por su estado afectivo del momento. Y ahora se había dado cuenta no sólo de lo bonita que resultaba su teoría erótica de la noche, sino de las posibilidades que encerraba. El río subterráneo de sus pensamientos se hizo superficial y fluyó en palabras:

—Verás. Voy a demostrarte prácticamente la realidad de lo que te he dicho. Tú y yo vamos a formar desde ahora mismo una pareja audaz que va a osar desafiar la ley no escrita, pero aceptada: el virtuoso horario de la ciudad. Vamos a caer ahí en medio, como ladrido de perro en un concierto de Paderewski o proclama revolucionaria en una reunión de las conferencias de San Vicente de Paúl.

Y agarrando a Faly de la mano echó a correr en dirección a las luces de la Puerta del Duque. Durante la carrera, Faly pudo hacerse cargo de sus intenciones y no pensó en resistirse, porque en el fondo era una iconoclasta. Pero se le ocurrió una objeción muy lógica:

—¿Y cómo va a saber todo el que no nos conozca que somos matrimonio?

—De eso me encargo yo —manifestó resueltamente Sebastián.

Parado y en medio del arroyo, llamó a grandes voces un taxi que ya atravesaba la plaza de San Miguel. Paró el vehículo y hasta tuvo la deferencia de dar marcha atrás para aproximarse. Sebastián esperó a que la ventanilla del conductor se hallase a su altura y, como si quisiera comenzar a poner en vías de hecho su última decisión, preguntó con excesiva melosidad a Faly:

—¿Adónde le gustaría a mi chatita ir a cenar?

El conductor, que con la mayor indiferencia esperaba sentado al volante a que subieran sus nuevos clientes, volvió de pronto la cabeza con manifiesta alarma y desconfianza. Su cara, peluda y amorfa, de honrado padre de familia, se arrugó en todas sus comisuras. Parecía como si oliera algo que se socarrase. Luego miró un reloj barato que llevaba en la muñeca.

—Les advierto —dijo— que voy de retiro y no puedo entretenerme mucho. Si no es muy lejos.

Sebastián empezó a gesticular con muy poco disimulo. Faly emitió una risita comprometedora y entonces su acompañante, para evitar que se enfadase del todo el puritano chófer, la metió casi a viva fuerza dentro del coche y dio el nombre de un distinguido restaurante.

—Hoy no han venido las de Domínguez. Ya hace dos sábados que faltan. Se ve que no va tan bien como al principio eso de la venta de pisos. Ayer mismo me contaba Paulina...

Una oliva pinchada en un palillo, a dos centímetros de una boca abierta e inmóvil, pareciendo tomarle la medida a la oliva, pero, en realidad, puesta así por el asombro. Unos ojos fijos en una sola dirección y un silencio repentino, quedando el mundo sin enterarse de lo que Paulina había contado.

El mundo —entendido en su contenido humano— circunstancialmente más próximo a la señora de la oliva y amiga de Paulina, estaba integrado por otras dos señoras, dos señores más y el marido de la citada, que también era señor, naturalmente. Tres matrimonios, al parecer, se disponían a cenar en un bonito salón donde otros más también iban a hacer lo mismo. Es claro que los cinco acompañantes de la primera, advertidos por su interrupción y guiados por su mirada, volvieron la cara. Sobre las cortinas rojas de la puerta se recortaba nítidamente la silueta de Faly, bien dibujadas sus perfectas curvas por un vestido azul oscuro, ceñido y cerrado hasta el cuello, alta y provocativa, la cara con las mejillas aún enrojecidas por el frío de la calle. Fueron unos breves segundos los que permaneció sola el tiempo necesario para penetrar tras ella Sebastián guardándose las fichas del guardarropa. Por detrás de su hombro, él contempló sonriente y amable el asombro de la reunión, gran parte de ella en trance de decir ¡oh!, pero sin decirlo. Enemigo siempre Viladegut de los impulsos truncados, que pueden producir indigestiones mentales, quiso impulsarlos a la decisión; y aproximando su boca a la linda orejita de Faly, exclamó con voz innecesariamente alta:

—¿Te gusta el sitio, vida? ¿Eh? ¿Que sí?

Entonces el ¡oh! no fue sólo intencional, sino perfectamente audible y sentidamente pronunciado. El *maître*, un hombre gordo y reverencioso, acudió hacia ellos con una prisa excesiva, que al llegar frente a un Sebastián altivo y digno que había dejado de sonreír se tornó en un parón brusco y en unos movimientos indecisos de sus manos y de su espinazo. Es asombrosa la expresividad de la columna vertebral de los *maîtres*. Por sí sola puede explicar el estado de ánimo de su poseedor. Convexa frente a los clientes, cóncava casi, frente a los camareros; en forma de gancho o báculo frente a una bronca del dueño y escoliótica en el desgaire de una curva absurda ante esos insólitos clientes a los que su larga experiencia no llega a catalogar en un determinado grupo social, pero que sin duda alguna no encajan en un marco decididamente aburguesado y distinguido. Se hallaba verdaderamente aturdido, pero la decisión la tomó por él Sebastián:

—Vamos, Pepe. Pero ¿es que no nos sientas?

La indignación que le dio al oírse tutear y llamar Pepe obró de reactivo y su cara se coloreó de indignación, tomando el espinazo su curvatura más cóncava y amenazadora. Pero Sebastián no le hizo caso y continuó dirigiéndose a Faly:

—Aquí donde lo ves, Pepe es un pillín. Una noche lo vi a las tres de la mañana agarrando a una botella y a una morena...

—Debe usted de estar confundido, señor —murmuró el *maître* en un tono bajo, todavía indignado, pero con un matiz extraño en la negativa—. Si me permiten, el mozo los acompañará. —Y llamando a un camarero cercano le hizo una indicación y desapareció en el misterio del *comptoir* apresuradamente. El mozo, bastante azorado, los condujo entre las mesas, donde parecía haber cesado toda conversación y toda acción, y los embutió entre una columna y un diván, en una mesita que sólo tenía un frente de observación. Pero Sebastián mostró su disconformidad y abandonando al mozo y a sus sugerentes gestos, arrastró a su pareja hacia una mesa vacía que se hallaba en el centro del salón y batida por todos los vientos.

—Verá, señor. Esa mesa...
—¿Está reservada?
—En cierto modo, no. Pero es la que usamos para hacer las distribuciones...
—¡Espléndido! Así probaremos de todo un poquito. ¡Vamos, vamos, trae eso y vuelve cuando te silbe!

Y arrancándole la carta de debajo del brazo despidió con un señoril gesto al apurado mozo, que también desapareció en el *comptoir*, donde al parecer radicaba algún misterioso organismo consultor y consolador.

Faly contemplaba a su compañero con un gesto mezcla de vergüenza y de admiración. Sebastián, mientras miraba la carta, rezongaba:

—En cuanto venga Pepe va a oírme.

Faly, encontrando una explicación a la desfachatez de su compañero, dijo:

—Debes de tener mucha confianza con ese Pepe.
—¿Yo? Ni siquiera lo conozco.

Y sin dar más explicaciones pareció olvidar el asunto y, alzando la cabeza, dijo a su compañera:

—Ahora observa y escucha. Pronto empezarán a pasar cosas. Mira alrededor —recorrió la sala con una mirada circular y descarada, mientras sonreía misteriosamente—. ¡Están todos! Los carboneros que venden al por mayor, el jefe de los Seguros "El Bello Porvenir", o algo semejante, que ha convidado a cenar a un pez gordo para sacarle un seguro de vida, aunque sabe que estafa a la compañía porque está enfermo del corazón y se morirá al año que viene; tres matrimonios del ramo de tejidos, que todos los sábados se cenan aquí parte del producto de unos escandallos amañados; el joven Antúnez, con las menos jóvenes hermanas Antúnez, que llevan luto reciente por su pobre tía Dominica, a la que han matado a disgustos para heredarla y poder presumir aquí; don Miguel, ese que es algo gordo en el Ayuntamiento y que nadie sabe de dónde saca el dinero que gasta con su mujer y su hija, Petra-Trilla para los íntimos...

—Veo que conoces a mucha gente.

—No. A nadie. Es la primera vez que vengo aquí. Pero si te fijaras bien, comprenderías que no puede ser más que como te lo he dicho. Lo llevan en la cara. Como llevan el que todos son personas decentes. Lo más pecaminoso que verás en este lugar será aquella pareja del rincón último. Son don Fausto, el catedrático, con su querida, que ya está muy jamona. Todos lo saben. ¡Pero como llevan tantos años! El tiempo hace perdonar esas cosas siempre. No por formar costumbre, sino porque hace envejecer a ellas y, naturalmente, ya no son deseadas por los hombres ni envidiadas por las mujeres, con lo que desaparece todo motivo de escándalo.

—Te equivocas. A ese señor lo conozco yo. Es un médico que trabaja mucho aquí y no se llama don Fausto. Además, aunque no sé si está casado con la vieja que tiene al lado, me consta que es una excelente persona...

—¿Y quién te ha negado que sea buena persona? ¿Y qué importancia tiene que se llame don Fausto y que no sea catedrático? El hecho primordial subsiste y la ejemplaridad de su historia también. Por otra parte... Pero ¡escucha!

Faly movió a uno y otro lado la cabeza, sin acabar de comprender qué era lo que Sebastián deseaba que escuchara. A pesar de su natural viveza, Faly no podía seguir la vertiginosa marcha del pensamiento de su acompañante y siempre iba retrasada un cuarto de onda. El camarero vino en aquel momento, a saber lo que querían cenar, y Viladegut, sobre la carta, le hizo cuatro indicaciones precisas sin consultar a su compañera para nada. Por fin Faly se dio cuenta de una cosa que sucedía a sus espaldas. Los tres matrimonios citados por Sebastián habían reanudado su conversación, pero en un tono bajo y agrupando las cabezas. Sin embargo, uno de los tres hombres, que tenía una cara plana y como interrogando siempre, debía de ser bastante sordo porque de vez en cuando preguntaba, sacando una voz de falsete y mal medida en su volumen, como hacen todos los sordos.

—¿Eh, eh? ¿Qué decís? —Y los demás, casi siempre su mujer, se veían obligados a resumir en una corta respuesta lo tratado entre todos.

Así, por ejemplo, después de un conciliábulo rápido en el que cada cual, *sotto voce*, dijo su parecer y lo argumentó, mientras el sordo movía su cara plana de uno a otro como si fuera un reflector loco y no cesaba de preguntar: "¿Eh?, ¿eh?", el acuerdo resultante fue resumido para él en voz alta por su cónyuge:

—¡Que no deben de ser matrimonio!

—¿Quién, quién? —y luego, como iluminado—: ¡Oh, claro está que no! ¡Eso se ve en seguida!

Sebastián hizo unos guiños múltiples y variados a su compañera, que había comprendido al fin la marcha del asunto y prestaba gran atención. Después acercó su silla a ella y extremó sus atenciones y mimos.

—¿Te pelo una gamba, vidita?

Su voz, al decir esto, tenía una ardiente entonación pasional. Le dio un gamba pelada y con dos dedos se la mantuvo en la boca mientras la iba consumiendo. Al acabarla, Faly le dio un besito en la punta de los dedos. Una de las señoras manifestó su virtuosa indignación con un bufido y convocó una reunión extraordinaria de cabezas sobre la fuente de los entremeses donde dos olivas y una rodaja de salchichón habían quedado en desesperanzado olvido.

La curiosidad insaciable del sordo fue medianamente satisfecha por su mujer al final del debate, diciéndole:

—¡Que a este paso no se va a poder salir de casa!

—Sí. Hace demasiado frío. Pero aquí se está bien —sentenció el sordo con cara inefable.

La ocasión para el chiste era oportunísima, y por eso uno de los comensales, un hombre seco con cara de dolor de estómago, no la dejó escapar:

—No te creas. También aquí hay un fresco...

Todos rieron la estupenda gracia. Pero una de las damas, la del bufido virtuoso, la estropeó con una apostilla envenenada como sólo puede hacerlo una mujer hablando de otra mujer, sobre todo si esta última es joven y guapa:
—Y una fresca.
El sordo estaba en sus glorias porque ahora se enteraba de todo. Hablaban y reían en voz alta, envalentonados por el número y por la fuerza moral que les daba su condición de parejas legalizadas y su puritanismo.
Faly, demasiado poco inteligente para aguantar el insulto, puso cara tosca y se revolvió en la silla como pantera picada por un tábano. Pero un estirón de su acompañante le hizo recobrar la compostura. Además, Sebastián le dijo:
—No te enfades, tontina. Ya ves que esto forma parte del programa...
—¡Qué programa ni qué narices! ¡Yo no le consiento a ese perro viejo ni a su madre que me insulten!
—Pero...
Y Sebastián, al ver a Faly dispuesta a levantarse y armar un escándalo, la sujetó del brazo, exhaló un suspiro de resignación y dirigió una mirada al techo, no se sabe si clamando contra la inconsecuencia de las mujeres o pidiendo ayuda para su inmediata misión. Después se levantó y dirigiéndose hacia la mesa de los tres matrimonios, dijo con la mejor de sus sonrisas:
—Ustedes dispensen. ¿Podrían prestarme esa olivita?
Señalaba a la que había quedado solitaria en el plato de los entremeses. El asombro de los seis, incluido el sordo, que aun sin oír la pregunta había clavado en Viladegut los ojos redondos y salientes, fue tan grande que paralizó toda acción y toda pregunta. Sebastián, condescendientemente explicó:
—Verán: es que —se agachó con expresión amable y confidencial— ella necesita llevar algo en la boca porque tiene salivitas. Está... de dos meses y mientras viene el camarero...
Las tres mujeres fueron las primeras que relajaron sus

rígidos rostros en unas amplias sonrisas de comprensión. Los hombres, luego, las secundaron y una corriente de simpatía se estableció entre el demandante y los comensales. El sordo, hecho un lío, preguntaba a unos y a otros: "¿Eh, qué quiere?" La productora del insulto fue, en vías de su arrepentimiento, la que mostró más solicitud y, pinchando la olivita con un palillo se la ofreció a Viladegut con un gesto radiante. Otra se sintió expansiva y comunicó a todos la interesante curiosidad de que "igual, igual le había pasado a ella todas las veces que se había quedado embarazada... Pero pasados los tres meses se encuentra una mejor". La otra preguntó a Sebastián algo que en cierto modo se originaba en las dudas de antes:

—Hace poco que se han casado ustedes, ¿verdad?

—¡No! ¡Si no estamos casados! —contestó Viladegut—. Pero es igual. Para eso de las salivitas es igual...

Los dos caballeros no sordos se levantaron violentamente a la vez que las tres señoras proferían al unísono un grito de horror. Uno de ellos tumbó la silla hacia atrás, con gran estrépito. Una vez levantados se encontraron de pronto en la extraña situación de no saber contra qué ofensa protestar ni qué insulto repeler, hasta que uno de ellos, dando un puñetazo encima de la mesa, exclamó:

—¡A mí no me toma el pelo ningún sinvergüenza y soy capaz de...!

El sordo, que por su defecto podía considerarse todavía virtualmente al margen del asunto, pensó que iba a abalanzarse contra Sebastián y lo agarró fuertemente con sus brazos, en cumplimiento de sus deberes cívicos. El otro caballero, menos combativo, había decidido ir a llamar al *maître* o a la primera persona responsable que encontrara. Sebastián, todavía sereno y sonriente, se inclinó para dejar la olivita pinchada en el palillo encima del platito al tiempo que decía:

—¡Bueno, bueno! ¡No es preciso que se pongan así! ¡Total, por una oliva! —Y se marchó muy digno hacia su mesa. Una vez allí explicó a Faly en voz alta y con gesto de extrañeza:

—¿Sabes? Son una gente muy rara. Figúrate que se han ofendido porque les he contado lo de tus salivitas...

Faly no contestó ni hizo preguntas sobre las incomprensibles palabras de Sebastián, porque en aquel momento estaba muy preocupada al sentirse el centro geográfico de una conflagración social. Todos los concurrentes, hasta los más alejados, los miraban y en las miradas se mezclaba la ira con la curiosidad. Era evidente que no encajaban en aquel sitio. Sin pensar en la parte que en todo esto habían tomado las genialidades de Sebastián, se vio como alimaña acorralada y sintió crecer su anhelo de venganza contra todo y contra todos. Sintió afirmarse su rebelde espíritu de independencia y libertad. Provocativamente mantuvo todas las miradas, mientras Sebastián, ya sentado, pelaba filosóficamente otra gamba.

En la mesa inmediata, las tres señoras y los dos caballeros que quedaban esperaban serios y rígidos que volviera el que había marchado en busca del *maître* y tenían sus miradas fijas en las cortinas del *comptoir*. El sordo miraba de reojo hacia la mesa de Sebastián y el otro empuñaba en su mano, nerviosamente, el cuchillo del pescado, descargando sobre el mantel su hiperpresión agresiva.

Cuando aquel caballero vino en su busca, el *maître* se vio obligado a interrumpir el conciliábulo que mantenía en la antecocina. Y cuando supo la causa por que era requerido, comprendió que el tiempo de las graves decisiones había llegado y que no procedía ya la discusión del asunto. Por eso, con un digno gesto despachó a Herminio, el portero, y al camarero Ruiz, relevándolos de su función de asesores, y estirándose el frac se dirigió al salón, consciente de su responsabilidad.

Herminio y su antiguo amigo y conspicuo juerguista Ruiz se quedaron todavía comentando el caso. Herminio era verdaderamente un mal ejemplo para la ciudad, y especialmente las juventudes tenían en él una nociva enseñanza. Porque Herminio se ganaba actualmente la vida con dignidad y decoro gracias, precisamente, a su condición del golferas abyecto e irredimible. La dirección de aquel restaurante, toda ella compuesta de hombres moralmente sanos e intachables, cuando llegó el momento de discutir la adjudicación de la plaza de portero no dudó ni un momento en dársela a Herminio. La razón era obvia: nadie como él, recadero de prostíbulos, vendedor de piedras para mecheros y otras cosas, proveedor incansable de la Inclusa, borrachín oficial de la ciudad, profesional en tercerías e ilustre académico de taberna, podía guardar la puerta de un establecimiento elegante y respetabilísimo, donde en cada columna y en cada dependencia campeaba el letrero orgulloso, en relieve dorado: "Reservado rigurosamente el derecho de admisión". Porque nadie como él conocía lo que allí era inadmisible, lo mismo si procedía de la ciudad que del resto de España. Pero esto no obsta para que el verlo a la puerta de aquel rico lugar, bien vestido y bien alimentado, fuera un perjudicial ejemplo para quien lo conocía y, sobre todo, para los que siempre le habían pronosticado un mal fin.

—¡Que no, Paco, que no! —decía ahora a su amigo Ruiz—. ¡Que no tiene razón el jefe! ¿Con qué cara les voy a decir a ese par que se las *piren*, que se han *equivocao* de puerta? ¡Señor! ¡Que éste es un puesto de mucha responsabilidad! ¡Que me *puén* empapelar por ofensas! Sólo porque se le ha metido en la *chola* al jefe que esa chica no es de ley...

—Pues yo la tengo vista —exclamó pensativo Ruiz.

—¡Toma! ¡Y yo también! ¡Como que es una tía bandera! ¡Pero no es de la vida! ¡Ni siquiera del cuento! Te lo aseguro, Paco. ¡A mí se me iba a escapar! Y es que el jefe en cuanto ve un fogón alto y unos pechos bien puestos ya me está llamando ahí dentro *pa* soltarme el rollo. ¡Como si no fueran decentes más que las feas!

Después de esta profunda reflexión abandonó a su amigo Paco y se dirigió hacia su puesto de responsabilidad.

Pero los acontecimientos de la noche no hacían sino empezar y bien iban a demostrar que el Herminio no se equivocaba nunca. No había aún acabado de recorrer el vestíbulo cuando pasó el *maître* como una exhalación, congestionada toda la parte desnuda de su cabeza desde la papada submentoniana hasta la calva. Como un disparo preguntó a Herminio:

—¿Ha venido ya don José?
—Sí. En su despacho está.

El probo vigilante de la moralidad del local se olió que algo había pasado relacionado con el asunto de la chica esa y, lanzando una amplia mirada alrededor, decidió abandonar su primitiva idea de volver a su obligación. En vez de ello recorrió parte del pasillo por donde había desaparecido el *maître* y cerca de una puerta entreabierta, de la que salían voces, se paró. Se oía al *maître* muy acalorado:

—...y no sólo se permite tutearme y llamarme Pepe, siendo que yo me llamo Gregorio, sino que cuando le he recordado que estaba rigurosamente reservado el derecho de admisión, él me ha dicho que cómo es que estaba yo dentro cuando todo el mundo conocía mi mala vida; y la señorita, o lo que sea, ha manifestado que cómo habían dejado entrar tantos chuchos viejos y cacatúas como tenía alrededor. Se refería especialmente, señor, a las señoras de los consejeros de la S. E. P. A. S. A., que se hallaban en la mesa inmediata, lo que comprenderá usted que ha motivado el disgusto consiguiente, hasta el punto de que estos señores, clientes asiduos a nuestra casa, están en este momento pidiendo los abrigos para marcharse.

—Bien. Pero ¿hay algo en qué basarnos para expulsarlos? ¿Se puede demostrar que son gente de vida airada? —preguntó don José con voz grave y reposada.

—Eso es lo malo, don José. Él me ha dicho que como ingeniero agrónomo que es y asesor del ministro en la Dirección de Abastos me iba a costar caro el entrometerme en sus asuntos. "Por lo pronto, Pepe —me ha dicho el muy...—, despídete del cupo de aceite y del azúcar del

81

mes que viene." Y ella me ha refregado por las narices unos papeles del hospital por los que parece ser que es médico o algo así... Pero el escándalo que han producido...

—Bien, bien. Quédese aquí. Será mejor que no le vean hasta que arregle yo esto...

—Está bien, don José.

En el tono de Gregorio había un odio profundo e impotente hacia el productor de su vergüenza y destructor de su prestigio y omnipotencia. Herminio salió corriendo, antes de que lo viera don José. Una vez en la puerta se frotó las enguantadas manos y no precisamente porque tuviera frío.

Don José, en el salón, dominando la situación con su desenvuelta prestancia, había conseguido que se volvieran a sentar los consejeros de la S. E. P. A. S. A. y sus consejeras particulares, tras de unas promesas hechas en voz baja. Luego, con el mayor aplomo, se sentó en la mesa de Sebastián y Faly tras de presentarse y saludarlos con una cordial cortesía. A su indicación, el camarero, que vagaba desorientado sin saber si servir o no servir en aquella mesa, trajo unas copas de vermut. Pocos minutos después reinaba entre los tres una amistosa confianza que permitió iniciar las negociaciones. Puso como un trapo al imprudente *maître* y entrevió la posibilidad de que lo sucedido le costara el puesto. A esto mostró Faly su generosa oposición y Sebastián manifestó:

—Deje usted tranquilo al pobre Pepe. Al fin y al cabo, es un tipo muy divertido.

Luego don José continuó:

—Pero vea, amigo Viladegut, a qué situaciones más desagradables conducen los convencionalismos y la mojigatería de una población como ésta, que quiere presumir de gran capital y lo es en realidad. Lo es por su importancia, por sus edificios, por su riqueza. Pero no lo es por sus habitantes, aferrados aún a unos prejuicios y a una intolerancia del siglo pasado. ¡Ah, la alegre despreocupación de París, de Viena! ¡Hasta de Madrid y Barcelona! ¡El bien vivir y dejar vivir...!

Faly lo escuchaba encantada, creyendo que ahora sí que se hallaba en realidad departiendo con un verdadero hombre de mundo, con un cosmopolita inveterado y elegante... Sebastián se sonreía con sorna.

—De todos modos —continuó don José—, creo que debemos reducir el problema a sus justos términos. Aquí lo sucedido no ha sido más que ha surgido un motivo de roce e incompatibilidad entre ustedes dos y algunos comensales por motivos que no interesan. Como parecen ser más ellos que ustedes —sonreía al decir esto con burlona expresión—, creo lo más conveniente para todos que la casa ofrezca a ustedes un sitio reservado y acogedor y como compensación a esta molestia sean ustedes por esta noche invitados nuestros... Pasen, por favor, a nuestro comedor privado...

Faly, abiertos los encandilados ojos, miraba a Sebastián como requiriendo su asentimiento a tan prometedor ofrecimiento. Sebastián, sonriendo todavía, dijo:

—Mire, amigo. A mí no me engaña. A la señorita sí. Y como ella manda esta noche, nos vamos. Pero no a donde dice usted, sino a donde nos dé la gana. Al fin y al cabo, ya me está aburriendo esto. Nunca he visto tanta gente decente reunida.

Faly intentó protestar, pero la hizo callar un tirón de su compañero. Con una cortés inclinación se levantó don José al tiempo que ellos y dijo:

—Creo que tiene usted razón, aunque lamento sinceramente que no acepte.

Y con la mejor de sus sonrisas acompañó a la pareja hacia la puerta. Faly, al atravesar las mesas por entre las miradas admirativas de los hombres y vencedoras de las mujeres, oyendo inequívocos suspiros de satisfacción comprendió cuánto de claudicación y de huida tenía este mutis suyo a pesar de las cortesías del tipo aquel. Por eso adoptó otra vez el gesto huraño y descarado de antes y más de unos ojos se bajaron al chocar con su mirada.

En el vestíbulo aún pudieron ver al *maître*, que no quiso perderse la satisfacción de verlos salir y se había asomado detrás de una columna. Sebastián le dijo campechanamente:

—¡Ah, Pepe! ¡Perdona, Pepe! Ya le hemos dicho al amo que no te despache. También le he dicho que el lío aquel de la planchadora son cosas de la juventud y que tienes reconocidos a los chicos. Aún deben de quedar en la mesa dos gambas. Para ti.

El pobre Gregorio, incapaz de reaccionar debidamente, pasó del sonrosado-vergüenza al amarillo-ira, demostrando una notable facilidad para esta exhibición de tecnicolor.

Herminio, al despedirlos, tuvo para ellos el más reverencioso y rendido saludo de la noche.

Cualquier historiador malévolo que pueda tener Sebastián Viladegut, se apoyará siempre en el incidente del restaurante para refocilarse en su claudicación y demostrar lo ficticio de su *pose* y la endeblez de su carácter. Algún otro, mejor intencionado pero poco sutil considerará simplemente un fallo en su línea de conducta este su vencimiento frente a los convencionalismos. Y, sin embargo, ni uno ni otro tendrán razón, porque Sebastián está muy por encima de todo esto. Para juzgar sus actos no nos hemos de olvidar que la condición primera de su psicología y el *primo mobile* de todos sus actos es siempre la afectividad intensamente positiva hacia todo lo que le rodea, lo que necesariamente le ha de hacer soslayar todo conflicto o incompatibilidad que pudiera surgir con lo situado en segundo término y consumar o acentuar toda aproximación con lo situado en primer término. Cuando lo situado en primer término es una mujer como Faly, cualquier cosa que nos abra el camino de su corazón está perfectamente justificado... ¡No, no se extrañe nadie! Parece difícil que el mejor procedimiento para conquistar una mujer sea el salir casi huyendo de un restaurante, rehusando dar la cara en su defensa, y, sin embargo, así es en el caso de Faly. Sebastián lo sabía porque no ha habido nadie que haya conocido a las mujeres mejor que él. Cuando media hora antes ha convencido a Faly para desafiar los prejuicios y convencionalismos ciudadanos, sabía que en realidad ese desafío es contra la misma Faly. Ha querido colocarla en una situación falsa, enfrentarla con el mundo burgués y tranquilo que desea y que nunca podrá alcanzar por ser esclava de su misma naturaleza, para que luego al sentirse rechazada reaccione desnudando su alma como paso preliminar para desnudar su cuerpo. Intenciones poco edificantes (¿quién intenta moralizar?), pero totalmente de acuerdo y fieles al psicoerotismo viladegutiense y a su manera de entender el apasionante juego. Si intentáramos traducir en palabras el proceso mental de Sebastián, podría hacerlo así:

"Ven conmigo, Rafaela, pobrecita mía. Ven conmigo y contempla desde la puerta la imagen de lo que desearías con toda tu alma llegar a ser para huir de tu femineidad incompleta y de un destino incierto y airado. Quisieras ser, por ejemplo, como aquella jovencita que está sentada en aquella mesa con sus papás. El joven que está a su lado es su novio. Probablemente es el que convida hoy, para congraciarse con los suegros. Por debajo del mantel, entre plato y plato, se dan pequeños estrujoncitos de manos y así son enormemente felices. Sábense seguros ahora y en el porvenir. Dentro de unos meses se van a casar y... Segundo acto: en aquella otra mesa ya tienes al matrimonio formal y seguro que han deseado ser. Han venido a celebrar su sábado y la fausta eventualidad de haber salido bien un negociejo. Quizás esta misma noche, antes de eliminar todos los vapores de unas libaciones desacostumbradas, engendren al primogénito, que... Tercer acto... Lo verás sentado junto a ellos, ya más maduros, en aquella otra mesa. Pronto ya no lo traerán ni siquiera vendrán ellos, porque otros hijos llegarán y otras graves obligaciones les harán considerar como un despilfarro extraordinario venir a gastarse treinta duros en cenar cuando en casa no hay más que añadir una sopa a las croquetas sobrantes del mediodía y, si acaso, freír un huevo para papá. La continuación de tu historia ya no la podemos ver aquí, porque se hace más hogareña y más íntima. Precisamente todo lo hogareña y todo lo íntima que tú deseas ser en el fondo, aunque te salgan varices y te engordes; aunque te duelan los pies cuando te pongas los zapatos de tacón alto, porque estás demasiado acostumbrada a las zapatillas; aunque seas infinitamente menos deseable que eres hoy porque, ¡extraña cosa! ¿eh?, entonces te sentirás infinitamente más mujer de lo que te sientes hoy en día.

"Pero —dices tú— ¿por qué no ha de ser así? ¿Por qué esta misma noche no ha de comenzar a ser realidad lo que sueño? No me falta nada. Estamos aquí; llevo al lado un hombre lo suficientemente formal, acomodado y distinguido para servir de novio y luego de marido. Vamos a sentarnos a una de esas mesas y que comience el primer acto.

"¡Ah, pobrecita Rafaela mía! Siento en el alma la desilusión que vas a llevarte. El juego es precisamente desilusionarte y confieso que pretendo hacer algunas tonterías para favorecerlo. Pero aunque permaneciera al margen, pasivamente, sería lo mismo. Vamos. ¿No te acuerdas ya de la rara mirada del portero y de la espeluznada del *maître*? Pasa ahora por entre las mesas con tu aire a la vez insinuante y lejano de bacante impura. Sortea con tus caderas perfectas las calvas sudorosas y los peinados convencionales. Arrastra tras de ti, tras de tu cara provocativa y tus formas de sueño erótico, las miradas lúbricas de los hombres y temerosas o indignadas de las mujeres. Siéntate ahora junto a mí, pero antes lanza una mirada circular e indiferente desde la altura inmarcesible de tu guapeza y échate sobre tus hombros suaves la melena suelta y perfumada como velo impúdico, con un ademán que parece el principio de una danza dionisíaca. Luego déjate decir una tontería inocente junto a la oreja pequeñita y sonrosada casi,

casi, como si te besase y... ya estás arreglada, Rafaela, pobrecita mía. Despídete de tu sueño, mi vida...

"¿Ves? Ya han empezado a pasar cosas. Y aún van a pasar muchas más. ¡Ah! ¡Don José! Estupendo tipo pero no el que me conviene en estos momentos. Ha hecho en el salón el efecto de una tonelada de aceite sobre el mar encrespado. Y, lo que es peor, te tiene reducida a ti con su cosmopolitismo de novela barata. ¿Cómo dice usted? ¿Comedor privado y que invita la casa? ¡Ni soñarlo! Como aceptemos, esta pobre tonta se va a creer una virtuosa dama de la aristocracia ofendida por el vulgo soez y... ¡se acabó la noche! No, Faly, cariño. Has de ser fiel a ti misma, pase lo que pase. Y, sobre todo, no debemos admitir este pastel nauseabundo que nos ofrece ahora el bueno de don José. ¡A la *rue* sin cenar! ¡Vamos!

"Pasa, pasa otra vez por entre las mesas. Mira las caras envidiosas de los hombres y las satisfechas de las mujeres. Piensa en el enorme poder de todos ellos que sin mover un dedo te expulsan de aquí, con la misma eficacia con que lo harían seis parejas de la guardia civil, a punta de mosquetón. Ellos seguirán cenando muy satisfechos y calentitos, y tú y yo estaremos en el frío de la calle y con el estómago vacío. Pero allí verás por fin que esta noche soy tu único amparo, que es inútil luchar contra ti misma, y entonces vendrás a mí como tú eres. Y seremos felices. Felicidad contra reloj, pero la única utilizable en este cochino mundo."

El ritmo adormecedor de una barcarola inédita silbada por Sebastián guiaba a los dos, muy enlazados, por las calles desiertas que afluyen al mercado de la plaza de Lanuza. Faly, colgada del brazo de su compañero, lo contemplaba amorosamente en una actitud de entrega que Sebastián no atendía porque era ya la hora de proceder así. Viento silbante y helado que venía de la ribera del Ebro, olor a verdura y pescado, una luz roja bajo unos soportales que anunciaba una farmacia de guardia. En la calle de las

Escuelas Pías, más resguardada, la tierna música resonaba de pared a pared con más fuerza y admirado el bello Sebastián se paró. Junto a ellos, de un portal, salió una sombra que para confirmar su identidad dio un golpe en el suelo con el chuzo y se les quedó mirando en muda reprobación. Sebastián se le acercó y le dijo:

—¡Escuche ahora!

Y en honor del probo funcionario desgranó un florido adorno de silbidos, acabando con un admirable *sostenuto* en la. El sereno le ordenó que acabara y al final puso el contrapunto de su bronca voz con acento del Arrabal.

—Está bien. Ahora m'escucha usté a mí. Si no se calla y se van, duermen los dos la mona en Comisaría.

—¿Eh, cómo? ¡Ah sí! Usted perdone, no me acordaba. ¿Se debe algo?

Y echó a andar algo más de prisa, tirando de su pareja. Más adelante dijo a Faly:

—No me había dado cuenta de donde estábamos y hemos ido a tropezar con un sereno blanco.

—¡Anda! ¿Y eso qué es?

—Está claro, mujer. Los serenos aquí se dividen en blancos y verdes. Los blancos son los destinados en barrios respetables como éste, y son muy dignos. No admiten la más ligera broma, conocen a todos los vecinos por el nombre y saben la vida y milagros de cada uno. Van a avisar a la comadrona cuando se pone en dolores la señora del panadero y le advierten por la mañana al señor Juan, el de la carnicería, que tenga cuidado con las andanzas de su hijo Juanito por las noches. Son los guardadores nocturnos de la propiedad, del silencio y de la moralidad. Los verdes, en cambio, son los que vigilan los barrios en donde hemos estado y en donde vamos a entrar. Ésos son mucho más tolerantes y alegres. No desdeñan un copazo de coñac en el bar de la Sole, acompañan solícitamente al noctámbulo despistado al lugar más idóneo para su placer y te dicen: "¡Que la goce, señorito!", si les das una peseta de propina.

¿Ves? Ya hemos cruzado la frontera y aquí tienes uno de la otra especie. Vamos a hacer la prueba.

Sebastián se acercó a una sombra que atrancaba una puerta, alborotando la estrecha calleja con la escala de los afiladores:

—¡A las buenas noches, general! ¿Qué tal va la ronda?

—Regular, señorito. Ahora se queda *tol* mundo en casa oyendo la radio. Si *fuá* en mis tiempos.

Sebastián, sin hacer más comentarios, siguió andando y continuó con su barcarola. Faly, muy enlazada a él, intentaba bailar a su son. De pronto, la música murió en sus labios y los dos quedaron ante la puerta de aquel tugurio con luces de "neón" y unos carteles de muchos colores donde se anunciaban artísticas atracciones folklóricas. Al lado, una pizarra advertía con grandes letras blancas:

"ESPECTÁCULO CULTO Y MORAL PROPIO
PARA FAMILIAS. PROHIBIDA LA ENTRADA
A LOS MENORES DE 18 AÑOS."

—No cabe duda de que esto es lo que buscábamos.

Y sin más discusión se introdujo por el estrecho pasillo de entrada.

Aquélla era la penúltima etapa de la "noche loca", según la ingenua expresión de Faly. Un resumen histórico de la misma podía hacerse así: Cena en una tasca-bar de la calle de los Mártires. Café y copas en otro de Cuatro de Agosto. Bolladura del sombrero de Sebastián por un metalúrgico al que no le gustó la opinión de Sebastián sobre su manera de interpretar las bulerías. Vertido de medio sifón sobre la cara del metalúrgico, a cargo de Sebastián. Un poco de lío y amistoso tratado de paz celebrado con coñac. Visita de cumplido, en compañía del metalúrgico, a la *Sevillana,* simpática propietaria de un bar en la calle de la Verónica servido por elegantes señoritas no sindicadas. Pérdida del bolso de Faly. Encuentro del bolso de Faly detrás del mostrador de la *Sevillana,* pero sin un billete de cinco duros que debía haber dentro. Ataque histérico, con ilustraciones en catalán, de la *Sevillana;* golpes entre dos señoritas no sindicadas, no se sabe bien por qué, y propuesta del metalúrgico sobre un sistema de compensación consistente en la apropiación de una botella de manzanilla y anulación de débitos. Aprobación y ejecución de la propuesta. Consumición de la botella de manzanilla, acompañada de unas tapas de jamón, en casa del Rafa. Manifestaciones de un conocido *sportman,* vulgarmente denominado *Barniza,* sobre las excelencias anatómicas de Faly. Desgraciado accidente del *Barniza,* que queda conmocionado al chocar su cabeza contra un vaso casualmente lanzado por el aire. Despedida al metalúrgico, que ha de quedar convenciendo a los amigos del *Barniza* de lo involuntario del accidente. Entrada en el "Salón Violeta", templo del folklore patrio. Espontáneas y musicales confesiones de "Petra de Huelva" sobre la conducta de su madre, relacionándola con sus actuales desgracias. Movilización, a cargo de la pareja "Damriana y Felipe", de todo el polvo y cáscaras de cacahuetes del tablado, pegando pataditas y aprovechando un rato en que un señor muy serio se dedica a templar una guitarra. Nueva salida de "Petra de Huelva", decidida esta vez a hacer saber a los concurrentes las particularidades íntimas de un industrial calderero residente en Granada. Sebastián convence a Faly de que verán mejor el atrayente espectáculo desde un palco de los de allá atrás. Salida del espectáculo.

El portero nocturno del hotel miró suspicazmente a la pareja que a las tres de la mañana penetró en el desierto vestíbulo. Ella reía mucho, sin parecer venir a cuento. Él silbaba una rara música voluptuosa. Los dos mostraban un desaliño sospechoso. Al darles la llave miró el portero la tarjeta escrita en la casilla y leyó: "Señor Viladegut y señora". Después los vio subir por las escaleras y se encogió de hombros. Los porteros y conserjes de hotel tienen unos músculos deltoides **extraordinariamente** entrenados y aptos para el encogimiento de hombros.

A las seis de la mañana, Faly, sentada en el borde de la cama, se colocaba las medias. Después que el proceso complicado de buscar algún solapado punto le dejó tiempo para pensar, habló, y fue entonces cuando cometió su último error.

—Mira cariño. Me desagrada pedirte esto, pero no tengo más remedio. He de justificar en casa que he estado trabajando y que me han pagado. Además, los cinco duros que tenía en el bolso desaparecieron anoche y...

Sebastián, que se hallaba medio adormilado, despertó de pronto y la miró con tristeza. Luego se levantó y le metió unos billetes en el bolso. Ella, con una falsa animación y sabiendo de sobra la verdadera respuesta, le preguntó:

—¿Volverás pronto? ¿Me escribirás?

—Naturalmente, vida. ¿Cómo no iba a hacerlo?

De pie, con las manos metidas en los bolsillos del pijama, la vio vestirse. Ella, de vez en cuando, elevaba sus ojos y le sonreía con sonrisa insegura y triste. Algo le decía que él seguía siendo el mismo y que ella ya no lo era. Era esto natural, porque ella le había dado todo lo que era y él se había limitado a tomar. Ahora...

Sebastián se asomó a los cristales del balcón para verla marchar. La vio cruzar la calle primero despacio y algo cabizbaja; luego, y como defendiéndose contra el frío agudo, se ciñó bien a su hermoso cuerpo el abrigo de pieles, irguió el busto y, poniendo la proa encantadora de su barbilla, tan recientemente besada, surcó la niebla. Un vendedor de periódicos quedó a mitad de su pregón para volverse a mirarla.

Sebastián suspiró y se volvió a la cama. Tardó casi media hora en dormirse, porque al fin y al cabo era un sentimental.

CAPÍTULO IV

Dos días más tarde, Sebastián Viladegut marchaba en el mismo tren, en dirección contraria, y reflexionaba en lugar de silbar. Se había visto obligado a madrugar y el tener que madrugar, como todas las desgracias que a uno le ocurren, invita a la reflexión. Pero ni la reflexión en él era un acto mental interno totalmente, sino que, por razón de su psicología desbordada, extrovertida, tomaba como puntos de partida hechos o accidentes del exterior. Asimismo, ahora se hallaba contemplando los caprichosos meandros que forma el río Ebro desde que sale de Zaragoza. Las curvas del río doblan en un sentido o en otro, forman pequeñas islas, se ensancha de pronto, como si quisiese inundar los campos, y otras veces se estrecha entre dos taludes de tierra blanca. El tren lo va siguiendo y como jugando con él, aproximándose unas veces peligrosamente hasta sus orillas, apartándose otras como si lo abandonase definitivamente, para volverlo a encontrar en la próxima vuelta, y en alguna ocasión pasando sobre él por un puente, con gran algazara de hierros y maderas. Y, sin embargo, no juegan. Lo hacen así porque no les queda otro remedio, porque el tren lleva debajo unos carriles que le obligan a seguir un camino invariable y el río un cauce del que no se puede apartar. ¿Seremos así nosotros? ¿Será posible que nos creamos dueños de nuestros actos, que estamos jugando a hacer nuestra voluntad, y, sin embargo, no hagamos otra cosa que seguir estúpidamente un camino? Sebastián apartó rápidamente de sí esta idea porque no era fatalista en absoluto. Ni siquiera el haber tenido que madrugar le obligaría a serlo. Ésta era la faceta menos pagana de su epicureísmo. No es el destino, sino nosotros mismos —pensaba— quien fabrica los carriles, los cauces y las cadenas, los convencionalismos, los prejuicios, la intransigencia, el qué dirán. El río sigue su lecho, el tren sus raíles y Pérez va todos los días a la oficina a las nueve y dice cortésmente "Buenos días" al jefe, que le contesta o no poniéndole cara de vinagre, sin que sepa nunca por qué. Pero si quieren pueden alterar esta rutina cualquier día y el río puede salirse de madre y presumir de mar dejando debajo de sus aguas casas, trigo, coles y patatas; el tren puede descarrilar y Pérez puede cansarse de ver la cara de vinagre de su jefe y partirle el páncreas de una puñalada. Pero entonces todo el mecanismo coercitivo que los mismos hombres han construido empezará a funcionar y a los tres les empezarán a pasar cosas. Lo primero de todo aparecerán los tres en los periódicos, que es la picota que la sociedad mantiene para los que se apartan del camino trazado. Luego al río le pondrán muros en las orillas, al tren le quitarán las unidades descarriladas y le reforzarán las traviesas y a Pérez lo meterán en la cárcel por unos cuantos años. Todo ello les dificultará extraordinariamente en lo sucesivo el tomarse libertades. Pero habrán demostrado que eso del destino es una filfa y que es la mar de fácil darle un corte cuando a uno se le antoja.

No es culpa nuestra si Viladegut trata con excesiva superficialidad un tema tan apasionante y profundo como el del libre albedrío. Ya sabemos que se le pueden hacer muchísimas objeciones a sus teorías, pero hemos de honrar a la verdad transcribiéndolas como son, para mayor exactitud de su retrato. Aparte de que sus pensamientos siempre acabarán en acción consecuente y por eso nos interesa conocerlos como proemio de lo que va a pasar a formar parte de nuestra historia.

Así, en este caso y en esta ocasión precisa, pensamiento y acción siguiéronse sin solución de continuidad gracias a un proceso mental muy característico en Sebastián, que podríamos exponer así:

Primero repitió la frase "corte al destino" porque le sonaba bien en el oído y por unos minutos fue repitiéndola mentalmente al ritmo de la marcha del tren. A la vez tabaleaba en el cristal con los dedos acompañando así su pensamiento y ya se disponía a silbar una marcha inspirada en todos estos componentes. Pero en el preciso instante de fruncir los labios, una nueva idea le acudió que le tuvo en suspenso. Se le ocurrió que un ejemplo práctico de lo que estaba pensando sería parar el tren. Él podría, nada más que se lo propusiera y por un acto soberano de su voluntad, tirar del timbre de alarma y alteraría el curso no sólo de su destino sino del de muchas personas que iban en el tren. Por lo pronto provocaría un retraso general y daría una buena cantidad de sustos, cosas ambas que no figuraban en el programa vital de los pasajeros. Luego quizás estropease unos cuantos negocios, diese ocasión para conocerse a personas que nunca lo hubieran hecho a no ser por él, tal vez produjera la muerte de algún cardíaco o aquel viajero que debía ser atropellado por un camión, llegara tarde a la trágica cita y el camión seguiría sin matar a nadie, con lo que alteraría el destino del viejo y el del chófer; o quizá se adelantara el parto de aquella señora en meses mayores a la que había visto subir en la anterior estación y el ser a cargo de la RENFE el acontecimiento pudiera alterar enormemente el porvenir de la criatura. "Yo mismo —pensaba— vería bastante modificados mis inmediatos proyectos. Por lo pronto, me fastidiarían a preguntas, luego me detendrían y la pobre Luchi, que me estaría esperando en Barcelona, tendría que marcharse sola." Esta última idea le hizo cambiar un poco el curso de sus pensamientos porque le trajo la memoria de Luchi y se dio cuenta de lo que se parecía a Faly. Era el mismo tipo de mujer y, por consiguiente, sabía que habían de ser iguales sus experiencias. La idea le desagradó porque equivaldría a tomar tomate con huevo después de un plato de huevos con tomate y esta redundancia repugnaba a su exquisito paladar. Se sentía un poco hastiado de ciertas cosas y ansiaba otras distintas. Le gustaría, por ejemplo, ver sonreír para él a una cara dulce y virginal. Hacerla ruborizarse sólo por acariciar una mano y esperar un mes entero el momento inquietante y único del primer beso. No era un cínico Sebastián, pero consideraba en aquellos momentos estas cosas sumamente difíciles de conseguir. Sería quizá por el amargo sedimento que en su fondo habían dejado sus últimas aventuras. Sólo cuando se está de vuelta de tantas cosas se aprecia la belleza y el valor de otras que desdeñamos. Una misiva apasionada y casta, una flor puesta en el ojal por unas manos temblorosas de emoción, una caricia ingrávida a un cabello suave, un pañuelo que dice adiós para luego recoger las lágrimas de su dueña, la ventana que se abre al mundo una mañana y en ella una linda niña que ofrece al viajero su primer despertar... Esta última imagen tuvo la virtud de ensamblar en la mente de Sebastián sus actuales ideas dispersas con otras pretéritas, como si fueran las piezas de un *puzzle* proporcionando este sorprendente resultado, incomprensible para todos menos para él:

"Niña de la ventana — estación de Puebla de Samper — hay que parar el tren — tubo de la calefacción mejor que timbre de alarma."

Éste fue el final de su proceso mental, que marcó, además, el principio de su acción. De una acción iniciada como una afirmación de libre albedrío y de rebeldía contra la predestinación y que después de todo iba a conducir a Viladegut a un destino que ya no podría eludir.

El tren, cansado de jugar con el río, lo había dejado seguir su tortuoso camino entre huertos, trigales y junqueras y ascendía ahora a la paramera bajo-aragonesa. Se oía resollar a la máquina dando su máximo rendimiento y el humo de su chimenea, vencida ya la neblina húmeda de la ribera, ascendía negro y chispeante en la fría mañana de febrero.

Sebastián, ya en campaña, miró a uno y otro lado del pasillo. Estaba despierto porque los viajeros preferían resguardarse en los departamentos abrigados. Luego limpió un trozo de cristal de una ventanilla y reconoció bien el paisaje. Se sabía la línea de memoria y en cada momento podía decir dónde se hallaba. Precisamente entonces debía entrar el tren en agujas de la última estación antes de llegar a la Puebla de Samper y así ocurrió, en efecto, como indicaban los saltos del convoy sobre los cruces. Dos minutos de parada y luego un largo desierto. Tiempo suficiente para prepararlo todo. Penetró en el lavabo y, cerrándose por dentro, examinó bien la instalación de la calefacción. Había allí un paso graduable bastante rudimentario que podría servir. Era bastante fácil, con su navaja de excursionista, desatornillar y guardar la tuerca en el bolsillo.

Después de permanecer en el pequeño cubículo unos cuantos minutos, Sebastián salió de él bastante más de prisa que había entrado y cerró la puerta tras de sí. Dentro se oía salir el vapor casi silbando. No había nadie en la plataforma ni en el pasillo inmediato. El autor del sabotaje pensó después que las contingencias históricas mejor preparadas pueden malograrse por imprevistos caprichos humanos y decidió por eso ir en busca del interventor. Al fin y al cabo no había probado nunca a ser la conciencia de un interventor de la RENFE y la experiencia era en sí misma novedosa. Casi al final del vagón segundo lo encontró.

—El billete, por favor.

—¡Ah! Sí. El billete. Un bolsillo, dos bolsillos, tres bolsillos. Siempre me aparece en el cuarto, pero esta vez me ha fallado. Ha aparecido en el tercero. No sé cómo ha podido ser.

—¡Hum!

Este ¡hum! lo mismo podía ser una amistosa asociación a la perplejidad de aquel viajero que una hosca repulsa a su charlatanería. La faz de un interventor en funciones de tal es una máscara impenetrable y pétrea. Un amigo nuestro decía que sólo se les humaniza cuando pescan a uno sin billete y le hacen pagar doble, con lo que demuestran que no son del todo inconmovibles ante las desgracias de sus semejantes.

—¡Bien picado, sí señor! —exclamó Sebastián cuando le devolvió el billete—. Se ve que conoce su obligación. Hay compañeros suyos que dejan bastante que desear en este menester. Hubo uno una vez que le hizo a mi pobre billete tres intentos y al final le pegó un mordisco. Me lo dejó destrozado, con lo caros que son.

El probo funcionario, un hombre bajito y paliducho, levantó su cabeza hasta Sebastián y le miró con un principio de indignación. La capacidad de reacción ante imprevistos es bastante limitada en estos funcionarios y tardó unos segundos en decidir si había de seguir de camino, si debía de contestar a aquel idiota algo fuerte o si procedía echarlo a broma, aun cuando esto último fuera lo más difícil para él. Reaccionó como era de esperar, como un interventor:

—Oiga. ¿Cómo es que lo encuentro en un vagón de primera si lleva billete de tercera?

—¡Ah! Existen razones, sí, señor, existen. Precisamente se las iba a explicar y usted no me ha dejado hasta ahora con sus cosas...

—¡Esto es demasiado! Me parece...

—¡Eh, eh! No se amontone. El caso es que en tercera hoy no se puede estar de frío que hace. No le extrañe ver una emigración total de los pobres y sufridos viajeros de tercera hacia los privilegiados lugares...

—Eso es una solemne tontería. Yo mismo he comprobado al salir que la calefacción funcionaba bien.

—¡Ah! ¿Sí? Pues vaya, vaya y verá lo que es bueno. O mejor, ¡venga, venga! Seré viajero de tercera, pero soy honrado y veraz...

Y sin más explicaciones echó a andar delante del interventor, que le siguió sin discutir. En el vagón inmediato vieron venir hacia ellos dos viajeros con cara de susto.

—¡Eh, revisor! ¡No sé qué pasa en nuestro vagón! ¡Hace un rato que la calefacción no calienta y el pasillo se ha llenado de humo!

Más adelante, nuevos viajeros venían como huyendo. Todos protestaban con verdadera fruición, entusiasmo y variedad de vocabulario, porque el protestar contra el estado del material ferroviario es una de las diversiones más acreditadas entre los españoles. Todos se volvían luego, siguiendo al interventor, como si la presencia de éste los inmunizara contra cualquier catástrofe. Al llegar frente a la puerta del lavabo saboteado por Sebastián, vieron escapar por todas sus rendijas chorros de vapor y allá dentro sonaba como si hubiera en ebullición una gran marmita. El interventor abrió y sin arredrarse ante la enorme nube de vapor que se le echó encima, se dispuso a entrar. Sebastián se le adelantó y manipuló dentro. En cierto momento dio un grito de dolor, pero se vio como pudo abrir la ventana y gran parte del vapor escapó hacia el aire libre. Al salir explicó que había un escape y que se había quemado en la mano al intentar localizarlo. Cerraron la puerta y el interventor le dijo:

—Voy a cerrar la llave de paso. Véngase conmigo para curarle.

Se le veía más predispuesto en favor de Sebastián y hasta llegó a confiarle sus preocupaciones cuando se dirigían pasillo adelante:

—¡Maldita sea! —exclamó— ¡Con el retraso que llevamos! Lo mejor será seguir así hasta Caspe y aprovechar allí la parada para arreglar...

—¿Cómo? ¡De ninguna manera! —prorrumpió Sebastián—. ¿Va a tener a toda esa parte del tren sin calefacción hasta Caspe? ¡Ni hablar! Ahora mismo voy a formar un Comité Ofensivo de Viajeros Agraviados para tomar las medidas oportunas contra esa decisión.

El interventor le miró fijamente. Se le veía asustado. Sebastián no le dejó reaccionar.

—Vaya, vaya a decírselo al jefe de tren. Yo, por lo pronto, me bajaré a curar en la Puebla y pondré un piquete de viajeros en cada timbre de alarma con órdenes precisas...

El interventor, sin decir una palabra, siguió pasillo adelante con más apresuramiento. Desde lejos, aún le gritó Sebastián:

—¡Y dígale que tenga mucho cuidado con la COVA!

El asustado funcionario, luego de rumiar un poco esta extraña advertencia, no pudo evitar el preguntar desde el otro extremo del pasillo:

—¿Que tenga cuidado con qué?

—Con la COVA. El Comité Ofensivo de Viajeros Agraviados.

—¡Ah! ¡Bueno, bueno!

Viladegut se lanzó al andén casi antes de que parara el convoy. Iba sin abrigo ni sombrero y se había enrollado en la mano derecha un pañuelo. Una vez en tierra firme, miró hacia las ventanas del primer piso de la estación. La niña estaba allí, tras su ventana, como siempre. Acababa de levantar su cabeza de alguna labor que debía de llevar en las manos y posó una mirada serena en el tren que acababa de parar. Luego, al observar algo insólito en las figuras del interventor y del jefe de tren, que bajaban apresuradamente de un vagón y se dirigían hacia su padre, el jefe, irguió algo más el busto y limpió con unos deditos largos y blancos el vaho que empañaba ligeramente el cristal. Fue entonces cuando advirtió la figura juvenil que, parada y absorta en el andén, le miraba. Durante unos segundos las miradas se cruzaron y al fin en los ojos de ella brilló una chispa de reconocimiento, que además tuvo la virtud de hacerla sonreír. Era una sonrisa natural y adorable, que traducía un hondo regocijo. A buen seguro que el recuerdo de las payasadas del Extraño Silbador habían llenado algunas de las largas horas vacías de aquel invierno.

Sebastián no aguardó más. Los tres empleados entraban ahora discutiendo en el edificio de la estación y se les acercó.

—Bueno. Pero ¿a mí dónde me curan?

El interventor, como si cayera del limbo, lo miró y dijo al jefe:

—¡Ah! ¡Es cierto! Este señor se ha quemado al ayudarme y...

—Bien, bien; pase aquí dentro. En seguida le atiendo.

Sebastián se quedó solo con un escribiente que le miraba atónito. Tenía una cara multicolor debido a los sabañones que le llenaban orejas, nariz y mejillas...

—Espere aquí, espere aquí... —murmuraba Sebastián—. ¡Qué falta de consideración! Y con el frío que hace. ¿Estas escaleras adónde van?

Y sin esperar contestación se dirigió hacia ellas y el empleado lo vio subir con grave preocupación. Pero siguió frotándose las manos porque en el Reglamento de Ferrocarriles no había nada previsto para estos casos y tampoco habían mandado ninguna circular aclaratoria.

Sebastián, al llegar a la meseta de la escalera, se encontró con una puerta entornada y con una cortina. Franqueadas con precaución las dos cosas, se vio inevitablemente en la misma habitación donde cosía, y seguramente soñaba, la niña de la ventana. Pero su inicial sonrisa de triunfo fue sustituida bien pronto por un gesto de compasivo horror. Estaba sentada en una silla de ruedas enorme y sus piernas desaparecían debajo de una gran manta.

La joven no había visto aún al intruso. Todavía miraba por la ventana con gran atención, porque estaba acostumbrada a que las cosas y las personas que poblaban su vida de sueños no franqueasen las paredes de su fanal. Siempre quedaban por la parte de afuera del cristal. Aquella larga parada del correo era ya en sí misma un suceso extraordinario, no repetido desde las inundaciones de hacía dos años. Pero, además, las andanzas de aquel joven, el que presentía un admirador —un admirador de lo único que en ella podía admirarse, naturalmente— le añadía un componente bello y excitante. Por eso ahora sólo vivía para mirar hacia fuera de aquel cristal que la tenía a salvo de la compasión de las gentes y hasta le proporcionaba de vez en cuando delicadas ofrendas de ilusión. Por eso mismo no estaba preparada para ver dentro de su mundo y de su secreto a uno de los protagonistas de sus sueños y cuando Sebastián, que había retrocedido unos pasos y se había colocado tras la cortina, le chistó muy sonriente, asomando la cabeza por entre sus pliegues, palideció intensamente y reprimió un doloroso grito.

Fue realmente una suerte para Isabel que el primer hombre que invadió su fanal fuera Sebastián Viladegut, porque ninguno como él hubiera sabido adaptarse tan rápidamente a las circunstancias y decidir su conducta inmediata.

—¡No, no se asuste! ¡Si soy un buen chico! Además, vengo en calidad de viajero herido. —Se adelantó en la habitación y le mostró la mano del pañuelo. Ante su silencio, siguió hablando—: No sé si el Reglamento dice algo sobre lo que deben hacer las chicas guapas de las estaciones con los viajeros heridos; pero me parece que sí: Al menos siempre que hay un descarrilamiento dicen en los periódicos: "Bellas y caritativas señoritas de las cercanías asistieron a los lesionados". Bella es usted un rato. Ya no le queda que demostrar más que es caritativa...

—¡Pobre! ¿Qué le ha pasado? Pero... ¿quién le ha mandado aquí? Si yo... —y en un rasgo valiente que rehuía toda compasión, terminó sin vacilar—: Yo bien poca ayuda le puedo proporcionar. Como ve, estoy inválida.

—¡Oh! ¿Por eso? ¡Ya lo sabía! ¿Por qué se cree que he subido? De otro modo la hubiera obligado a bajar a asistir mis graves lesiones al tren. ¿O es que me voy a dejar curar por el tío ese de los sabañones que hay abajo? Le aseguro que si no me cura usted presento una reclamación a la RENFE... Sí, señora. Una reclamación. ¿No sabe usted lo contagiosos que son los sabañones?

La niña había poco a poco modificado su cara de susto, cambiándola por una sonrisa que bien pronto fue risa franca. Había, no obstante, un temblor nervioso en ella y si analizase su causa no hubiera sabido decir si se reía de las tonterías de Sebastián o de aquella tonta voz ilusionada que le decía allá dentro: "Lo sabía y, a pesar de eso..." Tenía unos dientes blancos, pequeñitos e iguales, silueteados en rojo por unos labios de dibujo infantil, a todas luces no mancillados. En sus ojos mostraba un fondo verde claro y en ellos, libres ahora del reflejo gris de los cristales, se asomaba indefensa y pura su alma. Sebastián, ahora callado, sentíase por primera vez un intruso en algún sitio. Una desconocida sensación como la del que no se atreve a hollar con las botas llenas de barro la nieve recién caída, le hacía por primera vez sentirse tímido ante una mujer. Sólo con su burda artimaña, de pie frente a ella en un tonto ademán de su mano —vendada por nada— parecíale haber entrado en el templo aquel en que no se podía mentir, del cuento que oyó cuando niño. Pero en la misma inocencia de ella encontró una trinchera para sus primeras intenciones. Isabel llamaba ahora a alguien pulsando un timbre de mano situado encima de una mesita. A su sonido salió demasiado pronto una pequeñaja desgreñada, con cara de conejo asustado, que miraba a Sebastián como si fuera un habitante de otro planeta mientras se limpiaba en el delantal las manos mojadas y enrojecidas.

—Pídele a Pedro el botiquín de curas. Vamos, no te quedes mirando...

—Vivo sola con papá y esa asistenta —siguió diciendo a Sebastián con una voz más firme, que tenía una cadencia dulce y desprovista del duro acento aragonés—. Por eso le he dicho que no le podría atender bien. Pero si usted se empeña... Siéntese y cuénteme lo que ha pasado.

Sebastián lo hizo y deliberadamente escogió un taburete que colocó a los pies de ella. Fue como una semiinconsciente muestra de adoración respetuosa, muy distinta de los usuales abordajes a que estaba acostumbrado.

Sebastián, otra vez detrás de una ventanilla, agitaba la mano despidiéndose de Isabel. Usaba deliberadamente la mano vendada, no sólo para que ella viese más tiempo en la lejanía el color blanco, sino porque así parecíale indicar que en cada una de aquellas vueltas de la gasa blanca había una caricia de sus deditos, tenue y perfumada, que querría conservar siempre. Como también le gustaría conservar el recuerdo de su voz y de su encanto virginal. Había hablado mucho. Tanto que Pedro, el chico de los sabañones en las orejas, le había tenido que avisar para que no perdiera el tren. Ella, tan joven, casi no tenía más que penas que contar. Penas que por ser lejanas tenían una tierna fragancia de dolor humano redimido de su brutalidad. La muerte de su madre, la doble fractura que se hizo jugando y que consolidó mal: "Puedo andar, ¿sabe? Pero lo hago tan mal que ni a mí me gusta verme", le había dicho con sonrisa dolorosa. Él, seguramente, no le dijo más que tonterías, pero sabía que le había hecho feliz como probablemente no lo había sido nunca. Hubo una vez en que vio asomando a los ojos de ella lágrimas que bien podían ser de tanto reír o bien podían no serlo. Y es que no pudo resistir la tentación de confesarle el sabotaje a la calefacción, hecho sólo para poder detener el tren unos minutos y conocerla. "¡Si supiera usted la de veces que he pasado por ahí, delante de esa ventana, mirándola! ¡Y usted, ni caso! Y todo por culpa del absurdo horario de la RENFE. ¡Bueno es que pare dos minutos el tren en las estaciones donde no se ve más que a un factor con viruelas y los calzoncillos del jefe a secar, pero no en los sitios donde hay caras bonitas que pueden fomentar el turismo!" Al marchar, impulsado por un rasgo de honradez, le había dado la tuerca del tubo saboteado para que se la devolviese a la RENFE por intermedio de su padre, pero ella le dijo que la guardaría como recuerdo, atada con un lacito rosa.

    Cuando se dirigía a su departamento para ver de dormir un poco, iba pensando en dos cosas que parecían no guardar relación entre sí. La primera era enterarse bien de los horarios de trenes de aquella línea. La segunda era el acostarse temprano aquella noche.

CAPÍTULO V

Elena Rauli se aseguró de que la puerta estaba cerrada con llave; luego corrió por delante de ella la cortina negra y pesada; apagó la luz blanca, dejando sólo las dos lamparitas rojas que había encima del tablero de instrumentos, miró el termómetro, el barómetro y el higrómetro y, por fin, abriendo la doble tapa de la incubadora sacó su Huevo.

Ni que decir tiene que no era un huevo cualquiera. Para Elena era un símbolo en el que centraba no solamente su vida intelectual, sino incluso la espiritual y hasta la física. Pero el desinteresado observador también hubiera llegado a captar su importancia al verlo metido en aquel recipiente cúbico de cristal y darse cuenta de la extraña circunstancia de que no tenía cáscara. Huevos sin cáscara hemos visto muchos, pero siempre están cocidos, con su albúmina dura y coagulada ilustrando algún plato o en la cocina dispuestos para ser cortados en rodajas al objeto de enriquecer la ensalada. Aquél era algo muy distinto. Su insólita blancura le hacía temblar y estremecerse al tomar el recipiente en la mano, como si estuviera animado de vida interior. Eran algo monstruosos sus movimientos, nerviosos unas veces y otras lentos y amiboideos, como si sus intentos por emitir prolongaciones de su naturaleza de pesadilla quedasen en fracasados esbozos que nunca se sabe si han sido verdad o sólo alucinación. Al transportarle Elena de uno a otro sitio, con unción y respeto casi rituales, el huevo temblaba, se achataba en su base y su fofa blandura vítrea, teñida de rojo de las bombillas, despedía reflejos de sangre recién vertida.

Elena Rauli lo colocó con sumo cuidado en el tablero, introdujo en el recipiente una especie de pequeñas boyas que quedaron flotando en el líquido que contenía —un líquido tan cristalino que hasta ahora no nos hubiéramos podido dar cuenta de su existencia— y conectó unos alambritos que emergían de las boyas con dos bornes de un aparato eléctrico y con exquisita suavidad adaptó las boyas a los polos del huevo. En un cuadrante, una aguja despertó bruscamente de su letargo anérgico para bailar una danza de locos movimientos de uno a otro lado y luego quedarse quieta en un punto central sólo saltando en ligerísimas oscilaciones rítmicas como de un corazón apenas vivo que latiese. Elena dio un suspiro y sonrió un poquito. Esta operación le ponía nerviosa todos los días porque éste era el único huevo superviviente de una gran serie y todos los días esperaba encontrarlo muerto. Tenía grandes esperanzas en esta ocasión de llegar al final y un orgulloso contento la llenaba cuando cada día el cuadrante aquel enderezaba su aguja señalando vida, como si fuera el pulgar de un César eléctrico. Luego Elena llevó su huevo a los rayos X, a un aparatito de rayos X expresamente dispuesto para sus fines, con el que no sólo se asomaba al misterio de aquellas vías embrionarias sino que, canalizando su poder, actuaba sobre ellas modificándolas a su capricho o imprimiendo caracteres indelebles en lo por venir. Hoy sólo quería mirar y cuando su vista se acomodó a la luz espectral del tubo Roentgen, contempló aquellas oscuras formas de indecisos contornos que se dibujaban en negro allá, en el corazón de la masa vital. Largo rato estuvo mirando mientras en un bloc cercano trazaba a oscuras un gráfico incomprensible. Después, de nuevo bajo las luces rojas en una mesita de cristal, manipuló otra vez sobre el recipiente abierto. Inyectaba en la blanca envoltura un líquido con una aguja finísima, tomaba muestras del contenido del recipiente en distintas capsulitas, anotaba, miraba en un microscopio... Unos nudillos golpearon entonces en la puerta y una voz de mujer dijo en voz alta:

—¡Señorita! Se le está haciendo tarde y hay bastante gente esperando...

Elena hizo un gesto de desagrado, pero siguió trabajando. No obstante, unos pocos minutos más tarde repitió el transporte ritual de su Huevo a la incubadora, la cerró herméticamente, recogió todos los útiles y encendió la luz blanca. Se quitó la bata y los guantes de goma y, saliendo de la habitación, cerró por fuera con cuidado aquel santuario particular que nadie sino ella pisaba.

Cuando se colocaba la otra bata, mucho más elegantemente cortada, lo hacía con unos movimientos desabridos y como a desgana. No tenía la menor afición por el trabajo que le esperaba. Aquellos niños con aquellas madres, siempre con las mismas cosas, las mismas tonterías, eran seres por los que ya nada podía hacerse porque habían venido al mundo por azares descuidados y absurdos, sin control ni dirección, perdidas ya sin remedio todas las infinitas posibilidades de los millones de años biológicos de su vida embrionaria. Todos iguales, o quizá peores, que los de la generación anterior. Eran el resultado natural de instintos animales disfrazados de pasiones, del absoluto ostracismo en que la inteligencia, don exclusivamente humano, estaba condenada hacía miles de siglos por la afectividad de pura estirpe animal. Eran los habitantes apropiados para esa dilatadísima Edad de Piedra en que el sentimiento tenía sumido al pensamiento.

Mientras tanto, uno de estos habitantes de la Edad de Piedra, llamado Sebastián Viladegut, estaba sentado en la sala de espera de Elena Rauli entre otros siete congéneres suyos del sexo femenino, acompañados de siete retoños de varia edad, los cuales se hallaban ocupados en diversas actividades de su vida vegetativa y de relación. Uno de ellos se hacía "pis" a chorro tendido en una escupidera. Otro, más pequeño, lo contemplaba escandalizado. Él era bastante más discreto y lo acababa de hacer en las faldas de mamá. Una niña de pecho, muy indignada y congestiva, manifestaba mediante entusiastas berridos su disconformidad con la marcha general de las cosas. Tres más jugaban a trenes por entre las sillas, andando a gatas, y otro de unos dos años —quizás el más directamente interesante para Sebastián, por la naturaleza de sus ocupaciones actuales— se hallaba sentado a los pies de éste, escupiéndole en los zapatos y luego extendiendo la saliva en bellos dibujos por toda la brillante puntera. Acompañaba su artístico trabajo con un canturreo quizá litúrgico, pero cuando extendió el campo de su arte a los calcetines de Sebastián, lanzando en ellos una generosa cantidad de materia prima, éste hizo un movimiento a todas luces involuntario y le cerró la boca de una patada en la barbilla. Cuando la boca se abrió de nuevo, ya no cantaba, sino que emitía unos espantosos aullidos acompañados de unas acusadoras palabras que podrían traducirse por "hombre malo", sin duda alguna referidas a Sebastián. Una madre vino despavorida a recogerlo del suelo y lanzó una mirada desafiadora a Sebastián. Luego se fue de nuevo con su retoño al corro de madres que se habían agrupado en una esquina y por un buen rato los comentarios de todas ellas fueron del todo desfavorables para "aquel tipo que sabe Dios a qué habría ido allí".

Sebastián se sintió desgraciado por lo injustamente excluido de la sociedad de aquellas señoras —alguna, estaba de bastante buen ver— y recorriendo la sala con la vista, en busca de comprensión y consuelo, topó con un inadvertido caballero que se hallaba leyendo una revista en un rincón. Tenía a su lado una mesita llena de revistas, formando una especie de barrera entre él y el mundo, de tal manera que cuando algún angelito reptante de aquellos que pululaban por la habitación se aproximara, encontrase dificultades para el abordaje. No obstante, alguno lograba vencer el obstáculo y se abrazaba a sus pantalones viéndose obligado el caballero a desplegar su segunda arma defensiva, que consistía en tirarle a la cabeza una revista. El asaltante, primero algo asustado, pero luego complacido,

sucumbía siempre a la tentación y, sentándose en el suelo,
emprendía metódicamente la tarea de romper una a una sus
hojas. Esta maniobra dilatoria era en extremo eficaz y el
reducto permanecía inviolado. Sebastián vio en el caballero
una alma gemela y, con el pretexto de aproximarse para
coger una revista, entabló conversación:

—¡Condenados niños!, ¿eh?

—¡Ya, ya!

Esto era, a todas luces, un principio de identificación
con sus propios sentimientos.

—Verdaderamente están poniendo esto inaguantable.

—¡Vaya que sí!

El caballero levantaba a medias la cabeza para responder y luego seguía su lectura.

—En estos sitios deberían tener un corral a propósito
para los niños y las madres, y una sala de espera para
las personas.

—¡Hum! ¡No sería mala idea!

—Vea, por ejemplo, a aquel malhechor en potencia.
Primero ha llenado la escupidera de orina y ahora mete
la mano en ella y se la va a limpiar cada vez al tapizado
de las sillas. ¿No demuestra esto instintos antisociales?
¿No ve usted en él el germen de un anarquista incendiario?

—¡Y que lo diga!

—Y su madre sin enterarse. Aunque se entera, ni caso.
¿Cuál puede ser su madre de todo ese corro de cotorras?

—Aquella del cuello de pieles y el moño postizo.

—¡Anda! ¿Y cómo lo sabe usted?

—Porque es mi mujer. Y el de la escupidera es mi hijo.

Sebastián calló, palideciendo un poco. El padre del anarquista en proyecto siguió leyendo, pero su interlocutor se
creyó obligado a disculparse.

—Perdone. Creí que venía usted solo...

Paradójicamente fueron estas últimas sencillas palabras
las que le hicieron despertar de su indiferencia. Era un
hombre de media edad, sanguíneo y vivaz, que, pareciendo

108

circunspecto y reflexivo, escondía un carácter impetuoso. Dejó pausadamente la revista en la mesita, miró a Sebastián y comenzó a hablar en tono cada vez más vehemente:

—No, no vengo solo; pero, en cambio, puede decirse que vengo a rastras. ¿Sabe usted quién tiene la culpa de que esté yo aquí perdiendo el tiempo miserablemente? ¡La alergia! ¡Sí, señor; el cochino, maldito y condenado cuento de la alergia!

A continuación mostró un derroche de imaginación realmente extraordinaria para calificar debidamente, y en términos bastante fuertes, al primer inventor y a los mantenedores de la doctrina alérgica. Se veía claramente que había hecho de esta cuestión un conflicto personal sumamente vidrioso. Sebastián puso cara de cortés atención, sin hablar, porque sabía que un hombre puesto en el disparadero de indignarse por algo confesaría hasta el fin la causa de su indignación sin necesidad de estímulo.

—¡Y pensar que si aquella noche la hubiera llevado al cine, como quería en vez de quedarnos en casa a oír la radio, tendría ahora cuatro mil pesetas más! Muchas veces la radio es más peligrosa para el hogar que un ladrón nocturno que te despanzurra todos los armarios. Al menos obra más a traición... Figúrese usted que está uno tan confortablemente en su hogar, leyendo la prensa en zapatillas y batín, cuando de pronto se oye en el receptor la voz engolada de un cretino idiota que habla de la alergia. Se trata de una de esas emisiones pseudocientíficas hechas por tontos para tontos, pero seguramente dirigidas por algún vivo. En ella arman una novela rosa sobre los estornudos de una señorita afecta de estupidez ovárica y que amaba a un perro pequinés cuyos pelos le producían alergia, y no sé cuánta serie de memeces pasan hasta que el no menos imbécil médico de la familia lo descubre... Pero, ¡bueno!, todo esto no viene al caso. Lo cierto es que de la noche a la mañana la alergia, que hasta hace poco era totalmente infrecuente y casi, casi una curiosidad de laboratorio, queda convertida en una enfermedad de moda.

Pero con mayor virulencia que cualquier otra moda en enfermedades que hayamos conocido. Porque ¿se ha dado cuenta usted de las posibilidades que esta cochina enfermedad ofrece a las señoras que no tienen más preocupación que el "pinacle" y la peluquería? Vea por lo pronto las sugestiones que envuelve su mismo origen: en la casa de uno, en la atmósfra que uno respira, en las mismas personas con las que uno convive, en todo lo habitual, lo personal, lo íntimo, hay un agente patógeno, algo que siendo sumamente familiar para nosotros, es sin embargo, traidor a nuestro bienestar, se envuelve en el misterio para perjudicarnos y una y otra vez nos hiere impunemente. Su búsqueda ha de resultar apasionante, excitante hasta el histerismo como una de esas novelas de crímenes en que el asesino necesariamente está entre unas pocas personas de la familia. Repase, repase en la guía de médicos la cantidad de laboratorios e institutos antialérgicos que han aparecido en pocos meses. ¡Claro! ¡Si se tienen que hinchar! "Tráigame usted hoy, señora, polvo de la habitación en donde duerme, unas plumas del cojín que acostumbra a usar en las siestas, un par de pelos de la muchacha y unas raspaduras de la piel de la cara de su marido. Haremos unas vacunitas y a ver si en un par de mesecitos damos con el culpable de sus coliquillos, ¿eh, señora mía? La enfermera... la enfermera le cobrará." Y así día tras día, pellizcando sueldos y rentas alevosamente. Pero no es sólo eso. Porque ¿y si resulta que para purificarse hay que pasar tres meses en San Sebastián en lugar de uno? ¿Y si el agente alérgico está en el humo del cigarro habano de mi marido y así le obligo a no fumar y ahorra para comprarme el relojito aquel? ¿Y si emana del sudor de mi suegra y así le cierro la puerta y no la veo más? Le digo a usted que la alergia bien empleada es un arma terrible capaz de conseguir las mayores claudicaciones de un marido débil y de destruir la tranquilidad del más dichoso hogar...

Calló el hombre aquel, como si las últimas palabras le trajeran dolorosos recuerdos de otros tiempos más fe-

lices. Sebastián temió que ya no hablara más y le dejara
sin saber el final de su amarga historia, y por eso audazmente le animó:

—Bien. Pero todo eso no explica por qué se encuentra
hoy aquí...

—¿Aquí? ¡Ah, sí! —dijo como despertando de un mal
sueño—. Ésta no es más que una etapa de mi calvario. La
cuestión es que mi mujer, aunque me ha hecho gastar
mucho dinero, no ha tenido suerte con esto de la alergia.
Se empeñó en que una irritación constante de garganta
que tiene debía de ser alérgica y, a pesar de que nuestro
médico de cabecera, un hombre honrado, le asegura siempre que se debe a una gastritis crónica que se le curaría
si comiera menos y si no bebiera "chartreuse", ella ha recorrido todos los institutos antialérgicos y en ninguno le
han encontrado el agente patógeno. Pero el otro día trajo
al niño a que lo viera esta doctora por unas diarreillas y
la buena señora, por lo visto, le ha dicho que son alérgicas.
Mire usted: cuando vino a casa con el diagnóstico creí que
nos había caído la lotería por la cara que traía. ¡Ahí es
nada! ¡Tener en casa un alérgico diagnosticado! Ya no
podría presumir más delante de ella la idiota de la Antúnez porque tiene a tres niños con el moquillo de la alergia
a los embutidos de burro que fabrica su padre, ni la de
Bofill, que desde que tuvo alergia al olor de una criada de
Palafrugell manda a todas las domésticas que toma a que
les escurran las axilas. Desde ese día mima al niño y lo
cuida como nunca, aunque se le ve sufrir si observa que
las diarreas se le van cortando. Quisiera que le duraran
al menos hasta que descubramos el agente alérgico que ella
se figura que está en las palmeras de la plaza Real, donde
vivimos y donde tengo el negocio. Si es así me obligará
a trasladarnos a la Bonanova, donde ella quiere vivir porque le parece más distinguido... Ni que decir tiene que le
armé una bronca y que no me lo creí. Por eso me ha arrastrado hasta aquí para que lo oiga yo mismo de labios de

esta tía... Le digo a usted que me va a oír como no cambie el diagnóstico.

Sebastián, ya satisfecha su curiosidad, dejó rezongar a aquel desdichado caballero y se sumió egoístamente en sus propios pensamientos. Aparte del interés humano de la historia, ésta le había servido para prepararse a la entrevista que debía celebrar con la doctora Rauli. Ya sabía, por lo pronto, que era partidaria de echarle a la alergia la culpa de las cosas y repasó mentalmente los productos antialérgicos que fabricaba su laboratorio, o al menos los que se pudieran emplear como paliativos en enfermedades alérgicas. Sebastián hacía siempre concienzudamente su trabajo y ahora que descansaba de viajar haciendo la visita médica en Barcelona, se aplicaba a la tarea con todas sus facultades. Por lo pronto, siempre que tenía que esperar en la antesala de un médico le gustaba departir con la clientela, porque era así más fácil hacerse una idea del carácter, tendencias científicas y hasta capacidad del médico que iba a visitar. Esto si no lo conocía, y si ya lo había visitado en otras ocasiones la charla con la gente de la antesala le ponía en antecedentes de los casos que iban a preocupar al doctor, de la marcha de sus asuntos, de lo que recetaba más por aquella época. Así cuando penetraba en la consulta, con una sonrisa ancha y cordial, extendiendo su mano abierta, ya había hecho un guión aproximado de su inmediata actuación.

Por eso ahora sentía la necesidad de reconciliarse con todo el conclave de mamás que parloteaban sobre las rarísimas enfermedades de sus niños y espiaba cualquier ocasión que permitiera un acercamiento. Además, era preciso convencerlas de que le dejasen pasar el primero. El caballero víctima de la alergia rumiaba todavía sus múltiples desgracias. El niño que anteriormente había decorado los zapatos de Sebastián cayó en aquel momento al suelo víctima de sus tenebrosos manejos en lo alto de una silla. Sebastián se levantó prestamente y lo alzó en brazos, llevándoselo a la madre solícitamente. Luego, como lo viera dispuesto a persistir indefinidamente llorando a tremendos berridos, le alargó un caramelo. La madre le apartó la mano bruscamente y le reconvino con acritud:

—¡Un caramelo! ¡Quíteselo, quíteselo de la vista! ¡Eso es veneno para él! Con la colitis de fermentación que padece ¡y le da usted un caramelo!...

—Perdone, señora... de verdad que no sabía... Desde luego no le sentaría bien porque la glucosa y la sacarosa activan la flora microbiana que... que... ¡Hombre, a propósito! Precisamente voy a ver a la doctora Rauli para enterarle de la aparición de un preparado astringente que deja el intestino libre de todo proceso de fermentación y putrefacción tan sólo en un par de tomas. Verdaderamente tiene usted suerte. En estos tiempos en que la ciencia a cada momento nos sorprende con nuevos y maravillosos productos, simplemente de una coincidencia como ésta, de unos minutos de espera, puede depender la salud o la enfermedad, y quizá la vida o la muerte de un ser...

Las damas le oían perorar y se iban aproximando a él. Una de ellas preguntó:

—¿Es usted también médico?

—¡No, señora! —contestó Sebastián con la entonación del que se ve disminuido de categoría por un lamentable error—. Soy delegado científico de los Laboratorios Sánchez y González. He venido únicamente con el objeto de hacerle unas sugestiones a la doctora sobre diversos tratamientos modernos además de ponerla al tanto de los últimos descubrimientos. Por eso, en su bien, les ruego que me dejen pasar el primero. Quizá de lo que yo le diga a la doctora Rauli dependa la curación de su pequeño...

—¿Lleva usted algo para los espasmos de píloro? —preguntó una culta señora a gritos porque así le obligaba el llanto feroz de su pequeña.

—Oiga, ¿y qué será un ruido que hace mi niño al respirar cuando duerme? Y todas las noches a la misma hora: de tres a tres y media. Yo digo que si será...

Pero la misteriosa causa de aquel ruido no pudo saberla Sebastián nunca porque en aquel momento una voz sonó en la habitación contigua, que decía:

—Por favor, la primera...

"La primera" fue Sebastián, despreocupado siempre con la Gramática, y ninguna de aquellas damas osó anteponer sus derechos a los del Delegado Científico de los Laboratorios Sánchez y González.

La verdad a veces es poco galante y la verdad en este caso es que Elena Rauli no causó en el ultrasensible sentido crítico de Sebastián efecto alguno admirativo. Había de pasar algún tiempo hasta que Sebastián separara el concepto "doctor" del concepto "mujer" y más tiempo todavía hasta que... Bueno, ya lo contaremos. Lo cierto es que cuando Viladegut entró en el despacho de Elena, la sonrisa y la cortés inclinación de cabeza con que la saludó fueron del todo profesionales y exentas de toda emoción estética. Elena era una mujer morena, de rasgos más bien angulosos aun cuando interesantes por el fondo que les prestaba su interesante personalidad. Despreocupada en su arreglo, desconocía casi en absoluto la existencia de las peluquerías de señoras y, por otra parte, estaba sentada tras de su mesa de despacho y a causa de eso lo mejor de ella, su esbelto cuerpo mimbreño, de ágiles y suaves curvas, permanecía oculto o al menos disimulado.

Pero lo notable en este caso es que el epicúreo, sensual y *connaisseur* Sebastián Viladegut no viera en ella a la mujer en este primer encuentro y, en cambio, el primer pensamiento de la elevada, lógica, y casi asexual mente de Elena fue para el representante de productos farmacéuticos que tenía delante de ella considerándolo como hombre. No obstante, es preciso reconocer que en esta primera apreciación de Elena había una escasísima —casi nula— participación de su afectividad sexual, tan domeñada y aherrojada la pobre. En realidad, no fue más que un juicio de pura estirpe intelectual suscitado a la vista de la apuesta y varonil presencia de Viladegut. Traducido en palabras, el pensamiento de Elena diría algo así:

"He aquí un hombre bien hecho y acentuadamente viril. Tipo mediterráneo puro, sintónico y sano. Un excelente ejemplar para un experimento eugenésico. Pero será tonto. En el azar de la herencia, en la absurda lotería del reparto de genes es difícil que le hayan tocado más premios de los que están a la vista."

Y con una fría sonrisa de correspondencia y bienvenida le mostró una silla para que tomara asiento.

No dejó de percibir Sebastián, con su fina sensibilidad, el examen inquisitivo de aquellos primeros segundos, pero fiel a su idiosincrasia regional decidió prescindir de todo factor personal y abstraerse en su cometido. Por eso se sentó y con unas formularias frases de representante bien educado se dispuso a abrir su cartera. Acordándose de lo aprendido en la sala de espera, empezó por el Alergianol.

—Si usted me permite, le recordaré nuestro producto a base de hiposulfito sódico específicamente indicado en todo "status" alérgico de una acción desensibilizante potenciada por su asociación a la adrenalina...

—Perdone. No siga. No creo en la alergia.

Había tal convencimiento y seriedad en su afirmación, que cortaba de raíz todo intento de elogiar el Alergianol. Sebastián, impresionado por su firmeza y por el timbre a la vez dulce y enérgico de su voz, sintió flaquear sus más íntimas convicciones respecto a las excelencias del hiposulfito sódico asociado a la adrenalina. Desconcertado por el momento, casi llegó a decir una tontería:

—¿Cómo que no cree? Si ahí fuera hay un niño que... ¡Ah! Dispense... ¡Bien! Vamos a otra cosa...

Elena, en un alarde de rápida comprensión, se negó a abandonar el tema.

—No, no termine. Va usted a decirme que ahí fuera hay algún niño que padece alguna tontería alérgica, según yo misma he dicho. No le extrañe; son pequeñas claudicaciones de forma, pero no de fondo. Será algún caso de intolerancia vulgar. Muchas veces nos vemos obligados a llamar las cosas por distintos nombres para hacerlas más...

aceptables, más digeribles y poder así domesticar el cerrilismo y la vulgaridad en beneficio del enfermo. Hay a quien dominaremos mejor diciendo que padece una gastritis aguda. La enfermedad es la misma, pero los enfermos son distintos. Éste quizá sea el secreto de muchas cosas...

Calló, como arrepentida de haber hecho estas revelaciones a un desconocido. Sebastián permanecía absorto escuchándola. Había cerrado la cartera. Elena, con un gesto, le instó a continuar su misión. Pero Sebastián le dijo:

—Perdón. Si usted me lo permitiera, le haría una pregunta.

—¿Una pregunta? ¿Profesional? Bien. Pero tenga usted en cuenta...

—No. Es bien sencilla. ¿No es verdad que usted me cree tonto?

La pregunta había dado en el blanco como lo demostraba el enrojecimiento de Elena. Parecíale a Sebastián haber acertado en uno de esos tiros de feria en que se enciende una luz al atinar. Ante un gesto de extrañeza matizado de indignación, Sebastián continuó:

—No. No se preocupe. No me ofende en absoluto. Pero debe usted tener cuidado con esos ojos y esos labios. Tienen una expresividad tan grande que se le va asomando el alma. Van diciendo a gritos lo que usted piensa. Nada más entrar me ha retratado usted de cuerpo entero, y se ha formado una opinión. No sé si se ha dejado llevar usted de una idea preconcebida sobre los de mi oficio o por algún prejuicio acerca de los que se parezcan a mí...

—Creo que está usted haciendo unos juicios muy aventurados —protestó la doctora; pero en el fondo le iba divirtiendo el tipo aquel.

—Bueno. Pero no me negará que luego ha hablado usted de cosas de las que tiene un sólido convencimiento. Las ha dicho impulsada por la misma fuerza de ese convencimiento y como para usted misma, ignorándome a mí casi en absoluto. Luego se ha dado cuenta de que estoy aquí sentado y se ha dicho: "Pero ¿para qué le estaré diciendo esto al cretino este de la cartera?"

La clara inteligencia de Elena la valoró Viladegut prontamente en la forma deportiva de reaccionar y de encajar su golpe. Por lo pronto sonrió abiertamente y luego, buscando un poco las palabras —reconocía la calidad del adversario—, habló:

—Bueno. Verá usted. Creo que exagera bastante. No he pensado por un momento que fuera usted un cretino. Reconozco que he apreciado por lo bajo su capacidad mental y le ofrezco ahora mis excusas. Pienso que haya sido... por una manía profesional. La del diagnóstico rápido... He asociado un tipo constitucional... con un desarrollo mental que frecuentemente van unidos... Aunque no en este caso, por lo que veo...

—Le aseguro que no estoy ofendido y, por lo tanto, no tiene por qué darme ahora coba. Pero me interesan mucho sus puntos de vista. —Viladegut dejó la cartera encima de una silla, pareciendo así abandonar su condición de representante de Sánchez y González para volver a ser él mismo—. Porque a mí me vuelven loco las paradojas y acabo de descubrir una en usted. Antes la he visto llena de comprensiva humanidad cuando me ha hablado de que son los enfermos los distintos y no las enfermedades, y me ha dado una lección de adaptación cordial a su psicología y a su temperamento. En cambio, ahora me habla usted de tipo constitucional y de capacidad mental como si todos los humanos fuéramos unos productos de fábrica a los que se nos pudiera etiquetar y clasificar en estanterías. Dígame: ¿no se contradice usted misma?

Se animaron los ojos de Elena al comprobar que se hallaba ante un polemista inteligente al que podría exponer con toda claridad sus queridas ideas y hasta quizás hacer un prosélito:

—No lo piense así. No hay paradoja en mí, sino en la naturaleza. Sistemática unas veces, varia hasta la locura otras; es como el reino totalitario de un rey demente. Y el rey es la herencia. ¿Sabe usted que la capacidad reproductora de cada especie reside en unas partículas de sus células germinales que se llaman cromosomas? ¿Y sabe que en cada cromosoma hay otras partículas llamadas genes, donde viven en potencia las cualidades todas del futuro ser? ¿Y sabe usted quién interviene en el reparto de estos genes, de cuya presencia y proporción dependerán la belleza, la salud, el desarrollo cerebral, hasta la moral del futuro individuo? ¡El azar! ¡Vea usted el absurdo! ¡El azar, nada más que el azar! Así podemos comprender cómo unas especies desaparecen, otras degeneran, otras adquieren una preponderancia perjudicial para las demás. Darwin hablaba de la ley de selección, de la supervivencia del más fuerte. ¡Tonterías! Si aquellos monstruos imposibles de las primeras épocas hubieran salido favorecidos en el reparto de sus genes, a estas horas vivirían todavía. Y a lo mejor no habría tantas moscas y cucarachas y saldríamos ganando. Por eso es preciso que el hombre demuestre su superioridad poniendo orden en este caos, penetre en los desconocidos secretos de la herencia y los ponga a su servicio, sustituya al absurdo azar en su ciega acción. Es intelectualmente capaz de poner orden en su casa y debe hacerlo. Y luego debe ponerlo también en su propia especie...

—¡Eh! ¡Oiga, oiga! No pretenderá usted incluirnos también a todos en ese plan botánico-zoológico.

—¿Por qué no, si no somos más que una especie zoológica más diferenciada y perfecta?

—Bueno. La verdad es que nunca me habían llamado animal con mayor elegancia. Además, usted me ha apabullado. Reconozco que no estoy lo suficientemente preparado para digerir todas esas ideas. Sinceramente, ¿usted cree que las cosas no están bien como están?

—Escuche: a pesar de todo cuanto hemos progresado, el nivel medio de la vida humana no pasa de los cuarenta, cuarenta y cinco años, cuando debía ser mucho más elevado. Las enfermedades han sido prácticamente vencidas, pero no pueden desaparecer porque las razas degeneran. Se transmiten los genes morbosos porque nadie se preocupa de anularlos haciendo estériles a sus propagadores. Se empobrecen las sangres a fuerza de cruces y mestizajes degradadores, persisten razas inferiores contra toda lógica y conveniencia. ¿Se da usted cuenta de qué clase de Humanidad existiría hoy si se hubiera propulsado la unión de griegos y vikingos, pongo por ejemplo? ¿Y si se hubieran aislado las razas negras hasta su total extinción? ¿No se habría conseguido el mejoramiento del tipo humano medio sin cruces que lo malograran?

—Bien, bien... ¿Pero entonces, quién querría hacer de negros?

—Eso lo mismo puede ser una broma suya que un testimonio de su visión estrecha de las cosas.

—Lo mejor será que no me tome muy en serio. No obstante, le confieso que no me suena bien lo que me dice. Veo en principio que usted prescinde de la creencia en una Inteligencia Superior que sea la rectora de este aparente caos. Esto, para las inteligencias como la mía, explica todas las cosas. Hasta nos hace suponer que este desorden es un orden superior y que esta inarmonía captada por nuestros pobres oídos es una armonía universal que sólo los privilegiados han llegado a entender. A usted, mucho más preparada e intelectual que yo, esta idea no le satisface y yo no se lo puedo discutir. Pero sí me atrevo a alzar la voz para defender una cosa que sí la entiendo y la siento; la dignidad humana. Usted habla de hombres y de mujeres como hablaría un ganadero de cabezas de ganado, de apareamientos, de sementales y de parideras...

—Es precisamente todo lo contrario. Hablo en nombre de la dignificación de la especie humana. Por otra parte, hoy las cosas podrían hacerse de modo muy distinto a como usted se lo imagina. Pronto los técnicos biológicos podríamos llegar a lograr seres humanos de laboratorio. La molestia que infligiríamos a hombres y mujeres quedaría reducida a tomar unas pequeñas muestras de sus secreciones.

Algo parecido a cuando se extrae un poquito de sangre para hacer un análisis. Por lo demás, hombres y mujeres, convenientemente neutralizados, quedarían en condiciones y en libertad de ejercer lo que usted llama dignidad humana y que en realidad no es más que una cosa: la satisfacción de nuestros instintos de estirpe animal.

Elena hablaba como iluminada y en el calor de su exposición se había levantado de la mesa dirigiéndose hacia la ventana. Sebastián, muy pensativo, la seguía con la vista. Por primera vez pudo apreciar la elegancia de su línea juvenil y la vital personalidad que emanaba de sus gestos.

—Pero, bueno. Y el amor ¿en qué queda entonces?

—El amor no es más que la atracción animal de los sexos, sublimada. Es una pintura con que hemos embadurnado el instinto. Pero es algo parecido a cuando intentamos pintar sobre fondo verde. Que siempre queda sucio.

—¿Y el amor de padres a hijos o de hijos a padres?

—Abolido. Comprendo que en un principio parezca esto sumamente duro, pero no le quepa duda de que nos acostumbraríamos. Como nos acostumbramos a olvidar todo lo que hacemos por obligación...

Al decir esto se volvió hacia Sebastián con energía y había en su rostro un gesto duro. Era como un desafío y al mismo tiempo como si se ratificase en su blasfemia. Había en los ojos de Viladegut un destello de perplejidad y diríase que de horror cuando la contemplaba. Absorto y como hablando para sí mismo, dijo:

—Ahora sí que voy entendiendo por qué no me gustaba lo que usted decía...

Y luego pareció reaccionar iniciando una sonrisa forzada.

—Perdone —continuó—, le estoy robando su tiempo. Y el caso es que después de esta... apasionante conversación no me siento con fuerzas para hablarle del Alergianol y de la Espasmo-frenina. ¿Me da usted permiso para volver otro día a cumplir con mi obligación?

Pudo ver con alivio como se relajaban las facciones de ella y como al fin sonreía alargándole la mano.

—Desde luego —le dijo—. Me ha sido usted simpático y tendré mucho gusto en verle de nuevo por aquí.

Sebastián salió acompañado por la enfermera. Cruzó la sala de espera con cara muy preocupada, olvidándose hasta de despedirse del caballero víctima de la alergia.

Tres días le duró a Sebastián la preocupación y durante ellos estuvo ocupado en algo más que sus trabajos habituales. Al final de la tarde del tercer día, bajando las escaleras del doctor Matías Gilabert, silbaba unos compases triunfales que era su peculiar modo de decir: ¡Eureka! Y saliendo a la luz y el bullicio casi primaveral de las Ramblas, llenó bien los pulmones con su aire embalsamado y sonrió a la vida por primera vez en tres días.

Para hallar la explicación de estas expansiones artístico-mímico-respiratorias de Sebastián tendríamos que retrasar una media hora el reloj y volver a subir las escaleras en demanda de la consulta del doctor Gilabert.

Matías Gilabert era también de Villanueva y Geltrú y amigo de la infancia de Sebastián. Cuando lo vio le alargó una pitillera abierta y le dijo:

—¡Hola, Sebas! Toma un cigarro, siéntate y háblame de mujeres. No me vengas con un rollo de Sánchez y González, porque no te lo aguanto.

Sebastián lanzó su cartera con gran acierto sobre un diván. Se sentó y, apoyando el codo en la mesa y la cabeza en la mano, miró pensativo a su amigo.

—Bueno, ¿qué te pasa? —díjole éste—. ¡Ah, ya sé! Alguna inocente joven llena de pringue que te ha dejado un recuerdo y vienes a mí...

—Matías, eres un sucio. Dime una cosa: ¿puedes alguna vez tener pensamientos aptos para menores?

—¡Hombre, claro que sí! Precisamente hasta hace muy poco no me he enterado de lo que quería decir W. C....

—Bueno. Pues dime inmediatamente todo lo que sepas acerca de Elena Rauli, colega tuya.

—¿Elena Rauli? ¡No tienes arreglo, Sebas! Pero esta vez me parece que sigues un mal rastro. Esta clase de caza no te va...

—No seas idiota y contéstame sin hacer suposiciones.

Y compuso un gesto de virtud ofendida.

—Bueno y... ¿qué te hace suponer que yo sé algo sobre Elena Rauli?

—Escucha, Matías. Tengo un interés grande, aunque no el que tú crees, por saber cosas de esa chica. Y cosas extraoficiales. De lo oficial ya me he enterado por la ficha que tiene en el Laboratorio y por la guía del Colegio de Médicos. Ya sé que es pediatra, que tiene veintinueve años, que es soltera y que se licenció en Barcelona en 1942. También sé que no receta nada de Sánchez y González, pero eso no me importa. He preguntado a algún compañero en el laboratorio y hasta a algún médico, y nadie me ha sabido decir gran cosa. De pronto me he acordado de que tú te licenciaste, también en Barcelona, en 1942 y por eso vengo...

—¡Bueno, bueno! Veo que quieres ampliar tu colección con intelectuales. Pero siento decirte que muy poco puedo añadir. Es que Elena, ¿sabes?, no era en la Facultad de las chicas que atraen. Alta, siempre mal vestida, sin rastro de maquillaje y luego ¡esos huesos en la cara! Había algún diletante entre nosotros que aseguraba que era una mujer interesante. Uno decía que se parecía extraordinariamente a Katherine Hepburn. No sé. Ya sabes que a mí, particularmente, me gustan más carnositas, con cara de tontas, aunque luego resulte que no lo son, mejor si son de talle alto...

—Conozco de sobra tus repugnantes gustos. ¿Qué más me dices de la Rauli?

—Poco más, querido. Era una chica bastante empollona y muy retraída. No tenía amigos ni amigas, seguramente por temor a descubrir su origen.

—¿Su origen? ¿Qué origen?

—¡Anda! ¿No sabes eso? ¡Pues si es lo principal! Procede de la Inclusa. Te lo digo porque todos lo supimos por los periódicos. Cuando se licenció con premio extraordinario salió a relucir que era becaria de la Diputación y que estaba acogida en su orfanato. Un verdadero folletín... El talento que triunfa sobre la adversidad, el abandono y todo eso... Chico, fue emocionante. Aunque a ella le hizo una mala faena tanta publicidad. Por lo pronto, el que la comparaba con Katherine se enfrió. Debió de ser cosa de la familia.

—¡Ah! Conque ¿era eso? —exclamó Sebastián, levantándose repentinamente.

Y no queriendo seguir escuchando a Matías sus opiniones sobre las imperfecciones de la sociedad, le dejó como recompensa a sus informes encima de la mesa un frasco de Alergianol y varias cajas de pastillas de menta, y partió con alegre ánimo. Matías lo vio marchar moviendo la cabeza conmiserativamente y echándose un par de pastillas a la boca siguió hojeando su revista preferida: *París-Hollywood*.

Elena Rauli se aseguró de que la puerta estaba cerrada con llave; luego corrió por delante de ella la cortina negra y pesada; apagó la luz blanca y dejando sólo las dos lamparitas rojas que había encima del tablero de instrumentos miró el termómetro, el barómetro y el higrómetro y, por fin, abriendo la doble tapa de la incubadora, sacó su Huevo.

Con el cuidado de siempre lo llevó a la mesa experimental. Colocó y conectó las boyas-electrodos, las adaptó a los polos del huevo y miró el cuadrante. La aguja inició un movimiento de elevación, pero en una fracción de segundo cayó vencida en el cero. La fija y ansiosa mirada de Elena la contempló con estupor. Luego apretó las conexiones, golpeó suavemente el cuadrante, manipuló con las pinzas y las boyas, tocando el huevo en distintas partes. Cada vez más desalentada y nerviosa comprobó, midió, analizó. La aguja, como el pulgar de un César eléctrico, seguía marcando: muerte, y Elena sabía que la muerte es el fenómeno biológico más realmente irreversible que conocemos.

Las comisuras de su boca, tan expresiva, caían en un rictus de amargura; los guantes de goma, más bien arrancados que quitados de sus manos blancas y suaves, quedaron tirados sobre la mesa, junto a las pinzas, a los alambres, a los aparatos y junto al huevo en su recipiente, que no cerró ni cuando dio la luz blanca. ¿Para qué? Hasta una lágrima acababa de caer sobre el líquido del cubo de cristal que seguramente habría alterado horrorosamente su sutil composición. ¿Qué más daba? La estúpida gota salada le trajo el recuerdo de aquel goterón de cera ardiente que había caído en el rostro muerto de sor Luisa, la monjita buena del orfanato. Quiso entonces apresurarse a quitárselo con el pañuelo, cuando recordó de pronto que ninguna quemadura podría estremecer ya aquella cara tan arrugada.

Minutos después, en su consulta, de pie junto a la ventana, mirando ensimismada la animación de la Vía Layetana, ordenaba a la enfermera que dejara pasar al primer enfermo. Durante esos minutos tuvo la sensación de lo absurdo de su vida. El fracaso de un experimento tomaba, en su interior, categoría de catástrofe moral irreparable. ¿Por qué? En realidad, todo se reducía a empezar de nuevo, a corregir técnicas y dosis, a tener un poco más de paciencia. No había razón para este acabamiento, para esta tristeza. ¿O sí la había? En un examen valiente de su conciencia reconoció que en aquel experimento había puesto elevadas esperanzas de liberación. Aquel huevo artificialmente conseguido, aquel hijo de laboratorio simbolizaba el triunfo de la ciencia y de la lógica sobre el sentimiento. Si hubiese vivido, le hubiera demostrado que era libre, que podría prescindir de las trabas miserables que impiden la superación de los humanos. Pasiones, amor, ridículas dependencias afectivas de las que ella había sabido zafarse. ¿Había sabido? ¿O le habían sido negadas? ¡Tonterías! Allí estaba ella, libre, respetada, con una magnífica casa, un excelente porvenir... No podía estar equivocada. Porque... si lo estuviera... ¡qué terrible, total y definitiva equivocación la suya!...

El primer enfermo que pasó no estaba enfermo, porque era Sebastián Viladegut. Fue extraño —días después lo reconoció Elena— que la única persona cuya presencia parecía apropiada en aquellos momentos al estado de ánimo de Elena hubiera de ser Sebastián. Por eso no se asombró de su entrada, sino que le tendió la mano amistosamente, acompañando su ademán de una sonrisa triste.

Sebastián, con un aire circunspecto y tímido, que le salía muy bien aunque en este caso tenía mucho de sincero, le dijo:

—Espero que me recordará. Vine el otro día y usted fue tan amable...

—Sí, sí. Desde luego. Pero hoy no trae usted la cartera.

Sebastián se miró el costado derecho, sitio habitual para llevar la cartera de representante, como si no se hubiera dado cuenta del trascendental hecho de que no la había traído. Realmente era trascendental y los dos lo reconocieron así porque de este modo estaban los dos frente a frente, sin barreras ni pretextos convencionales, desnudos de alma, en esta esgrima de sus acusadas personalidades. Sebastián relajó su cara con una sonrisa irresistible y dio una explicación que en verdad lo explicaba todo:

—Verá... Es que hoy vengo representándome a mí mismo. A Sebastián Viladegut, que es como me llamo.

—¿A usted? No comprendo...

—Es que... He tenido una idea. A veces me pasa eso. De vez en cuando tengo una idea y es como cuando uno tiene una fiesta que no esperaba. Que hay que aprovecharla bien. Es el caso que Sánchez y González dan mañana el banquete tradicional a los que este año terminan la carrera de Medicina. Todos los años invitamos, además, a algunos médicos y yo me permito el atrevimiento de invitarla a usted. Ya sabe lo que son esas cosas. Mucha euforia, buena comida, alegría juvenil y todo lo demás. Al final, alguno de los médicos habla a los muchachos y, diga lo que diga, le aplauden todo...

—Pero ¿cómo se le ha ocurrido?...

—No le extrañe. El otro día me distinguió usted comunicándome sus ideas y hasta me dio pie para la discusión. El cambio de ideas entre dos personas es para mí tan importante como el cambio de afectos, y por eso desde entonces me considero su amigo. Un amigo humilde, pero sincero. En nadie mejor que en usted podría pensar para una cosa así... Bueno. Le confesaré que la fiesta es lo de menos. La verdad, la verdad de todo es que usted me tiene muy preocupado.

Elena rió divertida. Pero había un poco de amargura en su risa.

—¡Preocupado por mí! Pues le aseguro que es la primera vez, que yo sepa, que preocupo a alguien.

—¡Sí! Se lo aseguro. Después de dar muchas vueltas a sus palabras del otro día, he llegado a comprender que a usted le faltan términos importantes del problema para dar con la verdadera solución. Usted habla de la Humanidad, de la Vida, de los hombres y de las mujeres sólo a través de sus libros y sin salir de su laboratorio. Si alguna partícula de esa vida llega hasta usted, sólo la ve a través de los tres o cuatro lentes de un microscopio. No puede juzgarla, no puede hablar sobre ella, no puede esterilizar en la estufa de la ciencia sus sentimientos, su alma, que existe, si antes no la contempla en su propio medio de cultivo. En la calle, en las casas, bullendo incontenible, pujante, eterna alrededor nuestro. Véala así, tal como es, y luego discutiremos. ¿Quiere? Venga usted conmigo mañana y si no le aburre, si puede usted aguantar mis insulseces, venga después de mañana y otros días. Hágalo al menos como un descanso para su fatiga. O como un desafío, lo que quizá le cuadre mejor a su manera de ser...

Sebastián calló, como temeroso de haber estado demasiado atrevido... Era una peculiar treta suya que ahora empleaba con toda su buena fe. Elena le miró fijamente y ya sin sonreír. Casi un minuto pasó hasta que sus labios apretados se abrieron para dar una respuesta. Al fin, dijo:

—Conformes. Venga usted a buscarme mañana.

—¡Viva, viva! —exclamó Sebastián infantilmente—. Oiga, ¿y querrá usted que paseemos un ratito?

—¿Por qué no?

—¿Y le parece a usted bien eso de venir otros días?

—De usted depende.

—¡Magnífico! Bueno; hasta mañana.

—Pero dígame usted a la hora en que debo esperarlo...

—¡Ah! Usted manda.

—¿Cómo? Dependerá de la hora en que empiece la fiesta.

—Es que... verá. Ahora recuerdo que la fiesta esa es para mayo y aún estamos en marzo. Pero por eso no cambia nada. Además, que igual iremos en mayo. Verá usted qué maravilla entonces nuestros jardines en la falda del Tibidabo. Los claveles, las magnolias...

—Sí. Y los frescos representantes de Sánchez y González. ¡Váyase antes de que me arrepienta!

14 de marzo.

Cumbre del Tibidabo. Unas mujeres con mantillas entran en la iglesia que celebra una fiesta. Se ve la iluminación y el órgano, en sus tonos graves, se oye en la explanada. Como contrapunto, las voces de unos chiquillos que acaban de bajar de la atalaya y corren, riendo y chillando, a montar en el tren aéreo. Son tres, dos niños y una niña, y al frente de ellos va su padre aún joven y alegre. Apoyados en la barandilla y mirando el panorama de Barcelona, hay una pareja de novios tan juntos que se puede asegurar que el panorama les importa muy poco. Sebastián y Elena pasean lentamente y parecen continuar una conversación anterior.

SEBASTIÁN.—Aunque soy un sentimental y me repugna la idea, le puedo conceder que lo que sienten esos dos pichones de la barandilla no sea amor, sino instinto disfrazado. Pero hay otras formas de amor. Por ejemplo, el de ese padre y esos niños.

Elena.—Eso es egoísmo. Vemos en los hijos una continuación de nosotros mismos. Queremos vivir otra vez a través de ellos. ¿No se ha fijado en que el máximo ideal de los padres es que los hijos tengan lo que a ellos les gustó y carezcan de lo que les desagradó? Y eso sin tener en cuenta para nada sus preferencias.

Sebastián. *(Señalando la iglesia.)*—Muy duro suena eso. Pero, dígame: ¿Y esa otra clase de amor?

Elena.—Superstición y miedo al infierno. La idea del amor es bella, pero falsa, y su intención fracasada. Jesús crucificado en balde. Es la Tercera Persona quien debió venir.

Sebastián.—¿La Tercera Persona?
Elena.—Sí. El Espíritu Santo. La Sabiduría.

17 de marzo.

Montjuich. Jardines de la Exposición, según se sube a mano derecha, detrás de una fila de acacias y luego de saltar unos setos floridos que limitan... Bueno: un trozo de césped, y ella y él sentados. Ella y él son los de siempre, claro.

Sebastián.—A usted, ¿no la han besado nunca?
Elena.—No. O, al menos, no me acuerdo.
Sebastián.—¿Me da usted permiso?
Elena.—Hágalo.
Sebastián.—Bien. ¿Qué te ha parecido?
Elena.—Bastante agradable. Pero antihigiénico.
Sebastián.—Algo es algo.

20 de marzo.

Un autobús corre por las Rondas. El cobrador, que tiene reuma, se ha colocado delante de la escalerilla del segundo piso y está dispuesto a defenderla heroicamente. "Pasen, pasen adentro, que hay mucho sitio. Arriba hace mucho frío y hay un chico con tos ferina." Miente, porque arriba no hace frío y en lugar del chico con tos ferina hay una pareja a la que odia cordialmente porque se le colaron en un descuido. Son Sebastián y Elena, que miran juntos y silenciosos pasar las luces de la calle. Él, de pronto, habla:

Sebastián.—Escucha, Elena. ¿Podrías resolverme un problema?

Elena.—Tú dirás.

Sebastián.—Es evidente que entre nosotros hay una atracción mutua. Nos agrada vernos y pasear juntos. Yo espero con alegría la hora de ir a buscarte.

Elena.—Es cierto. Yo también la de esperarte.

Sebastián.—Bueno. Esta atracción hemos quedado en que no puede ser amor.

Elena.—Es claro que no.

Sebastián.—Y tampoco es instinto sexual.

Elena.—No lo es, por mi parte al menos.

Sebastián.—¡Toma! ¡Y por la mía tampoco!

Elena. *(Secamente.)*—No es preciso que lo afirmes tanto.

Sebastián.—Perdona. Pero lo cierto es que no lo es.

Elena.—¡Ya lo he oído, ya lo he oído!

Sebastián.—Entonces, ¿qué demonios es lo que sentimos el uno por el otro?

El cobrador, asomando la cabeza por la escotilla, les advierte:

—¡Vamos, hombre, que ya han *llegao*! ¿O se creen que esto es un cine de sesión continua?

30 de marzo.

Despacho de Elena. Ocho de la tarde. Sebastián penetra en él con gran soltura y confianza. Elena está sentada detrás de la mesa, leyendo un libro gordo. Va vestida con bata blanca, pero peina muchísimo mejor. Sobre todo, hay un rizo moreno en el lado izquierdo de su frente que le cae muy bien. No obstante, estaría más guapa si no presentara en este momento un ceño adusto, que es casi hostil cuando ve a Sebastián.

Sebastián.—¡Chiquilla! Pero ¿todavía sin arreglar?
Elena.—Hoy no salgo.
Sebastián.—¡Ah! ¿Porque llueve? Bien; ya nos cobijaremos. Pero no aquí. Este despacho huele a sarampión y a colerín infantil. Vamos, levanta. Iremos a un café.
Elena.—Puedes ir tú solo.
Sebastián.—¿Yo solo? Pero... ¿qué te ocurre? Esa cara... ¿Te ha pasado algo? *(Cogiéndole una mano.)* ¡Vamos, dímelo, cariño!
Elena. *(Retirando la mano y con voz agria y dolorida. Es decir, lo mismo que tantas otras mujeres en los mismos casos.)*—¿Podrías decirme, si no es un gran secreto, por qué no viniste a buscarme ayer?
Sebastián. *(Dando un suspiro de alivio.)*— ¡Ah! ¿Es por eso? ¡Me habías asustado! Por un momento creí que habías roto otro huevo.

15 de abril.

También en casa de Elena, aunque no parece que sea la casa de Elena. Es un íntimo y confortable rincón lleno hasta casi su mitad con un amplio diván cuadrado, de color de cuero viejo; un mueble bar abierto e iluminado, una radio gramola, luz tenue y rosada de unos *appliques* de estupendo gusto y una bonita copia de Miró en el testero. Lo único familiar, o por lo menos que nos recuerda algo, es la cortina negra y pesada que tapa la puerta y ahoga todo ruido. ¡Ah, sí! ¡La cortina! Este cuarto era antes el laboratorio.

La radio está abierta y suena una suave música que preludia una bella canción sudamericana. Es un voluptuoso son a tres voces que conduce un falsete insinuante y andrógino. Sebastián baila con Elena muy lentamente.
Elena.—¿No me olvidarás?
Sebastián.—¿Y cómo, mi vida? Te lo aseguro.
La Radio.—*¡Ay, amooor, que no me quieras tanto!*
Elena.—Quisiera que no te fueras. Me parece que esto va a ser el fin.

Sebastián.—Nada es el fin de nada mientras vivamos, cariño. Porque en todo caso, siempre están los recuerdos, que son la esencia de las horas felices.

La Radio.—*¡Ay, amor, no sufras más por mí!*

Elena.—Aún estás conmigo y ya hablas de recuerdos. Sé bien lo que eso significa.

Sebastián. *(Besándola en un ojo.)*—¡Tontina! ¿Cómo lo vas a saber? Yo no te lo he dicho y todo lo que vale la pena de saberse te lo he enseñado yo.

La Radio.—*¡Ay, amooor que vas ahogarte en llaaanto!*

Elena.—Es cierto. Que te quiero es lo único que sé de verdad.

Sebastián. *(No dice nada, porque en este momento la está besando donde se debe besar.)*

La Radio.—*¡Ay, amor, olvídate de mí!*

A las diez de la mañana, y pese a las protestas de la asistenta, Sebastián Viladegut irrumpía en el dormitorio de su amigo Matías Gilabert. Era un cuarto de soltero desordenado y caprichoso, a la vez bar, timba y museo. Decoraban las paredes unas estrechas estanterías llenas de botellines de licor, reproducción en miniatura de múltiples marcas, rizadas y alegres banderillas, entradas de toros que recordaban fechas importantes de la tauromaquia, abanicos con autógrafos, caricaturas a lápiz y bastantes fotografías de mujeres que podrían calificarse con un cuatro con reparos. Un mostrador de bar, una mesa redonda, unas sillas y la cama empotrable componían el resto del cuadro.

Cuando a un hombre que duerme le encienden todas las luces de la habitación, le aúllan el nombre —Matías— aunque sea éste tan poco sonoro, y, como medida complementaria, le echan un poquito de sifón en una oreja, el hombre se ve obligado a despertarse a menos que padezca de encefalitis letárgica. Como Gilabert sólo padecía una leve intoxicación etílica, obedeció a esta ley general y se despertó.

—No me explico qué cosas pueden ocurrir en el mundo

a estas horas de la madrugada —manifestó a Sebastián con pensativa perplejidad.

—No ocurre nada en realidad. Es que quiero charlar contigo.

—¡Charlar! —emitió un sonido de dolor sobrehumano—. ¡Charlar, dice! —otro quejido—. Viene, me zarandea, me baña en sifón, ¡me despierta!... y luego dice que sólo quiere charlar.

Invocaba a una cabeza de toro que había enfrente, único testigo que encontró digno de juzgar sus tribulaciones. Luego, transido de pena, dejó caer de nuevo la cabeza en la almohada y se arrebujó en la ropa posiblemente para hurtarse así a la estupidez del mundo y de sus habitantes.

Viladegut, sumido en sus propias preocupaciones, se limitó a desembozarle la cabeza y le habló, con reflexiva serenidad, de un asunto que al principio no era del todo comprensible:

—Temo haber mordido más de lo que puedo comer. Sé que ha sido feliz conmigo, pero no creo que esto sea suficiente para ella. ¿No lo crees tú así?

Matías bostezó ferozmente y consideró así suficientemente contestada la consulta.

—Son a veces difíciles de comprender las mujeres, aun para mí. Ésta, sin embargo, no lo es, una vez conocido su secreto. Tiene una alma en blanco, donde todo está por escribir.

Matías suspiró, pero nunca se podrá saber si este suspiro era un principio de interés por el tema, porque, aprovechando un minuto de pausa que hizo Sebastián, se durmió. Su amigo le zarandeó con poca suavidad y siguió hablando. Matías bramó doloridamente porque el zarandeo le producía en la cabeza la sensación de tener unas cuantas bolas de billar haciendo carambolas a tres bandas.

—Es curioso —siguió Sebastián—. Eli ha sido para mí una experiencia nueva; y ésta es la causa de mi preocupación, porque desconozco cómo va a reaccionar. Me hace el efecto de que... Le faltaba amor. Eso es evidente. Desde niña le había faltado. Pero... le volverá a faltar si no se le ayuda... Es de las que hay que conducirlas a la fuente para que sigan bebiendo...

Matías se incorporó con cierto interés.

—Bebiendo, bebiendo. Beber. Acabas de rozarme un complejo. Ya sé por qué estoy tan malito. Llevo media mañana despierto y aún no he tomado el trago de ginebra que me ha prescrito el doctor Gilabert para las cefalalgias matutinas. Sebas, amigo mío. Sé bueno y tráemelo. Allí tienes todo lo preciso.

Sebastián, aún ensimismado, se levantó y preparó en el bar una mezcla en un vaso. Cuando se lo traía hacia la cama, sonreía tiernamente.

—¡Elena me preparaba la ginebra con un poco de *cointreau* —dijo— y sólo un tercio de sifón! Era una virtuosa de la dosificación. ¡Y pensar que la enseñé yo! —Se quedó suspenso con el vaso en la mano y accionando con él al hilo de sus pensamientos—. "La enseñé", "Elena era". Es curioso y triste a la vez. Hablo de ella en pasado remoto y la última vez que le vi fue anoche. ¡Qué maldad más sutil la de nuestro subconsciente!

Matías Gilabert mostraba en estos momentos una gran preocupación por alcanzar el deseado vaso y, lleno de ansiedad, alargaba la mano siguiendo sus evoluciones. El último ademán grandilocuente de Sebastián lo puso tan fuera de su alcance, que dejó caer sus brazos con desaliento. Pero se animó instantáneamente cuando su amigo se lo puso al nivel de la boca. Tanto se animó, que lo cogió y empezó a mostrar interés por los problemas puramente humanos.

—Ahora reflexiona un poco, Sebas, y dime de qué chica estás hablando.

—¿Cómo? ¿Ahora sales...? ¡Y pensar que he venido aquí en busca de comprensión y ayuda!

—La tendrás, la tendrás en cuanto sepa lo que hacer con mi cabeza. Pero antes dime de quién tenemos que hablar.

—De Elena Rauli —gruñó Sebastián, muy ofendido.
—¡Ah, sí! ¡La Rauli! ¡Claro! Sí, además, te ha visto todo el mundo con ella... ¡No me dirás que te has enamorado! ¡No! Te conozco muy bien y no has estado enfermo nunca. Para eso se necesita una predisposición patológica. Pero... ¿qué tenía yo que decirte respecto a este asunto? De algo tenía que acordarme...
—Más valdrá que te calles y escuches si has de seguir diciendo tonterías...
—¿De qué tenía yo que acordarme? Algo tenía que decirte...
—Escucha, vergüenza de tu clase. Estoy preocupado porque Elena no es como las demás. Elena es un tipo... es un tipo...
—Tipo asténico puro. De tipos constitucionales de mujeres entiendo yo mucho. Verás. Coge aquel libro. ¡Vamos, cógelo!
Sebastián, un poco impresionado por lo imperativo de la orden, fue a un estante y, siguiendo las indicaciones de su amigo, sacó un librito que Matías abrió hacia la mitad y leyó:
—¿Ves? Aquí está: "Con los rasgos anatómicos descritos suele coincidir un psiquismo en el que predomina la depresión, un alma sutil que ama lo grande y lo bello, pero reacciona mal ante el contraste entre lo que ama y desea y lo que le proporciona la realidad áspera de la vida. Como consecuencia de todo esto, desilusión, amargura, renunciación. Las mujeres con predominio de estos rasgos no sienten la vida, sino que la padecen, a menos que una vida matrimonial normal y un hijo las libere y aseguren su femineidad deprimida" (1).
Sebastián escuchaba subyugado y cuando Matías terminó lo contempló con admiración.
—¡Chico! Eres genial. ¿Cómo se te ha ocurrido...?
—¡Bah! —exclamó modestamente Gilabert cerrando el

(1) «Esterilidad matrimonial», por Clavero Núñez.

libro—. No merece la pena. Sólo me costó treinta pesetas. Pero... ¿qué tenía yo que decirte respecto a este asunto?

—¡Pero si es su vivo retrato! ¡Y pensar que he despreciado siempre a los científicos metidos a psicólogos! El tío que ha escrito eso lo habrá hecho con intenciones científicas, pero sabe un rato de mujeres. Tanto, que me ha dejado más preocupado que antes, porque tiene toda la razón. Al menos que Elena encuentre quien la haga feliz, volverá otra vez a caer en el pozo seco y letal de su maldita ciencia. Y esterilizará su alma, que vale tanto.

—Tienes un remedio. Cásate con ella... ¡Maldita sea! Algo tenía yo que decirte...

—No puedo ser yo el hombre que la haga feliz. Tú me conoces... Un día u otro... Es preciso que me ayudes, Matías. Yo le escribiré, pero es preciso que tú vayas a verla. Con cualquier pretexto... Di que me has visto en un viaje, que te he hablado mucho de ella... Luego la sacas a pasear... le presentas amigos... Hazla vivir, aunque no lo hagas tan bien como lo he hecho yo...

—¡Oye, oye...!, pero ¿qué te has creído? Sabrás que en ese sentido no he tenido nunca ninguna queja. Pero ¡vamos! ¡Con la Rauli! Si yo fuese aquel idiota que se enamoró de ella, y luego la familia... ¡Ah! ¡Ya sé lo que tenía que decirte! Es precisamente sobre ese idiota. Figúrate que os ha visto y sufre como un Otelo con gafas. Es como el perro del hortelano. Ni come ni deja. Ahora que la ve más presentable y del brazo con uno, viene a decirme que quién eres tú... que si te das cuenta de que esa chica a ti no te va... ¡Bueno! ¡Le dije una de cosas!... Entre otras le dije que los de Villanueva y Geltrú...

—¡Estúpido! ¡Berzotas! Hoy mismo vas a verlo. Le vas a dar toda clase de explicaciones y le vas a demostrar que tiene el campo libre. Le vas a mentir y decirle que ella siempre lo ha amado en silencio... ¡Maldita sea! ¿Cómo no me lo has dicho antes? ¿Lo harás? Por tu madre, Matías, te lo pido de rodillas. Yo me he de ir de viaje hoy y no quiero que me acuse la conciencia...

—¡Bueno, bueno! Lo haré si me cierras las ventanas y te vas. He de dormir aún un poco. Al menos hasta que amanezca.

Sebastián se levantó, lo miró con ternura y, caminando de puntillas, cerró la ventana, por donde entraba el sol de las once de la mañana. Apagó las luces al marcharse, arropó maternalmente a Matías y le puso un beso en la frente con los dedos unidos.

CAPÍTULO VI

EL MATRIMONIO sólo puede ser feliz si la mujer propia, considerada en conjunto, puede resistir la comparación con las demás mujeres. Pero para saberlo es preciso antes conocer del todo a las demás mujeres.

Ésta era la explicación que Sebastián Viladegut daba siempre a los amigos cuando le preguntaban que por qué no se casaba. Pero el alegre cinismo de la frase iba unido a una falsedad de ella menos alegre. La causa de permanecer soltero Sebastián era muy distinta y más profunda. Sebastián no se casaba, ahora lo comprendía bien, porque tenía miedo a conocer la fórmula psicológica de su mujer.

Después de su aventura con Elena Rauli había llegado a conclusiones exactas y había inventado esta denominación de "fórmula psicológica". Era el resultado de la ordenación de todos los datos adquiridos por su experiencia y sobre todo, lo que le había dado la clave había sido su conversación con Matías Gilabert. Había quedado verdaderamente impresionado cuando este irresponsable individuo, aún entre las brumas del alcohol y el sueño, le había bastado recordar los rasgos anatómicos de Elena para en seguida catalogarla y encontrar en un libro su retrato psíquico exacto.

¿Eran, pues, las mujeres unos seres catalogables por sus características físicas y anímicas en grupos perfectamente etiquetados? ¿Podía el Supremo Hacedor haber creado todo el género femenino por el sistema de modelos como cualquier fabricante de automóviles? Él acababa de conocer el tipo "Elena Rauli" que hasta la fecha no conocía, pero más de una vez le habían llamado la atención el que determinada clase de belleza y de formas corporales correspondía siempre a determinado comportamiento y determinado carácter. No cabía duda de que existía el tipo "Faly", el tipo "Orosia", el tipo "Tere"... Había, no ofrecía duda, una dependencia muy estrecha entre biología y temperamento y aún se podían llegar a apurar hasta el extremo las posibilidades y, escogiendo los dos más alejados términos del problema, encontrar una evidente relación entre anatomía y moral. Un hombre medianamente inteligente, con cierta experiencia en mujeres, podría descubrir en seguida esta dependencia y, puesto en el camino de su descubrimiento, insistir en él y llegar al extremo en que nada más conocer a una mujer en lo que se refiere a su físico hallar inmediatamente su fórmula psicológica. Esto, sentimentalmente, supondría un desastre porque desde aquel momento sabría su comportamiento futuro, su forma de reaccionar a cualquier estímulo, el porvenir de su amor por ella, hasta si había tenido amantes o no... Todo el sugerente misterio del amor desaparecería, como desaparecerían todas sus dulces inquietudes, toda su adorable y voluptuosa inseguridad. El velo con que la amada tapa siempre los últimos rincones de su alma estaría levantado con todo el zafio impudor con que la vendedora de amor barato enciende todas las luces de la habitación cuando empieza a desnudarse.

A Sebastián le repugnaba en extremo la idea de esta dependencia, de esta distribución del género femenino en modelos determinados. Repugnaba a su creencia firme en la dignidad humana y en el libre albedrío. Pero se veía obligado a admitirla mientras no estuviera en condiciones de justificarla o de rebatirla. Tenía una humildad intelectual sincera y admirable que le hacía siempre esperar una explicación superior para todo lo que no entendía o para lo que, entendiéndolo al parecer, no encajaba con sus creencias íntimas. No le gustaba la idea tampoco, considerando el problema de una manera más personal, porque estaba seguro de que eran muy pocos los modelos de mujer que le quedaban por conocer y preveía para el futuro un desolador hastío, mucho antes de que la edad le apartara del goce integral de la vida... Porque su depurada sensibilidad habría de sufrir cuando nada en el amor fuera nuevo ni desconocido... Podemos comer cocido todos los días de nuestra vida sin cansarnos, pero no podríamos soportar la idea de que el amor, de ahora en adelante, ya no va a proporcionarnos ninguna nueva sensación, ningún goce nuevo...

Éstas eran las razones por las que Sebastián no se quería casar. Era preciso esperar que sucesivas experiencias le demostraran la falsedad de la teoría o las leyes por las que se regía para intentar destruir sus efectos. ¡Qué terrible desilusión la del que en la mañana siguiente a la boda se da cuenta de que ha descubierto ¡ya! la fórmula psicológica de su mujer y que de ahora en adelante toda la emocionante incógnita de su vida en común se ha puesto al descubierto como se pone el serrín del muñeco que ha reventado el niño para ver lo que había dentro! Ha de ser el mismo efecto que el del que cree haber comprado un mágico mecanismo que le marcará en números dorados y cifras cabalísticas las horas felices de su vida y descubre que no es más que un reloj que además tiene las paredes de cristal.

No. No puede casarse uno estando en posesión de este triste secreto mientras no descubramos dónde está su fallo o su mentira. O también... Y fue en este punto cuando nació en Sebastián la idea básica de la Gran Aventura. O también... mientras no encontremos la Mujer Única, aquella que por la fuerza de su personalidad, de su diferenciación sexual o de su inteligencia, hubiera llegado a superar esta dependencia biológica, esta esclavitud de lo anímico a lo corporal, de lo humano a lo animal. Aquella que fuese siempre ella y siempre distinta, en la que cada día pudiera denunciarse un filón inexplorado de su sentimiento variante con el tiempo, con el humor y con el deseo, tierna de mil maneras, feroz en los celos y arco iris en las tormentas de pasión, luz y día, blanco y negro... ¡Difícil! ¿Eh?

Pero ¿por qué no pensar que existe y por qué no creer que va a ser la próxima mujer que conozcamos?

Así acabaron las reflexiones de Sebastián y con esta pirueta de su cambiante espíritu cerró el círculo que comenzara por otra pirueta. Porque en las inefables corrientes y contracorrientes del pensamiento de Sebastián, siempre salía flotando la boya del optimismo.

Para Sebastián Viladegut, el itinerario del ferrocarril Barcelona-Zaragoza había quedado reducido exclusivamente a lo siguiente:

Barcelona - Isabel y su ventana - Zaragoza

Pero lo verdaderamente trascendental era que esta interposición de la niña de la estación no se limitaba al itinerario del ferrocarril, sino que había invadido también su itinerario espiritual. Ahora se daba cuenta de que Isabel aparecía siempre en su recuerdo y en su camino entre dos experiencias sentimentales, en ese espacio vacío entre uno y otro amor, cuando en un salto cínico y ágil pasaba por encima de un pequeño abismo de hastío, olvido o renunciación, Isabel era algo así como el centro de un movimiento pendular cuando el péndulo parece que de buena gana se quedaría a descansar, y, sin embargo, obligado por fuerzas independientes de él, sigue ascendiendo a derecha e izquierda. Por eso la historia sentimental de Viladegut, de un tiempo a esta parte, podría resumirse en una serie periódica:

Luci-Isabel en su ventana; Faly-Isabel en su ventana; Elena-Isabel en su ventana; X-Isabel en su ventana...

Era característico en Sebastián que el conocer el defecto físico de Isabel no alterara para nada la dulzura de su recuerdo ni su deseo de volver a verla. Si alguien hubiera querido enturbiarle el recuerdo de su imagen, haciendo referencia a su invalidez, hubiera abierto los ojos asombrados e incomprensivos y hubiera dicho:

"Pero ¿qué importa si yo no he pensado nunca en sus piernas ni en su modo de andar? Antes de conocerla me gustaba por su pelo, sus ojos y su mirada dulce y lejana de virgen paciente. Después de conocerla, por su voz, su inocencia y su maternal sentido del amor que aún desconoce..."

Un espíritu vulgar diría que esto es una patochada; otro, malintencionado, vería en estas manifestaciones un morboso extravío de su ansia de variedad; otro, más sutil, una paradoja frente a su idea de la Gran Aventura. Los tres se equivocarían porque Sebastián no era un payaso, un morboso ni un paradójico. Siempre fiel a sí mismo, al hablar así no hacía sino adorar a Isabel por todo cuanto de adorable había en ella e ignorar todo aquel defecto que hubiera sido superado por su valiente espíritu. Después de conocerla en el viaje anterior, sabía que poseía una riqueza espiritual capaz de fabricar hermosos sueños eternamente sentada tras de su ventana con sólo unos rieles y un páramo delante del cristal. Era esto un bello triunfo del albedrío sobre la fatalidad y de Sebastián sabemos que "si aceptaba humilde toda imperfección, era un enamorado de la dignidad humana y de su superación".

Un día el péndulo, al llegar a ese punto central en que parece que de buena gana se quedaría a descansar, lo pensó bien y se quedó. Queremos decir con esto que en un viaje hacia Zaragoza, al llegar Sebastián a Puebla de Samper, cogió la maleta y la enorme cartera, y dijo: "Buen viaje" a sus compañeros de asiento, que le vieron salir desilusionados porque lo estaban pasando muy bien con sus tonterías, y silbando el aire triunfal aquel de las grandes decisiones, descendió al andén.

Era primavera y, para que no lo dudara nadie, hasta

en aquella estación perdida en el secarral, había tres cosas que la denunciaban: las florecillas tímidas y descoloridas de la vía muerta, una maceta de geranios en la ventana y los granos que sustituían a los sabañones de la cara del factor. Porque el factor era una víctima dermatológica de los cambios climatológicos.

Además, y sólo para Sebastián, era primavera porque la ventana de Isabel estaba abierta y la niña asomaba a ella su cara y su busto adorables bajo el dosel de su pelo castaño, con toda la pureza incitante de un cuadro de Manet. También fue un don de su primavera la sonrisa que le dedicó. Una sonrisa plena de promesas y exenta de asombro. Había pensado tanto en él, que no dudaba ya de que vendría. Ni siquiera le asombró el ver marchar el tren mientras Sebastián quedaba solo en el andén, mirándola arrobado y con la maleta a sus pies.

En cambio, el factor de la piel accidentada sí que se asombró, porque el que un viajero del correo descendiera en aquella estación era un hecho insólito en fecha no coincidente con las fiestas del pueblo y que alteraba sus planes de tráfico y explotación. Por lo tanto, seguro que le haría mil preguntas sobre honorarios y trenes. Quizá pidiera que le guardara la maleta en consigna y no tenía impresos para el caso. Luego tendría que venderle un billete para marcharse con toda la complicación de partes y contabilización que la venta de un billete trae consigo... Con desolada pena vio marchar el tren y quedarse el viajero, mientras se rascaba el furúnculo del cuello, que era el que más picaba, porque estaba a punto de florecer. Presentía aciagas horas para su tranquilidad en aquel individuo parado allí en el andén. De sus cavilaciones vino a distraerlo don Santos, jefe de la estación y padre de Isabel. Llevaba en la mano una caja de cartón a la que contemplaba extasiado dándole muchas vueltas. Era un encargo que había recibido de manos del interventor y con gran entusiasmo se lo enseñó al factor.

—¡Mira, mira, Lucas! ¡Ya lo tengo! Lo único que faltaba. ¡Esta noche ya podré transmitir!

Pero no encontró correspondencia para su entusiasmo en el alma de Lucas. Sólo se dignó dirigir una mirada a la cajita misteriosa y, luego, de nuevo sus ojos bovinos y cargados de preocupación volvieron a mirar a Sebastián. Éste, en aquel momento, saludaba a Isabel quitándose el sombrero y lanzando al aire su mejor interpretación del trino del ruiseñor. Isabel, en la ventana, reía feliz y nerviosa. Lucas empezó a considerar que, además de las puramente burocráticas, aquel fulano traería otra clase de complicaciones a la unidad ferroviaria, y con un pulgar sucio de tinta mostró al jefe la presencia de Sebastián. Don Santos, sorprendido de que en el mundo hubiera algo más importante que una válvula electrónica Machlet de doble efecto, se volvió lentamente y quedó absorto contemplando un extraordinario espectáculo. Aquel individuo, al que el correo parecía haber dejado allí por equivocación, estaba mirando a su hija Isabel con cara tierna, mientras le silbaba una rara endecha que terminó con una escala muy alta. Después abrió una gruesa cartera que había a sus pies, sacó de ella un pulverizador de perfume y, apoyando un pie en la maleta, se dedicó a perfumar el ambiente lanzando con fuerza a su alrededor el contenido del frasco. A las narices del jefe y del subalterno, sólo hechas para percibir el olor de papeles viejos y carbonilla a medio quemar, llegó el efluvio de "Besos de Primavera", haciéndoles arrugar la cara unánimemente. Luego se arregló la corbata, cogió la maleta y la cartera con una mano mientras con la otra sostenía el pulverizador y dirigiéndose hacia la puerta de entrada, exclamó:

—¡Hola, jefe! ¿Hay vía libre?

Estuvo en un tris que la válvula Machlet de doble efecto no cayera de las manos de don Santos al suelo, con el consiguiente peligro de romperse, provocando así un sensible retraso en el progreso científico español. Por fin el asombro permitió al probo funcionario preguntar:

—Pero... ¿quién es usted y qué es lo que quiere?
—¡Anda! ¡Ya no se acuerda de mí! ¡Qué efímera es la gratitud! ¡RENFE, RENFE, tienes nombre de mujer!

El jefe miró a Lucas significativamente. En el romo intelecto de éste penetró un rayo de inteligencia y se agarró a la cercana cadena de la campana dispuesto a dar la alarma a los cuatro vientos en cuanto el alienado aquel hiciera un gesto sospechoso. Da mucha confianza el tener una campana a mano cuando se teme algún peligro.

—Pero, ¡hombre, don Santos! Yo soy el héroe anónimo aquel que hace mes y medio penetró en un *water* del correo para intentar arreglar un escape de la calefacción con riesgo de la vida... Recuerde que me quemé y que me curó su hija... Nos hicimos buenos amigos y...

Isabel en este momento, imaginándose todo lo que estaba ocurriendo allá abajo, asomó su cabeza sobre el alféizar y dijo, todavía riendo:

—Déjalo subir, papá. Y no le hagas mucho caso porque te volverías tan loco como lo está él.

En el rubicundo rostro de don Santos apareció una media sonrisa de comprensión y recuerdo y, aunque todavía medio embobado por el asombro, se apartó a un lado. La mano derecha, donde llevaba la banderita roja enrollada, hizo un ademán, por la fuerza de la costumbre, que podía traducirse por la "vía abierta". Sebastián, manejando diestramente el pulverizador con una sola mano, perfumó a los dos funcionarios profusamente el uniforme mientras decía:

—Permítanme que los obsequie con "Besos de Primavera". Cuídese el hígado, joven, y no piense en cosas feas. ¡Vaya granos!

Luego subió silbando las escaleras.

Don Santos tardó cosa de un minuto en reaccionar y entonces pensó que su calidad de padre le obligaba a saber algo más de lo que sabía sobre aquella extraña amistad de su hija y su cualidad de jefe de estación le autorizaba a preguntar la causa de la presencia de aquel individuo en sus dominios. Estas reflexiones le hicieron subir en pos de Sebastián.

Alrededor de veinte minutos llevaría Lucas desplomado sobre la silla de la cocina, pensando en las consecuencias que las emociones de aquella mañana producirían en sus granos, cuando bajó don Santos.

—¿Sabes, Lucas? —díjole—. Es un buen chico, aunque muy bromista. Y sabe mucho de radio. Ha sido representante de la Westinghouse y medio novio de una "speaker" de Radio Andorra. Me ha prometido que esta noche me ayudará a emitir...

—¿Esta noche? Pues ¿cuánto piensa estar aquí?

—¡Ah! Sí. No le queda más remedio que estar hasta mañana. Ha perdido el enlace con el automotor de Tortosa.

—¿Con el automotor? Pero ¡si no para aquí...!

—¡Ya lo sé, ya lo sé! ¿Es que me vas a enseñar a mí la combinación de trenes? De alguna manera lo arreglaremos. ¡No voy a obligarle a ir andando hasta Alcañiz!

Y miró torvamente a su subordinado. Decididamente, don Santos estaba ya afiliado al partido de Sebastián.

Sebastián, en el piso de arriba, había quedado solo con la niña y se hallaba bastante desconcertado ante un fenómeno de vasodilatación capilar; las mejillas de Isabel estaban candorosamente arreboladas y este hecho, por lo infrecuente y poco visto, le sumía en confusión. Se hallaba Isabel vuelta hacia él, apoyada de pie en el marco de la ventana, con una tímida sonrisa de indefensión y vergüenza ante el hecho indudable de que un hombre joven había llegado hasta allí, hasta su fanal, con el propósito de verla y hablarle. También él se hallaba ante una situación nueva. Comprendía que en aquel caso le fallaban todos sus normales procedimientos de abordaje y su adiestrada sensibilidad le advertía que era éste el momento peligroso en que podría quebrar un alma de cristal. Deseaba ardientemente, por ejemplo, hablarle del adorable encanto de su silueta núbil destacando sobre el luminoso cuadrilátero azul de la ventana, pero comprendía que cualquier elogio de su físico habría de recordarle su defecto. Una frase de admiración sonaría a falsa y podría distanciarlos. Instintivamente, adoptó la postura familiar y protectora de un hermano mayor.

—Pero... ¿me quieres decir qué haces ahí de pie en la ventana? Ya sé. Mangonear en el movimiento ferroviario. Pero tu obligación está en esta silla, atendiendo a las visitas y zurciendo los calcetines de tu papá.

Y con la mayor naturalidad la tomó del brazo y la condujo a la silla de ruedas. Luego se sentó en una silla baja a su lado y le dijo:

—Lo de los calcetines te lo perdono por hoy. Dime: ¿pensabas que vendría como te prometí?

Isabel, húmedos los ojos y cerrados los labios, como en una sonrisa inefable para su interior, asintió mirando a Sebastián.

—Eres una coqueta presumida. ¿Y no pensaste que yo era un tipo majareta que me olvidaría de ti en la estación siguiente?

La cabeza de la niña, agitando la cabellera castaña, suave y fragante, dijo que no. Al mismo tiempo los labios se entreabrieron para dejar mostrar un poco de la luz que la arrebolaba.

—Entonces, también sabrás que he pensado en ti mucho durante este tiempo...

La cabeza ahora no respondió, pero sus ojos brillaron inquietantes y profundos. Sebastián continuó, sin esperar contestación:

—Y también habrás comprendido que conozco muy bien la guía de ferrocarriles y que a nadie se le ha ocurrido nunca esperar el automotor de Tortosa en esta estación.

Ahora ya Isabel rió francamente, aliviada la tensión de su casi doloroso contento y, con gran vehemencia, díjole que sí.

Sebastián abatió la cabeza sobre sus manos en un ademán de desesperación teatral y exclamó:

—¡Dios mío! ¡Entonces estoy perdido!

—¿Perdido? ¿Por qué? —preguntó la niña con una nota de ansiedad en su voz.

—Porque con todos mis pensamientos puestos así al sol, como la ropa a secar, vas a hacer de mí lo que quieras. Quizás hasta podrías decirme la buena ventura, ¿no?

Y le mostró la palma de la mano, abierta sobre su regazo. Isabel la tomó en las suyas un poco temblorosas y le dijo:

—Claro que podría. Pero... Nunca me atrevería a decirte las barbaridades que veo en esa mano...

—¡Ah!, ¿no? Y a dar un paseo conmigo, ¿te atreverías?

Inmediatamente después de pronunciadas estas palabras, Sebastián se arrepintió de ellas. Pero Isabel, sin dejar de sonreír, valientemente le respondió:

—Eso sí. ¿Por qué no?

Y maniobrando con su silla de ruedas desapareció en un cuarto contiguo.

Pocos minutos después apareció en la puerta. Se había colocado en la pierna derecha un aparato ortopédico que manejaba con soltura.

—Será preciso que te utilice como bastón —díjole caminando hacia él.

Radiante, Sebastián se le aproximó y presentó su brazo doblado.

—¡Y menudo bastón que te llevas! ¡Fabricado en Villanueva y Geltrú!

El andén de la estación estaba en aquel momento desierto. Sebastián llegó a sospechar una deserción en masa de su personal. Sólo a unos doscientos metros se veía a unos mozos trabajar cansinamente en arreglar un cambio en una vía auxiliar. Isabel, colgada de su brazo y en silencio, caminaba a irregulares, pero seguros pasos, mientras él silbaba una marcha que bien podía ser nupcial, mirándola muy serio. Cuando se dio cuenta de que la marcha insensiblemente acompañaba al ritmo del "tac, tac" del aparato ortopédico, calló y se enredó en un gárrulo monólogo:

—Parece algo irreal, como de sueño, el estar paseando nosotros dos así por el andén de una estación desierta con estos raíles tan rectos, sin una curva, tan infinitos. Se parecen a dos novios que pasan separados y muy seriecitos cuando los ve la gente, pero que allá lejos se juntan para besarse. Bueno. Esto me parece que lo ha dicho otro antes que yo. Algún poeta, probablemente, el mismo que dijo que los hilos del telégrafo con los pajaritos en ellos eran como el pentagrama del paisaje. Pero no hay que hacer caso de lo que dicen los poetas. ¡Pasan tanta hambre los pobres! Lo cierto es que los raíles del tren siempre me han llamado la atención. De pequeño me armaba un poco de lío en la estación de mi pueblo porque en el colegio me habían enseñado que la tierra es redonda, y, sin embargo, el tren que pasaba en una dirección volvía luego en dirección contraria. De mayor me enteré que la culpa no era de la tierra, sino de la Compañía de Ferrocarriles. Y es que la vida enseña mucho. A ti la vida ¿no te ha enseñado muchas cosas?

—Tú verás lo que me ha podido enseñar en este mundo tan pequeño que tengo alrededor. Pero no me importa. Tengo mis sueños, que me dan un mundo tan grande como lo quiera hacer...

—¿No vas al pueblo nunca?

—¿Al pueblo? Casi nunca. Son muy brutos. Los chicos me hacen burla por la calle cojeando como yo y los mayores nos odian a los de ferrocarriles porque dicen que el ruido del tren hace... Bueno. No se puede decir.

Isabel se había puesto encarnada.

—¿Qué dicen? ¿Por qué no se puede decir?

—Dicen que hace malparir a las cabras —contestó Isabel con la cabeza baja y en un susurro.

—¡Serán bestias! Bueno; por eso tienen la estación tan lejos. Cuando trazan una vía de ferrocarril siempre ponen la estación lejos de los pueblos menos civilizados, para que los mozos no apedreen los vagones y para que no doblen la vía a bocados...

—De vez en cuando voy a San Martín del Río, la cabeza

del partido. Es un pueblo de vega muy simpático, donde tengo buenas amigas. ¡Mira! ¡Esa camioneta es de allí!

Habían dado la vuelta a la estación y en su parte trasera una camioneta parecía esperar a ser cargada. El factor de los granos examinaba unos talones antes de autorizar el que un hombre maduro, rechoncho y muy curtido por el sol, vestido con un mono azul, se llevase cuatro cajas de pescado que había en el suelo. El hombre del mono miraba aviesamente al factor mientras mordisqueaba un tallo de hierba.

—¡Si son los únicos talones —le decía— y son las únicas cajas que has recibido en toda la semana, no sé qué demonios estás mirando, Lucas!

—Hay que hacer las cosas bien y conforme al Reglamento —manifestó Lucas con la mayor dignidad.

—¡Bien, bien! Mira lo que quieras; pero date prisa antes de que huela más el pescado. ¡Ah, Isabelita! ¿No quieres venir hoy?

Isabel le hizo al hombre una carantoña. Luego miró a Sebastián indecisa y también a una ventana cercana. Por fin preguntó a Sebastián:

—¿Te gustaría?

—¿Si me gustaría? ¿El qué?

—Que fuéramos a San Martín del Río. Una excursión...

—¡Estupendo! Además, he de pensar en algún sitio donde comer...

—Podríamos llevarnos comida y comprar allí algo...

—¡De perlas! Pero ¿y tu padre?

—Ahora veré.

Isabel se acercó a la ventana de la lamparería y la abrió de un pequeño empujón. Dentro se veía al bueno de don Santos en mangas de camisa, al aire el velloso tórax, y muy entretenido con unos tornillos y unos alambres. Al oír las pretensiones de su hija puso cara hosca, lo que borró la sonrisa de Isabel. Pero ésta insistió, cambiando la línea de ataque.

—Podríamos volver en la tartana del ambulante, porque Sebastián tiene mucho interés en ver funcionar tu aparato...

Disimulando su satisfacción, don Santos accedió diciendo:

—Bueno, bueno. Pero que no se os haga muy tarde.

Una vez que el factor dio su solemne aprobación a los talones del pescado, Sebastián ayudó a cargar las cajas en la camioneta y subió a la cabina con Andrés el transportista y con Isabel, a la que colocaron en medio. Ésta llevaba un paquete con comestibles que le había bajado del piso la muchacha.

Andrés puso en marcha el vehículo y enfiló hacia la vía. Sin sacar la primera la atravesó por un trecho mal terraplenado y a cada salto que daba el armatoste ponía cara feroz y miraba al techo de la cabina. Se adivinaban los tacos, que no soltaba cohibido por la presencia de sus pasajeros. Por fin salió a un camino de tierra que manifiestamente descendía del páramo. Ya lanzado y tranquilo por la salud de su vehículo, comenzó a canturrear mirando de soslayo, de vez en cuando, a Sebastián.

—¿Ha venido *usté* en el correo? —preguntó como principio exploratorio.

—Sí, esta mañana —contestó Sebastián.

Calló el hombre, mientras rumiaba algún pensamiento apropiado al caso.

—No sé cómo hay a quien se le ocurre pararse en este secarral —atacó indirectamente.

—¡Hombre! Para todo hay razones.

—¡*Pa* venir aquí ninguna! ¡Como no sea a cazar grillos!

—Oye, zopenco, ¿y es que yo misma no puedo ser una razón? —preguntó Isabel indignada.

El hombre la miró asombrado y un poco confuso.

—¡Ah! Si es por eso...

Era un alma simple que mostraba todo su interior y bien se comprendía que aquella idea era la última que podía haber pasado por su imaginación. Isabel se entristeció un poco, pero Andrés no calaba muy hondo en el sentido oculto de los silencios y todavía preguntó, como para disipar sus dudas:

—Es que será pariente tuyo, ¿eh?

Cayó Isabel en un mutismo hosco y entonces Sebastián se creyó obligado a intervenir:

—Pero ¿qué es lo que tiene usted contra las tierras de ahí arriba?

El hombre le miró desdeñosamente y el tiempo preciso para meterse en un bache que le obligó a enderezar el volante a toda prisa.

—¡Hum! ¡Y aún me lo pregunta! —exclamó en el colmo del asombro ante tamaña ignorancia.

—Es por la vía, ¿sabes? —informó Isabel—. No se pueden ver los pueblos por lo de la vía.

—¿Qué pasa con la vía?

—Es una cosa curiosa. Los de Puebla dicen que los de San Martín se valieron de un paisano diputado para fastidiarlos poniéndoles la vía al lado y malogrando así sus cabras, y los de San Martín dicen que los otros les quitaron la vía..., que les hacía tanta falta, con malas artes y dando la tierra gratis para el tendido. Cuentan que en aquellos tiempos se reunieron en sesión extraordinaria los dos Ayuntamientos para pedir al Gobierno en total la misma cosa: que la vía pasara por la vega en vez de por el secano, y para pedir esto los de arriba llamaron a los de abajo asesinos de cabras y caciques rastreros y los de abajo llamaron a los de arriba salvajes sin civilizar, que sólo querían el tren para ver si era verdad que andaba sin mulas...

—Y es la pura verdad —prorrumpió Andrés—. Mi abuelo era entonces concejal y les dijo cosas bien gordas. ¿Quiere usted creer que aún no se ha decidido a subir al tren ningún vecino? Sólo uno, hace seis años, se montó en él porque lo engañaron cuando estaba borracho y aún no ha vuelto al pueblo.

—Así la cosa parece que tiene fácil arreglo —dijo Sebastián—. Yo creo que si se pusieran de acuerdo y hablaran con la RENFE...

—¡La RENFE, la RENFE! ¡Parece mentira que piense *usté* semejante cosa! ¡Al principio, hasta me había parecido listo! —exclamó Andrés con profundo desdén hacia aquel tipo que había tenido el humor de bajar del tren en Puebla.

Sebastián tardó un par de minutos en comprender que le había insultado el fulano del volante y en cuanto lo comprendió se volvió hacia él airadamente. Pero Isabel le presionó el brazo para advertirle, y le miró sonriendo y encogiéndose de hombros, como pidiéndole que no hiciera demasiado caso de Andrés. Sebastián la obedeció, echando la ofensa a cuenta de la famosa franqueza aragonesa. Antes de terminar el día habría de darse cuenta de que esa franqueza era un factor del carácter aragonés que tendría un desastroso efecto en cualquier medio social moderadamente depurado.

De momento abandonó, pues, la charla de Andrés, y se dedicó a conversar con Isabel, muy apretada a su lado, vibrante y cálido el cuerpo joven, claros y brillantes los ojos, que rara vez se apartaban de su rostro. Le iba explicando que en San Martín la querían mucho, que la conocía todo el mundo y que tenía unas amigas solteras muy guapas.

—A lo mejor te enamoras de alguna de ellas —le dijo con coquetería transparente e incierta, como dudosa de su derecho a ser coqueta.

—Procuraré no hacerlo mientras éste de aquí al lado no consiga que pase la vía por su pueblo. Figúrate lo difícil que me iba a ser equivocarme de estación sin haber estación.

Andrés, que no perdía ripio de la conversación, exclamó entonces, sin poderse contener por creer que había dado con la solución del enigma:

—¡Ah! ¡Entonces es que *s'ha equivocao* de estación! ¡Ya me parecía a mí!

Era un hombre de opiniones firmes. Pero a Sebastián

le exasperó tanta testarudez y, volviéndose hacia él en uno de sus característicos arranques, le espetó:

—Oiga. ¿Usted es casado?

—Sí, señor. Hace diez años que estoy *casao*.

—¿Y ha cambiado mucho de aspecto desde entonces hasta ahora?

—Pues me parece que no. Todos me dicen que me conservo bien.

—Entonces, si ha habido alguien en el mundo capaz de enamorarse de esa cara que usted tiene, ¿cómo le extraña que yo haya venido exclusivamente a ver a Isabel?

El hombre, quizá por su costumbre de decir siempre en voz alta lo que pensaba, estaba habituado a rociadas de este calibre y aguantó con bastante correa. Sólo miró de reojo a Sebastián y le dijo:

—¿Qué tiene que ver una cosa *pa* la otra? Además yo no tengo nada contra la chica. Al revés. Si es más buena *que'l* pan. Y guapa...

Sebastián ahora sintió haber estado duro con el buen Andrés y se disponía a limar asperezas entre los dos, cuando su interlocutor estropeó definitivamente el concordato acabando de emitir su opinión sobre Isabel:

—Sí, señor, y guapa. Sobre todo viéndola *na* más que en la ventana...

Aquel hombre no tenía remedio. Con un poco de temor por el efecto que esta conversación hubiera producido en la frágil alma de Isabel, se volvió a ella Sebastián, sonriéndole animosamente y estrechando una de sus manos entre las suyas. Pero Isabel, que había sabido por primera vez del dulce goce de ser elogiada y defendida en público por un hombre apuesto y simpático con el que ninguna relación la unía, no estaba triste, sino radiante y agradecida. Bendecía en el fondo de su corazón la franqueza ruda y simple de Andrés, que había provocado su contento. Sebastián lo comprendió así y quiso colmar su dicha.

—¿No hay quien va de propio a comer paella a Valencia —dijo—, o angulas a Bilbao o mantecadas a Astorga?

Yo he viajado por toda España y esto me da autoridad para opinar. Pues bien: ¿cree usted que he podido encontrar en otro sitio unos ojos como éstos? ¿Y cree usted que no habría muchos hombres que vendrían de propio si supieran que esta boca iba a sonreírles como me está sonriendo a mí?

Andrés, descuidando otra vez la conducción, le miró largamente. Tenía la costumbre de mirar directamente a la cara de su interlocutor cuando éste decía cosas que no comprendía bien. Seguramente para ver si le tomaba el pelo. Pero Sebastián hablaba seriamente y con tierna seriedad contemplaba a Isabel mientras ésta, muy encarnada, bajaba los ojos hacia su busto turgente y virginal. Al ver que la cosa iba de veras, Andrés dijo por fin, aunque no muy convencido:

—¡Claro, claro!

Y se aplicó desde entonces a llevar a buen puerto su cargamento.

Estaban llegando a San Martín del Río y el paisaje había cambiado, hacía unos cuantos kilómetros, de un modo total. La carretera discurría ahora entre olivos, maizales y altos trigales verdes de regadío. Poco más allá se emparejaba con el río que cabrilleaba al sol del mediodía en un tajo verde y amable de frutales y campos de hortalizas. Las torres o casas de campo se extendían a una y otra orilla: con sus tejados pardorrojizos y sus paredes de adobe sólo enlucidas alrededor de las puertas y de las ventanas. Cada vez se espesaban más, hasta que empezaban ya a formar parte del caserío del pueblo y las primeras calles en la orilla opuesta a la carretera, y ésta acababa súbitamente en un bonito puente de hierro y piedra que daba acceso al cogollo de la villa.

La camioneta paró, sin embargo, antes de llegar al puente. Una de aquellas casas era el domicilio y el almacén de Andrés y con gran chirrido de frenos se detuvo en medio de una nube de polvo. Todo el polvo del camino parecía haber esperado aquel momento para caer encima de ellos cuando descendieron. Sebastián y su compañera bajaron por la puerta de la derecha mientras Andrés lo hacía por la izquierda y se introducía en la casa. Emplearon unos minutos en sacudirse el polvo y componerse los trajes arrugados en la estrechez del vehículo y cuando miraron hacia la casa para despedirse de Andrés vieron a una mujer de media edad en desaliño casero, apoyada en el quicio de la puerta y contemplándolos con gran curiosidad. Se veía que había sido puesta en antecedentes por su marido y no quería perderse el espectáculo de aquel tipo raro que había equivocado la estación de Puebla de Samper y para disimular decía que iba a ver a la hija del jefe, la coja. Siguiendo la costumbre del país, interpeló directamente:

—¿Es algún primo tuyo?
—No, Miguela. Es un amigo.
—¿De tu casa?
—No. ¡Mío!

Sebastián sintió en sus carnes la dolorida indignación de la niña y al mismo tiempo se sintió absurdamente feliz por la vehemencia puesta en pronunciar el pronombre posesivo.

—Será la esposa de Andrés, ¿verdad? —preguntó.
—Sí señor. *Pa* servirle.
—Me lo estaba figurando. Bueno, señora: hasta más ver. ¿Vamos, Isabel?

Por segunda vez en aquella mañana Isabel se había disgustado y, sin despedirse de la fisgona mujer, se colgó del brazo de Sebastián y comenzó a andar a su lado. Su compañero la miraba con sonrisa tiernamente compasiva y viendo entonces un poyo a manera de banco, situado a la entrada del puente, se sentó con ella al lado. Después de una corta pausa le habló con serena firmeza:

—Escucha, Isabel. De una vez para siempre. Quiero que comprendas que estoy contigo porque me gusta estar a tu lado, y me gusta más después de haberte conocido. Vas a sufrir sin motivo cada vez que un zafio de por aquí, te diga una grosería recordando tu defecto; pero este sufrimiento se debe a que supones que yo acabaré pensando como ellos y dándole importancia a lo que no la tiene. ¿Sabes en qué pienso cuando me lo recuerdan? En la cojera de sus almas y no en la tuya. En sus almas, cojas de caridad y de amor. ¡Y me dan una pena! Tu defecto puede limitar tu vida material, pero el suyo ¡cómo ha de entenebrecer y esclavizar su espíritu! Son almas chatas, desgraciadas, de narices constantemente aplastadas contra los muros de su prisión. De la prisión en que cumplen cadena perpetua por el delito de no saber o no querer amar.

—¡Cuánto me gusta oírte hablar! Pienso ahora que tú no eres más que el protagonista de uno de mis sueños, del que más pronto o más tarde he de despertar. Pero te veo y te oigo a mi lado y entonces he de creer que eres de verdad. Dios ha sido tan bueno que ha dado cuerpo a la más querida de mis fantasías.

—La verdad, nena —respondió sonriendo Sebastián—; me cuesta trabajo el imaginarme a mí mismo como un fantástico sueño o como un instrumento de Dios. Conozco a muchas personas que se caerían muertas de risa si te oyeran decir eso. Las cualidades que me atribuyes provienen todas de tí misma. Son luces que reflejas en mí y que proceden de tu mundo interior, tan hermoso. Sólo por él es preciso envidiarte y compadecer a los que te hieren...

—No pretenden herirme. Andrés y su mujer son buenos, sólo que carecen de trato y educación. Pero no creas que todos aquí son como los que acabas de conocer. Te he dicho que tengo amistades muy queridas y me gustaría que las conocieras. ¿Quieres que entremos en el pueblo?

—Naturalmente. Pero antes he de advertirte una cosa. Es muy posible que antes de que salgamos de aquí te lleves más de alguna desilusión amarga... No sé cómo explicarte... Muchas veces el cariño que nos tienen los que se consideran superiores a nosotros en algo es... condescendencia benévola con la que afirman su superioridad... un sentimiento efímero y falso que fácilmente se convierte en odio si algún día les demostramos que valemos tanto o más. ¡Me es tan difícil hacerte comprender esto...! A ti te han visto aquí siempre sola y, a su manera de ver, desgraciada... Posiblemente hayas confundido su compasión con el cariño. Hoy vas a entrar de mi brazo, alegre y, en cierto modo, triunfante. No es que yo valga mucho, pero tú misma dices que represento para ti algo así como el príncipe deseado; y aun cuando esa idea me parezca absurda, lo cierto es que te va a prestar una personalidad que desconocen en ti... y a la que no podrán compadecer. Como no tendrán a mano otro sentimiento noble con el que sustituir a la compasión, recurrirán a la envidia o al odio de los que siempre hay buena provisión en la bodega de las almas...

Las últimas palabras las pronunció Sebastián de un tirón y como olvidado de la presencia de la niña. Había sido un impulso irrefrenable que arrancaría sin duda de un subconsciente deseo de defender la virginal delicadeza de su compañera, pero al que no supo vestir convenientemente para disimular el amargo conocimiento de los hombres que denotaba. Inmediatamente de terminar de hablar, se arrepintió de lo dicho y volvió la cabeza penosamente para contemplar en los ojos de Isabel el destrozo causado. Pero no se los pudo ver porque tenía la cabeza baja, o más bien caída sobre el pecho en una expresión desoladora tan triste y definitiva que asustó a Sebastián, despertando en él un extraño y duro sentido de la responsabilidad por todo cuanto pudiera pasar en aquel candoroso espíritu. Dolíale profundamente su culpa cuando le tomó la barbilla con la mano y sonriéndole, poniendo en su sonrisa todo el optimista ánimo de que era capaz en aquel instante, dijo:

—Vamos, Isabel. No me hagas caso. Es que el madrugar me envenena la sangre y me hace hablar mal de todo el mundo. De todo hay en la viña del Señor y si de vez en cuando vemos alguna mala persona, en cambio, conocemos otras que son bastante buenas y otras buenas de verdad, como por ejemplo tú. Es preciso que sea así para que

haya variedad y puedan vivir los jueces y los picapleitos...
Vamos, ¿por qué estás triste? Te aseguro que suelo ser muy
mal profeta...

—Dime sólo una cosa, Sebastián. ¿Es nada más que
compasión lo que sientes por mí? ¿Sólo por eso has venido
a verme?

Comprendió él de pronto que, de todo su discurso, tan
neciamente presuntuoso, con el que pretendía defenderla
contra la desilusión y la maldad humana, aquella alma limpia sólo había captado una idea: la de que engañosamente
podía disfrazarse la compasión de amor y esta idea, inmediatamente, por la misma fuerza del virginal afecto, que en
ella se despertaba, quedaba interpuesta entre los dos como
una duda negra y dolorosa o como un aire helado que la
despertara de su sueño de hoy. Quizá se refiera antes a
este despertar que esperaba. Sintió Sebastián acentuarse el
sentido de su responsabilidad y por un momento experimentó el agudo sentimiento de estar representando el papel
del toro suelto en una tienda de loza. Y también como un
irrefrenable gozo, y a la vez un dolor por el daño hecho,
sin querer, a alguien muy querido. Despuéss, sólo unos segundos después, un gesto y unas palabras que sólo hubieran
podido ser siempre ese gesto y esas palabras.

Tomó la mano de Isabel, se la llevó a los labios y dijo:

—No, Isabel. No es compasión. Y bendita seas al entristecerte por eso.

Un chico, con la cara ilustrada por una mezcla de mocos
y barro, el pelo al rape, seguramente para dificultar la
permanencia de huéspedes, y el pantalón de pana sujeto
por un único tirante, se había parado ante ellos y los contemplaba con el mismo asombro que desplegarían los aztecas ante Hernán Cortés y su caballería. Isabel se levantó
y dijo a su compañero, en animosa y sonriente invitación:

—¿Vamos?

Sebastián, más remiso en dejar el banco, contempló
largamente y con deleite la cara arrebolada y embellecida
por la felicidad, y todavía porfió:

—¿Quieres de verdad entrar ahí? ¿No te da miedo la gente? Podríamos...

—Sí. Quiero entrar. Contigo al lado, no temo nada.

Y con una confianza inocente y a la vez familiarmente posesiva se volvió a coger del brazo de Sebastián y despacito comenzaron a atravesar el puente. Acompañando al silencio de los dos sólo se oía al principio el perezoso correr del río exiguo entre las piedras del cauce, pero fue acallado de pronto por un escandaloso ruido provocado por el azteca de los mocos y el pantalón de pana, que tiraba con una cuerda de un bote de hojalata que parecía, por los saltos que daba, un desgraciado ser vivo condenado al arrastramiento. A gran velocidad adelantó a la pareja para quedarse quieto y apoyándose en la barandilla opuesta unos metros por delante. El bote también quedó exánime y en el silencio resultante se oía claramente el "toc, toc" del aparato ortopédico de Isabel sobre las chapas metálicas del puente. El indígena del bote, seguramente impulsado por sus aficiones militaristas, acompañaba ahora el rítmico golpeteo diciendo en voz alta: "Un, dos, un, dos, un, dos". Y parecía divertirse mucho con este ejercicio.

Sebastián le dirigió una mirada asesina al mismo tiempo que se acordaba con ternura de Herodes, y se dedicó a explicar a Isabel con excesiva volubilidad que se veía claramente como la Humanidad degeneraba, porque cuando él era pequeño el trabajo de arrastrar latas por las calles estaba encomendado a gatos y perros y no a seres humanos, por mucha pinta de animales que tuviesen.

Después calló porque comprendió que no hacía falta que dijera nada. Isabel ahora estaba en un mundo donde no había críos llenos de mocos y de pringue que decían "un, dos, un, dos", cuando pasaba un cojo por la calle. Y hasta parecía que el paisaje había sido preparado para que de verdad se creyera en ese bello mundo con el que soñaba tras su ventana. Era la hora esa de mitad de mañana en que los pueblos agrícolas parecen desiertos en primavera. Los hombres están en el campo, las mujeres en sus casas preparando la comida de mediodía y la ausencia humana a la vista les da una apariencia de irrealidad aun cuando el humo calmoso y blanquecino de las chimeneas, oloroso a leña de romero, el canto de algún gallo, los martillazos del herrero en la fragua cercana y los estridentes gritos de unos chiquillos que no se ven sean latidos de vida invisible, pero presente, que hace pensar en un mundo habitado por amables fantasmas, en un cuento de gnomos invisibles y laboriosos a los que sólo podremos sorprender si nos vestimos con alma de niños; hasta que la primera presencia humana, la primera persona que vemos, deshace el encanto.

Y es así como ocurrió en esta ocasión. Isabel, del brazo de Sebastián, creería caminar por un puente de plata hacia una tierra de ensueño en aquella mañana de primavera. El sol ponía un halo de polvillo dorado sobre todas las cosas y la fábrica de harinas, ahora cerrada, el molino de aceite, el chalet de don Pancho, el asilo de pobres con el convento de Paúlas al lado, la cuesta del Olmo, la ermita allá arriba, en el cabezo, muy blanca y sola, todo eran cosas nuevas ahora para ella en cada una de las cuales iba a quedar contrastada su dicha y prendida su ilusión. Éstos sin duda serían sus pensamientos cuando tropezaron, de manos a boca casi, con dos señoras que salían de la capilla de San Valero. Eran doña Rosario, esposa del juez, y Pepita, la hija menor del alcalde. Para no herir la vidriosa susceptibilidad de esta última, hemos de aclarar que no era señora, sino señorita, a pesar de sus treinta y cinco años confesados. Isabel, ruborizada pero alegre, se acercó a ellas besándolas efusivamente y luego, tomando a Sebastián de la mano, lo presentó:

—Un amigo, Sebastián Viladegut.

Sebastián, por complacer a Isabel, les dedicó una cautivadora sonrisa que hizo tremendos estragos en el corazón de Pepita.

—¿Cómo, un amigo? ¡No nos habías hablado nunca de

él! —manifestó doña Rosario con irritante e incomprensible severidad.

—Es que... —comenzó a excusarse Isabel humildemente. Pero Sebastián, que estaba decidido a presentar batalla desde el primer momento, no la dejó seguir.

—No le extrañe —dijo—. Isabel es una chiquilla reservada que no habla de las cosas que quiere guardar sólo para ella. Y yo soy una de esas cosas, ¿no es cierto, nena?

Doña Rosario irguió la cabeza igual que un pavo cuando se le atraganta algo. Pepita, más obtusa para comprender lo que no estuviera dentro de sus inmediatos intereses, terció:

—¿Y va a estar usted mucho por aquí? Espero que lo traerás a nuestras reuniones, Isabel... —manifestó con una voz que quería ser mimosa sin conseguirlo por su bajo registro.

—Me temo, señorita, que va a ser imposible. Puedo ver muy pocas veces a Isabel y las pocas veces que vengo comprenderá usted que prefiero que estemos solos, hablando de nuestras cosas.

Esta vez hasta Pepita comprendió el absurdo hecho de que aquel joven, que parecía normal y simpático, mostraba por Isabel un afecto equívoco... Verdaderamente había hombres que no se detenían ante nada. Doña Rosario, más expeditiva, y moralmente obligada, por ser esposa del juez a amonestar a jóvenes extraviadas, habló doctrinalmente:

—Espero, joven, que sepa usted lo que hace. Isabel es muy buena y si no fuera por su defecto, ya habría conseguido yo que ingresara en las Paúlas. Sería una pena muy grande que por escuchar unas palabras bonitas perdiera Dios un alma...

—Perdone, señora —interrumpió Sebastián con calma en la que vibraba un matiz duro y combativo—. Si de verdad Dios no admitiera en uno de sus conventos a Isabel por ser coja, no sé qué derecho iba a tener para reclamar que le guardasen su alma. Afortunadamente, no es así. Y en cuanto a lo demás, no tema. Estoy seguro de que si usted y yo hiciéramos oposiciones ante Él para ver quién quedaba encargado de querer y de salvar a Isabel me daría a mí la plaza...

—¡Dios santo, qué cosas ha dicho! ¡Suena como una blasfemia horrible!

Y agarrando del brazo a Pepita, que se había quedado de una pieza, echaron a andar cuesta del Olmo arriba, sin despedirse. La atribulada Isabel, todavía en un intento de arreglo, gritó a las fugitivas:

—Hoy no podré ir, Pepita, a terminar el mantel. Otro día...

Pepita se volvió y le dijo con gesto y voz duros:

—No es preciso que vengas. Creo que podré hacerlo yo sola.

Cuando Sebastián vio volverse hacia él la desolada figura, caídos los brazos, llena de un primer sabor de amargura la boca, inerme como algo abandonado sin remisión, se asustó por segunda vez en aquella mañana y esta vez en su susto había un componente innoble. Porque midió en toda su extensión su responsabilidad para con aquella niña y comprendió que su idiosincrasia de conquista había llevado las cosas demasiado lejos para su tranquilidad futura. ¿Qué derecho tenía él para enfrentar a Isabel con el mundo, forzándola a refugiarse en su amor como último refugio? ¿Hubiera sido mejor no entrar en su vida? ¿Pasar por aquella vía bajo su ventana, un día y otro, sin bajar del tren, sólo mirando, silbando y sonriendo? Aquella vía era una tangente al fanal donde la niña vivía y él había osado abandonarla e introducirse dentro. Bien comprendía que no podría salir de dentro de las paredes de cristal sin romperlas.

Por primera vez se sentía inseguro ante una mujer y totalmente velada su ruta. Quizá fuera porque por primera vez había dejado entrar en el juego al alma en vez de a los sentidos.

En aquel peregrinar de la pareja por San Martín, la tienda del señor Modesto fue un amable oasis donde cuerpos y ánimos se reconfortaron hasta recobrar el prístino optimismo del principio. El señor Modesto se les hizo simpático desde el primer momento porque fue la primera persona que admitió con absoluta naturalidad la presencia de Sebastián al lado de Isabel. Era un hombre gordo y, como tal, predispuesto a la bondad y a la tolerancia; pero, además, con un golpe de vista para comprender a sus semejantes que le permitía conocer sus intenciones y encauzarlas desde mucho antes que pudieran chocar con su inalterable buena voluntad. Eran doce arrobas largas de carne y optimismo, regidas por un admirable cerebro, y en esa masa las envidias y los odios se aplastaban y deshacían en carcajadas.

—¿Un amigo tuyo? ¿Y lo traes a que vea el pueblo? ¡Qué infeliz eres! Cuando yo sólo era pretendiente de mi mujer y la iba a ver, no me dejaba entrar en su pueblo. Me hacía sentar en la alameda y allí se estaba convenciéndome de que conseguiría una ganga el que se casara con ella. Cuando me convenció y fuimos novios, entonces, sí; me hizo entrar y me presentó en seguida a todas las amigas para que rabiasen... Antes, por lo visto, era peligroso.

Y sus carcajadas hacían bailar los salchichones colgados de unas barras de latón en el techo. En un rincón, tras una mampara de cristal, una mesa camilla acogedora les recibió, y cuando el ajetreo de las mujeres que entraban y salían le dejaban, volvía a charlar con ellos. Pasaron un buen rato oyéndole discutir con las mujeres y haciéndoles siempre llevar lo que él quería que comprasen.

—¿Quién te ha dicho que ese jabón no cunde? ¿La Raimunda? No sabes lo que me extraña, porque precisamente un tajo que me compró para San Roque aún le dura.

—¡Claro! ¡Así van de gorrinos su hombre y los chicos! —decía la incauta.

—¡Eso no es cuenta mía! Pero no puede decir que no le cunda. ¡Oye, Felisa! En vez de coger maíz del saco cada vez que entras, suéltame las gallinas en la tienda, que a lo mejor me sale más barato. Perdone, por Dios, hermano.

Venga el sábado. Chico: si entran esas gitanas del escaparate, vete a llamar al alguacil. Son las del pesetón del otro día...

Cuando Faustinita y Pili, las dos hijas del teniente de la Guardia Civil, cayeron sobre Isabel y Sebastián con sus risitas y sus chilliditos, la blanda mole con chaqueta de dril del señor Modesto vino también como una benigna nube de verano a hacer callar a los grillos. Las dos jovencitas habían sido puestas en antecedentes ya de la presencia de Isabel y su galán, y su llegada fue alevosa y premeditada. Confiaban en sus bonitas caras y en sus finas siluetas de chicas a la moda para vencer en la escaramuza y poner las cosas en su lugar. Se abalanzaron, nada más llegar, sobre Isabel, besándola y abrazándola con grandes risas y aspavientos; luego, falsamente turbadas, como si no hubieran reparado en la presencia de Sebastián, esperaron muy comedidas y educaditas a que lo presentara. Después estallaron en una charla voluble y chillona.

—No sabes lo que nos alegramos que estés aquí. Así podrás venir esta tarde a la merienda que preparamos. Puedes traer a tu amigo. ¡Habrá baile!

La última exclamación la lanzó Faustinita con toda su mala intención. Con tanta, que hasta la pobre Isabel comprendió su alcance. Pero serenamente les dijo:

—No va a poder ser. Le he prometido a mi padre volver pronto.

—¡Ah, chica! ¡Como siempre dices que te gusta mucho vernos bailar y poner a tu gusto los discos en la gramola...!

—No le hagan caso. Si no quiere ir es porque sabe que yo no sé bailar ni un pasodoble y haría un malísimo papel —terció Sebastián oportunamente y recogiendo una intensa mirada de agradecimiento de Isabel.

—¡Ajajay! ¡Buena lección! —estalló el señor Modesto—. No sé cuándo se van a dar cuenta estas chicas que las que primero se casan son las que se quedan a poner los discos en la gramola. Y es que a los hombres son las que más nos gustan, porque cuando se tengan que quedar en casa a cuidar los chicos y coser la ropa, ya las coge entrenadas...

—Tiene usted mucha razón —interrumpió Sebastián—. Para bailar, cualquier mujer sirve. Para mujer de uno ya es diferente...

—¡Bueno! ¡No he querido decir tanto! —apostilló el hombre gordo, que huía siempre de toda mordacidad—. Casi todas aprenden, más pronto o más tarde...

Faustinita y Pili ya no reían y con secas palabras se despidieron y salieron lanzadas de la tienda.

Cuando dejaron la tienda del señor Modesto y subieron a la calle Mayor, existía entre ellos un tácito acuerdo de renunciar a conocer más gente y a visitar a nadie. En la calle Estrecha, la esposa y la hija del telegrafista estaban en el balcón asomadas, y al verlos se metieron dentro como si de pronto hubiera empezado a llover, pero tras los visillos y los cristales se adivinaban los dos rostros fisgando intensamente. Pablito Morón, el abogado, saludó, al pasar, con una excesiva reverencia y luego se quedó parado mirándolos por detrás. De la carnicería salieron en tropel cuatro mujeres avisadas por otra que acababa de entrar, y careciendo de explicación para su salida y su parada en la puerta, se quedaron estúpidamente rígidas, con los brazos por delante de los vientres voluminosos, agarrando las capacetas vacías. De vez en cuando, por delante de ellos, como heraldo anunciador de su tránsito doloroso, el chico del bote aparecía saliendo en tromba asustante y escandalosa de algún portal o de alguna calleja. Sólo cuando los vio enfilar el puente y abandonar la villa los dejó ir, tal como si fuera un esforzado paladín de la mentecatez y de la miseria espiritual que hubiera conseguido expulsar a sus enemigos naturales, la bondad y el amor. Todavía oían a lo lejos su triunfante "un, dos, un, dos", a pesar de que Isabel ahora caminaba por este bajo mundo y evitaba el golpear sobre las chapas metálicas del puente con su aparato ortopédico, andando deliberadamente por la calzada, donde el polvo, el barro seco y los excrementos de las caballerías ahogaban blandamente su "toc-toc".

Volvían entonces los hombres de la huerta, montados en sus borriquillos o en sus grandes mulas. Alguno, indiferente, decía "Adiós" y otros no decían nada, absortos en sus propias preocupaciones, con la cara curtida y arrugada en plena juventud. Para ellos, fuera de mirar al cielo a ver si iba a llover o de discutir los turnos de riego, casi no había otra cosa en este mundo que valiera la pena de pensar en ella.

Ninguno de los dos había hablado en todo este tiempo. Ni siquiera Sebastián, que se sentía otro hombre y había perdido su aplomo habitual. Por otra parte, comprendía bien que era preferible callar a decir insulseces o a comentar las incidencias de su Vía Crucis. Sólo había encontrado instintivamente un modo de ayudar a la pobre Isabel, que consistía en oprimir su mano contra su pecho cada vez que durante toda la mañana un dardo envenenado venía contra ella y pronto supo cómo este sencillo ademán le confortaba y cómo los unía. Tanto, que le atemorizaba pensar en mañana y en otros mañanas...

Comieron en la chopera junto al río lo que había traído Isabel y lo que compraron al señor Modesto. Y como no vieron ser humano alguno en toda la tarde, fueron muy felices. Olvidaron y rieron. Sebastián fue otra vez el conversador de siempre, aun cuando sus palabras perdieran en cinismo lo que ganaran en ternura. Cuando hablaron de marcharse, la ayudó a levantarse del césped, y sólo al tenerla junto a él de pie, los ojos mirando dentro de los suyos y la boca bajo su boca... la besó en la mejilla. Sólo en ese momento, y los dos encontraron la cosa muy natural.

Después, despacito y enlazados, ascendieron a la carretera a esperar la tartana del lechero que habría de llevarlos otra vez a la estación perdida en el páramo.

Para encontrar a don Santos en la estación tuvieron que entrar en la lamparería donde estaba trabajando. Don

Santos estaba muy preocupado porque temía llegar tarde a una cita con el éter. Por eso, en cuanto vio a Sebastián se alborozó y le pidió que se quitase la chaqueta y que se pusiera a trabajar con él sin tardanza.

—¿Sabe? Me falta aún montar el condensador y hacer casi todas las conexiones, y a las once he de llamar a otro aficionado que me espera. Nos hemos puesto de acuerdo por carta y si no llego a tiempo se aburrirá y sabe Dios cuándo podré cogerlo otra vez. Tome, tome. Ahí tiene el soldador y la barra de estaño. Vaya soldando esas conexiones. Supongo que será verdad que entiende de esto... —preguntó con un resto de desconfianza.

Sebastián, sin contestar, se puso a trabajar. Conocía a varios radiomaníacos en Barcelona y a veces se había divertido con sus manejos. Mientras trabajaban, don Santos hablaba sin cesar. Isabel había subido al piso a preparar la cena.

—No sabe lo que le agradezco que me ayude. Hoy le tocaba a Lucas marcharse a Caspe a ver la novia y se ha escapado en el rápido. Además, es un mastuerzo que no entiende más que de pomadas para granos y de cumplimentar la circular. Despachar talones, dar salidas, cobrar la nómina y rascarse de vez en cuando.

—Sí, vamos, un "empleado planta" —dijo Sebastián con tolerancia.

—No sé a punto fijo lo que quiere usted, pero creo que es eso.

—Un "empleado planta" es el que vegeta en el sitio que lo colocan, sin más preocupación ni más inquietud. De vez en cuando, lo cambian de maceta y sigue vegetando. Casi todos son retoños de alcornoque.

—Eso es. No puede ser más exacto. Sin inquietudes ni porvenir. Una planta. Al contrario, precisamente, que yo. Porque ¿ve usted todo este tinglado que he armado aquí? Pues no crea que es sólo un pasatiempo y una manía. ¡No señor! Estaría usted muy equivocado si pensara semejante cosa porque esto será con el tiempo una verdadera revolución en la organización de ferrocarriles. Usted ya conoce el procedimiento tan rudimentario de que nos servimos para comunicar con toda la línea: telégrafo y teléfono, como si no existiera la electrónica; a expensas de cualquier avería, de cualquier sabotaje... Espero convencer a la Compañía de que una cadena de pequeñas emisoras en extracorta, una en cada estación, conseguiría una mejora en el servicio...

—Pero... ¿no está ya esto implantado en algunas líneas...?

—¿Dónde ha oído usted semejante cosa? —preguntó don Santos, con tal cara de susto que Sebastián comprendió que había casi demolido, sin querer, un castillo de ilusiones—. No es posible. Yo lo habría sabido. No puedo pensar que alguien me haya traicionado... No, no...

El bueno del jefe, que vivía en aquel perdido rincón de España, como en un mundo aparte, soñando con glorias futuras, interrumpió por un momento su labor quedándose abstraído. Sebastián acudió inmediatamente a deshacer su coladura:

—No me haga usted mucho caso. Es posible que haya sido en alguna película. ¡Ah, sí! En una de aviones. Pero era entre aeropuertos y demás zarandajas...

—¡Ah! ¿Han pensado ya, entonces, en usar el sistema para esa forma de transporte? Veo que he de darme prisa antes que se le ocurra a alguien aplicarlo a los trenes. Porque los grandes descubrimientos son así. Un día cualquiera se despierta usted mismo y dice: "¡Hombre! ¿Por qué no se podría aplicar lo mismo que he visto en esa película a los trenes?" Y si usted tiene influencias o dinero, pone en práctica la idea y destroza todo mi trabajo sólo por haber visto esa película. ¿La han estrenado hace poco? ¿Cree usted que la habrá visto mucha gente?

Sebastián se apresuró a tranquilizar al pobre don Santos, al mismo tiempo que pensaba que nunca llegarán a conocerse del todo las posibilidades que para la fe y la ilusión tiene una mente humana.

Don Santos, mucho más tranquilo, siguió trabajando en silencio y, al poco, una inefable sonrisa le bailaba por los labios. Era el principio de un pensamiento que no se decidía a salir por sabe Dios qué reserva mental. Por un par de veces miró a Sebastián inquisitivamente, como valorando la categoría moral y su discreción. Al fin pareció que el examen fue favorable y se decidió a hablar:

—Por otra parte... aunque alguien se me adelantara, queda siempre mi gran invento. Éste sí que es difícil que me lo pisen...

Y sonriendo con cara de pillín rubicundo y feliz, miraba a Sebastián como invitándole a que le pidiera que se lo explicara.

—Supongo que será inútil que le pida detalles. Tengo mucha curiosidad por saberlo... pero..., al fin y al cabo, usted no me conoce...

—Yo conozco a las personas sólo con verlas la primera vez. Se lo voy a explicar porque sé que no me traicionará: ¡yo sé cómo evitar para lo sucesivo los choques de trenes!

Sebastián adoptó la cara de asombro apropiada y en consonancia con el triunfal gesto de don Santos y esperó a que se explicara.

—Nada más fácil. Basta con poner en cada tren una emisora y una receptora pequeñitas y todas con la misma longitud de onda. La emisora lanzará continuamente un sonido característico. Supóngase usted que el maquinista de un tren en marcha oye el ruidito y entonces coge el micro y dice: "Oye, tú ¿quién eres?" "Soy el 805." "¡Ah, es verdad! Creí que era más temprano. ¿Por dónde vas?" "Por la derecha mía." "Entonces pasa, que vamos bien." O también podía suceder que uno de los dos dijese: "Soy un mercancías pidiendo vía en la estación de Ricla." "¡Maldita sea! Si no es por este cacharro de la radio, te embisto por la cola." "Pues ¿quién eres tú?" "Nada menos que el sudexprés, que no para hasta Zaragoza." "¡Demonio! Frena, por tu madre, que llevo dos bocoyes de alcohol y seiscientos cochinos. ¡Menudo asado que íbamos a armar!"

Sebastián le escuchaba, admirado ante el bello cuadro del porvenir ferroviario español, que le pintaba la imaginación desbordada de don Santos. Verdaderamente, sólo un hombre tan ingenuo y a la vez tan soñador podía ser el padre de Isabel.

A las diez y media acabaron la faena y como faltaba media hora para la cita aérea, subieron a cenar. Sebastián, por educación, habló de marchar al pueblo, a la posada, pero le fue prohibido en absoluto con hospitalaria indignación. Isabel, por lo visto, había descartado en absoluto la idea, porque en la mesa había tres cubiertos preparados.

La cena transcurrió rápidamente por las prisas de don Santos y con la casi única contribución de él mismo a la conversación general. Isabel estaba pensativa y silenciosa. Sebastián pensó que esto se debía a la proximidad de la despedida. También él se hallaba perplejo. Nunca había constituido para él problema una despedida, porque no creía en ellas. Siempre se vienen con nosotros los recuerdos, las esencias de las horas; y si éstos desaparecen, porque hicieron poca mella en el alma, lo hacen tan insensiblemente que no puede llamarse despedida a su marcha. Pero ahora era diferente, y lo peor de todo consistía en que no podía decirse por qué era diferente.

Cuando acabaron de cenar, intentó forzar una amistosa despedida, porque Isabel, por orden de su padre, que atribuía su silencio al cansancio del día, debía acostarse. Pero la niña dijo sencillamente:

—No nos despidamos. Madrugaré para verte marchar.

De nuevo abajo y consultando revistas de radiotécnica, comenzaron a explorar el misterio del éter ateniéndose a los cánones establecidos. Don Santos, muy en su papel de sacerdote iniciado en el modernísimo rito de la radiocomunicación, exclamaba por el micrófono:

—Aquí estación de Puebla-Samper en primera emisión. No tengo todavía número. Puebla-Samper en primera emisión. Sin número. ¿Escuchan? Repito. Puebla-Samper en primera emisión. Cambio.

Dábale solemnemente al interruptor y, moviendo lentísimamente el dial, buscaba la voz perdida en el aire que respondiera a su mensaje. Una y otra vez daba su signo y su frecuencia y con infinita paciencia una y otra vez decía esperanzadoramente "¡Cambio!", para esperar la voz del hermano en religión.

La voz deseada no se dejaba oír y entre los dos revisaron todas las conexiones y repasaron todo el plano. Salió don Santos a ver el reloj de la estación, a pesar de que el suyo funcionaba al unísono. Y cuando entró recibió la fuerte emoción de ver a Sebastián pegado al altavoz y diciéndole, con la mano, con los ojos y con la cabeza a la vez que había novedades. En efecto, una bellísima señal se oía, caracterizando una estación abierta, y de pronto se dejó oír una voz grave y campanuda:

—...aficionado... kilociclos... Al habla Alcorisa. Al habla Alcorisa. Al habla Alcorisa. Escucho, Puebla-Samper. Puebla-Samper, escucho, escucho, escucho. Cambio, cambio, cambio.

—¡Vaya, vaya, vaya! ¡Ya era hora, hombre! ¡Perdone, perdone, perdone! Buenas noches, buenas noches, buenas noches. ¿Oye bien, oye bien, oye bien?

—Bien, bien, bien. Bien venido, nuevo compañero. Saludos en nombre afición, saludos, saludos, saludos. Cambio.

Don Santos estaba entusiasmado y se pegaba al aparato como si en ello le fuera la vida. Sebastián se cansó bien pronto del juego que ya conocía. Era el eterno diálogo entre dos personas que no tienen absolutamente nada que decirse y que no hablan más que por el gusto de hacerlo de un modo que aun para el iniciado tenía todavía algo de milagroso. Se sentó junto a don Santos y se sumió en sus propias reflexiones. Pasó media hora más, que empleó don Santos en decir que se alegraba mucho de oír al de Alcorisa y el de Alcorisa en decir que no se alegraba menos de oír al de Puebla-Samper, y por fin el otro, como más acostumbrado al jueguecito, se cansó antes y expresó su deseo de retirarse a dormir y cerrar la emisión. Algo desencantado don Santos, que hubiera estado así hasta el amanecer, dijo su último "Buenas noches, buenas noches, buenas noches", y puso el interruptor en escucha. Sólo entonces se dio cuenta de que Sebastián estaba a su lado y, recordando sus deberes de hospitalidad, le dijo que en la oficina de al lado estaba el camastro de Lucas, donde podría descansar.

—Yo no me acuesto esta noche. Ya lo llamaré cuando pase el mercancías que lo dejará en Alcañiz para tomar el automotor.

Y luego se volvió de nuevo hasta su aparato en espera de conseguir nuevos enlaces. Cuando Sebastián se despidió le dijo, llevado por la inercia del diálogo radiotécnico:

—Que descanse, que descanse, que descanse.

En el andén sólo lucía una exigua bombilla encima del reloj, que esparcía un círculo de claridad sobre las baldosas del suelo. No había luna, pero ninguna estrella había faltado a la cita y sus infinitos destellos, que no se dejaban de ver hasta el límite del horizonte en el páramo, llano pero invisible en la total oscuridad de la tierra, semejaban la inconmensurable semiesfera universal que cobija a un barco en alta mar. El barco bien podía ser la humilde estación de ferrocarril, y el capitán en su puesto de mando aquel buenazo de don Santos cuya silueta se veía tras el cristal iluminado del cuarto. Hasta en un exceso de imaginación podía tenerse como brisa marina aquel airecillo suave, cargado de olor a tomillo y romero. Sonrió Sebastián a sus infantiles ideas y estiró los brazos perezosamente. Entonces fue cuando vio la blanca silueta en la ventana, que tenía un poco de aspecto fantasmal por su quietud y silencio, y se quedó mirándola. La voz de Isabel sonó queda y nerviosa:

—Soy yo. ¿Es que no me conoces?
—Pero ¿qué haces ahí? Te creía durmiendo...
—No tengo sueño. Sube un poco.

Sebastián subió al piso y se acodó en la ventana junto a Isabel. Estaba la niña vestida con un salto de cama blanco y en lo cálido del contacto supo Sebastián que debajo se hallaba el cuerpo desnudo. Durante unos minutos permanecieron callados mirando la oscuridad y apreció Sebastián que Isabel temblaba.

—Tienes frío —le dijo—. Debes acostarte.

Se incorporó ella dificultosamente y en la oscuridad de la habitación comprendió Sebastián que no llevaba entonces el aparato ortopédico. La niña se cogió de su cuello y el hombre la tomó en brazos y le preguntó con voz algo ronca dónde estaba el dormitorio. Llevó el cuerpo rendido y vibrante de cálida entrega al lecho, que alumbraba tenuemente una lamparilla de la mesa de noche; destapó las ropas, cubrió luego con ellas las carnes jóvenes y plenas, ajustando el embozo bajo la feble barbilla casi como maternalmente...

Después, y sólo con un roce suave de sus labios, besó las dos mejillas, que ardían de espera, y salió del cuarto.

Con prisa injustificada bajó las escaleras y, viendo en el fondo de la oficina el camastro de Lucas, se dejó caer sobre él como vencido por un infinito cansancio.

Un día, Sebastián modificó su Guía Particular de Ferrocarriles. Y así, en el conocido trayecto Barcelona-Isabel en su ventana-Zaragoza, cerró la ventana, se llevó a Isabel y la puso al final de todos sus viajes. ¿Quiere esto decir que se casó con ella? Naturalmente. ¿Qué otra cosa podría esperarse?

CAPÍTULO VII

El hombre que no se casaba porque creía conocer demasiado a las mujeres, tuvo que casarse para saber que no las conocía en absoluto.

Sebastián llevó a Isabel a Zaragoza porque le había encomendado la casa que abriera una oficina sucursal, y encontraron piso. El piso se hallaba situado en el final de la calle de la Madre Sacramento y desde él se dominaba perfectamente la estación del Sepulcro y la llegada de todos los trenes. Así, pues, le cambió la ventana intermediada en el infinito de unos raíles a derecha e izquierda por un balcón "final de trayecto". Pasó los primeros meses de su matrimonio organizando la oficina y conociendo de verdad, por primera vez, las primicias de un cuerpo de mujer con su alma dentro y todo.

Después empezó a viajar de nuevo desde su autónoma posición, y sus viajes eran como una rosa de los vientos cuyo centro era siempre Zaragoza. Fue volviendo de uno de estos viajes cuando creyó haber dado con la clave que le permitiría comprender a la mujer abstractamente considerada. Iba pensando que le faltaban sólo cuarenta minutos para gustar el joven e inagotable sabor de los labios de su mujer y para sentirse rodeado y absorbido por su cálida ternura. No había miedo de no encontrarla en casa. Volviera cuando volviera, a la hora más intempestiva, sin avisar, de cualquier modo, ella estaría siempre esperándole.

La pobrecita no salía de casa por el defecto de su pierna a no ser en cortos paseos con él. Siempre esperando. Siempre al final de todos sus trayectos. Este pensamiento tuvo la virtud de aportarle un tropel de ideas acerca del verdadero contenido espiritual de la mujer y su destino. Creyó llegar a la solución del problema de una manera tan luminosa que se sintió impulsado a comunicarlo a sus semejantes. Los semejantes más próximos a él eran en aquel momento tres dignos viajantes de comercio, que ocupaban el departamento juntamente con Sebastián. Sin reflexionar sobre su categoría mental y espiritual, y seguramente impulsado por la fuerza apostólica de la verdad, intervino bruscamente en su conversación para decir:

—La mujer no cumple totalmente su destino ni completa su femineidad hasta que no se convierte en final de trayecto en la vida de un hombre.

Dos de los tres colegas estaban hablando en aquel momento de los amenos pasatiempos que habían descubierto en una fonda y en los que intervenían parte del servicio y la señora del dueño. Se miraron muy asombrados por el inadecuado comentario de Sebastián. Uno de ellos llegó a una conclusión absurda.

—Debe de estar soñando. Cree que es un tranvía.

El tercero no había mostrado asombro alguno y sonrió irónicamente. Como única réplica preguntó a Sebastián:

—Usted, Viladegut, se ha casado hace poco, ¿no es verdad? —Y luego, sin esperar contestación, dijo—: Mire. Siento hablarle así, pero creo que se equivoca. La mujer propia, en la inmensa mayoría de los casos, no es más que el jefe de una estación un poco importante donde podemos dejar las maletas y peinarnos en el lavabo.

Sebastián no hizo caso al pesimista definidor porque conocía su historia: se había casado con la hija de su patrón, que era muy fea, y luego el negocio quebró. Ahora tenía que mantener al suegro.

Pero, obligado por la fuerza de su revelación y ante la frialdad general, terminó por exponer su teoría:

—Es indudable que tiene que ser así. Desde la Edad de Piedra ha necesitado el hombre algún sitio adonde volver siempre, y en este sitio alguien que le espere. Una cueva donde guardar su botín y encender su fuego, y en ella una mujer que lo conservara encendido. Ésta es la idea de hogar.

Uno de los compañeros, más obtuso que los otros dos, dijo:

—No creo que eso fuera problema hoy con las cerillas y el gas...

Pero Sebastián no le hizo caso y continuó entusiasmándose cada vez más con la teoría:

—Hogar con todo su contenido. Con todo su sentido de descanso final de jornada, propiedad, placidez y calor... Todas las mujeres que nos salen al camino llevan el ansia de su consecución en la sangre y se sienten incompletas en su femineidad si tardan en conseguirlo. Van por el mundo como caracoles que han perdido su concha y muestran la impudicia de su carne blanca y sin apoyo. Unas adornan estas carnes con alhajas y vestidos ceñidos y se cuelgan del brazo de cualquier hombre para disimular. Otras se refugian detrás de un traje sastre y de unas gafas y se meten en una escuela o en una oficina.

—Y la que encuentra su concha se dedica a estirar sus cuernecitos al sol. ¿Eh, Rovira?

Esta interrupción, a cargo de otro de los viajantes, iba dirigida al pesimista y era una brutal alusión a sus infidelidades conyugales. Al interruptor y a su compañero les hizo gracia el chiste y se rieron mucho. A Rovira no le hizo ninguna.

—Y es admirable ver —concluyó Sebastián como resumen de su pensamiento— cómo hace falta llevarlas al total cumplimiento de este destino para conocerlas del todo. Antes sólo nos muestran unas pocas facetas de ellas mismas. Las que ellas creen que más nos van a gustar. Luego, al casarse, es cuando asistimos deslumbrados a su total descubrimiento, a todo el despliegue de su poderosa femineidad...

—Sólo le deseo, amigo Viladegut, que ese primer deslumbramiento le haya dejado ciego para lo que tenga que ver dentro de un poco más de tiempo.

Así replicó Rovira y a continuación se dispuso a bajar su maleta porque estaban llegando a Zaragoza.

Al terminar aquel invierno, Isabel y Sebastián decidieron aprovecharse de las facilidades que la RENFE concede a sus súbditos, para divertirse un poquito. La diversión era que Isabel acompañaba a Sebastián cuando salía hacia Barcelona y al llegar a Puebla de Samper se quedaba con su padre. Cuando volvía su esposo a los tres o cuatro días, le esperaba asomada a la ventana, reviviendo así una y otra vez la antigua ilusión. Una ilusión con final feliz y previsto, por lo que no era ilusión, sino realidad, pero esto a ellos no les importaba. Al único que le importaba era al maquinista, que después se tenía que lanzar a velocidades suicidas por la cuesta de la Azaila abajo para ganar los minutos perdidos; porque mientras Isabel bajaba, besaba a su marido, besaba a su padre —que siempre tenía que sonarse las narices a continuación— y subía al vagón, la parada reglamentaria en Puebla de Samper se prolongaba casi en cinco minutos. Pero nadie se quejó nunca porque en el fondo los empleados de la RENFE no son malos chicos y los viajeros distraían su aburrimiento —arrastrado por centenares de kilómetros— contemplando desde las ventanillas el tierno espectáculo. Luego Sebastián llevaba en triunfo a su mujer al departamento y la presentaba a sus compañeros de viaje. Previamente les había estado hablando de ella bastante rato, por lo que siempre encontraba Isabel un ambiente favorable y acogedor. Nunca estuvo Sebastián más ameno y seductor que en las horas de viaje que hay desde Puebla de Samper hasta Zaragoza cuando llevaba a Isabel al lado, mirándole a los ojos arrobada. Las mejores ocurrencias y los pensamientos más peregrinos de la mente viladegutiense fueron regalados a la humanidad durante esas felices horas. Casi siempre el jefe de tren y el interventor se unían a la tertulia y la animación y las carcajadas de aquel departamento triunfaban sobre el tedio, el calor y la carbonilla de todo el vagón. Cuando Isabel empezó a presentar signos inequívocos de hallarse embarazada, Sebastián era feliz descubriéndolo, o cuando alguno de los presentes lo notaba:

—¡Vaya! Parece que, a pesar de los viajecitos, les queda tiempo para todo, ¿eh? —decía un señor confianzudo.

Y Sebastián contestaba con alguna sentencia sobre lo mucho útil que un hombre trabajador puede hacer en los ratos perdidos. Otras veces, poniéndose serio, disertaba sobre la maternidad considerada como la meta final del destino de la mujer. Era ésta su nueva y flamante idea, con la que creía haber llegado a contestar a todas las incógnitas femeninas que tenía planteadas. Se le ocurrió de pronto la noche aquella en que Isabel le descubrió al oído y con la luz apagada los primeros signos delatores de su estado. Después, poco a poco, fue encajando los recuerdos de todas las mujeres que amó o que le amaron en su hipótesis y vio como todo era ahora fácil y comprensible. Detrás de las características físicas, de las reacciones de la conducta de cada una de ellas, actuaba constante y tenaz el genio de la especie. Si la organización social no fuera tan defectuosa, hubiera sido un admirable y prometedor experimento el haberlas hecho a todas madres. No cabía duda de que este era el procedimiento natural para lograr en todas la identificación con su destino, el reencuentro de sí mismas, el triunfo de su femineidad... No siendo posible esto, parecía una venturosa predestinación el que de entre todas sólo Isabel encontrara el camino de su meta. Isabel, la dulce, enamorada, apasionada, femenina, maternal Isabel.

Después de pensar en todo esto sonrió con benevolencia para sus propios disparates al recordar su ideal de la Gran Aventura, la mujer de las mil caricias y de los mil reflejos, que ahora se le aparecía como una imagen falsa, sueño calenturiento de su epicureísmo desterrado, y se durmió para empezar a soñar con Sebastián II.

Un día don Santos, incansable explorador del éter, oyó con gozoso asombro, en un rincón antes silencioso de su dial, la voz de su yerno que solicitaba conversar con Puebla de Samper. Por si se tratara de una equivocación, cambió el interruptor para ponerse al habla, y con toda dignidad de radiotécnico aficionado, con un puesto ya entre los dominadores de ondas, dijo:

—Puebla de Samper al habla, Puebla de Samper al habla. Oigo. Escucho. ¿Quién habla? ¿Quién habla? Cambio.

—¡Hola, papi! —exclamó Viladegut desde el aparato de un amigo suyo barcelonés—. Ya hace dos noches que te estoy ladrando y tú sin enterarte. ¿Qué hace Isabel?

—Saludos, hijo. Saludos, hijo. Isabel perfectamente. Perfectamente. Me alegro, me alegro de oírte. Cambio.

—Vamos, papi. No seas cursi y habla como las personas normales. Te oigo de *chipén* y tú a mí lo mismo por lo que veo. Dile a mi chata que baje.

Aquella noche, el radioaficionado de Barcelona y el de la Puebla de Samper se aburrieron de lo lindo sin poder exponer a través de sus respectivos aparatos las memeces de costumbre; pero en cambio asistieron emocionados a la dignificación de su manía, que lograba unir de tan bello modo a dos amantes esposos a través del espacio. Las lámparas vibraban en toda su potencia lanzando al éter las apasionadas palabras que parecían rebotar en el otro cónyuge para volver otra vez, cada vez más cálidas y prometedoras. Al final, Sebastián comunicó a su mujer que había aceptado un viajecillo por Levante sustituyendo a un compañero, y que tardaría veinte días en volver.

—Esto me dará a ganar algunas pesetas de plus y ahora hemos de pensar en Basti, mi vida. ¿Qué tal se porta allá dentro? Dile a papá que me busque todas las noches. Siempre que pueda os llamaré.

Y pudo muchas veces. La primera pregunta que hacía al llegar a una localidad, era referente a los radioaficionados que hubiera en ella, y si existían, antes de iniciar sus visitas comerciales iba a verlos para conseguir una transmisión a la hora prevista. Cuando no podía encontrarlos se convencía a sí mismo de que un pueblo sin radioaficionados era un pueblo perdido para la civilización, poco comercial e incapaz de valorar la calidad de sus productos. En consecuencia tomaba el tren mismo o el siguiente para huir de él.

Porque el Sebastián de aquellos días no era el que hemos conocido. La proximidad del acontecimiento merced al cual iba a enriquecer al mundo con una reproducción de sí mismo, lo tenía inquieto, fuera de sí, obsesionada con una sola idea su mente, antes plácida, variada y viajera.

—Aquí estoy otra vez, cariño. En Vinaroz. Te hablo desde Vinaroz —decía a voz en grito delante de un conglomerado de cables, lámparas y bobinas—. ¿Me oyes? Cambio.

Y el radioaficionado contaba luego en el café, muy satisfecho, cómo había sido él artífice de un idilio en el éter. Pero si Sebastián permanecía mucho tiempo en la población acababa por sentir el haberle permitido amar a través de su aparato, porque aquella nueva especie de loco se indignaba cuando las condiciones atmosféricas no permitían una buena transmisión y la emprendía a denuestos y golpes contra el querido trasto.

—Ca-ri-ño. He dicho ca-ri-ño. C de cara. A de amor. R de rubia. I de idolatrada. Ñ de... bueno, Ñ. O de orquídeas. ¡Oiga! —increpaba al radio etc.—. ¿Qué le ocurre a este cacharro esta noche?

Y lo agitaba a manotazos, con grave peligro para su sistema nervioso de alambre.

Claro que gran parte de la irascibilidad actual de Sebastián debemos justificarla por lo ocurrido un mes antes: había vuelto de un viaje Sebastián recogiendo a su mujer en Puebla de Samper y pensó en la conveniencia de que la viera un médico porque faltaban sólo dos meses para el feliz alumbramiento.

—Claro que debemos ir, tontita —le dijo ante un mohín

perezoso de ella—. Los médicos en estos casos son algo así como los pilotos de la cigüeña. Tienen que acompañarla desde mucho antes de que entre en el puerto. Es seguro que no pasa nada casi nunca, pero ellos quieren ser los que lo digan. Si luego ocurre algún tropiezo, vienen muy serios a recriminarte: "Si hubiera usted venido a tiempo...". Y aunque nunca dicen lo que hubieran hecho en el caso de acudir a tiempo, el caso es que no debemos privarlos de su derecho a participar en la alegría nuestra. Se tienen muy bien ganado lo que se les paga, aunque sólo sea por la parte de su alma que entregan cada vez que se alegran o se entristecen con nosotros...

Y fueron al médico. Era un señor todavía joven, que los acogió con una sonrisa cordial y un poco condescendiente, como acostumbrado a las nimias inquietudes de los padres catecúmenos. Pero cuando luego la tendió en la mesa de reconocimiento y empezó su concienzuda exploración, la sonrisa se fue borrando de su cara. Viladegut no se fijó, o quizá lo atribuyera a la abstracción natural en el propio trabajo. Cuando empezó a medirle con un gran compás los diámetros de la pelvis, dictaba los números a la enfermera con grave voz:

—Bi-espinoso, 23. Antero-posterior, 18...

Y Sebastián, ya un poco nervioso, quiso quitar tensión al ambiente con una patochada.

—Mira. Es igual que cuando yo voy al sastre...

Luego el facultativo hizo pasar al marido a su despacho mientras Isabel se acababa de vestir. Allí le dijo:

—Amigo, he de advertirle que no veo del todo claro el pronóstico de este caso. Usted no ignora que su señora padece una cojera desde niña. Precisamente desde el mismo momento en que iba a pasar a ser mujer, y sus huesos no han crecido ni se han dispuesto como debieran...

—Entonces... ¿usted cree que no podrá dar a luz normalmente?

—No puedo afirmar nada. Hasta el crítico instante no se puede afirmar nada. Hay veces que las mayores dificultades las vence la naturaleza con sus grandes medios de adaptación... Lo que sí le aconsejo es que llamen desde el primer instante. Hay que estar dispuestos a todo desde el principio...

Sebastián salió de allí mucho menos alegre de lo que había entrado, y su esposa lo notó.

—¿Qué habéis estado hablando los dos solitos? ¿Es que ha visto algo raro?

—¿Qué es lo que te hace pensar en semejante tontería? —le respondió, haciendo por sonreír.

—Es que te has quedado muy serio. ¿Te ha dicho que nuestro hijo no es normal?

Viladegut bendijo el instinto maternal que hacía a su mujer pensar antes en lo que engendraba que en sí misma, porque esto le permitía a él hablar sin mentir y negar con vehemencia. Con tanta vehemencia que Isabel no se tranquilizó:

—Entonces es que la rara soy yo.

Y el desesperado esposo, sintiéndose un poco indigno, hubo de recurrir a las antiguas mañas de evasión por la tangente:

—No vengas ahora con aprensiones. No me ha dicho nada en absoluto. Además, que los médicos nunca dicen nada seguro. ¿Te acuerdas que antes te los he comparado con un piloto? Pues ahora se me ocurre que la comparación está muy bien. Se parecen a aquel piloto que fue a acompañar un barco y el capitán no lo conocía: "Pero ¿sabe usted bien dónde están todos los escollos?" "Ya lo creo", le contestó en el momento en que el barco chocaba contra una roca. "¿Ve usted? Aquí hay uno."

Esta comparación, a todas luces ingrata e injusta, sólo podremos perdonársela a Sebastián en atención a las circunstancias. Tenía que tranquilizar a su Isabel y no importaba el medio. Siempre la habían hecho reír sus piruetas y sus chistes, y esta vez tampoco falló.

Por todo aquello ahora se hallaba muy inquieto. Este viaje por Levante tan imprevisto había alterado sus planes de permanecer con Isabel en Zaragoza durante todo el mes que faltaba para el acontecimiento; y aunque la razón le decía que había tiempo suficiente para todo, cada día que pasaba era más próximo el peligro. La estación de Puebla de Samper no era el lugar más a propósito para determinadas asistencias y suspiraba por el momento en que pudiera subir a su esposa al tren, con todo mimo y cuidado, para conducirla a Zaragoza. Cada vez que se ponía ante un aparato de radioemisión temblaba de impaciencia hasta el instante en que la tranquila y gozosa voz infantil le traía la seguridad y la calma. En el trayecto Barcelona-Valencia, durante aquellos días, todos los aparatos de radio-aficionados vibraron con las inquietudes viladegutienses y añadieron calor humano a sus circuitos electrónicos.

En una emisora de radio valenciana había aquella tarde un concurso. Lo pagaba y organizaba una marca de coñac y el *speaker,* entre disco y disco, y alternando con barrocas alabanzas al coñac financiador, entretenía al público compuesto por estudiantes de ambos sexos, dependientes de comercio y ociosos indeterminados. El locutor hablaba con entusiasmo del coñac y de todo lo que se le ocurría, y este entusiasmo contrastaba con el gesto indiferente de su rostro, levemente matizado de fastidio. Los locutores son los únicos seres que han conseguido independizar el gesto de la voz. Pueden lanzar el más vibrante y enardecedor ¡bravo! con cara de dolor de estómago o sin hacer el menor esfuerzo. En aquel momento decía:

—¡Doscientas cincuenta pesetitas, señores, son las que exhiben sus bellas formas en mi mano derecha! Millones de radioyentes y queridos amigos nuestros se hallan en estos momentos con las orejas pegadas al receptor de radio esperando oír sus nombres entre los afortunados. Un ejército burocrático ha hecho falta para clasificar las contestaciones a nuestro concurso "La voz enigmática". Aquí, señores, aquí, en esta urna, se encuentran todos los acertantes exactos y sólo falta una mano inocente, como es siempre la mano de la fortuna, que extraiga una sola de estas papeletas. Desde ese momento, señores radioyentes, uno de ustedes entrará en posesión de cincuenta hermosos duros, cincuenta, que la magnanimidad de la casa X le concede por su buen oído y por su suerte sin par. A ver, señores, una mano complaciente. Uno de ustedes, por favor...

Y al decir esto, aun cuando el tono vibrante y entusiástico no cedía ni un punto, la mirada paseaba fríamente por la concurrencia. Quizás estuviera convencido de que nadie entre todo aquel público había consumido nunca una copa de coñac X. Que al fin y al cabo, era el que pagaba.

De la primera fila, y antes de que hubiera acabado de hablar, se levantó un hombre joven y de cara simpática. El locutor, con esa manía que tienen todos los locutores de hacer hablar al que se acerca al micrófono —quizá para gozar del espectáculo de ver ponerse nervioso a un hombre haciendo una cosa que a él le sale bien—, lo cogió del brazo confianzudamente y sin mirarlo siguió hablando:

—Aquí está, señores, el complaciente caballero que va a proporcionarles a uno de ustedes la suerte. Vamos a ver —siguió, siempre sin mirar más que al micro—. ¿Cómo se llama usted?

—Sebastián Viladegut.

—Muy bien. Bonito nombre y apellido, seguramente oriundos de Orense, ¿no es así?

La concurrencia rió el chiste geográfico-lingüístico, lo que dulcificó algo el rostro del locutor. Sebastián no hizo caso porque algo le preocupaba. Mientras las risas se acallaban, tomó el micrófono en las manos y exclamó casi gritando:

—Isabel, Isabel, soy yo. Estoy en Valencia...

El locutor le quitó el aparato un poco indignado por esta intromisión.

—¡Eh! ¡Oiga! ¡Que aquí el que habla soy yo! ¡Pida permiso por lo menos!

—Perdone, tiene usted razón. Pero es que es muy importante lo que tengo que decir.

—¿Que decir...? ¿A quién?

—A mi mujer. Tengo que hablarle...

—Bien, bien. Pero antes que la radio se inventó el teléfono.

—¡El teléfono! Una vez intenté hablar con ella por teléfono y descarriló un mercancías...

—¿Cómo, cómo? ¿Un mercancías?...

—Sí. Es que vive en una estación muy lejos, ¿sabe? Desde que hago la llamada hasta que le llega a ella de ramal en ramal, sabe Dios lo que puede pasar. No puede usted imaginarse cómo se transforma un simple recado que pasa de uno a otro oído. Es terrible. Un día le dije que iba a llegar el martes y me encontré, de Reus en adelante, a todos los Ayuntamientos bajo mazas y con música esperando al ministro de Obras Públicas. No se puede dar idea...

El público asistía regocijado al diálogo. Algunos incluso creían que era un número más del programa. El locutor, un poco mareado, parecía haber abandonado todo interés por el coñac X y siguió inquiriendo con curiosidad:

—Bien, bien. Pero ¿qué le ocurre a usted para necesitar una llamada urgente?

—Verá. Se trata de una cosa muy personal. Bueno. ¡No es nada deshonroso! Es que, ¿sabe?, voy a ser padre de un momento a otro.

—¿Que va a ser padre? Esto sí que es bueno. ¿Y tiene que comunicárselo usted a su señora? Siempre ha sido al revés. Totalmente al revés. Es ella la que...

Las carcajadas de la concurrencia atronaron la sala. Un grupito inició unos aplausos. Miles de receptores en toda España daban a conocer las preocupaciones viladegutienses y muchas personas decían: "No está mal este cómico. ¿Quién será?" En las oficinas del coñac X, el director y los jefes escuchaban complacidos la emisión. "Bien, bien —decía el mandamás—. Pero ¿a quién se le ha ocurrido esta novedad?" "Será a González, el programista", contestó oficiosamente un mandamenos. "Espero que no aumente mucho el precio, ¿eh?", replicó el otro.

En la estación de Puebla de Samper, el antiguo receptor

de radio para exclusivo uso de Isabel también lanzaba al aire del cuartito de estar la voz del locutor y de Sebastián. Isabel misma había sintonizado ilusionadamente desde dos horas antes con Valencia, porque su esposo le había prometido por carta hablar como fuera desde la emisora. Los aparatos de radioaficionados valencianos no permitían aquellos días una buena conexión con el que su padre tenía en la planta baja, y por esa razón habían convenido comunicarse así. Pero la voz del receptor, las voces del locutor y de Sebastián se perdían en el vacío porque en aquel momento no había nadie en el cuarto de estar. Sin embargo, todo denunciaba que había estado ocupado hacía muy poco rato: el receptor encendido, el aparato ortopédico de Isabel abandonado sobre una silla, el cesto de la labor sobre otra y encima de la mesa camilla un jerseicito a medio terminar, con los ganchillos clavados en él. La ventana, la misma ventana por la que durante tantos años Isabel había contemplado el mundo, iluminaba sólo a medias, con la luz residual del atardecer la escena vacía. Pero si nos asomáramos a ella en este momento comprenderíamos que el cuarto estaba vacío porque todos los elementos humanos de la estación perdida en el erial se hallaban abajo, sobre el andén. Y haciendo cosas por demás inesperadas y extrañas. Por lo pronto el camastro de Lucas —un simple jergón plano con patas de hierro— se hallaba al aire libre. Sobre él Isabel, con la cara contraída por el dolor, estaba tendida, y don Santos, arrodillado a su lado, la acariciaba con un gesto aterrado y compungido. Lucas, al extremo del andén, daba instrucciones a una camioneta —la de Andrés— para que se aproximara hacia atrás convenientemente, al muelle. Cuando la camioneta tocó con el suelo de la caja en el borde de cemento, Lucas, presurosamente, se dirigió hacia el grupo del padre y la hija y tomó el camastro por los pies. Don Santos lo levantó de la cabeza y en aquel momento llegó Andrés, que le ayudó. Penosamente llevaron a Isabel al camión y con infinitos cuidados depositaron la improvisada camilla dentro. Isabel, en aquel momento, gemía fuerte y de un modo incontenible. Los tres hombres se miraban asustados y hacían más torpes sus movimientos. Cuando la cama quedó convenientemente asegurada en la caja don Santos echó a correr a la estación en busca de unas mantas. Andrés, mientras tanto, se dispuso a poner en marcha de nuevo la camioneta. Pero antes preguntó a Lucas en voz baja:

—¿Y cómo ha sido esto?
—Todo de pronto. Estaba ella arriba oyendo la radio y de pronto la veo aparecer en la oficina muy blanca y llevándose las manos al vientre. Ha debido de bajar medio a rastras.
—Pero... yo creía que aún le faltaban algunos días...
—Sí... pero ha debido de adelantarse. Menos mal que estaba aquí el cartero con la bicicleta para avisarte.
—Bueno... pero ¿por qué no han llamado al médico?
—No quiere, ¿sabes?... Por lo visto le han dicho que la cosa no va a ir bien y prefieren ganar tiempo. Por eso la manda a Zaragoza. Y su marido en la inopia.

Don Santos, mientras tanto, había cogido dos mantas que había en un pequeño almacén trasero. Al salir oyó por el hueco de la escalera la radio funcionando en el piso de arriba y por un momento dudó, pensando en subir a cerrarla. Pero en su tribulación y prisa salió sin hacerlo, suponiendo que Lucas se daría cuenta cuando se hubieran marchado. Siempre corriendo cruzó todo el andén en dirección a la camioneta.

El antiguo receptor de radio, allá arriba, seguía reproduciendo las voces del locutor y de Sebastián.

—¡Señores radioyentes! —decía en este momento el locutor, que se había dado cuenta del partido extraordinario que podía sacársele a la intromisión de aquel tipo—. ¿Nos dan ustedes permiso para que le prestemos un momento el micrófono al señor...? ¿Cómo ha dicho que se llama?

—Viladegut. Sebastián Viladegut. Gracias. Déjeme, pues, que en seguida acabo...

—¡Eh! Un momento. Prométame antes que no va a decir cosas que no puedan oír los más castos oídos...

—Descuide. ¡Si es una cosa sin importancia! Sólo que no tengo más remedio que decirla por radio. Casi todos los días me comunico con mi mujer por radioaficionados, pero hoy no he podido encontrar un cacharro que funcione bien...

—¡Oigan, oigan, radioescuchas queridos, esta declaración del enamorado esposo moderno! ¡Las lámparas electrónicas haciendo de mensajeras del amor, las ondas sustituyendo a las clásicas flechas, los condensadores funcionando como corazones...!

—Bueno, déjese de tonterías. ¿Me deja hablar, o no?

—Naturalmente que sí. Además que hay millones de seres en este momento esperando saber las cosas tan importantes que usted tiene que decir a su esposa.

—Escucha, Isabel. Voy a decirte en dos palabras lo que pasa antes de que este... Bueno: escucha. El jefe me ha dado permiso para ir desde aquí directo a Zaragoza por Caminreal. No tendré que volver por Barcelona, así es que mañana podré estar contigo. Toma el primer tren, cariño, y espérame en casa. ¿Te encuentras bien? ¡Maldita sea! ¡Se me olvidaba que hoy no puedes contestarme! Hasta mañana. Muchos besos.

—Pero, ¿cómo? —exclamó el locutor—. ¿Sólo es eso? ¿Sólo para anunciarle a su esposa un cambio de trenes ha armado usted semejante jaleo?

—Es que usted no sabe la importancia que para mí tiene encontrarme a mi mujer esperándome al final de un viaje. Es una emoción que muy pocos pueden comprender y queriéndola como la quiero estaría viajando siempre para sentir el placer de saber que me espera.

—¡Magnífico, señores! ¡Magnífico! La contestación de nuestro improvisado colaborador es sencillamente sublime. ¡Una lección de amor del bueno, del de verdad! Tan bueno y tan de verdad como el coñac X, que todo el mundo ha gustado. Creo que interpreto el deseo de la casa X regalando a este caballero una botella del X etiqueta roja, que, como todos ustedes saben, es el mejor de todos los X, con ser todos inmejorables...

Lucas, que con la cara más larga y triste que nunca había penetrado en el cuarto de estar, apagó con gesto indignado la radio en aquel momento, diciendo:

—¡Anuncios! ¡Siempre anuncios!

Luego se asomó a la ventana para contemplar los faros de la camioneta de Andrés que, saltando de bache en bache, bajaba ahora hacia San Martín en busca de la carretera general. Lucas, al pensar en Isabel tumbada en el duro camastro encima de la camioneta con sus dolores terribles y sufriendo tremendos saltos y vaivenes, musitó:

—¡Pobre, pobre chica!

Luego bajó a cumplir fielmente las instrucciones que le había dado don Santos al marchar. A fuerza de ver como lo manejaba su jefe, había aprendido a emplear aquel trasto radiotécnico y, dándole a un interruptor, esperó a que se calentara un poco y luego movió el dial hasta conseguir sintonizar la longitud de onda que le había ordenado. Esperó un poco, movió la aguja, buscó un poquito a la derecha, otro poquito a la izquierda... Nada. En aquella zona del éter no se oía absolutamente nada. ¿Habría hecho todo bien? ¿Habría que tocar alguna palanca o botón?

Cansado, dio al interruptor de emisión y se dispuso a hablar. Aquello sí que sabía que estaba bien hecho. Recordaba bien la lucecita roja que se encendía en lo alto del tablero para indicar que el micrófono estaba abierto. Pero de pronto sintió vergüenza. Eso de hablar a no sabía quién, sin saber siquiera si alguien escucha, hablar él solo como si estuviera loco, como si le hubiera vuelto loco la absoluta soledad de aquella estación olvidada... Vergüenza y hasta un poco de miedo a escuchar su propia voz que tan pocas veces tenía que emplear. Por fin se decidió al acordarse de Isabel y de la tremenda angustia de don Santos. Al principio la voz le salió muy ronca y tuvo que toser ligeramente para aclararla. Luego, ya mejor y más firme, fue soltando todo el discurso que se había pensado.

—¡Sebastián! ¡Sebastián! Te habla Lucas. Soy Lucas. Isabel y su padre acaban de marcharse a Zaragoza en la camioneta de Andrés...

Luego pensó que a un aparato de radio no se le pueden decir ciertas cosas. No comprendía bien por qué, pero era tan impropio como decírselo a una niña de catorce años. Por eso dio un rodeo.

—...Ya sabes... Se ha adelantado aquello... Ven lo más pronto que puedas. Cambio.

Como siguió sin oír nada al darle a la palanca de recepción, pensó que aquello no iba bien y decidió seguir emitiendo como cosa más segura.

Ésa es la razón de que aquella noche muchos radioaficionados, jugueteando con sus aparatos, buscando por los aires de España las voces solitarias de otros sacerdotes que oficiaran como ellos en el altar del electrón, oyeran un mensaje extraño, siempre igual dolorido y cansado, como de hombre que medio dormido se ha impuesto la obligación de lanzar a los vientos una esperanzada llamada de auxilio...

—...Adelantado aquello... Ven pronto... Sebastián, Sebastián, Sebastián...

Porque Lucas pasó casi toda la noche emitiendo. Era un buen hombre con un corazón grande sin usar y tenía la convicción de que Sebastián le oiría; porque, sin saberlo él mismo, creía en el poder del pensamiento y del afecto para salvar las distancias. Algo así como si su corazón fuera la mejor válvula de las que aquella noche hacían funcionar el aparato de don Santos.

Pero como suele ocurrir casi siempre los hombres de corazón grande son los que más se equivocan y Sebastián que ahora viajaba adormilado a muchos kilómetros de distancia, por las sierras de Teruel, no le oyó. Como no oyó tampoco el terrible grito que Isabel dio al mismo tiempo que la camioneta de Andrés daba un salto para tomar la carretera general. Don Santos, que iba con ella, tembló de angustia y de miedo y se inclinó para consolarla. Después se fue tranquilizando porque ya no gimió más. Tan callada quedó que el pobre padre pensó en lo peor y aproximó el rostro a su cara en la oscuridad de la noche. Respiraba. Un poco más tarde volvió a pensar que era extraña tanta quietud y le tomó la mano bajo las mantas. Estaba muy fría. Le habló tembloroso:

—Isabel, Isabel...

La cabeza de la niña de la ventana se movió a los lados en un postrero esfuerzo para responder. Don Santos, muy asustado, encendió a duras penas su mechero de petaca. Resguardando con la mano la llama precaria, miró a su hija y vio a su sonrisa muy quieta, muy quieta... Estaban llegando a Zaragoza.

—Rotura de matriz —dijo muy convencido el médico de guardia—. No cabe duda.

Y se entretuvo en explicar al interno con palabras técnicas la épica lucha del órgano de la vida contra la dura pared de hueso.

—Y... claro, como el obstáculo es insuperable para los medios naturales, ¡cras! ¡Se rompe!

El mismo comentario que para describir la destrucción de un florero. Don Santos, sollozando incontenibletemente, oía explicar cómo se había muerto Isabel.

Que, al fin y al cabo, como un bello florero de porcelana que se hubiera cansado de aromar este cochino mundo, se había roto en aquella fría madrugada.

Segunda parte

Fortunato Canales

CAPÍTULO PRIMERO

En Soria hace frío todo el año. Y aquella mañana de mayo y de domingo no constituía una excepción. Eran más de las diez y el criterio casi unánime de los sorianos era esperar a que el sol calentase un poco más las calles para decidirse a salir de casa. Sólo se veía alguna vieja bajando por la cuesta de la Dehesa hacia el Collado, muy arrebujada en su mantón y en su mantilla para oír misa; algún agudo taconeo de jovencita piadosa mostraba la misma intención. No obstante, estamos seguros de que si la población civil de Soria tuviese conocimiento de la sensible pérdida que iba a experimentar aquel mismo día, se hubiera lanzado a la calle para contemplar por última vez esta sensible pérdida, porque Fortunato Canales era uno de los pocos habitantes de Soria que gozaba del aire libre en aquellos momentos.

Fortunato estaba sentado en uno de sus lugares predilectos: junto al surtidor de gasolina que hay al lado del petulante arco que da entrada al parque municipal. Fortunato tenía alma viajera, y aquel lugar era como una ventana abierta al mundo, algo así como la estación del ferrocarril, pero con un número infinitamente mayor de posibilidades; de alicientes para la imaginación. Allí paraban los grandes camiones madereros que bajaban de Cobaleda, de San Leonardo, de Navaleno... y que seguían rumbo a Calatayud para coger la general Barcelona-Madrid y llenar de madera de pino toda España. Pino para los cajones de huevos, para las cestas de frutas, para las cajas de pescado y, disfrazado de caoba, para los almacenes de muebles. Pino para la construcción, pino para los hogares, y aserrín de pino en el pan, en el tabaco, en las harinas de almortas de racionamiento. "Y pensar —se decía Fortunato— que los americanos están montando unas fábricas de no te menees *pa* sacarle más jugo a eso de los pinos. Lo leí anteayer en una revista del quiosco de la plaza. Aquí se corta el pino, se sierra un poco y, ¡hala!, ya sirve *pa* todo." Y la poderosa imaginación se le perdía tras el humo del camión maderero cuando éste abandonaba el surtidor. Entonces lo despedía con una exclamación sarcástica:

—¡Más pino! ¡Hala, hala! ¡Más pino, más pino!

Sin embargo, Fortunato no tenía ánimo de reformador ni siquiera de censor. Pero los camiones madereros le perjudicaban en un inmediato círculo de intereses, porque los camiones madereros eran de gas-oil.

En cambio, de vez en cuando paraba en el surtidor un turismo. Generalmente eran excursionistas indígenas que iban a pasar el día a los pinares, o turistas que seguían por la carretera de Burgos para ver la Catedral. Llevaban atuendos veraniegos y daba mucha risa ver cómo abandonaban deportivamente el interior calentito del coche, para estirar un poco las piernas; y se encontraban de pronto con el insulto agudo y cortante del frío soriano bajo el sol engañoso. Entonces ponían cara de haber recibido una ducha imprevista y comenzaban a dar carreritas por la acera con sus pantalones claros y las camisetas de manga corta diciendo: "¡Je, je! ¡Vaya, vaya!" Luego cuando ya no les daba tanta vergüenza, se metían dentro del coche preguntando muy preocupados si no se habrían dejado el tabaco en casa. Eran gentes de otras tierras, a veces muy lejanas, que no comprendían lo que quería decir "la meseta castellana"; que traían aún el sudor y la cálida humedad del Sur, del mar o de las rías bajas. Fortunato tenía gran penetración para el sentido del ridículo en los demás y sabía que cada uno de ellos se preguntaba con perplejidad disgustada: "¿Habré hecho el idiota viniendo así a ver la Catedral esa? Tanto preparar el viaje, y no me he informado de la temperatura". Porque todas aquellas gentes no eran turistas de los de verdad. Eran inefables burgueses, clase media extranjera o española, que se sentían obligados a abandonar sus confortables hogares, sus tertulias cómodas, su rutina ordinaria y agradable, para cumplir con el moderno rito de las peregrinaciones artísticas o naturalistas. Absurdos viajes a falsas mecas que impuso la religión del dinero.

Los turistas de verdad y de siempre ya conocen la Catedral de Burgos de nacimiento.

Fortunato, cuando el turismo se marchaba, lo despedía gritando sin levantarse de su asiento:

—¡Vaya bueno, vaya bueno! ¡Que la gocen bien!

La sonrisa suya a continuación no se sabía si la provocaba algún irónico pensamiento o la alegría de saber que el auto que se alejaba llevaba motor de gasolina. Porque siendo así podía coger la manga recién abandonada por Isidoro y escurrirla en una pelotita de trapo que llevaba en la mano. Luego sacaba de dentro del cajón donde se sentaba un traje azul marino muy bien doblado y se afanaba en quitarle las manchas con minuciosidad y maestría, frotando la pelota sobre ellas. Las más importantes eran las de la solapa, luego las de las mangas y las del cuerpo. En el pantalón no se preocupaba más que por las que adornaban las perneras. Las otras manchas se tapaban muy bien con la chaqueta.

Isidoro, apoyado en la barra del surtidor, contemplaba su quehacer y le dijo:

—Si me enseñas las postales, te echo un chorro de gasolina.

—¡No me hace falta! ¡No me hace falta! Con un par de autos que vengan, ya tengo bastante.

Fortunato era un hombre de principios y de ningún modo se dedicaría a los negocios en domingo. El domingo era el Día de la Dignificación Humana, y por nada de este mundo debía profanársele.

Nuestro planeta es una bola hecha de vulgaridad e incomprensión, y de esta condición no se escapa ni siquiera Soria. Ésta es la razón de que la gente viera, en esta forma que tenía Fortunato de conmemorar los domingos, la mejor prueba de su presunta estupidez. El razonamiento empleado para llegar a esta conclusión es uno de los más descorazonadores, expresiones que se pueden encontrar de la dureza humana, de la incomprensión humana, de la humana carencia de espiritualismo. Fortunato se dedica a vendedor callejero. Vende artículos infantiles, pirulís, cacahuetes, gaitas de caña, gorros de papel... Durante toda la semana Fortunato, humildemente, se sienta en la Dehesa con un guardapolvo raído y una gorra y espera a su pequeña clientela. No intenta trabar conversación con los paseantes ni hacer amistades, contempla con humilde admiración callada el paso de los jóvenes pimpollos sorianos, aguanta las bromas inciviles de los gamberros, y las más suaves y risueñas de las jovencitas, y acepta casi con agradecimiento de limosna los céntimos de las compras... Pero llega el domingo y Fortunato deja en casa la cesta de la mercancía, se cepilla y limpia el traje azul marino, un poco antiguo de corte, pero aún en buen uso; saca la camisa blanca, que está planchándose desde el jueves debajo del colchón; limpia con goma de borrar el cuello duro, y se viste. Desde el mediodía hasta la noche se incorpora a la sociedad. Durante toda la semana ha sido una insignificante ruedecilla de la existencia ciudadana que cumple una misión, que paga su matrícula al Ayuntamiento y que prescinde de su personalidad para servir al público y para ganar la comida. Pero el domingo se vuelve hombre, un hombre libre, con todos sus derechos, digno de todos los respetos, que puede caminar altaneramente, que puede piropear a las chicas, incluso acompañarlas si se tercia y se dejan —que no se dejan—, llamar con palmadas al camarero en el café, patear en el cine cuando se corta la cinta, discutir de política en voz baja y de fútbol en voz alta, en el bar. Es una conducta muy digna y que podemos encontrarla representada en la actitud y las costumbres de los criados ingleses durante el día de vacación semanal. El que sea difícil en Soria ser Fortunato durante toda la semana y el domingo convertirse en señor Canales, no es culpa de nuestro hombre. Es culpa de Soria por no ser más grande y cosmopolita. Y luego viene el mezquino razonamiento de que Fortunato está majareta porque pierde así para su negocio el mejor día de la semana. ¡Negocio! ¡Dinero! ¿Qué es todo eso al lado de la dignidad del hombre? Cuando uno oye estas cosas, pierde la fe en el porvenir de la Humanidad.

Isidoro, además de ser un bestia, es un pelma. De nuevo insiste ahora:

—Déjame las postales, hombre. Mientras tú te limpias el traje, yo podría verlas.

—Te he dicho que no.

Las postales constituyen uno de los negocios de Fortunato. Son fotografías de mujeres desnudas, una colección que compró a un marchante en los tiempos buenos en que vivía su padre y vendían mantequilla por cajas. Un día las sacó a la calle y se las enseñó a un muchacho del Instituto, y al momento se arremolinó todo el sexto curso y algunos del quinto alrededor de Fortunato. Como se armó mucho barullo, un municipal acudió a poner orden y Fortunato pudo salvar a duras penas la colección. Luego vino un mozo con cara ansiosa y aspecto cetrino, que le ofreció un real por volverlas a ver, y desde entonces las muestra Fortunato por un real a quien se las pide. Las enseña en un rincón de los Porches, en el fondo del bar Nuria, tras los arbustos del parque... Lamenta profundamente las torpes pasiones que su colección despierta en los sorianos corazones masculinos. Incluso a veces siente celos de exponer a sus doce compañeras, de colocarlas ante las miradas desvergonzadas de los hombres... Él las quiere, las admira con toda la intensidad de su alma de artista y además las va deseando una a una sin traicionar a ninguna con deseos

simultáneos. Pero aun sus deseos se tamizan con la tela
de sus sueños y mira mucho más a sus ojos intentando comprender sus almas más que a sus formas. A pesar de que el
desnudo femenino es la más quintaesenciada expresión de
la belleza para un pintor naturalista como es Fortunato...
¿No habíamos dicho que Fortunato es pintor? Bueno, lo
decimos ahora y ya está.

Lo cierto es que lamenta profundamente tener que exponer sus modelos por lo que esta exposición tiene de prostitución de su intimidad. En otro sentido no ve un gran
mal en ello. Al fin y al cabo, los mismos reflejos se ven
en los ojos de los jóvenes cuando miran sus postales que en
los de los niños cuando contemplan las maravillas dulces
y saladas de su cesta. Todo es sensualidad, sensualidad humana y no podemos pedir a Fortunato, el pintor naturalista, al artista perseguidor de sueños —lo que es igual que
perseguidor de vida vibrante y real, porque para Fortunato
casi todas las cosas de la vida son sólo sueños—, que sepa
colocar en una tabla de valores éticos cada forma de sensualidad en su casilla correspondiente.

Isidoro mira ahora con malevolencia a Fortunato. Sabe
que no conseguirá ver las postales ni siquiera pagando
el real que no está dispuesto a pagar y quiere vengarse de él
de alguna manera. Isidoro sólo piensa en una cosa siempre
y su pensamiento es cada día más obsesivo, sobre todo desde que el gobernador, a principio del invierno, cerró el único lenocinio de la ciudad. Por eso cuando a su surtidor llega
algún coche con una mujer dentro que tenga menos de
ochenta años, abandona la manga en manos del conductor
y mientras se vacían los depósitos de cristal comienza a describir círculos alrededor del coche, lanzando al interior miradas desnudadoras. Se diría que rechina los dientes y que
gruñe como animal acechando la presa. En Soria y en este
surtidor es donde las turistas de busto desnudo y quemado
por el sol adquieren plena conciencia de su atractivo aspecto, y muchas de ellas buscan apresuradamente en los asientos alguna prenda con que cubrirse. Desde luego, bajar no

baja ninguna. Una vez bajó una inglesa que conducía sola y tuvo que refugiarse en el estanco hasta que llegó la guardia civil.

—¿Qué tal le va a tu hermana por Barcelona? —le pregunta con torpe sonrisa a Fortunato. A la Cloti, la hermana de Fortunato, la recuerdan muchos hombres en Soria. Ya hace tres años que se fugó con un revisor. El revisor volvió, pero ella no.

—Está buena, está buena... —dice Fortunato con indiferencia.

—Eso ya me lo figuro. ¡Digo!

—Me dice que me vaya allí. Y a lo mejor me voy. Puede que me vaya...

—Y harás bien. Es un negocio que da *pa* dos... mientras dura.

—¿Negocio? ¡Si es artista! Yo también soy artista.

—Pero... artista como ella.

—No. Ella baila. Yo pinto.

—¡Y yo limpio chimeneas! Será lila el idiota este...

Isidoro se enfada porque por ese camino no puede con Fortunato.

Fortunato ha dejado de frotar porque ya no le queda gasolina en el trapo. Sólo restan un par de manchas en el pantalón y reflexiona sobre la conveniencia de dejarlas o esperar a que llegue otro coche.

Una muchacha gorda de mejillas coloradas pasa cerca. Va con la mantilla en la mano y tiene cara de risa, que debe de ser en ella crónica.

—¿Cuándo te casas, Fortunato? —le dice gritando.

—¡Cuando tú quieras, Dominica, cuando tú quieras!

Es una broma vieja a la que siempre contesta igual con sólo cambiar el nombre según la interpelante. Arranca desde aquel día que se fue a las fiestas de Calatañazor con su traje azul marino y una corbata nueva y se hizo novio de la hija del telegrafista. El noviazgo acabó cuando la chica vino a Soria para San Saturio y paseó con ella por la Dehesa. Se pusieron tan pesados los críos y algunos mayores, que la de Calatañazor, antes de terminar la primera vuelta, huyó a esconderse en el *water* de señoras y no quiso salir de allí hasta que fue de noche. Fortunato bien quiso exhortarla a que no fuera tan vergonzosa. Se metió en el W. C. de hombres, que estaba tabique por medio, y le gritaba a través del mismo:

—¡No seas tonta, Jesusa! ¡Si son todos amigos! ¡Sal de ahí, Jesusa! ¡Mira, Jesusa, que me vas a enfadar, mujer! ¡Qué nos importa de nadie si nosotros nos queremos!

Algunos jovenzuelos y hasta hombres maduros le ayudaban a convencerla desde el urinario. Lo menos se puso una fila de diez a doce en el tabique gritando:

—¡Anda, Jesusa! ¡Sal del retrete, Jesusa! ¿Qué haces ahí, Jesusa? ¿Tienes mal cuerpo, Jesusa?

A la chica la llevó a la estación, cuando ya era muy de noche, la encargada de los urinarios, que era una mujerona capaz de doblar a un hombre de un guantazo. Fortunato ya no volvió a ver a su novia aunque fuese a Calatañazor. Las mujeres son así: tienen un concepto del amor tan estrecho y condicionado, que cualquier tontería les enfría el corazón. Desde entonces las jovencitas le preguntan por la calle:

—¿Cuándo te casas, Fortunato?

—¡Cuando tú quieras, Petra, Benita, Pilar, María, Dolores...! ¡Cuando tú quieras! —les contesta sonriendo al dulce recuerdo de su noviazgo muerto.

—Bueno... pero ¿tú qué pintas? —continuó Isidoro, que estaba de mal café aquella mañana—. Venga decir que eres pintor y nunca has pintado nada... Tú lo que eres es un pobre idiota. Eso es lo que eres.

—Que no he *pintao* nada, ¿eh? Bueno... *pa* qué quiero molestarme...

Y Fortunato ahora ya no sonríe porque en su memoria, por desgracia, se ha verificado la triste conjunción de los dos recuerdos; el de su primera y única novia y el de su primero y único cuadro. Él puede acordarse de la Jesusa y sonreír y hasta reírse. Puede también en otra ocasión pensar en cuadros y en colores y soñar placenteramente recostado en ese pensamiento. Pero lo malo es cuando los dos recuerdos acuden a la vez. Hay una oscura relación entre ellos que le anega de una amargura muy honda. Fortunato tiene en su buen corazón un rico tesoro de amor que una vez estuvo a punto de emplear, pero que no le dejaron. También tiene dentro imágenes maravillosas, patrimonio riquísimo de belleza que en otra ocasión quiso mostrar y tampoco pudo. En ambas ocasiones una tonta nadería, una barrera imprevista lo ha impedido y esos mundos de amor y belleza continúan ahí dentro vírgenes y exultantes, pero condenados a la esterilidad. Por un lado la incomprensión de las mujeres. Por otro el asunto ese de la vista.

Fortunato pintó su primero y único cuadro en los buenos días aquellos en que iba al Matadero Municipal por las mañanas. En realidad, no fue ni siquiera cuadro: fue sólo un apunte y sufrió tanto por él que no le quedaron ganas de repetir la aventura. A Fortunato le gustaba mucho el mundo vociferante, vigorosamente vivo del matadero. Había allí como una gozosa borrachera de sangre caliente que hacía ser más rudos y fanfarrones a los hombres, más procaces y más extrañamente alegres a las mujeres. Los matarifes reyes de aquel cotarro iban de una a otra res con el cuchillo ensangrentado envainado en el cinturón y el delantal blanco surcado por gruesos trazos rojos de sus dedos, que les daban aspecto de caballeros en sangrienta batalla con un peto de barras sobre campo de armiño. Un tocino enganchado por la garganta a un garabato de hierro era arrastrado chillando por los peones a la tina del agua caliente y de pronto una cuchillada hacía manar de su cuello un torrente de sangre recogida en pozales, cuatro, cinco, muchos —no se acababa nunca aquel vino caliente de la vida—, y a la vez era rascado, con grandes cepillos de cerda dura quedando sobre la tina ahora fofo, desinflado, silencioso... Sus verdugos descansaban y se limpiaban los salpicones y el sudor, mirándolo como si ahora lo sintieran...

Pero en seguida se iban en busca de otro. Las mujeres pasaban llevando en las carretillas grandes cubos llenos de entrañas todavía calientes, camino del lavadero. Al pasar dirigían a los hombres pullas fuertes y sabrosas, o se reían de sus bárbaros requiebros, mientras los desolladores, con un corto cuchillo, parecía que desnudaban a la res de su abrigo de piel con una sencillez bestial. Fortunato iba al matadero a desayunarse. Remoloneaba por entre el risueño aquelarre, a veces le echaba mano a un peón, o empujaba una carretilla, y nunca faltaba un entresijo, una madeja o una criadilla, lanzada al aire por una mujer o un matarife. Fortunato se lo guardaba en el bolsillo del guardapolvo; luego, en la estufa de la portería, gozosamente los freía en un papel de estraza. Pero el día que había matanza de vaca o de buey, se olvidaba del desayuno. Sentábase en la escalerilla del cuarto de calderas y miraba absorto toda la operación. El animal salía mugiendo de miedo por la puerta de la corraliza al cerrado de la nave. Desde un burladero le echaban una soga a la base de la cuerna y luego pasaban la soga por una argolla clavada en una losa a ras del suelo. No había más que tirar de la soga entre dos o tres hombres para que la cabeza de la res quedase inmóvil, acogotada contra la losa, y allí se la descabellaba. Un procedimiento bastante cobarde, pero ingenioso y eficaz, al que Fortunato le encontraba belleza. Inteligencia contra fuerza. Sobre todo el momento en que el puntillero hundía el arma en el testuz, ese momento brevísimo entre una vida inquieta, mugidora, coceante, y una muerte vencida y brutal, sin agonía, muerte en un fracaso fulminante y definitivo, le impresionaba intensamente y un día le impulsó a reproducirla en un cartón blanco de una caja de camisas. El dibujo, al principio premioso, titubeante, se fue afirmando, fue ganando en exactitud y rapidez. Toda la mañana se la pasó trabajando, aunque la res ya estaba descuartizada, porque la imagen se mantenía vívida en la memoria, casi en relieve... Los hombres se le acercaban embromándolo al principio, pero luego se quedaban silenciosos, subyugados por el misterio creador de aquel trozo de lápiz negro sobre el cartón. La fiera figura de Cosme el matarife, con su brazo desnudo y armado y a punto de herir, y sus rasgos enjutos, de ordinario plácidos y apagados, que en estos momentos tomaban un aire de hombre primitivo, de salvaje luchando por su existencia; los mansos ojos del buey que mostraban un miedo supremo, catastrófico, casi humano, las patas dobladas, heridas por los golpes contra el suelo, su actitud toda de rendición desesperada... Era portentoso. Los hombres y mujeres del matadero lo comprendían así a pesar de su rudeza, y cuando el veterinario pasó camino del laboratorio, lo llamaron y le hicieron calle dejándole contemplar la obra sobre el hombro de Fortunato. Éste no se dio cuenta, pero cuando levantó la cabeza y lo vio, le entró una extraña vergüenza de su situación, casi diríamos de su transporte a un mundo muy superior, y abriéndose paso entre la gente se lanzó corriendo en busca de la salida. Pero quedó tras de su huida una estela de admiración, de descubrimiento sensacional. "¡Quién iba a decir que Fortunato!... ¿Eh?..." "A todos nos da Dios una gracia u otra", decía un optimista. "Es que en Soria hasta el más tonto sirve *pa* obispo", manifestaba un patriota... Pero pasaron los días y aquella admiración se fue olvidando. No podía pedírseles más a aquella gente ignorante y ruda, demasiado inclinada sobre el trabajo y el suelo para poder permitirse el lujo de mirar mucho rato hacia arriba. Al único que no se le olvidaba era a Fortunato. Pero, por desgracia, no matan todos los días una vaca en Soria y para terminar su cuadro tenía que ver otra vez la escena. Tenía un raro pudor, casi miedo a enseñar el dibujo a alguien que no fuera "su público" del matadero. Le parecía que sólo aquella buena gente podría comprender su verdadero mérito y temía que la vulgaridad y la malevolencia de la calle se burlara y destrozara sus sueños. Por eso esperaba con impaciencia el día que hubiera otra matanza de res mayor y para ese día preparó unos lápices de colores que a duras penas pudo ir coleccionando.

—Mira. Ya va otra vez el Fortunato a pintar...
—¡A ver si nos sale un Sarasate!
—¡Becerro! Pero si Sarasate no era pintor...
—¡Tú qué sabes quién fue Sarasate, analfabeto!...
—En cuanto acabe con la vaca le diré que me pinte lo que más me gusta de ti. ¿Verdad, Remedios?
—¡Baboso!

Algunos más desocupados se acercaron a ver a Fortunato, que se disponía a iluminar con sus colores la obra de arte. Permanecieron tras él silenciosos unos minutos, pero de pronto uno de ellos estalló en una risa estruendosa. Otro comenzó a gritar moviendo mucho los brazos y con gran regocijo:

—¡Ahí va! ¡La sangre verde! ¡Está pintando la sangre verde! ¡Nos ha *matao*! ¡Venid, chicos! ¡Las vacas tienen la sangre verde!

Todos los que se acercaron a mirar pudieron certificar el portentoso fenómeno. La vaca de Fortunato vertía por sus heridas un líquido verde oscuro. Y no sólo eso. Los charcos de sangre que, con profusión un poco excesiva y ambiental había pintado alrededor de la vaca, eran también verdes...

—Déjalo. A lo mejor es un pintor modernista de esos...
—Ya no te pinta lo que he dicho, Remedios. Parecería un melón de agua.
—Hace falta tener la terraza como la tiene ese pa...
—Pero que muy estropeada.

Las últimas ideas son las que encontraron más partidarios. Muchos dedos índices barrenaron en las sienes con típico gesto y gran regocijo. Algunos con indignación porque hay hombres que no toleran que haya tontos ni locos en el mundo...

Fortunato miraba a sus amigos con susto y con dolor. Eran los mismos del otro día, y, sin embargo... Le habían admirado, le habían comprendido, habían creído en él... y ahora se reían. Pero ¿por qué? Además, lo abandonaban, cada uno se iba a su trabajo como si ya no interesase nada

de lo que Fortunato hiciera. Y aquellos dedos apuntando
a las sienes, aquel maldito gesto tantas veces soportado y
tan bien entendido. El veterinario se hallaba ahora tras de
él mirando el dibujo. Él no se reía, pero tenía una mirada
extraña.

—Ven conmigo —le dijo.

Y llevándolo junto a la gran ventana de la nave le
mostró los árboles del patio.

—Enséñame de qué color pintarías esas hojas.

Fortunato, en silencio, tomó uno de los lápices y trazó
una raya en el cartón. El veterinario miró y fue entonces
cuando le dijo:

—Vete al hospital, muchacho. Que te vea el de los ojos.
Tienes un defecto en la vista.

Y fue moviendo la cabeza y diciendo:

—¡Qué lástima, qué lástima!

En el hospital le dieron unos cartones y unos hilos de
colores y le mandaron ordenarlos por tonos. Luego le explicaron la verdad. Padecía daltonismo. Era ciego para algunos colores. Algo en el fondo de sus ojos había roto el arco iris, perdiendo los pedazos.

—No te apures —le dijo el oculista—. Eso le pasa a
mucha gente y vive tan ricamente.

Fortunato sonrió al oculista, pero luego les lloró a las
paredes de su cuarto. Más tarde, cuando fue pensando,
pensando que, a pesar de todo, él veía las cosas de una manera bella, incomparablemente bella, encontró sin querer
un motivo de consuelo. ¿Quién le decía a él que no era una
suerte ver como veía? ¿Sería un defecto o un don aquella
su manera de ver las cosas que le rodeaban? Todos aquellos que se le reían, que le vejaban, que le pagaban un real
por ver sus postales, toda aquella gente empedernidamente
vulgar, estrecha de mente y de corazón, tenían, sin embargo,
la vista normal, veían las cosas como eran y si, a pesar de
eso, seguían siendo brutales, soeces, mezquinos, tenía que
ser porque lo que ellos veían, lo que consideraban normal,
visto con sus ojos normales, era también brutal, soez y

mezquino. Si lo de ellos era normal y lo suyo no, ¿quién podría decirlo? ¿Es que sólo lo que abunda es lo normal? O, de otra manera, ¿es que lo normal es siempre lo mejor? Sí, de verdad que era un buen consuelo todo esto. Pero le pinchaba de nuevo el corazón cuando pensaba que nunca podría pintar las cosas que él veía, que nadie las llegaría a comprender nunca... Por eso un día le escribió a su hermana:

"...me han dicho que en Barcelona hay muy buena gente para eso de la vista y que, a lo mejor, me la arreglaban. En cuanto pueda reunir unas perras, me iré unos días contigo..."

La Cloti respondió mucho más aprisa que otras veces:

"...será mejor que por ahora no vengas. Hasta que las cosas se arreglen, aquí se gana lo justo para vivir y lo que tú quieres cuesta muchos duros. Al fin y al cabo, para vender cacahuetes en el parque no creo que te haga mucha falta ver bien. Ya te avisaré. Ten paciencia, que te avisaré."

Más adelante su dolor perdió las esquinas, se volvió amargura suave y algunas veces decía:

—Bueno, y si no pinto ¿qué? Yo ya he demostrado lo que sé, ¿no es eso? También una vez quise tener novia y ¡zas! la tuve. ¿No es eso?

Porque para entonces, por sabe Dios qué raras alquimias de su pensamiento, cuando pensaba en el asunto aquel de la vista, salía el tema enristrado con el otro asunto, el de la Jesusa. Se le había metido en la cabeza que la piel de aquella novia que tuvo tenía un color mucho más bello que la de las demás jóvenes que conocía. Era un tema este del color de la piel de las mujeres que le preocupaba desde que supo su rara manera de conocer el color. ¿Cómo sería de verdad ese tono suave transparente, luminoso, de la piel de mujer? ¿Cómo lo verían los demás hombres? Lo que en él provocaba una incomprensible ternura, un deseo de caricia aérea y levísima, ocasionaba a los demás rudo deseo de posesión, casi de agresión, y Fortunato había llegado a la conclusión de que todo se debía al color. El color en unos ojos engendraba un sentimiento distinto al que engendraba en otros que lo vieran de otra manera. Los toros en los pastos de tonalidades suaves de la carretera de Valladolid eran pacíficos animales que miraban mansamente al caminante. Esos mismos toros en la plaza, ante un trapo de color violento, se convertían en fieras sanguinarias. Todo a causa del color.

¡Qué piel la de Jesusa! ¡Si no hubiera sido por...! Y Fortunato, el hombre que sabía cosas sobre el amor y la belleza que no sabían los demás, porque los demás tenían los ojos del alma y los del cuerpo normales, se irguió de su asiento. Tenía un vago parecido con el surtidor de gasolina; cabeza redonda, cuello largo y delgado, cuerpo desgarbado y los pantalones chanchullo acampanados casi tapándole las alpargatas. Se disponía a marchar. En aquel momento paró junto al surtidor un descapotable gris con un hombre al volante únicamente. El hombre no temía al frío serrano y llevaba la capota del coche echada. Iba bien abrigado, eso sí, con jersey, chaqueta gruesa y un casco blanco en la cabeza. Tenía una cara de infinito aburrimiento para ser tan de mañana, y cuando paró no bajó del coche.

—¿Gasolina? —preguntó Isidoro.
—¡Claro!
—Podría querer aceite. O agua. O ver el paisaje —contestó Isidoro, que se amoscaba por cualquier cosa.
—Pues quiero gasolina —dijo tranquilo el viajero, alargándole la llave del depósito—. Échame veinte.

Isidoro, que no encontró motivo para seguir la discusión, tomó la llave y se fue rechinando los dientes hacia el depósito trasero. Fortunato miraba el pantalón como dudando si aprovechar la llegada de aquel coche para acabar su limpieza, luego acarició con la mirada la hermosa carrocería del descapotable, que tenía curvas y sinuosidades casi sensuales, y echó una mirada dentro del coche. Sobre el asiento trasero había una máquina fotográfica tipo Leica, con su cartera y su correa, abandonada y despreciada por su dueño, seguramente hastiado de muchas cosas buenas de esta vida. Fortunato no se lo pensó mucho. La cogió, metiendo con rapidez vertiginosa su largo brazo en el coche, y la hizo desaparecer bajo el traje azul marino que llevaba en la mano.

Al fin y al cabo, Fortunato, en aquellas horas, era todavía Fortunato, faltaba todavía un poco para convertirse en el señor Canales y se podía permitir algunas libertades sociales que al señor Canales no podrían permitírsele.

CAPÍTULO II

Hay que reconocer que desde que Colón embarcó en el puerto de Palos a todos los desocupados de Huelva, no se había dado en nuestro país una época tan llena de posibilidades como la que hemos atravesado. Tan llena de posibilidades para los hombres que sean capaces de aprovecharlas, naturalmente. Pero más que nada es cuestión de elegir la época de nacimiento.

Doroteo Villanueva, por ejemplo, hubiera nacido en las últimas del siglo pasado y no habría salido en toda su vida de ser golfo madrileño, de vivir con un real de fritos en las freidurías de las Ventas, de abrir coches en la puerta de Apolo y de pasar las Navidades con los dos o tres duros obtenidos en la cola de la casa de la Moneda. En cambio, por haber nacido en el año 17 pudo ser y fue miliciano rojo en Madrid, heroico "pasao" —aunque algunos lo dudan— en Brunete, legionario en Alcubierre, apaleado por seis judíos en Melilla —delante de doña Rebeca González, en paños menores—, sepulturero en Tánger, espía en Larache, recontraespía en Marsella, amnistiado —¿de qué?—, devuelto a España, soldado de Intendencia en la División Azul y fusilado a medias en Smolensko. A partir de aquí se pierden sus huellas durante algún tiempo hasta que fue encontrado en Riga, viviendo con una peluquera, en el año 42. Es un misterio como había conseguido esta situación social sin saber una palabra de letón.

Otro caso parecido es el de Simeón Landeiro, producto

residuario de una emisión de nodrizas fabricadas en Orense allá por el año 20. Las cosas le pillaron algo más joven, pero, no obstante, tuvo tiempo de ser turuta de Infantería un año y pico y luego machacante de sargentos. Se pasó —pero al revés— en Guadalajara y ganó la carrera de los Pirineos llegando antes que el coche de "El Campesino" a Gerona. Allí lo agarraron a los tres días, porque se empeñó en aprender un poco de francés con una rusa de las Brigadas Internacionales antes de pasar a Francia. Le perdonaron la vida. Él dijo que se había pasado a ver a su padre que trabajaba de sereno en Guadalajara. Esto, a todas luces, era incierto por varias razones: en primer lugar, porque en Guadalajara, por entonces, sólo había en activo un sereno yugoslavo al que una granada le cepilló una pierna y, además, porque Simeón no había podido saber en toda su vida quién era su padre. En realidad, si lo perdonaron fue porque no se puede fusilar así como así a un idiota. Y no puede ser más idiota el tipo que se pasa al enemigo tres semanas antes de que el enemigo sea vencido. De todos modos, tuvo que cumplir el servicio militar de nuevo y poco después también se fue a la División Azul, porque el hombre quería quitar el mal sabor de boca que hubiera podido dejar lo de Guadalajara. Un día, hallándose en las afueras de Bialystok, le mandaron a buscar leña lejos de la chabola, se le olvidó ponerse el gorro y se le helaron las orejas. Una se la cortaron de raíz y la otra sólo un pedacito. Después de este lamentable suceso fue cuando tuvo la luminosa idea de que podría escabullirse de todo aquel cacao alegando que se había quedado sordo. Simeón tenía unas ideas rudimentarias acerca de la verdadera función de los pabellones auriculares. El tribunal médico alemán se lo llegó a creer porque los alemanes son bastante ingenuos en esas y en otras cosas, pero un comandante médico español, que estaba presente, se le acercó con un estetoscopio de campana y se lo puso pegado al oído mientras decía:

—Como me diga que no oye esto, lo mando fusilar.

Pegó tres golpes en el otro extremo del estetoscopio y le preguntó vociferando:

—¿Has oído ahora?
—Sí, señor.
—¿Qué es lo que has oído?
—La sirenita del mar.

Por lo que no hubo más remedio que pasarlo al tribunal de enfermedades mentales.

Bueno: a lo que íbamos. No cabe duda de que hemos atravesado una época de grandes posibilidades para los hombres de espíritu inquieto y nada puede asombrarnos de lo que estos hombres hagan o consigan. Por eso, si nos enteramos de que Doroteo Villanueva y Simeón Landeiro van juntos en la cabina de una camioneta y la camioneta va pegando saltos por una carretera castellana, sólo podremos mostrar una leve sorpresa. Es así el Destino y nada se puede hacer. Así como también es cosa del Destino que a la misma hora Fortunato Canales se apropiara de una máquina de retratar abandonada en un descapotable gris.

No es probable que haya quien discuta la propiedad de la camioneta a Doroteo y Simeón *limited*. El código español, en multitud de casos, hace de la costumbre ley y la verdad es que hace unos cuantos años que la camioneta Ford, familiarmente conocida con el nombre de Pepa, no sabe de otras manos que las de los dos socios. Hay quien asegura que la trajeron de Rusia, lo que no deja de ser loable. Otros dicen que procede de un alijo de harina en la provincia de Jaén, la vez aquella que les dio por entretenerse jugando a que eran agentes de Tasas; también hay quien afirma que la fueron armando pieza por pieza, buscando éstas con gran constancia en un cementerio de coches, y hasta existen malas lenguas que llegan a difundir que la compraron. Lo cierto es que no puede ponerse en duda que pertenece a la razón social Villanueva *and* Landeiro. En cambio, hay frecuentes disensiones de orden interno. No puede discutirse la pétrea fortaleza de la compañía frente al cosmos circundante, pero muy a menudo surgen divergencias intestinas en lo que se refiere a la hegemonía sobre los bienes comunes.

—¡Besugo! Cada día eres más besugo —exclama Doroteo, que es un hombre observador.

—Yo lo que te digo es que no me paro hasta Soria. Ya estoy harto de pueblos. Quiero sentarme en un café y ver pasar las *gachís*. Ésta quiero, ésta no quiero; ésta quiero, ésta no quiero...

La camioneta, conducida por Simeón, seguía con ayuda de los baches el ritmo con reminiscencias de vals de los sueños de Landeiro.

—Cada día más besugo —seguía afirmando Doroteo, que se distinguía por la firmeza de sus convicciones—. ¿Y de comer qué, insensato? ¿Cuándo vas a aprender que la comida se gana mejor en el agro que en la urbe?

Simeón calló algo impresionado. Sabía de antiguo que cuando su compañero hablaba con palabras cultas, es que hablaba muy en serio. La situación económica debía de ser grave. Casi estaba dispuesto a ceder cuando Doroteo estropeó su buena disposición:

—Ésta quiero, ésta no quiero... ¡Idiota! ¡Libidinoso! ¿Te has preguntado lo que dirán ellas cuando te vean la oreja de non?

Simeón, por toda contestación, dio un tremendo acelerón y sólo después de unos minutos, cuando la indignación le dejó hablar, dijo:

—Como la camioneta es mía, voy adonde me da la gana. Tú eres un simple pasajero y te puedes bajar cuando quieras.

—¡Un momento, un momento! ¿Qué es eso de que la camioneta es tuya?

—¡Naturalmente! Te la gané anoche en Aranda a las cartas. No vengas ahora...

—¡Eh! ¡Eh! Recuerda bien cómo fue la apuesta. Recuerda.

—La camioneta contra todas las pérdidas. Está bien claro.

—¿Y qué te dije yo? ¿No te dije que como recuerdo de la Pepa me quería guardar sólo la tapa del delco? ¿Eh? ¿No te dije eso?

—Bueno, sí. ¿Y qué? Ya me compraré otra tapa. Veinte pesetas vale.

—Está bien. ¡Para inmediatamente!

—¿Para qué?

—Te he dicho que pares.

—No es preciso, hombre. Eso de que eres pasajero ha sido una broma. Yo te llevo adonde quieras.

—¡Que pares te digo!

La orden era innecesaria porque Doroteo mismo tirando de la palanca del aire hizo parar a la camioneta en una cuesta arriba. Simeón se vio obligado a sacar la velocidad y frenar. Su compañero se bajó del vehículo, levantó el capot del motor y, después de hurgar allí dentro unos segundos, salió con la tapa del delco en la mano.

—Bueno. Adiós. Mucho gusto en conocerte.

Y echó a andar carretera adelante.

Simeón lo llamó:

—Oye. Escucha un momento. ¿Qué pueblo es el que viene ahora?

—El Burgo de Osma.

—¡Ah! Bueno. Así ya cambia. Podríamos quedarnos allí si te parece.

Doroteo volvió con calma a la camioneta.

—Si no te importa, coloca otra vez la tapa del delco. Es para que ande la Pepa, ¿sabes? —le dijo Simeón.

Doroteo levantó otra vez el capot.

Pero seis kilómetros más adelante habían surgido nuevas divergencias:

—Además de un besugo, eres un *rajao*.

—Y tú un imbécil.

—Bueno. Pues discurre tú otra forma de trabajar.

—Podríamos estraperlar harinas. Seguro que habrá una fábrica de harinas.

—¿Con qué dinero?

215

—Al *fiao*.

—Ya no se fía nadie ni de su padre. Además, todo eso es muy largo y hay que comer hoy.

—¡Hombre! ¿Tan mal está la cosa?

—Peor. Nos quedan diez duros y la gasolina del tanque.

—Siempre digo que voy a llevar las cuentas yo y nunca lo hago. Desde mañana...

—Desde mañana seguirás siendo tan besugo como hoy.

—Bueno. Pero si veo que la gente no traga, me las *piro*. Yo no duermo en la cárcel del Osma ese. Oye, ¿por qué no buscamos un transporte así por las buenas, una carga honrada?

El asombro impidió hablar a Doroteo, que se quedó mirando con horrorizada conmiseración a su amigo.

El Burgo de Osma es un pueblo bonito y grande. Casas antiguas y bien conservadas, prestancia y abolengo, buen secano y mejor vega, con su río y todo, que cría unos cangrejos de rechupete.

—¡Mira, mira!

—¿Qué es lo que tengo que mirar? —preguntó Simeón, que hacía todo lo que estaba en su mano para no llevarse por delante una carreta de bueyes.

—¡Plaza de toros, *atontao*! ¡Hay plaza de toros!

—¡Hum! ¿Dónde tienes tú la mano izquierda, tarugo?

Esta última pregunta iba dirigida al piloto de la carreta de bueyes.

—Sigue y no te pares. Por ahí.

—Pero...

—Tú sigue.

Un par de kilómetros pasado el pueblo, pararon.

Unos minutos más tarde, una camioneta, al parecer procedente de Soria, penetraba con estudiada lentitud en la estupenda plaza mayor de El Burgo de Osma, con sus porches iguales que la circundaban, el hospital y la casa del Ayuntamiento, frente por frente, y unos inmensos balconajes llenos de macetas en todas las casas. La matrícula y las características de la camioneta eran las mismas que las de la sufrida "Pepa". Dentro iba Doroteo, que se había colocado una chaquetilla corta, con los bolsillos al bies y entallada. Llevaba, además, una gorra gris muy chulanga y nadie diría al verlo que no se trataba de un mayoral distinguido de alguna aristocrática casa de ganaderos. Simeón seguía con su mono azul. Pero un raro e imprevisto dolor de muelas le había obligado a colocarse un pañuelo negro rodeando la cabeza por la barbilla, que le tapaba el solar donde debía erigirse la oreja izquierda.

Un guardia, apoyado en un pilar de los porches, reflexionaba sin duda sobre la importancia de su función. Varios niños jugaban alrededor de los jardines centrales y el dueño de uno de los dos cafés miraba al cielo y husmeaba el aire pensando en la conveniencia de sacar o no los veladores a la calle.

Doroteo llamó al guardia con irreprochable acento andaluz.

—Oiga *usté*, guardia. Acérquese, hombre, que *somo* buena gente.

—A mandar.

—Oiga *usté*. ¿La plaza de toros es de *propiedá particulá* o *municipá*?

—Hombre... Le diré... Yo más bien creo que es municipal —le contestó el guardia Edelmiro, que era un hombre cauto.

—*Pos* no hay que hablar *má*. Lléveme *usté* a ver al *arcarde*.

—Pues mire usted. Eso es más difícil. ¡Digo! ¡Está pescando! Esa misma mañanita ha salido *pa* Valdemaluque y me ha dicho: "Ahí te dejo eso, Edelmiro. Ya sabes que en ti confío".

—Bueno. *Pos argún concejá. E* lo mismo.

—No es lo mismo. El alcalde es el alcalde. Concejales hay en cualquier *lao*. Mire usted. Ahí tiene uno.

Y Edelmiro señalaba con displicencia al dueño del café, que husmeaba el aire.

Doroteo abandonó al guardia **Edelmiro** y sus opiniones, y se dirigió al hombre del café:

—A los buenos días. Me han dicho que es *usté consejá.*
—Sí, señor. Por los padres de familia.
—*Pos* que sea *pa* muchos años. Yo soy *mayorá* del conde de Casalla y vengo por un asunto *desgrasiao.*
—Lo lamento. ¿Quiere usted pasar adentro y echar una. copa?
—Se agradece. ¡Eh, tú! *Er chofe.* Vente viniendo a *ve* si con un poco de *ani* se te pasa el *doló.* ¡El pobre! Lleva una muela hecha harina...
—¿Ése es el asunto desgraciado?
—No, *señó.* Se trata de un toro que *s'ha quebrao* una pata. Un berrendo *mu güeno* que íbamos a *sacá pal Corpu* en *Valladolí.* Ya ve *usté* qué mala sombra.
—Ya, ya.
—*Pos* a lo que iba. La corrida con el toro lisiado llega esta tarde por *ferrocarrí* y yo me traigo desde Soria esta camioneta *pa sacalo* del tren al *pobreciyo.* Aquí me lo mira un veterinario que *m'an* dicho que los hay *güenos* y *aluego* lo *dejamo pa* lo que sea en *lo corrale* de la *plasa.* ¡Digo! si *ustede* los del Ayuntamiento no tienen inconveniente.
—Ninguno, hombre, ninguno. Ya se lo digo a *usté* yo.
—*S'estima,* amigo, *s'estima. Manque* a lo *mejon* ni *hase farta.* Ya se lo dije anoche al conde por teléfono: "Mire *usté,* D. *Migué,* que lo *mejon e vendelo pa* carne. *E* mala cosa una pata *quebrá",* y él me dijo: *"Ha* lo que *quiera, Curriyo, ha* lo que *quiera.* Véndelo a un *carnisero* en Soria".
—¡Hombre! —exclamó el cafetero como si le hubieran pinchado—. ¿Y por qué en Soria? Aquí también comemos carne de vez en cuando.
—No se *m'enfade,* amigo, no se *m'enfade.* ¿Cómo iba a saber don *Migué* que por estas tierras había un pueblo tan grande y tan *sivilisao* como éste? *Usté* me *dise* con quien hay que *tratá* y *too* se arregla. ¡Digo! Si yo lo que quiero es *complasé* a los *amigo.* ¡No *fartaría* más!

A la media hora el concejal había reunido en su café a tres carniceros del pueblo. Estaba orgulloso de sus gestiones y se sentía defensor talentudo y diplomático de los intereses locales. Como el tren llegaba a las tres y la estación se hallaba a seis kilómetros del pueblo, los tres carniceros, el concejal, Doroteo y Simeón se dispusieron a embaular en casa de Jerónimo una excelente comida, que según acuerdo había de pagar el adjudicatario. La subasta comenzó con un precio en alza muy aceptable y a los tres honrados comerciantes se les abría el ojo al pensar en el negocio y se miraban entre sí con desconfianza. El más espabilado propuso formar sociedad, comprarlo entre los tres y venderlo en la tablajería de uno partiendo luego las ganancias.

—¡Hombre! ¡*M'ha matao usté!* —exclamó Doroteo—. ¡*Asina* ya no hay quien puje y pierdo yo!

—Bueno, amigo —le dijeron—, suba un poquito la puntería y todos contentos.

Doroteo consiguió cien duros de plus y cerró el trato.

—Cualquiera os engaña a *ustede.* ¡*Gachó!*

Los tres carniceros sonreían con sonrisa de gordos pillines. El concejal peroraba sobre la habilidad comercial de los habitantes de El Burgo de Osma.

—No se hable más. Si no les importa, me abonan ahora, porque yo sigo viaje con mis bichos.

—Sí, señor. Es justo.

Y sobre la mesa aparecieron tres gruesas y grasosas carteras. Uno de los tres dijo:

—Bueno, pero... convendría que fuera alguno a la estación con ustedes para ayudarles.

—Como falta no hace ninguna. En el tren van nuestros mozos... y a la vuelta de la estación no van a *cabé* los que vengan. Ahora que si hay *desconfiansa* puede *venirse* uno en la cabina.

—No lo tome usted así, pero...

—Ni una palabra *má. Usté* mismo se viene. Vaya a *avisá* a su casa mientras nosotros preparamos la camioneta.

Y el complaciente mayoral, seguido de Simeón, al que

no le llegaba la camisa al cuerpo, bajó a la carretera donde habían estacionado la camioneta. El desconfiado quedó con sus compañeros, pero al poco rato bajó diciendo que no hacía falta que los acompañase, que no había tenido intención de ofender, que sólo era por ayudar. Pero Doroteo tenía mala sangre cuando alguno le boicoteaba uno de sus complicados planes y, tomando al carnicero por los hombros, le dijo con amable continente:

—Ahora soy yo, amigo, el que le pide que venga. *M'ha* sido *usté* simpático y no quiero que nos *despidamo* aquí. *Usté* se viene *charra* que te *charra* con un *servidó*, y así a la vuelta acompaña a este pobre, que lleva tan mal día con su muela picada.

El carnicero no sabemos si prefería quedarse a echar la siesta o de verdad quería ir a la estación. De todos modos ya no podía negarse y subió a la camioneta en la honorable compañía de Doroteo y Simeón.

Antes de llegar a la estación hay una carreterita que empalma con la general entre Alcubilla y San Esteban de Gormaz. En este estratégico empalme, a una distancia mínima de un censo habitado no inferior a diez kilómetros fue depositado el gordo carnicero de El Burgo de Osma, a las dos menos cuarto de la tarde, no sin antes exponer su vehemente protesta por esta decisión.

A las dos y media, la "Pepa" y sus pasajeros avistaban a Soria. Simeón ya no llevaba el pañuelo por la cara, seguramente porque el aire serrano le había curado el dolor. Doroteo vestía de nuevo con mono y ya no tenía acento andaluz al hablar.

—No tenemos que hacer nada en Soria. Sólo echar gasolina —manifestó Doroteo.

—¡Hum!

—Lo que quiere decir que las bellas sorianas se verán obligadas a prescindir de tu admiración.

—¡Hum!

—Pero tampoco es como para tomarlo así. Si te meneas un poco, llegaremos esta tarde a Zaragoza y allí...

—¡Hum!

—¿Se puede saber qué te pasa, pedazo de atún? —exclamó Doroteo, que tenía una marcada predilección por las comparaciones pescaderiles.

—¡Te parece poco! ¡No tenemos tiques para la gasolina!

—¡Ya lo sé!

—La vamos a tener que pagar a nueve pesetas.

—Lamentablemente cierto. Pero...

—¡Pues que es un robo!

—¡Sí, señor, un verdadero robo! —suspiró Doroteo.

Y cada uno por su lado se pusieron a pensar en los perjuicios que estaban causando los especuladores a los honrados industriales del país.

No cabe duda de que una camioneta, en manos de hombres emprendedores, es un pingüe instrumento de trabajo, y cualquier honrado trabajador puede con ella vivir y hasta labrarse un porvenir.

Pero no sólo las camionetas son excelentes medios para el fomento del industrialismo autónomo. Hay otra cosa que no ha sido suficientemente alabada por sus posibilidades y que tampoco se queda atrás. Se trata de una máquina fotográfica. Fortunato Canales, desde las doce de aquel domingo, descubriría a cada minuto estas infinitas posibilidades y se hallaba en la feliz situación del que ha encontrado por fin la puerta de entrada al mundo de sus mejores sueños. Empezaremos por el principio.

"Villa Jesusa" era una chabola construida sólidamente con latas, adobes robados y tablas de la misma procedencia. Estaba situada contra una pilastra del puente y, por esa razón únicamente, el padre Duero, cuando hinchaba un poco el pecho, le discutía la propiedad a Fortunato. Entre once y media y doce de aquel domingo se verificó el milagro semanal de penetrar Fortunato en la chabola y salir después el señor Canales. Peinados los duros pelos con goma tragacanto, afeitado y lavado, cuello duro, camisa blanca, el traje azul marino limpio y cepillado —que sólo colocán-

dose en el sol se le veía brillar en los codos y la culera—
unos zapatos negros relucientes... Se aproximó a la orilla
para mirarse en un remanso. Tenía interés por saber cómo
le caía, además, la máquina fotográfica colgada en el hombro derecho de su correa, con desgaire muy elegante y moderno. Un consumero apoyado en la barandilla del puente
le gritó:

—¿Dónde has *afanao* eso, Fortunato?

El señor Canales, naturalmente, no contestó. No tenía
por qué contestar.

Palabra de honor que en aquel momento el señor Canales no tenía una idea determinada de lo que iba a hacer
con la Leica. Posiblemente su inicial proyecto sólo era llevarla colgada al hombro, lucirla todo el domingo y, al día
siguiente, cuando se convirtiera de nuevo en Fortunato intentar venderla en casa del Rata. No tenía el más leve conocimiento sobre su manejo y en cuanto al procedimiento de
que de allí salieran fotografías de personas, animales o cosas, pertenecía al mundo de lo ignoto. Ignoto y poco interesante. Al fin y al cabo, un artista tenía que desdeñar un
poco esa forma de reproducción mecánica de la naturaleza.

Ascendió por la cuesta que conduce al centro de la ciudad. Luego, por la acera del Palacio, mariposeó alrededor
de un grupito de pimpollos sorianos que estaban hablando de sus cosas con muchas risas y muchos gritítos. No le hicieron caso y por eso se dirigió a los porches del Collado.
Un chico del Instituto, que iba con sus compañeros fumándose la asignación del domingo, preguntóle:

—¿Qué es lo que te cuelga, Fortunato?

La frase cayó bien y por eso tuvo que oírla unas cuantas
veces más en las dos vueltas enteras que le dio al Collado.

—¿Qué es lo que te cuelga, Fortunato?

Sólo el limpiabotas que se pone siempre a la puerta del
cine mereció la atención del señor Canales cuando le dijo
al pasar:

—¡Hombre, Canales! ¿Qué es eso? Parece buena.

—Sí, me la ha *mandao* mi hermana —mintió Canales.

Y le dejó al otro abrir la carterita y mirar la máquina. Al fin y al cabo, el limpia era un hombre que comprendía a Fortunato aun cuando no tenía el valor de prescindir de las ganancias del día de la Dignificación Humana.

El Collado se iba llenando de la gente que salía de Santo Domingo y de la Colegiata. Tímidamente comenzaba el desestero primaveral en las jóvenes y ya había algunas que con valentía desafiaban al frío soriano vistiendo las primeras galas primaverales. Brazos desnudos, blancos y mórbidos, surgían por primera vez de su reclusión invernal; los bustos se erguían bajo los *sueters* o los estampados multicolores, y había brillo en los ojos y risas en los labios para saludar la soleada y fresquita mañana del día y del año. Eran grupos gorjeantes de cabezas inquietas que se volvían a todos lados, que de todo se reían y que se apiñaban en encantadora unanimidad para decir sabe Dios qué tontos secretos cuando pasaban junto a los muchachos. Éstos, endomingados, con el traje bueno, hombreaban voceando, fumando o paseando con seriedad y parsimonia, y la mayoría parecían ignorar la presencia del mujerío. Era la hora del castigo y había que reservarse. Reservarse no sabían bien para qué. Ni para cuándo.

—¿Has visto la de Corral? Se está poniendo muy bien.
—Está muy vista.

Porque la gran tragedia de las señoritas provincianas está en lo vistas que se vuelven. Y ¿cómo no, Señor, si desarrollan su vida en cincuenta metros de terreno? Pero "están muy vistas" y la sangre árabe que los iberos llevamos dentro da a esta frase un sentido fatal. La señorita provinciana consume sus años buenos haciendo kilómetros y kilómetros de paseatas domingueras por el Collado de Soria, por el Espolón de Logroño, por la Florida de Vitoria, por la Taconera de Pamplona, por la acera de Pereda en Santander, por Independencia en Zaragoza... y día a día las miradas de los hombres se posan en ella, la analizan, la juzgan, algunas las desnudan y otras las visten, pero parece como si entre todas le fueran, partícula a partícula, robando encantos, juventud, gracia y hasta doncellez. Y si no es tan guapa que la belleza le abra unas y otras puertas de su destino, o no es tan rica como para permitirse el lujo de pasear cada domingo en una ciudad diferente, o no es tan santa como para meterse monja, o no es tan afortunada como para casarse a la primera con el oficial recién llegado al regimiento, o con el nuevo interventor del Banco, la señorita provinciana va dejando sobre el pavimento del Collado, del Espolón, de la Florida, de Pereda, de Independencia, de la Taconera, invisibles hilachas de juventud, de belleza y de ilusión. Sólo conserva la virginidad, pero polvorienta y como manchada por la consabida frase "está muy vista". Claro que hay hombres jóvenes en la ciudad. Y muchos con ganas de casarse. Pero en ese primer encuentro del amor todos quieren, todos hemos querido, una pequeña dosis de aventura, de sorpresa, como si pretendiéramos que el aroma de la primera inquietud, del encanto imprevisto se esparciera luego a lo largo y a lo ancho de la vida conyugal, tan igual y poco sorprendente. Es el atractivo inevitable de la novedad que nos hace traernos como recuerdo de Palma de Mallorca unas castañuelas que fabrican en Ciudad Real o ir a buscar novia a Valencia si vivimos en Burgos.

Pero todo esto no evita, por ejemplo, que en esta mañana de domingo de mayo, los jóvenes pimpollos gorjeen como pajaritos por todo el Collado, que se rían nerviosamente de los jóvenes, que apiñen cabezas para contar bobos secretos, ni tampoco que los hombres paseen, voceen, muestren indiferencia y se reserven nadie sabe para qué ni para cuándo. Cabezas con pocos pensamientos y muchas ilusiones y, aunque éstas mueran con el día, volverán a nacer en la dorada mañana del domingo siguiente.

En realidad, al señor Canales todo esto le tiene sin cuidado. Su mundo interior es diferente, mucho más rico y totalmente ajeno a la vulgaridad que le rodea. Resbalan contra sus murallas las frases y las bromas:

—¿Qué es lo que te cuelga, Fortunato?

Mira sonriente a las mujeres. Pero éstas, cuando lo ven vestido de señor Canales, no bromean. Durante el resto de la semana hasta las más tímidas se atreven a decirle, cuando lo ven sentado tras de la cesta de los cacahuetes:

—¿Cuándo te casas, Fortunato?

Y se ríen con su respuesta siempre igual. Pero en domingo, yendo vestido de hombre importante, es distinto. Si alguna se lo dijo, se expuso a que se acercara, a que quisiera acompañarla, a no podérselo despegar en todo el día y a que le chafara el domingo. Canales no es Fortunato y tiene derecho, como cualquier hombre, a poner sitio a quien le hostilice en lides de amor. Por eso las chicas, que lo saben de siempre, no le hacen caso en domingo, parecen ignorarlo y si pretende acercárseles echan a correr muy asustadas. Canales no comprende del todo esta actitud. Un día aprovechó el que unos chicos del Instituto, amigos suyos, estaban parados hablando con unas jovencitas y se acercó. Estaban planeando una excursión, con gramola y merienda a las ruinas de Numancia. Bastó su presencia para que el grupo se deshiciera, y uno de los chicos se enfadó:

—¿Se puede saber quién te ha *llamao*, idiota?

Pero otro del grupo, más delicado y piadoso, le explicó:

—Mira, Fortunato. Las chicas te tienen un poco de miedo porque eres más mayor y has corrido más mundo. Además, saben lo de las postales y esto te da fama de tío guaja. Es una suerte. Pero con estas tontas de pueblo no hay nada que hacer, chico.

Era una hábil explicación que prendió bien en el fácil optimismo de Fortunato. Tuvo, además, la virtud de evitarle todo sufrimiento cuando una mujer le huía. Vino luego el asunto aquel de la Isabel en los días en que Fortunato hacía recados para Susi, la dueña del prostíbulo. Isabel era una hetaira ninfómana y medio loca que le aseguraba no haber pertenecido a ningún hombre más que en la apariencia, que tenía el alma virgen y que sería suya en cuanto reunieran bastante dinero para salir de "la vida". Antes no, porque sería una profanación. Fortunato la veía todos los días y se pasaban los grandes ratos en unas absurdas conversaciones que ella imitaba de novelas de la colección "Pueyo" y él construía con materiales propios, arrancados de su mismo corazón. No le dio ni un beso en la frente esperando el gran día de la entrega feliz que así sería más completa; pero, por esas cosas que pasan, cerraron la casa, y la Isabel, después de una reclusión de seis semanas en el Dispensario de Higiene, fue desterrada a no sabía dónde. Este episodio le dejó, sin embargo, un gusto extraño y fuerte, le formó una historia pasional que sólo él valoraba y que sólo él conocía. Por eso los domingos paseaba por el Collado como triunfador, como hombre corrido y bragado, y cuando alguna chica apresuraba el paso a su requiebro, exclamaba:

—¡Pobrecitas tontas pueblerinas! ¡Palomitas, palomitas asustadas!

En la alameda de Cervantes fue donde Canales se tropezó con Damián el fotógrafo. Ahora comprendía que, en realidad, toda la mañana lo iba buscando sin casi saberlo. Damián era un fotógrafo moderno de los que han desplazado al anticuado y pachorrudo fotógrafo de trípode, cajón y paño negro. Era un fotógrafo psicólogo, como lo son todos los de su gremio. Ya el primero que salió de esta clase a la calle con cara sonriente, la máquina alerta y un dedo levantado en cortés petición de permiso para perpetuar la imagen de uno, marcó la pauta para todos ellos, y para siempre, demostrando tener un profundo conocimiento de la psicología de gentes. Al fotógrafo antiguo había que ir a buscarlo, y esto siempre avergüenza un poco. Va uno con un complejo de presunción muy penoso. Parece que quiere decirle: "Mire usted: me considero tan guapo y de cara tan simpática, que creo muy razonable que usted perpetúe mi imagen para admiración de la Humanidad". Y siempre parecía que el fotógrafo se encogía de hombros como diciendo: "Bueno. Si usted lo cree así..." Y uno pasaba muy mal rato mientras él disponía el artefacto, se colocaba en posición, ponía la placa y disparaba mostrando tanta tonta vanidad ante la gente que miraba. En cambio, el ágil y simpático fotógrafo de la Leica, con su aire reporteril y despreocupado, ve a uno caminar descuidado y lo sorprende con su sonrisa y su gesto: "¿Una foto, caballero, señorita?" Es una bonita invitación que le sorprende a uno y que le hace pensar automáticamente: "¡Caramba! Este simpático muchacho ha debido de ver en mí algo atrayente y fotogénico. Es a mí a quien invita y no a ese otro que ha pasado a la vez, ni a aquellos dos que van un poco más adelante. Se ve que tiene vista y sentido artístico". Tras de cuyo razonamiento casi no le queda a uno más remedio que decir:

—¡Bueno!

Y mostrar la más cautivadora de las sonrisas. Además, es un segundo lo que le cuesta hacer la fotografía. Un segundo sólo, sin que uno tenga que pararse siquiera, ni ser contemplado por los papanatas... Por esta razón todos tenemos, de los tiempos en que salieron los primeros fotógrafos de esta clase, un gran número de fotografías en casa, solos, con la novia, con la mujer, con los niños, con la prima Serafina... Y cuando ya la costumbre nos hizo apreciar menos sus servicios, y cuando ya las fotografías se pusieron a nueve pesetas por copia, siempre lamentamos decir que no al simpático muchacho que de tal modo nos distingue con su invitación.

Aunque Fortunato no razona de esta manera porque para Fortunato, no sabe por qué desconocidas razones, no ha habido nunca un fotógrafo de esta clase que le haya ofrecido retratarle, siente desde otro punto de vista una profunda admiración hacia Damián. Y una secreta envidia. En principio, ve en él al hombre que ha logrado unir al trabajo con la diversión, que puede vestir de señorito todos los días de la semana y que tiene un gran partido entre las mujeres.

Una elemental precaución le hizo esconder la máquina bajo la chaqueta, y luego espió todos los movimientos de Damián. Empezaba a llenarse de gente la alameda, sobre todo alrededor del templete de la música donde iba a empezar el concierto. Damián tenía buena mañana por ser el primer día de primavera que la gente paseaba al sol. Una miradita por el visor, apretar el botón de al lado y luego dar vuelta a una rosca. Era fácil. Fortunato se alejó Dehesa arriba y se entretuvo un ratito en retratar arbustos y bancos, imitando todos los gestos y movimientos de Damián. Muy contento con sus progresos, apresuró el paso y poco después estaba situado a la entrada del Parque Municipal. Prescindió de la gente mayor, de los niños y de los hombres. Comenzó por un par de estupendas chicas que, hablando de sus cosas, venían de frente. Al principio se asustaron y hasta se indignaron, pero como Fortunato, siempre sonriendo, se alejó corriendo de ellas para retratar a una morena pistonuda que traía de la mano a una hermanita, se quedaron paradas a ver en qué quedaba aquello. También se quedó con ellas la morena con la hermanita y juntas comentaron el raro suceso. Una de ellas observó complacida que las tres Marías, unas cetrinas y poco agraciadas muchachas que siempre iban juntas y siempre hablando mal de todo el mundo, pasaban al lado de Fortunato sin que éste se dignara apuntar contra ellas su máquina. Tampoco retrató a Rosa, la de la boca torcida, ni a Tula, aunque no estaba mal si se exceptuaba la bizquera que le obligaba a ver el cine desde un palco lateral. En cambio, retrató a Lolita y a Pili Carrasco... Es decir, a lo mejorcito de Soria en lo que se refiere al buen ver. En unos minutos había un grupo de bellas señoritas formado a la entrada del parque y se había establecido un debate sobre lo que convenía hacer. Era un debate amistoso y complacido. Se sentían todas ellas como si las hubieran seleccionado en un concurso de belleza y nunca como entonces gozó Fortunato de la simpatía de sus paisanas. Le habían perdido el miedo, aunque iba vestido de domingo, y una de ellas lo llamó cariñosamente:

—¡Fortuni, Fortuni!

Cuando el señor Canales, dejando su importante cometido de juez de la Belleza, se aproximó, todas lo rodearon y el hombre se sintió feliz como nunca.

—¿Se puede saber quién te ha dado permiso para retratarnos? —le riñó de mentirillas Pili Carrasco.

—¡Hala, hala! No me vengáis con cuentos. Si sabré yo...

Y guiñaba los ojos sin parar y movía los brazos como un molino. Estaba muy nervioso.

—Bueno. Pero ¿qué vas a hacer con las fotos?

—¿Qué quieres que haga? Las sacaré de aquí y os las daré.

—Pero ¿gratis?

—Sí, sí. Todo gratis. Hoy todo gratis. Todo *tirao*.

—Fortuni, eres más tontito de lo que creía. ¿Con qué dinero vas a pagar el revelado y el papel y el rollo? ¿Te ha caído la lotería? —preguntó Lola.

—¿De dónde has sacado la máquina? —siguió otra del grupo.

—Me la ha *mandao* mi hermana.

—Pero tu hermana no te querrá pagar todas las fotos de capricho que quieres hacer...

Fortunato pensó que la cosa era más complicada de lo que parecía y entonces tuvo una idea genial.

—Bueno. Lo que haré será cobraros, pero poco. Y una más y otras menos.

—¿Cómo es eso?

—Sí. Ésta, que es más guapa, que me pague sólo un real —señalaba a la morena de la hermanita—. Tú me pagas dos. Ésa tres reales. Lolita cuatro...

Era a todas luces un procedimiento peligroso. Las que se consideraban menos afortunadas en su físico se apresuraron a marcharse diciendo que estaba como una cabra. Una chica menuda y chinchosilla que había sido condenada en aquel momento a pagar dos duros por su retrato, dijo con rabia:

—¿Sabes lo que te digo? Que como no me des el clisé que me has sacado, llamo a mi hermano y te pone la máquina por gorro.

Se había armado una terrible algarabía y Fortunato era

insultado y zarandeado hasta el punto de llamar la atención de los transeúntes. Un guardia municipal andaba por allí y, al verlo, el señor Canales, que tenía poca simpatía a la autoridad constituida, se escabulló rápidamente y dando la vuelta por la carretera de Logroño, bajó hacia el río y se metió en Villa Jesusa.

Mucho tiempo estuvo pensando. Mientras mordía un poco de queso y pan, el señor Canales hacía trabajar su cerebro a toda presión. De cuando en cuando contemplaba la máquina con respeto y con cierta adoración. Tenía en sus manos el porvenir, la llave de una nueva vida... Dinero, amor, consideración social... Pero no en Soria. En Soria, de ninguna manera. Él era demasiado benévolo y había dado muchas confianzas a la gente...

Cuando salió, vio una camioneta que estaba parada en la garita de consumos.

—¿Qué quiere *usté* que llevemos, diamantes? ¿No ve que vamos de vacío?

—Ahora lo veo, pero antes no —decía el consumero con cachaza.

Ya metía la primera con un salvaje serruchazo el chófer cuando oyó a Fortunato:

—¿Podrían llevarme ahí dentro?

El chófer, un raro individuo de cara de rata y carente de la oreja izquierda, miró a Fortunato y luego a su compañero. El compañero era un hombre serio, narigudo y de solemne gesto. Volvió la cabeza hacia Fortunato, que se hallaba junto a él y cogiendo la máquina de retratar que le colgaba del cuello, la miró con detenimiento.

—¿Adónde quiere ir?

—Es lo mismo. Adonde me lleven.

—Bueno. Suba —le dijo—. Suba ahí detrás. Pero traiga que le guarde esto para que no se le estropee.

Simeón protestó:

—Pero, imbécil, ¿no sabes que está prohibido llevar gente...?

Fortunato ya estaba montado en la caja. Doroteo sentenció:

—Si quieres hacer fortuna en la carretera, no desdeñes nunca ninguna carga. Sacos, madera, tocinos, abonos, fotógrafos... Todo da provecho.

CAPÍTULO III

La garita de consumeros de la salida —o la entrada, según se tome— de Soria se halla en el punto más bajo de la carretera y junto al puente sobre el Duero. Luego comienza una larga cuesta bordeada de unos olmos descomunales que le forman un túnel de alto techo verde. Casi al final de la cuesta hay un camino umbroso y florido que conduce a la ermita de San Saturio, mártir en Cartago y patrón de la ciudad.

Cuando la "Pepa" comenzó a subir la carretera, desierta a aquella hora, Doroteo se volvió a mirar por la ventanilla trasera si se había acomodado el pasajero.

Fortunato, en ese momento, desliaba un atado de papeles que había subido con él a la camioneta y, agachado para no caerse, procedía a desnudarse con todo cuidado. Cuando estuvo en camisa, dobló con gran arte el traje azul marino y lo envolvió en los mismos papeles atándolo con cuerdas. No llevaba calzoncillos, el aire le volaba los faldones de la camisa y por debajo de ella le cubría el cuerpo una extraña prenda hecha con dos trozos de lona, uno para la espalda y otro para el pecho, cogidos por los costados con unas cintas de colores. Doroteo, con su habitual seriedad, tomó el volante a Simeón y dijo:

—Mira.

Y después, cuando ya Simeón había examinado durante un largo minuto el inusitado espectáculo, opinó:

—Debe de ser el hábito de algún santo. Tiene cara de beato.

—No. Yo creo que es una camiseta de artesanía. Lo que más me molesta son las cintas de colores.

—Y a mí. Nunca aprende uno a conocer a los hombres. Los juzga uno por fuera y luego...

—¡Cuernos!

—¿Qué pasa? No me dirás que se ha puesto unos calzoncillos con flores. Sería demasiado.

—¡Mira! ¡Mira ahora tú! Pero no a ése, sino allá abajo... en la garita.

Simeón tomó el volante muy excitado. Doroteo miró a la garita de consumeros, que había quedado pequeñita en el fondo de la cuesta. En ella había una pareja de la Guardia Civil hablando con el consumero y mirando hacia ellos. Uno de los guardias señalaba con el brazo extendido.

—¿Crees que va por nosotros?

—Hay que creerlo por si acaso. Mete el pie.

La camioneta brincó al acelerón de Simeón y tomó la cuesta en su último tramo valientemente. En cuanto pudo, le puso la directa Landeiro.

En la garita, el consumero informaba a la pareja:

—No, no me he *fijao* en la matrícula. Iban dos y la llevaban de vacío.

—¿Te has fijado si uno de ellos llevaba un pañuelo por la cara como si le dolieran las muelas?

—No. Pero lo que sí he visto es que a uno le faltaba una oreja.

Los guardias se miraron y comprendieron. El más tardo de los dos dijo:

—A lo mejor, lo del pañuelo...

—Vamos al cuartel —exclamó el segundo sin más comentarios.

La carretera, dejando el túnel verde, acaba de subir y se allana y se hace recta para cruzar la altiplanicie. Uno llega al final del arbolado, se encuentra con la bifurcación y lee el rótulo de Obras Públicas:

A Pamplona
A Calatayud.

Luego mira por uno de los ramales y ve una carretera larga y recta y estepa o trigales de secano bordeándola. Mira por el centro y lo que ve es carretera larga y recta y trigales de secano o estepas bordeándola. Entonces acaba por pensar que lo mismo da ir por un lado que por el otro y arranca a andar por la mano que bien le venga. Hay algo de fatal siempre en esta elección y uno está seguro de que vaya por donde vaya, el Destino le vendrá a la cara para mal o para bien. Como también está seguro de que siempre hay dos caminos para ir a todas partes.

Pero lo raro es que estas seguridades y estos pensamientos casi únicamente los tiene el caminante de las carreteras castellanas. De las largas y desiertas carreteras de la altiplanicie. Uno puede ir por Galicia, por sus corredoras, por sus caminejos con paredes verdes y techo bajo de nubes sin que llegue a "sentir la carretera". Carros que chirrían, carreteros que cantan, aldeas que casi se tocan, aldeanos que cruzan y saludan... Todo tan junto a uno, tan íntimo, que lo es menos el pasillo que en casa va del comedor al dormitorio. Uno va por las Vascongadas, sobre los flamantes circuitos nacionales, y tiene la sensación de que no ha abandonado la ciudad. Anuncios, señales, suelo sin polvo... Los campos parecen solares donde pronto van a edificar, los autos lujosos pasan veloces y si uno siente el tonto deseo de cruzar al otro lado, que es exactamente igual, instintivamente busca con la mirada el paso de peatones. También puede ir uno por el complicado tejido de las carreteras catalanas y entonces, si uno quiere ir a cualquier parte, se descorazona y entristece porque allí todo el mundo sabe a dónde va. La carretera te lleva siempre; cada pocos metros un anuncio te dice:

"A Manresa" o "A Monistrol" o "14 km. a Montserrat". No le queda a uno el menor resquicio de esperanza. No puede uno esperar la sorpresa, el pueblecito imprevisto, el hallarse a menos distancia de lo que uno pensaba de ese sitio al que lo mismo le daba no llegar. Tendría uno que ser analfabeto, o caminar con los ojos cerrados, y esto es peligroso porque sería fácil en ese caso romperse el alma contra un camión que sale de la fábrica cargado de escorias o deshacerse una pierna contra cualquiera de los infinitos piloncitos que marcan los Kms., los Hms., y puede que hasta los decámetros y los metros... El caminante siente entonces que la poesía del camino quedó enterrada bajo el asfalto y se va a casa, a sentarse para siempre junto al fuego.

A no ser que pruebe a caminar por Castilla. Porque en las carreteras castellanas hay aún, queda todavía polvo de siglos, ecos de pasos antiguos, de canciones y blasfemias arrieras, y soledad bastante y Naturaleza de sobra para que el caminante, entre los infinitos de tierra y cielo, se encuentre a sí mismo y a su alma. Quedan aún en ellas letreros pequeñitos pintados con brea sobre maderos toscos y que sólo un hombre a pie puede leer, porque para él se escribieron cuando nadie pensaba que a su lado pasarían los automóviles con tanta prisa. Los mojones tardíos de los kilómetros, despintados, sólo sirven para sentarse en ellos a liar un cigarro, o para que una picaraza descarada se pose, fingiendo asombro, a contemplar el tráfico. Hasta parece que las carreteras castellanas, como viejas que no toleran los afeites sobre sus arrugas, demasiado profundas, sean también incompatibles con todo lo que huela a recovo y añadido. Sobre ellas el asfalto libra una desesperanzada lucha en la que siempre sale vencido, y pronto se rasga en grietas largas por las que asoma la blancura del polvo como si fuera una boca que ríe de su presunción y de su vencimiento, o bien se abre en pozos cortados a pico, traidores y vengativos contra el vehículo que con tantas prisas sólo puede verlos cuando ya no puede esquivarlos. Y, en cambio, para el caminante, para el arriero o para el paciente tiro, guarda orillas suaves, cunetas con un césped fresco que sólo se ve cuando se anda sobre ellas y una gravilla fina y rodada en donde los pies y los cascos y las ruedas llevan un ritmo cadencioso y blando.

Pero, si no vencida, la carretera de la meseta está triste. Ya no hay carros, ya no hay arrieros. De vez en cuando unas ruinas en su orilla señalan donde se erigía una venta, una de aquellas ventas siempre llenas de gente, de caballos piafantes, de señores de paso, de olor a ajos, a cuero y a guisos, con su gran chimenea y sus leños ardiendo. Ya no hay mendigos de casta, ni ciegos filósofos, ni bandoleros heroicos, ni lazarillos, ni estudiantes de Alcalá, ni sopistas, ni mensajeros del rey, ni damas misteriosas que no bajan de la calesa... Ya no hay, ya no queda nada de la picaresca del camino. La carretera castellana es como una casa grande y antigua que se quedó sin habitantes y los que quedan pasan tan corriendo que nunca se unen o se cruzan en su destino viajero más de unos segundos. Unos segundos empleados únicamente en amenazarse a bocinazos y en esquivarse a golpes de volante. Sólo algún mendigo olvidado, atrófico, casi siempre demasiado viejo para empezar otra cosa, triste reliquia de una dilatada casta, y que cuando puede y le dejan se monta en la caja de un camión, o se pasa a la vía para subir al tren con billete de tope. Porque hoy los pueblos, las casas, el fuego del hogar y la caridad quedan tan lejos, tan lejos, que hasta la mendicidad se ve obligada a motorizarse. Como ya hace tiempo que se motorizó la picaresca toda, y la que no se quedó en la ciudad vendiendo mecheros, se colocó un mono azul y una camisa a cuadros y se montó en un camión propio o ajeno.

Los dos hombres que van en la cabina de la camioneta Ford, familiarmente conocida con el nombre de "Pepa", llevan también mono azul y camisa de cuadros. Al llegar a la bifurcación donde Obras Públicas puso un cartel que dice:

A Pamplona
A Calatayud

dudaron un momento, pero sólo un momento y tomaron la derecha. Ante su vista se extendía la vasta planicie cerrada, allá muy lejos, por la Bigornia, con sus picos llenos de chaparros y pinos enanos. Era una anchura prometedora, todo un mundo de posibilidades y de libertad para hombres que supieran como aprovechar las dos cosas.

En la caja de la camioneta, sentado encima de una lona y de espaldas a la marcha, iba Fortunato Canales. Ni vio el poste indicador, ni el camino que esperaba por delante, ni la dilatada llanura. Le daba lo mismo porque tenía un concepto tan primitivo del viajar que consideraba suficiente el moverse de un sitio a otro. Además, era un hombre que vivía hacia dentro y también hacia dentro crecían sus raíces, cosas ambas que hacen inútil la Geografía. Soñaba sólo con conocer unas gentes y unos mundos que caían por allá lejos. Quizá vagamente pensase en su hermana y en Barcelona, aun cuando no sabía muy bien hacia dónde estaba todo eso y de lo que únicamente estaba cierto era de que podría conquistar nuevas formas de vivir más dignas que la de vendedor de cacahuetes. Y así como Hernán Cortés quemó sus naves (excelente medio de señalar que no había ido a Méjico como turista únicamente), Fortunato Canales comenzó a comerse sus existencias de cacahuetes para indicar su definitivo rompimiento con el comercio. Se había llenado de cacahuetes los bolsillos del traje y del guardapolvo, además de la gorra y una extraña bolsa tipo canguro que colgaba por delante de su camiseta de lona. Ahora la carretera corría casi paralela a la vía del tren y, de pronto, de esa manera fantasmal tan corriente en España, apareció una estación, sola y perdida, como puesta allí en vía muerta por una locomotora en maniobras, sin pueblo, ni árboles, ni casas alrededor, o cerca, rodeada por todos lados de estepa, como una isla artificial y terrestre. Un letrero aseguraba que aquello era Martialay. Quien estuviera en el secreto sabría que allí bajan del tren todos los cazadores de perdices y conejos de Soria; pero, aun estando en el secreto, nos parece poco motivo éste para poner allí una estación. Sin embargo, mire usted por dónde, Martialay era un sitio clave, un lugar secreto acordado por el mando de la "Pepa" para hacerlo intervenir en la estrategia de sus planes. Frente a la estación paró la camioneta y bajaron de ella Simeón y Doroteo. No se veía hasta el límite del horizonte ser vivo alguno, salvo dos vacas indudablemente equivocadas de paisaje, que miraban con gran asombro desde un campo del otro lado de la estación. Simeón anduvo un rato con unas llaves y unos trastos enredando en la matrícula delantera y en la trasera. Luego dejó todo con mucho estrépito dentro de la cabina y se limpió las manos en el mono. Fortunato no se había movido porque pensaba que las camionetas, como los trenes, tienen la obligación de pararse en las estaciones, pero tuvo que levantarse cuando Doroteo lo llamó:

—¡Eh! ¡Turista! ¡A *usté* le digo! Baje de ahí.
—¿Y por qué? Si yo no quería venir aquí...
—¡No, hombre, no! Es que va a quedar libre un asiento de primera —le contestó Doroteo señalándole la cabina.

Fortunato bajó y se metió en la cabina siguiendo a Doroteo. Simeón se había quedado rezongando en el suelo.

—También es pistonudo que uno sea siempre el que tenga que quedarse de infantería...
—Muy lamentable, no cabe duda. Pero mientras no te crezca la oreja... Bueno, te recogeremos en Torrubia.

Y, sin más comentarios, Doroteo metió la primera y el pobre Simeón se quedó muy triste viendo cómo se alejaba la camioneta.

—No parece que se queda muy a gusto —comentó Fortunato con gran sagacidad.
—No lo crea... Eso le divierte. De pronto dice que se cansa de viajar sobre goma y baches, y le entra nostalgia de los raíles. Su padre era limpiavías.
—¡Ah, ya!
—Además, padece de almorranas y un médico de Ba-

dajoz le recomendó que viajara en tren de vez en cuando. Parece ser que el tacatá-tacatá va como mano de santo para eso.

—Ya puede ser, ya —comentó Fortunato. "Verdaderamente (pensaba) no hay como viajar para aprender cosas."

—Luego, cuando lleguemos a Torrubia lo esperaremos en la estación y tan ricamente. Ya verá. Vendrá nuevo.

—Pero... el tren tardará bastante en pasar...

—¿Es que tiene prisa *usté*?

—¡Ninguna, ninguna! —se apresuró a contestar Fortunato, que encontraba muy original esta forma de viajar.

Callaron durante unos minutos. Fortunato miraba de vez en cuando a Doroteo, de reojo. Le empezaba a dominar la personalidad del otro, sus afirmaciones seguras y su planta de hombre que siempre sabe a dónde va. Además, le estaba muy agradecido por haberle admitido a bordo y por haberle permitido luego pasar a la cabina. No sabiendo cómo demostrárselo, le ofreció cacahuetes con un gesto mudo.

—No puedo comerlos. ¿No ve cómo está la carretera?

Era verdad. Los abundantes baches exigían gran atención al volante y las manos de Doroteo se aferraban a él con firmeza. Fortunato, entonces, con ésa su complaciente afabilidad para quien le hacía un bien, peló un cacahuete y se lo puso en la boca. El otro se quedó un poco asombrado pero lo prendió con los labios y se lo comió. Fortunato, desde este momento, se aplicó afanosamente a pelar cacahuetes y a ponérselos en la boca a Doroteo, que movía mucho la ganchuda nariz cuando los masticaba. Parecía un pajarraco extraño y Fortunato un niño que le da de comer; primero con la desconfianza y el miedo del que teme que le casque un dedo con el pico, y luego con la alegría de haber conquistado un amigo poderoso y salvaje. Tenía Fortunato una inefable actitud y un tierno resplandor en la mirada. Pero Doroteo, que lo contempló un momento de reojo, se acordó de pronto de las cintas de colores de la camiseta y, poniendo un desagradable gesto, escupió el último cacahuete.

—¿Estaba malo? —preguntó Canales atribulado.

—No. Es que no quiero más —contestó Doroteo desabridamente.

Pero luego, al ver como el otro recogía el resto de los cacahuetes en silencio y se quedaba muy triste, pensó que se encontraba ante un infeliz de una especie desconocida y sintió curiosidad por conocerlo mejor.

—Bueno. ¿Y *usté* qué? De vacaciones, ¿no?

—Sí —se animó Canales—, he decidido dejar el negocio para viajar un poco.

—Ya. Pero... ¿No es fotógrafo?

—Bueno... Sí. Pero sólo si se tercia, ¿sabe? A mí lo que me tira es la pintura. Yo soy pintor. Artista. Tengo una hermana en Barcelona, que también es artista, pero de otra clase.

—¿De qué clase? —inquirió Doroteo.

—Baile y canto. Todo es arte. Lo debemos de llevar en la sangre.

—Entonces ¿quiere ir a Barcelona?

—A lo mejor. Depende. Pero *usté* siga por donde le convenga. Por mí no dé ningún rodeo. Oiga, ¿ha visto esto?

Y Fortunato, que estaba decidido a manifestar de algún modo su agradecimiento al transportista, metió la mano dentro de los pantalones en la bolsa de canguro y sacó las famosas postales. Le puso la primera a Doroteo delante de los ojos. La camioneta dio un terrible bandazo.

—¡Oiga! Pero ¿es que se cree que el camión marcha solo? —exclamó Doroteo airadamente.

—¡Ah! ¡Perdone, perdone! La verdad es que soy idiota...

—No me extrañaría nada —masculló Doroteo. Pero luego miró de reojo las postales, que seguían en las manos de Canales.

Durante unos cuantos kilómetros permanecieron en silencio. Fortunato miraba por la ventanilla atentamente y se le iba cargando la cabeza de ideas.

—¡Hay que ver! —dijo por fin.

—¿Qué es lo que hay que ver?

—Lo grande que es el mundo. Y la poca gente que hay en él.

—Hombre... Regular.

—¡El rato que llevamos corriendo! Y nadie. No se ve a nadie.

—Es que... la gente según le da. Hay sitios, en cambio, que están llenos. Como chinches está la gente: no se saben repartir.

—¡Ah, ya! Tiene razón. En Soria, por ejemplo, hay un horror.

—Eso es. Ya ve *usté*.

El coloquio sobre política demográfica quedó interrumpido de pronto porque al coronar una pendiente dieron vista a un pueblo.

—Ése debe de ser Almenar —dijo Villanueva.

Y frenó bruscamente la camioneta. Luego miró con una extraña curiosidad a Fortunato y por último habló:

—Oiga. A lo mejor nos para la Guardia Civil de ese pueblo, ¿sabe? *Usté* se calla digan lo que digan. Y si le preguntan, se hace el tonto. No le costará mucho.

—Bueno, bueno —dijo Canales tranquilamente.

Aún siguió contemplándolo Doroteo un poco más, como dudando si convendría instruir más profundamente al catecúmeno o pronosticarle algún traumatismo si no se portaba bien. Pero se lo pensó mejor y, dando un suspiro, puso en marcha la camioneta de nuevo.

Fortunato, que entre otras muchas cosas desconocía la utilidad del teléfono, tuvo en seguida ocasión de regocijarse y admirarse con el poder adivinatorio de su compañero, porque a la misma entrada del pueblo y, dispuesta en orden de combate, había una pareja de la Guardia Civil. Uno de ellos, en el centro de la carretera, ordenaba con la mano parar a la camioneta. Otro, con el fusil descolgado, estaba apostado más adelante a la izquierda.

—Buenas tardes —dijo Villanueva al parar.

El guardia, respondiendo a medias, miró a los dos hombres y ordenó a Fortunato:

—¡Quítese la gorra!

Fortunato, tras de una miedosa mirada a Doroteo, se la quitó y cayó sobre sus piernas y el suelo de la cabina una lluvia de cacahuetes. Se agachó para recogerlos y el guardia, metiendo la cabeza por la ventanilla, le miró el otro lado de la cabeza. Perplejo, pero algo más amable, preguntó:

—¿De dónde vienen ustedes?

—De Ágreda. Por la carretera de Pamplona hasta el desvío.

—¿De Ágreda? ¿Y cómo no han ido por Olvega?

—Porque teníamos que dejar unos sacos de patatas en Valdejeña.

—A ver los papeles.

—¿Los míos o los de la camioneta?

—Todos.

El guardia examinó atentamente la documentación que le dio Doroteo.

—¿Y los de éste?

—Éste es un chico que he cogido en Ágreda *pa* que me ayudase en la carga. No sé si llevará algún papel encima. ¿Llevas algo tú?

Fortunato negó con la cabeza y puso tal cara de tonto oficial e indocumentado, que no daba lugar a dudas.

El guardia devolvió todo a Doroteo y, volviéndose al compañero apostado un poco más lejos, encogió los hombros. El otro se acercó.

—¿Es que pasa algo, guardia? —preguntó Doroteo solícitamente.

—¿Han visto ustedes una camioneta parecida a ésta por el camino? —preguntó el otro guardia.

—¿Una camioneta? ¡Ah! A éste se lo he dicho. Le digo:

mira otra Ford de 25 caballos. ¡Lo que abundan estos cacharros! ¿*Verdá*, tú?

—Bueno. Pero ¿por dónde la han visto?

—La habremos cruzado un poco antes de llegar al desvío. Parecía venir de Soria.

—¿Quién iba dentro?

—Mire, eso sí que no se lo puedo decir. Han *pasao* muy de prisa y les daba el sol de frente...

—Bueno, bueno. Sigan.

Doroteo puso en marcha el vehículo y sin grandes apresuramientos atravesaron Almenar. La carretera estaba bastante concurrida de almenareños vestidos de domingo. Unas mozas cogidas del brazo parecían jugar a tapar la calle, y tuvieron que romper la formación dando gritos para dejar pasar a la "Pepa". Bajo unos olmos, un grupo de hombres graves, con oscuros trajes de pana, conversaban y miraban al cielo de vez en cuando. Otros, menos graves y mucho más jóvenes, mostraban su despreocupación por los cambios atmosféricos futuros, cantando a gritos sentados en el petril de un pequeño puente. Uno de ellos tiró una piedra que dio en la caja de la camioneta. En algo había que pasar el rato.

—¡Preguntas, preguntas, preguntas! —mascullaba Doroteo, en cuyo rostro había desaparecido la anterior placidez.

—¡Ya, ya! —dijo Fortunato, identificado con la opinión de su compañero.

—¿Y sabes por qué? ¿No lo sabes?

Fortunato dijo con la cabeza que, en efecto, no lo sabía. Luego esperó confiado la información, muy contento de que aquel gran hombre lo tutease ya.

—Pues porque negocio con lo único que abunda en el país. Con lo único que a todo el mundo le sobra. Lo mismo da que llueva o no. Eso no se acaba nunca. ¿Te gustaría saber lo que es?

Fortunato, con la única ayuda de su expresiva cabeza —que se movía con extraordinaria facilidad en lo alto de su cuello—, manifestó que nada había en este mundo que le interesase más que saber cuál era la materia prima de los negocios de Doroteo.

—¡La codicia! Ni más ni menos. La codicia de los hombres.

Fortunato adoptó el apropiado gesto de admiración. De admiración, aunque no de comprensión. Su compañero continuó:

—¡Si vieras qué ojos se les ponen cuando les propongo un buen negocio! Las cabezas les hacen ruido de pensar en los beneficios, de sumar y de multiplicar, como si fueran máquinas calculadoras. Y luego, cuando se dan cuenta de que el negocio no sale bien, se enfadan mucho y se lo dicen a todo el mundo. Hasta a la Guardia Civil. ¡Señor! ¿Cómo va a salir bien un negocio que deje el 300 por ciento? ¡Eso sería estafar al público!

—¡Claro! —exclamó Fortunato con absoluto convencimiento.

—En Tordejón pararemos —dijo Doroteo sin venir muy a cuento. Habíase ya calmado su justa indignación. No hay nada mejor para mitigar un disgusto como contárselo a un amigo comprensivo.

—Oiga —preguntó Canales—, ¿es grande ese Tordejón?

—Poco más o menos como Almenar.

—Es que se me había ocurrido hacer algunos retratos... A las mozas...

—No habrá inconveniente, hijo mío. Tú también comercias con una cosa que existe en enormes cantidades. La tienen ricos y pobres, pequeños y grandes... Todos.

Ahora sí que Fortunato se asombró de verdad, porque no tenía la menor idea de esta particularidad tan importante de sus propios negocios.

—¿*Usté* crees?

—Sí, hijo. La vanidad —terminó Doroteo con campanuda voz. Tenía, con su ganchuda nariz, su ascético rostro y su gravedad de moralista, un aire de predicador cuaresmero muy sugerente y persuasivo.

En Tordejón también había mozas paseando cogidas del brazo, mozos cantando y viejos mirando al cielo. Estos últimos, que en estos pueblos se reúnen los domingos para formar una especie de comité meteorológico, mostraban gran preocupación. La primavera se presentaba muy seca y peligraba toda la sementera. Era un mal endémico, más o menos exacerbado según los años, y la angustia de la contemplación de las nubes que pasan sin deshacerse en agua es muy parecida a la del náufrago que ve alejarse el barco que creyó venía a salvarle. En uno de estos años de terrible sequía fue cuando operaron de próstata al señor Domingo el de Hinojosa. Lo tuvieron un par de horas, en el quirófano, bajo anestesia, y algo más que se pasó dormido ya en la habitación del sanatorio. Toda la familia estaba alrededor, esperando el momento en que abriera los ojos. Tenía muchos años, la operación había sido laboriosa y grave. Penosamente fue abriéndolos, mirando sin ver a los que le rodeaban, volviendo del sueño anestésico a la realidad del dolor en su herida reciente. Por fin pareció despejarse algo más, volvió la cara hacia la ventana, por donde entraba el buen sol de mayo, y dijo:

—¡Cuernos! ¡Y sin llover!

Doroteo paró la camioneta al lado del grupo de hombres que en este caso estaban sentados junto a una casa blanqueada en cuya puerta había un letrero lacónico: "Vinos".

Doroteo bajó del vehículo, se acercó al grupo y preguntó:

—¿Me podrían dar agua para la camioneta?

—¿Agua, dice? Mejor le daríamos vino que agua. Hay más —dijo uno.

Y los del corro rieron parcamente.

—Eso me iría mejor a mí. La camioneta no distingue lo bueno.

—Yo ya le he dicho a mi mujer: como vea que te lavas con agua, te rompo un hueso. Hogaño cada gota vale un real.

—Dígamelo a mí —exclamó Doroteo—. Negro me he visto esta tarde *pa* vender unas pocas cabezas de *ganao* casi regaladas. Como no hay pastos...

Fortunato, que ya no se asombraba de nada de lo que dijera su amigo, también bajó y practicó unas cuantas flexiones para estirar las piernas. Tenía la impresión de que venía del otro lado del mundo. Luego cogió la máquina de retratar, que estaba en un cajoncito del salpicadero, y se dirigió con elegante desgaire a un grupo de mozas que se reían, Dios sabe de qué, al otro lado de la carretera.

—Pues ustedes los de la gasolina no se pueden quejar —le decía un hombre muy cetrino y peludo al Doroteo—. Siempre les cae un apaño u otro.

—*Mía* tú el Chato. Hasta que lo metieron en la cárcel buenas perras hizo.

—¡Pobre Chato! Pues ya hace falta, ya...

—¿Quién es el Chato? —preguntó Villanueva.

—Uno de aquí. Chófer como *usté*. Lo más *bragao* que ha parido madre...

—Era capaz de pasar una vaca sin guía por cuatro o cinco puestos.

—Cuando tuvo que llevar al cura con el santolio a Jaray, lo hizo subirse a la caja y lo perdió en el camino al saltar un bache. Ya no *l'ha negao* más la absolución.

—Lo mejor es cuando se llevó a las siete estraperlistas del tren a la estación de Torrubia. Les fue pidiendo favores, una a una, todo el camino, y a la que se negaba la dejaba a pie... Era mucho hombre.

—¿Y por qué lo enchiqueraron?

—Por una tontada.

—Porque dicen que una rueda que llevaba tenía el mismo número que la que robaron al coche de línea...

—¡Bien nos han *fastidiao*, bien! ¡Arreglada tenemos la *esportación*!

Fortunato, mientras tanto, había convencido a las mozas para que se dejaran retratar. Escarmentado por lo ocurrido en Soria, no hacía distingos, y de una en una, o en grupos de dos, iba tirando clisé tras clisé. La rosca con la flechita, que había de mover cada vez que se disparaba, ya hacía rato que se había atascado, pero era lo mismo. A pesar de ir vestido con el guardapolvo y la gorra, Fortunato veía aumentar su prestigio social y se hallaba a sus anchas entre aquellas jóvenes que, muy nerviosas, se colocaban delante de su objetivo adoptando un gesto afectado, queriendo cada una salir más guapa que las demás. Había una regordeta de pelo castaño, todo rizado con permanente barata, que se parecía a la Jesusa, y Fortunato le ponía unos ojos tan tiernos que las demás empezaban a darse cuenta de su preferencia. Por eso su más íntima amiga la cogió del brazo y le dijo:

—Vamos, Paquita, que ya sabes que hemos de ir al Rosario.

Pero la chica se resistía a marcharse. Fortunato rumiaba ya cómo apartarla de las demás y declararle su amor.

Los mozos que, alejados, berreaban obscenidades hacía un rato, habían callado de repente y como el que no quiere la cosa se acercaban al grupo. Adoptaban gestos poco amistosos y uno hablaba de comerse crudo a un forastero. Hasta entonces maldito el caso que hacían a las mozas, pero Fortunato había despertado ese raro patriotismo del sexo de los jóvenes del agro. Los mozos del pueblo suelen ser como el perro del hortelano: ni comen ni dejan.

Doroteo se había dejado convencer para llevar tres jamones y dos sacos de harina a la estación más próxima con objeto de aliviar en lo posible el grave problema de exportación, que a los de Tordejón se les presentaba desde que el Chato era perseguido por los poderes constituidos.

—Voy y vengo en un voleo —dijo—. Ahí se queda mi socio para que ustedes no se piensen que uno es de los que... O si quieren acompañarme...

—No, que a nosotros nos conoce *too* Dios. Además, demasiado se nota a los hombres de bien.

—De todas maneras, que se quede ése —dijo uno del corro.

—Oye, chico —le gritó Doroteo a Canales—. Vuelvo en seguida, no te menees de aquí...

—Ya sabe. *Usté* va al factor *picao* de viruela y le da eso...

—Bueno. Hasta luego.

Doroteo montó en la sufrida "Pepa" y partió velozmente.

La tarde transcurría con placidez. El señor Canales, oficialmente admitido en el grupo de las mozas de Tordejón, paseaba con ellas por la carretera. Había conseguido segregar del núcleo a la castaña regordeta que se llamaba Sabina y charlaba con ella en una feliz intimidad. Las demás se habían ya resignado a esta preferencia y aprovechaban el tiempo hablando pestes de las chicas que se dejaban engatusar por cualquier desconocido. Los mozos seguían detrás, diciendo burradas y pronosticando desgracias al fotógrafo.

Un juglar improvisado cantó con voz de caña rota:

*Ten cuidao con la Sabina
qués una chica muy fina.*

Y el coro de bestias contestó:

*Al chibiri chibiri chibiri
Al chibiri chibiri chón.*

Luego venía otra estrofa a cargo del solista, en la que "calzones" rimaba con otra palabra y que los demás corearon:

*Al chibiri chibiri chibiri
Al chibiri chibiri chón.*

La Sabina se indignó. Pero no por la canción, que al fin y al cabo era un cumplimiento muy de agradecer, sino por la risa falsa y sarcástica de las otras mozas.

—*¡Mialas!* ¡Cómo se ríen! Me tienen rabia porque no soy como ellas. ¿A que no sabe usted qué es lo que hicieron ayer?

Canales manifestó su ignorancia al respecto.

—Pues se subieron al piso de arriba del Ayuntamiento, con la hija de Pepe el alguacil, a mirar al salón de sesiones por el agujero de la estufa.

—¡Anda!, ¿y *pa* qué?

—*Pa* ver a los quintos desnudos en el reconocimiento. ¡Ya ve qué zorras!

—¡Halaaaa! ¿Y los vieron?

—¡Figúrese! Estaban todos *pegaos* a la pared y de vez en cuando llamaban a uno *pa* tallarlo y se ponía debajo mismo del agujero.

Fortunato secundó con su gesto la repugnancia de la moza ante la licenciosa costumbre de las mozas de Tordejón. O no se le ocurrió, o no quiso saber de la forma en que Sabina se había enterado tan al detalle del asunto.

Y así, entre unas cosas y otras, la tarde transcurría plácidamente.

A las siete le dieron la primera paliza a Fortunato. En la faena empezada por los hombres maduros colaboraron de buena gana los mozos sin madurar. El intervalo entre la primera y la segunda paliza fue empleado en averiguar las relaciones de Fortunato con el granuja de la camioneta. El que las contestaciones de Canales no tuvieran aplicación práctica para la restitución de los jamones y la harina, fue sin duda la causa desencadenante de la segunda mano de palos. A la tercera no pudieron llegar porque llegó antes de lo que se esperaba la Guardia Civil que habían mandado llamar a Almenar con un ciclista. Llegó tan pronto porque habían pedido por teléfono una moto con sidecar a Soria. La necesitaban sin duda alguna si querían dar con la pista de la "Pepa".

Así es como terminó su primer capítulo la segunda historia de amor de Fortunato Canales. Había algo de fatal en esta continua interpolación de los hombres, sus miserias y su maldad, entre Fortunato y sus sueños. Era Fortunato como una piedra rodada siempre por el encuentro de las dos corrientes, colocada entre la prosa y la poesía, entre la vulgaridad bestial y el mundo espiritual. Y como un canto rodado, su pobre alma, en vez de aristas, tenía curvas, era redonda y lisa como un huevo. Eso es, como un huevo, y al igual que en él tenía mucha más importancia lo que pasaba dentro que lo que pasaba fuera. Algún día habría de abrirse este huevo para bien o para mal.

Canales fue llevado en el sidecar de la Guardia Civil, en persecución del tren correo Burgos-Calatayud, y como al llegar a Torrubia el tren ya había pasado, siguieron por la carretera hasta Calatayud, sin encontrar la camioneta.

En realidad no había posibilidad de que la encontraran en esa ruta. Cuando Doroteo llegó a Torrubia, se encontró a Simeón acompañado de un señor que iba vestido con una larga blusa negra de tratante en ganado. Lo tenía medio convencido de que él y el compañero que encontrarían en la estación eran los hombres más a propósito para el asunto que le preocupaba. Se trataba de pasar unos corderos por la raya de la provincia sin preocuparse de obtener la guía correspondiente. La cosa merecía la pena si se tiene en cuenta la diferencia del precio de la carne entre la provincia de Soria y la de Zaragoza. A Doroteo le fue muy fácil acabar de concertar el negocio.

Por esta razón, mientras el desgraciado Fortunato cenaba en la cárcel de Calatayud, el tratante y Simeón Landeiro pasaban el ganado a golpe de vara por unas salvajes trochas de la Bigornia y caminando a la luz de la luna, en tanto que Doroteo los esperaba en Malanquilla, cenando en la taberna y tratando con el tabernero de aprovechar el viaje para llevarle una partida de lana a Brea, donde se la cambiarían por zapatos de sus fábricas. No descansaba un momento este extraordinario impulsor del comercio patrio.

Desde Malanquilla tomaron la carretera que pasa por Brea y Morés y, saliendo luego a El Frasno, tomaron la general Barcelona-Madrid. De este modo es como Simeón Landeiro pudo aquella misma noche tomar café en Zaragoza, en el local de arriba de la Maravilla antigua. Y también jugar a aquello de "Ésta quiero, ésta no quiero..." En aquel lugar, y después de un día tan productivo, era fácil desflorar la margarita del amor.

En realidad, lo único que se podía desflorar.

CAPÍTULO IV

—No hay que darle vueltas. La cama, la bolsa y la vara. Ahí está todo y de ahí sale todo.

Paulino Carmona se había pasado gran parte de sus setenta años diciendo lo mismo, lo que es una buena razón para creer que era verdad. La cama, la bolsa y la vara era una trilogía muy elocuente y gráfica en su sentir que representaba el sexo, el dinero y el poder; o sea, nada menos que las tres palancas que mueven al mundo. Bien lo sabía tío Carmona, y por eso alrededor de esta trilogía tenía edificada una filosofía muy particular, pero extremadamente práctica, que le explicaba todo lo que en este mundo puede explicarse. Mucho antes que los psicoanalistas y que los sociólogos, Carmona había llegado a conclusiones que hoy aceptamos como prodigios de intuición y de análisis.

Hay que advertir que el tío Carmona había tenido muy buena escuela en sus veinte años de presidiario y en los casi veinte que llevaba de carcelero.

El tío Carmona, un día de hace muchos años, se cruzó en la calle con un vecino que le saludó sin pararse:

—¿Qué hay, Carmona?

—A matar la mujer voy.

Y el otro ni se sonrió, porque estaba acostumbrado a las cosas de Carmona.

La ciencia dictaminó que cada una de las tres cuchilladas del vientre, y también la que le seccionaba medio cuello, eran mortales de necesidad, por lo que la mujer de Carmona murió aquella misma mañana. La historia no nos dice qué es lo que hizo la pobre para merecérselas, y posiblemente Carmona también lo ha olvidado. Cuando salió del Dueso, le había tomado tanto cariño a la vida de presidiario, que no abandonaba el cuarto de guardia de la cárcel de su pueblo, de Calatayud. Ayudaba a repartir la comida, hacía recados, limpiaba las celdas y cuando solicitó una plaza de subalterno, la Dirección de Prisiones se la concedió por aquello de que así todo se quedaba en casa.

Cuando el lunes por la mañana entró las sopas del desayuno a Fortunato le preguntó lo que preguntaba a todos:

—De la cama, de la bolsa o de la vara. De esas tres cosas vienen los *pecaos* de los hombres. ¿De dónde viene el tuyo?

—De ninguna de las tres cosas.

—Entonces no te apures. En seguida te echaremos.

Y se fue con el caldero, pasillo adelante.

A la cárcel de Calatayud da gusto mirarla. Es un bonito edificio blanco, de arquitectura alegre, que tiene por delante unos jardines públicos con bancos y rosales donde los niños juegan y los mayores contemplan el tráfico de la carretera y la vuelta de los rebaños a los apriscos. Por sus amplias ventanas se ve el cerro con la ermita de San Roque en la punta, puesta allí con ingenua disposición de belén, sobre las casitas de su barrio y del barrio del Cristo, de la Rosa, de Consolación, también de belén —paredes blancas, parras verdes, corralizas pardas con sus montones de leña—. Más allá, la desolación de los montes de Armantes y, en el tajo profundo del río, la larga y estrecha vega cuyo fin no se alcanza, densa y tupida de árboles frutales llenos de la mejor fruta de Aragón.

Si es así, así hay que decirlo. No tenemos la culpa de que la cárcel de Calatayud carezca de la topiquez sombría y trágica de otras cárceles. Y también es cierto que, por los años de nuestra historia, la regía un hombre tan humanamente bueno que uno a veces se preguntaba por qué aquel hombre había elegido tal oficio y otras veces se respondía que no había oficio en el mundo en el que mejor hubiera brillado su buena ley. Era de esos hombres que de tarde en tarde hace Dios y luego rompe el molde, porque si hubiera muchos no sería ningún mérito ir al Cielo. El que esto escribe ha conocido presos que le felicitaban las Pascuas y lo visitaban cuando caían de paso. Uno de ellos, antes de salir, le dijo:

—Le vengo a decir que he pedido la libertad vigilada. No lo tome a mal que le deje, pero es que, ¿sabe *usté*?, a mi edad es mejor estar fuera.

Era aquella bondad que había imbuido al personal de la prisión y que mejor que nadie Paulino Carmona había asimilado.

Fortunato y Carmona tardaron muy poco en hacerse amigos. La segunda vez que Carmona entró en la celda, Fortunato estaba sentado en el camastro, comiendo cacahuetes, y ofreció a Carmona un puñado en la mano extendida. El carcelero gruñó:

—*Mu* tranquilo tomas tú lo que te pasa. ¿A que has *estao* ya la mar de veces en la cárcel?

—No, señor. Ésta es la primera.

—Pues no lo entiendo, o eres un fresco. No veo que *t'apure* mucho la cosa.

—¿Por qué me voy a apurar? Si buscan a unos y me han *encontrao* a mí, ya se darán cuenta. Mientras tanto, ¿qué quiere que le haga?

El tío Carmona no contestó pero se sentó en el camastro al lado de Fortunato y le aceptó los cacahuetes. Había algo en Canales que atraía a las almas limpias y grandes. Probablemente la misma cosa que ofendía a las almas sucias y mezquinas.

—No es que a mí me importe —concedió Carmona—. Al fin y al cabo, quien menos puede hablar soy yo, que llevo cuarenta años aquí dentro.

—Hombre... así yo también me quedaría. Con sueldo y de mandamás...

—Eso sólo hace veinte años. Desde que ascendí...

Y calló mientras masticaba los cacahuetes, sin preocuparse de que Fortunato lo hubiera entendido o no. Luego continuó como hablando para sí mismo y poniendo en sus palabras un gran convencimiento:

—...Y es que hace mucho tiempo que me he *dao* cuenta de que el mejor sitio *pa* vivir un hombre *honrao* es la cárcel.

Aquélla fue la primera lección de filosofía de la vida que recibió Fortunato Canales de labios de Paulino Carmona. En los días sucesivos fue ampliando su humana doctrina sin regateos y con delectación porque Fortunato era un terreno virgen de toda sabiduría, sin malas plantas ni cizaña, sólo sembrado para la fantasía y el sentimiento, como si hasta entonces hubiera negado su fertilidad a la podrida simiente que el mundo se empeñaba en dejar caer en su jardín.

—Pues yo creo que *pa* conocer el mundo lo mejor es recorrer el mundo. Por eso me he *marchao* de Soria, porque Soria *pa* mí era como una cárcel. En cuanto salga de aquí...

—En cuanto salgas, estás perdido. Pero es natural que pienses como piensas. Tendrías que tener mis años y mi *esperiencia pa* pensar de otra manera. Uno cuando joven se cree que lo ve todo claro y no se da cuenta de que ve las cosas detrás de cristales muy sucios, de que tiene la cabeza y el corazón presos en una celda mucho peor que ésta y que las paredes son la codicia, las mujeres y la soberbia. La cama, la bolsa y la vara son sus solos pensamientos. Algunos creen que los años enseñan y libran de la servidumbre, pero no es verdad. Si acaso te librarán de un amo, pero no de los tres... Y aun así, ya lo decía el tío Vicente Pregones: "Eso de las mujeres se cura con la vejez. Pero hay que envejecer *muchismo*".

—Diga que sí. A veces pienso en la de cosas que podría

hacer cada hombre si empleara el tiempo que se pasa en pensar en las mujeres.

—Una vez, cuando limpiaba la biblioteca del Dueso, leí en un libro que un hombre de esos antiguos que se llamaba Orígenes se hizo castrar *pa* después discurrir mejor. Pero, a lo que se ve, no lo consiguió del todo. Y es lo que yo digo. Tenía que haber tirao la bolsa y haber roto la vara también. Si no, es hacer las cosas a medias. Y hacerlas a enteras es muy difícil. Además del que te habla, muy pocos hombres lo han conseguido.

—¿Usted?

—Sí, señor. Yo y tres o cuatro que estaban en el Dueso con cadena perpetua. Es a lo que iba. Sólo el que está en la cárcel y *pa* siempre consigue ver claro, porque aquí dentro las paredes son de cal y canto nada más. Los tres carceleros del hombre no cuentan *pa* nada y lo que ves lo ves como ha de ser... Ni las mujeres ni el dinero ni las ganas de mandar te incordian *en* jamás.

—Bueno, pero *pa* eso lo mejor es *metese* fraile. Está mejor visto.

—No lo creas, hijo, no lo creas. El convento no es buen *oservatorio* porque los frailes o miran *pa* arriba o miran de frente, a la altura de los ojos de los otros hombres, y hacen bien. Porque, al fin y al cabo, la puerta tienen abierta y si miran *pal* mundo les puede entrar la *turruntela* de salirse. Y ni siquiera el confesonario es buena ventana *pa* ver lo que pasa. Porque allí los malos sólo cuentan mentiras y los buenos no tienen nada que contar...

—Hombre... Pone *usté* las cosas de un modo que no hay más remedio.

—No le des más vueltas... Aquí ves a los hombres y a la vida tal como son. Los que entran te lo cuentan todo tal como es, y ellos mismos son historias vivas y desnudas con todos sus *pecaos*, sus pasiones, sus errores, sus miedos y sus esperanzas al aire. Uno se sienta en el camastro mientras comen y hablan y va uno pensando, pensando lo que dicen... Casi sin querer, les va viendo el alma y lo que en ella llevan. En seguidita cae uno en la cuenta de qué fue lo que hicieron mal, por dónde empezaron el queso, qué es lo que se les torció allá dentro y también, claro está, dónde tuvieron el remedio, cuál es la gaita que no tocaron y que debieron tocar, en qué encrucijada se equivocaron de camino... Y esto enseña mucho, hijo, mucho. Te llegas a convencer de que *pa* ser sabio y *pa* ser *honrao* no hay nada mejor que vivir en la cárcel.

—Ya, ya. Pero también es triste pensar que como mejor vive el hombre es *encerrao*...

Y Fortunato se quedó en silencio, como sobrecogido por la tremenda verdad que había dicho.

El limpiabotas que hay en los porches del Collado, en Soria, cuando hacía frío decía que el frío que hacía era de carrasca; el calor, cuando apretaba, también era de carrasca; de carrasca era el buen ver de cualquier buena moza que pasara delante de él, y, en general, de carrasca eran todos los sorianos en cuanto se refería a gastarse el dinero para llevar el calcero limpio. Por eso no debe extrañar a nadie que al limpiabotas de los porches del Collado todo el mundo le llamara "el Carrasca". Y que todos, hasta él mismo, hubieran olvidado su nombre verdadero. Ésa es la razón de que el cartero no titubeara un momento para entregarle una carta en cuyo sobre constaban:

Sr. CARRASCA
Limpiabotas
SORIA

Firmaba la carta Fortunato Canales y en ella apelaba a la amistad que les unía para que le sacara de un apuro. No tenía más que descerrajar la puerta de Villa Jesusa, buscar en un rincón debajo del cajón-comedor unos papeles viejos entre los que se hallaban los recibos de la matrícula como vendedor ambulante y llevarlos al Ayuntamiento. Allí explicar la situación en que se encontraba y rogar que dieran buenos informes cuando se los pidiesen. Nada más. Y el Carrasca, que era amigo de los amigos, comenzó inmediatamente las operaciones.

Entretanto, los días pasaban plácidos e iguales en la cárcel de Calatayud. El tío Carmona había simpatizado decididamente con el preso Canales y para demostrarle su afecto le dejaba llevar el caldero de la comida cuando iba de celda en celda.

Una cárcel de partido es muy distinta de un penal. Éste es el hotel Términus de la delincuencia, la meta definitiva. Aquélla es sólo estación de paso. Y también de partida, porque las grandes carreras de presidiarios conseientes se iniciaron en una de estas familiares cárceles. Su clientela es por eso abigarrada, cambiante, inquieta. Son gentes siempre disgustadas y protestonas, que toman muy a mal el que los hayan encerrado, y se ofenden por todo. No tienen el aplomo, la veteranía, la conciencia de su situación y el profesionalismo expiatorio del ocupante del penal grande. Carmona congeniaba poco a poco con sus alojados por estas razones, considerábalos despreciativamente como faltos de escrúpulos y aficionados sin seso, acordándose con nostalgia de aquellos consecuentes asesinos, estimables parricidas y atracadores conspicuos del Dueso. Muchas veces rememoraba aquellas graves conversaciones del patio en la hora de paseo, mientras se liaban parsimoniosamente los más sabrosos cigarrillos del día.

Pero era un filósofo especulativo y desinteresado. Consideraba que el hombre sabio necesita conocer los dos ambientes para comprender del todo a hombres y al mundo.

Se esforzaba en explicarle a Fortunato la diferencia, y a su manera lo iba consiguiendo. Para él en el penal se veía la vida más desde arriba, sin pararse en los detalles. Grandes pasiones, caracteres tipo, tragedias profundamente humanas de extensión universal, dramas en abstracto... Aquí, en la pequeña cárcel del Juzgado, cominerías, sucesos vulgares, cuotidianos, la vida en detalle y cerca de los ojos, el mundo visto a la altura de la calle... Algo así como la diferencia que hay entre una tragedia de Esquilo y un periódico.

—Y todo es bueno *pa* aprender —le decía a su amigo Fortunato—, porque si allí se conocía la vida tan como es de siempre y los *pecaos* de los hombres, que no cambian con los años y con los siglos, aquí ves la vida que pasa, y los delitos que aquí se purgan son del día. Como si dijéramos de moda, porque has de saber que también hay modas *pa* estas cosas. Y si no, fíjate: contigo son seis los presos que hay aquí ahora por cosas que tienen más o menos que ver con el estraperlo. ¿No es eso lo que pasa afuera? ¿No hay diez o doce estraperlistas por cada comerciante *honrao*? Y cuando haya de todo, buenas cosechas y comida abundante, verás como no entra en esta casa ni uno. Por eso te digo que aquí dentro la vida de la calle se refleja y no hace falta ni asomar los morros a la puerta *pa* saber lo que pasa. Ni *pa* saber quién manda. No tienes más que preguntar al que hay dentro lo que piensa y en seguidica sabes que el que está fuera mandando piensa al revés. De todo te enteras. Este mes, Chiquilín, el borracho más pobre del pueblo, ha *entrao* tres veces; ya se sabe: ha *bajao* el vino. Hace tres días nos metieron a la curandera de Bijuesca; está claro: han *cambiao* de médico, porque cada vez que va médico nuevo la denuncia y después, cuando sale, ya lo coge *cansao*. Cuando viene un gitano por enredar con el cuchillo, si es mujer es que ha habido boda; si es hombre es que ha habido ferial de *ganao*. A veces se saben las cosas antes que pasen. Hay un fulano del pueblo que siempre anda mangando cosas pequeñas por el *mercao*, gallinas, en los corrales, alguna tapa de riego... Pues no falla; cuando se deja coger en una, es casi seguro que al día siguiente hay un golpe fuerte en algún piso o en alguna tienda. El hombre tiene un olfato muy bueno y *pa* evitar culpas ajenas él mismo se enchiquera el día antes. Y todo esto sin preguntar, que como te líes a hablar con ellos... De vez en cuando me traen a la Yolanda, que es dueña de un café

de camareras. Siempre que hay bronca de noche en su c
es a ella a la que encierran, porque ella misma se echa la
culpa de todo. Dice que de ese modo no quita a ninguna
del trabajo y pierde menos. Si la oyeras... Sabe todo lo que
hay que saber y en media hora de charlar te entera de
más historias que las que caben en cien libros. Aquí la
queremos mucho...

Carmona se quedó callado unos minutos, pensando en
sus buenas amistades. Fortunato, por asociación de ideas,
se acordó de la Isabel.

—Las mujeres nos dan mucho trabajo. *Demasiao.* Yo
creo que no se debe perseguir tanto a los que pecan contra
el sexo. Al fin y al cabo, es una cosa normal que llevamos
los hombres con nosotros. Con ese instinto nacemos y, en
cambio, con el de robar o matar no. Yo tenía un amigo
francés en el Dueso que me contaba muchas cosas sobre
la poca importancia que en su tierra dan a lo del sexo.
Ni tanto ni tan poco. Pero aquí es *demasiao...* Además,
que es peor. El otro día fui al café, donde había una cupletista cantando, y me daba una tristeza ver los ojos de los
hombres... Era un bacalao sin carne ni gracia, pero cada
vez que se movía o enseñaba medio palmo de piel, mugían
todos como animales... Si no hubiera tantas trabas, ni siquiera habrían ido a verla.

Fortunato animó el semblante porque se le estaba ocurriendo que el éxito de sus postales estaba relacionado con
lo que hablaba Carmona. Pero el honrado Paulino no le
dejó:

—Peor es lo otro... Cuando se descarría la naturaleza y
gusta lo que no debe gustar. A dos de ésos he tenido aquí
y gracias a que eran forasteros. Si llegan a ser del pueblo,
los desnuco... Bueno; agarra el caldero y vamos a hacer
la ronda —terminó Paulino en cuanto se le pasó la indignación moralista.

En la primera celda, la curandera de Bijuesca escribía
sentada encima del camastro y apoyada en una maleta.

—Me tiene que traer más papel, Paulino.

—¿Más papel? ¿A quién escribes tanto?

—A personas muy importantes. Tengo yo mucha mano con gente gorda... Ya verán lo que es bueno, ya... Una vez curé de un mal aire al hijo de...

Paulino y su acólito la dejaron entregada a sus recuerdos y siguieron su trabajo.

En la segunda de mujeres había una pobre chica de unos veinte años, con claros signos de embarazo. Siempre estaba llorando y esta vez no faltaba a su costumbre. Fortunato le tenía mucha compasión y cada vez que entraban miraba ansiosamente a Carmona, para ver si éste iniciaba un acercamiento a la penada. Pero el peculiar Paulino echaba la sopa en el plato sin decir palabra y salía meneando la cabeza. En esta ocasión, cuando ya se hallaban en el pasillo, dijo:

—Me tengo que enterar bien de lo que pasó aquí. No se puede ser tan mala bestia con esa cara.

Y como no añadió más, Fortunato no le preguntó. Se había acostumbrado a no adquirir más enseñanzas que las que Carmona buenamente le daba porque el carcelero, cuando quería, sabía ser huraño y hermético.

En la última de mujeres había juntas una gitana pañera y una pobre mujer de pueblo que miraba a todos muy asustada y que pasaba los días y las noches en claro con tan mala compañía. Se le veía horrorizada de encontrarse allí, y Paulino la distinguía con su particular afecto.

—Esto va bueno, señora Mercedes —le dijo—. Bien pronto la vamos a echar. Aquí no la queremos. Me ha dicho el oficial que la sacan con fianza porque hay gente que la quiere bien.

—¡Ay, si fuera verdad! ¡Si fuera verdad! —exclamó la mujeruca con voz plañidera y desesperanzada. Había perdido toda confianza en las cosas de este mundo.

—Ahí tienes lo que son las cosas —explicaba luego Paulino a Canales—. Esa mujer está aquí por ser buena ama de su casa. Es de un pueblo donde hay bruja, y eso trae muchas complicaciones. Tiene al marido con unas fiebres de

Malta viejas que lo han *dejao baldao* de una pierna y medio chocho. Al hombre se le metió en la cabeza que todo era mal de ojo de la bruja y *pa* deshacerlo hizo lo de la gallina y la hoz.

—¿Y qué es eso?

—Se entierra una gallina dejándole sólo el cuello fuera y luego, con los ojos *vendaos* y una hoz en la mano, hay que cortárselo de un tajo. Si lo consigues, se entierra cuello y cabeza y esperas a que se pudra a la vez que el corazón de la bruja. En una semana puedes acabar con ella si hay suerte.

—*¡Andá!*

—Sí. Pero ella no tuvo paciencia y le arreó a la bruja con una azada en el coco. Al fin y al cabo, es un sistema más seguro.

—Eso es que quería mucho a su marido.

—No. Por lo que declaró parece que lo que le preocupaba era que se estaba quedando sin gallinas.

—También es verdad.

Cuando acabaron en el ala de mujeres, Paulino dijo a su ayudante que se volviera a su cuarto. Desde la riña última entre Malajeta, el mulero, y El Señorito habían cerrado las celdas individuales y habían puesto vigilancia en el pasillo.

—Llévate de paso estos trastos a la cocina.

De vuelta por el ala de mujeres, Fortunato se quedó unos minutos a la puerta de la presa embarazada y percibió sus sollozos. Sintió una gran congoja y juró que se enteraría de la causa del encierro y del llanto de la pobre chica. Luego se fue suspirando pasillo adelante.

En el cuarto de guardia, el matrimonio Rodríguez jugaba al dominó con las fichas boca abajo. Don Fulgencio, que aunque se llamaba así, sólo tenía treinta años, era un oficial bisoño recién destinado y contemplaba el juego con ojos como platos. Ya hacía tres días que los Rodríguez estaban allí hospedados y jugando a la baraja o al dominó casi todo el día. El oficial había mirado y remirado las fichas y las cartas muchas veces y cada vez sentía más asombro al verlos. El señor Rodríguez y la señora Rodríguez colocaban las fichas una a una, sin volverlas, con maravillosa seguridad, y el final ya era sabido: cualquiera volvería las fichas con su cara blanca hacia arriba y todas casarían perfectamente sin un solo fallo. Lo bueno era cuando uno de los dos decía:

—¡Cierro!

Y colocaba la ficha del cierre como luego se demostraba al descubrir el juego. Los Rodríguez estaban allí, según decían ellos, por error. Se habían presentado en la población como representantes de una importante casa bodeguera de Jerez. Juntos habían ido de tienda en tienda ofreciendo sus vinos y completándose las frases como de costumbre:

—Representamos a Quintanilla y Torres...
—...de Jerez.
—...amontillados finos...
—...y coñac.

O también encargándose uno de la exposición de los hechos y el otro de los comentarios al margen:

—La manzanilla "Triana" resulta a diez pesetas la botella.
—¡Un precio de risa!
—Pero si la compran por partida grande sale a menos de ocho.
—¡Por cobrar algo!

Encajaban las palabras de uno en las del otro tan justamente como encajaban las fichas del dominó ciego y como encajaban los dos cónyuges, sin duda el máximo ejemplo de compenetración matrimonial que puede hallarse en el mundo.

Aparte de vender vinos habían contratado anuncios de la casa Quintanilla y Torres en autos de línea, en fachadas de edificios, en las pantallas de los cines, en las curvas de las carreteras... Hasta que llegó un mandamiento judicial de Jerez de la Frontera, solicitado por la casa Quintanilla y Torres y que hacía referencia a unos pagos no efectuados y a otras cosillas, y la policía se presentó en la fonda donde se hospedaba el matrimonio.

—Un error —dijo el señor Rodríguez tranquilo.
—Sin duda alguna —continuó la señora Rodríguez no menos tranquila.
—Cuestión de dos días.
—...y una carta explicando.
—¿Una copita, señores?
—¿Y unas pastas?
—Ustedes mandan.
—Como gusten.

Y detrás de la señora Rodríguez, a la que los policías, confusos por aquel torneo de cortesía, habían dejado pasar la primera, salieron todos de la fonda. El equipaje se quedó allí para tranquilidad del dueño.

En la cárcel se les daba trato de favor. Habían convencido a todos de que estaban allí por error y su distinción y buenas formas obligaba a las guardianes a considerarlos de modo diferente al resto de la clientela. Además se divertían extraordinariamente con ellos, con sus cuentos, con sus partidas y sus juegos de mano. Junto con Fortunato eran los únicos que frecuentaban el cuarto de guardia porque los carceleros experimentados suelen tener un olfato infalible para conocer a los pequeños pecadores y a los inocentes entre los que han de guardar.

Los Rodríguez eran gordos y grandes, de rostro redondo y simpático, bien vestidos los dos.

—Paso.
—Dominó.
—Quince tantos.

Estas palabras, dichas seriamente con todas las fichas, mostrando únicamente su revés negro brillante, hacía menear la cabeza de estupor al oficial Fulgencio, que exclamaba una vez más:

—No me lo explico.

—Es fácil —afirmó la señora Rodríguez con indiferencia.
—Telepatía —explicó el señor Rodríguez.
—Compenetración mental.
—Identidad de pensamientos.
—Me gustaría entenderme con mi mujer el día que me case igual que se entienden ustedes dos.
—En su mano está.
—Cásese enamorado, ¿verdad, pichona?
—Verdad, pichón. Ése es el secreto.
—No sé. No sé... No me parece bastante —dijo dubitativamente el inocente don Fulgencio.
—El amor abre las puertas de la mente...
—...y allana el camino de la sabiduría.
—Vea usted. Vuélvete de espaldas, pichón.

Y la señora Rodríguez sacó de su insondable bolso una ficha de juego de color rojo y la mostró a los presentes. Luego preguntó a su marido vuelto de espaldas:
—¿De qué color?
—Rojo.
—¿Y ahora?
—Ahora... Verde.
—¡Rodríguez! ¡Has dudado! ¡Me estás dejando de querer!
—Lo he hecho para hacerte rabiar, palomita. Perdóname.
—¡Que no se repita!

Don Fulgencio y Canales estaban atónitos. La señora Rodríguez los invitó con toda seriedad:
—Háganlo ahora ustedes dos. Verán como no pueden. A menos que usted ame a Fortunato, lo que no es probable.

El infeliz don Fulgencio se rió un poquito.
Fortunato habló:
—Además, conmigo, no se podría hacer eso. Tengo yo la vista *fulaní pa* eso de los colores.
—¿Qué quiere decir *fulaní*, Rodríguez? —preguntó la señora.

—Que no conozco los colores —explicó Fortunato—. *Pa mí* son...
—¿Es usted daltónico?
—Puede. Puede que sea eso.
—¡Pobre muchacho...! —exclamó, en compasivo dúo la excelente pareja.

Fortunato no pudo dormir aquella noche porque le desasosegaba el recuerdo de la chica sollozante. Por eso decidió acompañar a Paulino Carmona en su guardia y mientras Carmona dormitaba sobre la mesa, Canales dibujaba una cara de mujer en un papel, porque últimamente, por consejo de Carmona, y con su ayuda, había vuelto a su afición y trazaba dibujo tras dibujo en partes viejos de la oficina y con un trozo de lápiz negro.

Allá lejos, en un pasillo, se oyeron gritos apagados y unos golpes de puño sobre una puerta. Carmona se despabiló.
—¡Qué cuernos pasa!

La joven embarazada estaba larga en el suelo de su celda, al parecer desmayada. Carmona dijo a Fortunato que esperase allí mientras llamaba por teléfono al médico. Cuando volvió al cabo de un buen rato, porque el teléfono estaba en el piso de arriba y tardaron en darle la comunicación, Fortunato y la chica estaban sentados en el camastro hablando. Ella explicó que había sentido un gran dolor que atribuía a su estado y por eso había pasado mucho miedo, pero que ya estaba bien y creía que no era nada.
—Lo mejor sería que te llevasen al hospital.

De la misma manera opinó el facultativo de la prisión, aunque en vista de que no corría prisa de momento acordó dejarlo para el día siguiente.

Al día siguiente fueron muchas las cosas que pasaron. En primer lugar, le fue comunicado a Canales que estaba en libertad. Los informes y las averiguaciones hechas en Soria habían dado este resultado. Con tristeza se despidió de Carmona, que al marchar le dijo:

—Vuelve por aquí cuando quieras. Pero no vuelvas cuando quiera la Guardia Civil.

Sin embargo, no se alejó mucho. Estuvo vagando por los alrededores de la cárcel hasta que vio salir de ella a la joven prisionera, llevada por un policía de paisano. Iba al hospital municipal, situado en una plaza vecina, y la chica lo vio de lejos dedicándole una triste sonrisa. Canales se pasó el día dando vueltas por Calatayud, se comió los últimos cacahuetes que le quedaban y bebió agua de la fuente de Ocho Caños. Lo menos diez veces volvió a la plaza de San Juan, donde el hospital se hallaba enclavado, y sólo al final de la tarde se le ocurrió explorar la parte trasera del edificio. A una ventana baja que daba sobre un huertecillo, se hallaba asomada la mujer de sus pensamientos y le hizo una seña con la mano. Canales saltó audazmente las tapias del huerto y se puso debajo de la ventana.

—Vuelve aquí cuando sea de noche —le dijo la chica desde arriba.

—¿*Pa* que? —preguntó el infeliz Fortunato.

Pero no obtuvo respuesta, porque la joven desapareció de su vista.

A las diez, sin embargo, se hallaba en el mismo lugar y aun pasaron dos horas hasta que con asombrado temor vio descolgarse una forma humana de la ventana aquella. Casi como en un sueño la ayudó a tomar tierra y luego a saltar las tapias. Y fue entonces cuando empezó la alucinante aventura de aquella noche de mayo sin luna.

Caminaron sin hablar por calles estrechas y retorcidas, como de barrio moro, con escasos faroles en sus rincones y amedrentadoras sombras de higueras y acacias en sus plazuelas silenciosas. Interminables paredes de iglesias y convento; la campanada da un cuarto, que cayó asustante sobre sus cabezas de una torre que parecía inclinarse hacia ellos muy alta, y el grito de un gallo equivocado de hora por la luz de un coche que pasaba por la carretera cercana. Un sereno golpeaba con el chuzo las losas de una calle, quién sabe si para quitarse el sueño o para asustar los viejos duendes de la vieja ciudad. La sombra del castillo que da nombre a la población surgía tras de cada esquina y la luz de su plaza de armas hacía guiños con la otra luz alta, la de la ermita de San Roque, en el otro cerro gemelo. Pasaron por una plaza grande con porches y un esperpento de hierro en el centro que debía de ser el mercado; luego por otra, con una iglesia de muchas torres y, pasando bajo un arco, llegaron a una carretera polvorienta. Francisca —que así se llamaba la extraña joven— caminaba segura aunque un poco vacilante sobre sus pies y de vez en cuando se quejaba y detenía un poco la marcha. Su compañero la cogía de un brazo y una vez le dijo:

—Lo mejor sería que nos paráramos a descansar.
—No, no. Ya se pasará. Ya se pasará.

Luego, tras de un rato de silencio, se decidió a preguntar Canales:

—Bueno. Pero... ¿adónde vamos?
—Lejos... lejos de aquí. Llévame lejos de aquí.

Y Fortunato, el simple y sentimental Fortunato, tan hambriento siempre de amor, sintió un gran calor en su pecho al oír la lastimera petición y se vio convertido en un temerario caballero salvador de doncellas perseguidas. No le pasó ni un solo momento por su mente que más parecía ser él el conducido, ni que aquella doncella distaba bastante de serlo en el recto sentido de la palabra. Sólo pensó que era una mujer joven que confiaba en él, que caminaba a su lado por desconocidos caminos y eso era bastante. Posiblemente desde aquel mismo momento comenzó a amarla. Miraba de reojo, cada vez que pasaban delante de una luz, su cara demacrada, que debía de ser forzosamente bella; sus ojos, que se le antojaban grandes y profundos; sentía el jadear de su pecho que atribuía a la misma emoción que él experimentaba y... no descendía más en su investigación porque Fortunato Canales era un hombre tan afortunado que no tenía que hacer ningún esfuerzo para segregar de sus bellos pensamientos las cosas feas y vulgares que se les unieran, ni tampoco para no ver más de lo que deseaba ver. Cuando las luces se acabaron, sólo pudieron percibir ya una escasa claridad en el cielo y un blancor espectral en el polvo del camino. No se sabe si por la oscuridad o por otra causa, Francisca se aproximó más a Canales y éste sintió el cálido cuerpo de la joven junto al suyo. Instintivamente le tomó una mano, que sintió fría y perlada de sudor, y así cogidos caminaron un largo trecho más.

Cuando llegaron a la vía del tren, Fortunato se creyó obligado, como presunto director de la excursión, a tener una idea y dijo:

—Vamos ahora por la vía hasta la estación y allí cogeremos cualquier tren...

—¡No! —casi gritó ella crispando los dedos sobre la mano de Fortunato. Y levantándose penosamente, echó a andar cruzando la vía y tomó un caminejo del otro lado, casi oculto por las piedras y las matas. Empezó entonces el terrible calvario que habría de durar tres largas horas, pesadilla brutal, monte arriba, siempre monte arriba, perseguida la moza por el subyugado Fortunato que la alcanzaba cuando se caía y que siempre la preguntaba:

—Pero ¿adónde vamos?

Y siempre oía la misma respuesta:

—A mi casa. A mi casa.

Al principio le sonó bien la respuesta. Le traía recuerdos de hogar, brazos amorosos aguardando, calor en la lumbre y pan en la alacena. Pero a medida que ascendían por los breñales, a medida que las luces del pueblo grande —Calatayud— y de otro pueblecillo muy pequeño —Huermeda— iban quedando allá abajo, se le iban quedando también las ilusiones de llegar alguna vez a algún sitio enganchadas entre las zarzas del camino. Hubo un momento en que Francisca no pudo más. Se agarró al hombro de Fortunato y casi colgada de él, convulsa de dolor y fiebre, le forzaba a andar diciéndole:

—Sigue... Sigue. ¡A mi casa, a mi casa!

Y esa casa que Fortunato no sabía dónde estaba, que parecía hallarse fuera de este mundo, iba adquiriendo para él un aspecto fantasmal, como de objetivo borroso de un mal sueño en el que corremos y corremos sin que parezca que nos movemos del sitio. Monte arriba, siempre monte arriba, cayendo y levantándose, a ratos casi en brazos, a ratos arrastrando los pies y casi el cuerpo, la voluntad indomable de la moza impulsaba a los dos en una firme dirección.

—A mi casa, a mi casa.

Un pinar oculto, sin entresacar, lleno de telarañas y plantas bajas, un pedregal luego movedizo e intransitable, barrancos a los lados, una ladera imprevista por la que cayeron rodando, sombras oscuras de árboles, de rocas, de nubes que tapaban las estrellas... Gemidos cada vez más profundos, sudor frío de las manos, de la frente, espasmos dolorosos en los descansos, apoyada la cabeza contra el pecho, retumbante de miedo y fatiga, del hombre. Un mundo callado donde parecía que no había nadie, nadie más que los dos; donde las palabras "¡A mi casa, a mi casa!" tenían un sentido vacío horriblemente bufo, como de broma demoníaca, como si un trasgo risueño y bestial los arrastrara fuera de la vida y les prometiera, riendo, llevarlos...

—¡A mi casa, a mi casa!

De pronto, como una broma más de la noche, tras de pasar un breñal imposible llenos de arañazos, exhaustos, la aparición repentina de una carretera ancha, asfaltada, cómoda y silente, que pasaba entre enormes sombras de rocas y pinos y donde los pasos vacilantes de los dos sonaban más agudos, más perdidos, como pasos de condenados a andar siempre, siempre, obsesivos y tenaces, sólo interrumpidos por los gemidos de ella, que parecía a punto de caer, aunque casi todo su peso colgaba de su compañero... No sabía si era peor caminar así por la carretera solitaria o ir a trompicones por el monte a través.

Cuando ya Fortunato había perdido el sentido de sus actos, cuando ya Francisca era materialmente arrastrada y había callado, cuando ni siquiera el hombre quería enterarse de hacia dónde caía la casa fantasmal, porque tenía la certeza de su pesadilla y de la condena que le obligaba a andar siempre estúpidamente, sin ir a ningún sitio, la moza se enderezó, se separó del hombre y se dejó caer por una ladera suave. Fortunato la siguió y ambos fueron casi a dar de bruces contra un muro que surgió de pronto en las tinieblas. La puerta chirrió de un modo que parecía un grito humano y la mujer cayó dentro todo lo larga que era.

Fortunato llevaba colgado de su cuello, con una cuerda, un pequeño lío con sus cosas y en él buscó cerillas. Una de ellas le mostró una estancia abandonada, con una mesa destrozada en un rincón, lleno todo de polvo, telarañas... Pero además con un aire trágico, como de casa donde ha pasado algo. Otra banqueta rota, un armario con una portezuela casi arrancada... y la cerilla se apagó. Encendió otra y a su luz miró a la mujer tendida. Vio una mancha extensa, movible, viscosa, que la rodeaba, que enlazaba con un reguero de igual color que venía de afuera, del campo y de la carretera. Se inclinó hacia el cuerpo inerte y, aunque no había visto nunca un muerto, inmediatamente comprendió que ahora tenía delante un cadáver. La cerilla le quemó los dedos mientras se sentaba en el suelo por la misma fuerza de su anonadamiento. Insensible, permaneció allí tanto rato que cuando levantó la cabeza entraba por una pequeña ventana y por la puerta la claridad del amanecer. Se levantó como un autómata y miró hacia fuera. Como ya no podía extrañarle nada, no le extrañó que la casa estuviera rodeada de tumbas, de pobres y tristes tumbas de cementerio de pueblo, tétricas las siluetas de las cruces sobre el telón blanco gris del día naciente, y las piedras rojas con las inscripciones de muertos pobres y desconocidos. Sólo gritó cuando, mirando de nuevo a la mujer tendida a sus pies, recorrió con la vista la mancha que le rodeaba, que se había hecho muy grande, que la había dejado como si fuera una isla blanca en un mar rojo negruzco.

Y todavía gritaba cuando se lanzó ladera abajo hacia el valle que se veía en el fondo, un valle verde y prometedor, muy lejano, pero muy bello, lejos de todo el horror de aquel cementerio de pueblo, de aquella muerta a la que nadie ha matado... Pero ¿sería verdad aquel valle? ¿Sería un sueño más de la noche tan llena de malos sueños? ¿Sería verdad aquel humo de chimeneas ocultas? Correr, correr, sólo correr, para escapar de "su casa".

Nadie pudo averiguar nunca qué es lo que impulsó a la hija del sepulturero de Illuenda a volver a morir a su casa del cementerio. Y tanto más si se tiene en cuenta que en aquella misma casa sólo hacía un mes que su padre había muerto a mano airada, abierta la cabeza con un hacha. El padre era viudo, los dos vivían solos, allí no entraba nadie y la hija ni tenía novio ni se le había visto nunca pasear con hombres o mujeres. Ni siquiera Carmona pudo saber cuál de los tres pecados de su trilogía fue consumado allí.

Al matrimonio Rodríguez lo soltaron la misma tarde del día en que salió Fortunato de la cárcel. A lo mejor era todo, en efecto, un error. De todos modos, como eran personas delicadas, aquella misma noche abandonaron Calatayud. Mejor dicho, a la madrugada, porque el correo Madrid-Barcelona pasa a las cinco por Calatayud. Al llegar al apeadero de Sabiñán se asomaron a la ventanilla de su vagón de tercera y vieron a un hombrecillo acurrucado, temblando en un rincón del cobertizo. Unas mujeres lo rodeaban y un factor le interrogaba sin obtener de él respuesta.

—¡Pero si es...

—...Fortunato! —dijeron entre los dos.

El señor Rodríguez bajó y, cogiendo a Fortunato por los hombros, lo zarandeó, asustado por la cara ausente, de ojos perdidos, del infeliz muchacho.

Perplejo miró a su mujer, que observaba desde la ventanilla y, volviendo a su lado, celebró con ella una pequeña conferencia.

Los Rodríguez tenían esas cosas a veces: lo tomaron del brazo y lo metieron en el vagón. El de Soria sólo sabía decir:

—¡Ya sé cómo es el color rojo! ¡Ya sé cómo es el color rojo! ¡Ya sé cómo es el color rojo!

CAPÍTULO V

Hasta la más deleznable brizna con una razonable capacidad para la flotación tiene derecho de vez en cuando a encontrar un remanso en la corriente donde quedarse temblando un ratito harta de ir a trompada limpia contra las piedras y las raíces. El ratito que tarde en llegar al próximo remolino, que la arrastrará otra vez al centro de la torrentera. Aquella brizna humana arrastrada por la vida que era Fortunato Canales debía de estar acogida a la tabla de los derechos de las briznas —humanas o no—, y, sin embargo... No le faltaba capacidad para la flotación porque los sueños y las fantasías constituyen muy poco lastre y la mano amiga del señor Rodríguez parecía suficiente garantía de que iba por fin a proporcionársele el remanso acogedor donde reparar sus fuerzas y las heridas del alma y del cuerpo. Pero los hechos se concatenaban en contra y cuando los hechos se concatenan, al que le pilla la concatenación va listo. Por ejemplo: un hecho era que la banda de música de Villar de Liestos —un pueblo grandón que cualquiera puede encontrar con tomar a la derecha, según se pasa de Ateca— llevaba fama en toda la región aragonesa. Otro hecho era que las fiestas de Cornejar del Ebro se celebran del 17 al 20 de mayo. Primera concatenación; el Ayuntamiento de Cornejar había acordado requerir los servicios de la banda de Villar de Liestos. Segunda concatenación: la banda susodicha había montado en el tren unas estaciones antes que el matrimonio Rodríguez y en el mismo vagón que los respetables cónyuges habían de tomar luego. Era uno de esos vagones híbridos, creados por una mente malvada o inconsciente, que tienen un tabique en su mitad y que por una punta son de segunda clase y por la otra de tercera. Todos los viajeros huyen de estos abortos de la RENFE en cuanto pueden: los de segunda, porque resulta estúpido pagar billete de segunda para montar en un vagón tan dado a las confusiones y que lleva en uno de sus extremos los tres palitos infamantes. Los de tercera, porque aquel tabique puesto ante sus narices es la más objetiva y brutal demostración de los privilegios de los poderosos que existe en la organización social de nuestros días. Pero, por suerte, hay personas en este cochino mundo, que están muy por encima de estas mezquinas consideraciones y son los que se montan en una u otra parte de estos vagones aunque esté vacío el resto del tren. Entre ellas debemos incluir al matrimonio Rodríguez y a los componentes de la banda de música de Villar de Liestos. Eran los únicos ocupantes de la mitad —de tercera naturalmente— del vagón y, con esa especialísima comprensión de los espíritus abiertos y sintónicos, a los diez músicos y a los dos cónyuges les había bastado un par de túneles a media luz y quince o veinte kilómetros a la incierta claridad del amanecer para trabar alegres amistades.

Cuando entraron los Rodríguez había un pequeño alboroto motivado por el ansia de equidad de todos los profesores en lo que se refería al reparto del vino de una bota. Para acabar con la discusión, el director de la banda propuso la cronometración de los tragos previa prohibición de apretar con la mano el vientre de cuero de la bota. Él mismo, con la batuta en una mano y el reloj en la otra, establecía matemáticamente, a golpes de batuta, los períodos de 45 segundos acordados. Por derechos de arbitraje se concedió a sí mismo una bonificación de 15 segundos. Pero hubo alguna discrepancia en lo que se refería a la aplicación de esta ley; algunos acusaron de parcialidad al reloj del director y por esa razón el clarinete propuso beber cada uno durante veinte compases de tres por cuatro. Para cooperar a la buena medida, salieron algunos instrumentos de sus fundas y comenzó la interpretación de un extraño *Vals de las Olas* interrumpido matemáticamente cada veinte compases para dar tiempo a la colocación de un nuevo recipiendario bajo la bota. Era un espectáculo admirable esta útil aplicación del arte, que encantaría a todos los espíritus prácticos.

Los Rodríguez asistían con benévolo gesto de simpatía a esta escena y, uniendo sus gordas humanidades, costado con costado, en el asiento, se balancearon de un lado a otro siguiendo la música. Mariano, el director, que en la vida corriente era empleado de Banco, los miró afablemente y, aprovechando que, con el nuevo sistema, no tenía nada que hacer en los intervalos de sequía, les preguntó cortésmente:

—¿Qué? ¿Les gusta la pieza? Es nueva y por eso aún no la sacan bien.

—¿Que si nos gusta? La bailamos por primera vez en nuestro viaje de novios.

—No me diga más. Son recién casados —afirmó Mariano, siempre consecuente.

Y luego, volviéndose a los muchachos, ordenó, tomando la batuta:

—A ver, chicos. Vamos con Mendelssohn. Aquí hay una pareja recién aparejada.

Obedientemente sonó la *Marcha Nupcial*. Sólo protestó el que en este momento estaba bebiendo, pero al darse cuenta de que el compás ahora era mucho más lento, lo consideró como un providencial beneficio y continuó trasvasando tinto hasta que la batuta de Mariano le dio un casual papirotazo en la boca, que se le cerró a destiempo. Tan a destiempo, que el vino siguió corriendo por la cara y parte del uniforme azul.

—¿Te das cuenta? —le regañó el director—. Luego

te quejarás de que en los pueblos, al vernos, sólo nos pidan el pasodoble de *Los Borrachos*.

El regañado era mancebo de botica en su pueblo y se llamaba Ernesto. Como consecuencia de la brusca interrupción, le acometió hipo; para librarse de él, el saxofón le deshizo el tímpano con un bello arpegio expelido a dos milímetros de su oreja. Tantas emociones eran demasiadas para el sensible corazón de Ernesto, que siempre era el que primero se rendía en los viajes a las seducciones de la bota, y por eso tomó su trombón de varas y lanzó al aire del vagón unos desgarradores lamentos artísticamente sincopados por los espasmos de su diafragma.

—Bueno. ¿Quieren un poco? —les dijo Mariano a los Rodríguez, ofreciéndoles vino.

—¡Oh! No, no —cabeceó virtuosamente la señora Rodríguez.

—¡No, no! —confirmó su esposo—. A nosotros, en cuanto nos sacan de nuestras costumbres y nuestras tisanitas...

—Por eso siempre vamos preparaditos —terminó la señora mientras extraía de la bolsa de mano una botella. El señor Rodríguez secundó la acción extrayendo del bolsillo de su gabardina un vaso plegable.

La botella era un hermoso ejemplar de la casa Quintanilla y Torres y, según rezaba la etiqueta, contenía en su interior coñac "La Nana" del año ídem. El vaso plegable quedó lleno, pero por breves instantes, porque la señora Rodríguez lo vació en un Jesús. Que con el tiempo empleado por el señor Rodríguez para embaularse el otro cuartillo, constituyó escasamente el espacio necesario para dos estornudos. Callaron las trompas y los tambores, las corcheas y las semifusas que flotaban en el aire cayeron a confundirse con la carbonilla y la suciedad secular del vagón, los profesores apiñaron sus cabezas alrededor de los Rodríguez y a Ernesto se le curó el hipo de repente.

—Ya ve. A nuestra edad no nos gusta hacer excesos —manifestó la señora Rodríguez sin un pestañeo.

—Ya ve —confirmó el señor Rodríguez—. En cuanto pase un rato, echaremos otro traguito. ¿Eh, palomita?

—Ya ha pasado —dijo la palomita. Y tomando de nuevo la botella por el gollete suministró a sí misma y a su marido una nueva dosis de cordial.

Lucas, el saxofón, produjo un extraño ruido con su instrumento. Se le había metido dentro cosa de medio litro de babas, y el suspiro que expelió al terminar de apurar su segundo vaso el señor Rodríguez se convirtió, con la saliva en el vientre del aparato, en un sonido sobrenatural.

—¿Qué te pasa, Lucas? —le preguntó el clarinete.

—Un flato, Zequiel, un flato. El *saxo*, que ha tenido un flato.

—No somos nadie, Lucas.

—No somos nadie, Zequiel.

El Lucas y el Zequiel eran los dos únicos bachilleres de la banda. Pero, aparte de eso, no tenían profesión reconocida, vivían de la tierra que los demás les trabajaban y tenían a gala olvidar su condición de señoritos de pueblo para encarnar el espíritu y las virtudes raciales del agro. Pero el agro, su espíritu y las virtudes raciales solían tomar muy a mal esta encarnación y cuando sus paisanos los veían juntos calle abajo, andando con pausa, las manos metidas en la cintura y dejando caer sentencias a cada paso, ponían caras foscas, que ellos, en su altruismo, ignoraban.

El Lucas decía junto a un corro de campesinos que hablaban del tiempo:

—Mañana... hará un día u otro.

Y miraba al cielo para confirmar su pronóstico.

—No lo permita Dios —contestaba el Zequiel fervorosamente.

Y los campesinos, en vez de agradecer su información y su buen deseo, les decían cosas que iban en detrimento de sus personas y las hacían extensivas a sus respectivas familias. Porque así es de ingrato el hombre aunque sea del agro.

Gregorio el flautín, se sentó muy triste y desmadejado en el banco y dijo con lastimera voz:

—¡Ya estamos bien! Me marea el vaivén. No puedo ir en tren.

Porque Gregorito el flautín, cuando se sentía mal o se emocionaba por algo, hablaba en verso. Él decía que le salía sin querer, que le era imposible contener las rimas y cuando se daba cuenta de que había dejado escapar una aleluya se llevaba la mano a la boca, como si hubiera eructado, y abría unos ojos redondos que pedían disculpas.

Mariano, el director, cogió la ocasión por los pelos y le dijo:

—No te apures, Gorito. Estos señores nos darán un poco de esa tisana de ellos y se te pasará.

—No faltaría más —exclamó la señora Rodríguez, que era la que administraba el insuflen.

—Y que va de primera para esas cosas —comentó el señor Rodríguez poniendo el vaso bajo la botella.

Antes de dárselo a Gorito, y por aquello de evitarle emociones fuertes, probó Mariano el remedio. Lo que quedó debió de ser insuficiente para sacar a Gorito de su lastimoso estado, porque dijo con moribunda voz:

—Mi querido Mariano, además de un granuja eres un marrano.

—Está peor, no cabe duda —dijo el director—. ¿Ustedes permiten?

Y le tomó la botella a la señora Rodríguez. Los demás componentes de la banda se arremolinaron aún más y el señor Rodríguez, en previsión de una epidemia fulminante que hiciera insuficiente el remedio, agarró de nuevo la botella y dijo:

—Les propongo una cosa. Para que vean que los apreciamos, vamos a probar un poquito de ese líquido que ustedes tienen en ese extraño recipiente.

Mariano se apresuró a largarles la bota. Esperaba él, como todos, una justa correspondencia en las atenciones.

—Bueno. Pero sólo un poquito —dijo la señora Rodríguez—. Bebe tú primero para que vea yo cómo se hace.

El señor Rodríguez bebió un dilatado rato apretando la bota hasta que se le crisparon los dedos en ella. La señora Rodríguez lo miraba y daba gritos diciendo:

—¡Huy! ¡No sé si sabré! ¡No sé si sabré!

Luego tomó la bota con mucha monería, la levantó en el aire y dejó caer sobre su linda boquita un trago largo, largo, largo... que de pronto se paró.

—¡Anda! —dijo consternada—. ¡Ya no funciona! ¡La he debido de estropear!

—No tema, señora —exclamó Mariano—. Lo que ocurre es que no queda ni gota.

—Pues no era malo, no —dijo cortésmente el señor Rodríguez.

—Verdaderamente... Pero al lado de los amontillados de Quintanilla... ¿eh, Rodríguez?

—No seas mal educada, palomita; al fin y al cabo, estos señores lo han hecho con buena intención.

—Bien. Pero si probaran un amontillado de Quintanilla...

—No, mujer. Estaría feo. Sería como hacer de menos a su tierra.

—No crea —manifestó Mariano—. Al fin y al cabo, todos son productos de nuestro suelo patrio, y lo que sale de nuestro suelo patrio debe siempre llenar de orgullo a todos los españoles. El español ha de ser siempre...

Ernesto cortó el discurso patriótico del director y propuso una solución intermedia:

—Como la discusión está entre vino tinto y amontillado, propongo que prescindamos de los dos y bebamos coñac.

—Es una idea muy buena, que en este momento triste consolará nuestra pena —dijo en un suspiro Gregorito.

Y como estas últimas palabras parecían ser la última voluntad de un moribundo, los Rodríguez claudicaron. Extrajeron de la maleta una botella de coñac y la vertieron íntegra en el interior de la bota.

No, decididamente no era Fortunato Canales en su actual estado de ánimo el más apropiado invitado de los ocupantes del vagón, considerando asimismo, y de un modo especial también, el estado de ánimo de éstos. Cuando el señor Rodríguez lo subió, salió a esperarlos a la plataforma la señora Rodríguez, que al ver sus ojos de alucinado y su temblor de poseído, dijo con lágrimas en los ojos:

—¡Pobrecito! ¡Pobrecito! ¡Qué le habrán hecho! —hipaba con excesivo dolor, porque la señora Rodríguez tenía el vino sentimental, y luego, con acento más seguro y en tono práctico, preguntó a su marido—: Bueno. Pero ¿lleva billete?

—¡Anda! ¡Pues es verdad! Yo creo que no. Y pensándolo bien yo no sé si querría él venir o no...

Esta duda, en realidad, tenía ya poca importancia, porque el tren acababa de arrancar. Su pitido anunciando un túnel fingía velocidades de sudexpreso.

—Seguramente no le importará. Creo que tiene una hermana en Barcelona...

—No obstante, ignoramos si además tiene una tía en Sevilla, en cuyo caso le hubiera venido mejor tomar la dirección opuesta.

La lógica del señor Rodríguez era a veces genial, y su cónyuge le contempló con admiración.

—Sin embargo, sería peor ahora tirarlo a la vía.

—Tienes razón como siempre, palomita. Vamos adentro con él.

Fortunato seguía con su tonta cantilena:

—El color rojo. Ya sé cómo es el color rojo.

Mariano, el director de la banda, al verlos entrar, se dirigió a ellos con mucho movimiento de brazos.

—¡Señor Rodríguez! ¡Señora Rodríguez! ¡Qué desgracia! ¡Qué gran desgracia! ¡Se ha estropeado otra vez la bota! ¡Venga, venga! ¡Arréglela pronto, por lo que más quiera!

Luego, al ver a Fortunato llevado del brazo por los dos

Rodríguez, le alargó la mano, que el otro ni siquiera vio:
—Los amigos de mis amigos son mis amigos. Mucho gusto, señor...
—El color rojo. El color rojo. Ya sé cómo es...
—Señor Color Rojo, no hay más que hablar. Cada uno se llama como le da la gana. Somos ciudadanos libres de un país libre. Los españoles...

Interrumpió su discurso porque se acercaban los demás profesores, y la fláccida mano de Fortunato fue pasando de una en otra mano de músicos, mientras Mariano presentaba:
—El señor Color Rojo. El señor Ernesto. El señor Color Rojo. El señor Gorito.

Lucas y Zequiel enhebraron uno de sus particulares coloquios:
—¡Buena la lleva! ¿Eh, Zequiel?
—¡Buena, buena, Lucas!
—¿Y de qué será? ¿De vino, Zequiel?
—No *pué* ser, Lucas. Está *mu pasao*.
—*Ties* razón, Zequiel. El vino es noble.
—Así es, Lucas. El vino achispa.
—El vino no entontece, Zequiel...
—Vamos a olerlo, Lucas.
—Vamos a olerlo, Zequiel.

Los dos se aproximaron a la boca de Fortunato y aspiraron.
—Yo huelo a petróleo, Lucas.
—Y yo a cacahuetes, Zequiel.
—¡Qué vida ésta, Lucas!
—Ya, ya ¡qué vida, Zequiel!

Los esposos Rodríguez, sin previo acuerdo, construían en colaboración una excelente biografía de Fortunato:
—Es un amigo de la familia.
—...un pintor. Una gran pintor.
—...bastante bohemio.
—...y un poco ido.
—¡El color rojo, el color rojo! —seguía Fortunato.

—Lo han debido de pelar a la ruleta —manifestó Rodríguez con lógica particular.

—No. Es un ataque cerebral —dictaminó su esposa—. A los artistas suele ocurrirles eso de vez en cuando.

—No hay que hablar más —dijo Mariano—. En seguida lo solucionamos. *¡Jeringuilla!*

Acudió un hombrecillo con cara ratonil y piernas en arco que miraba a todos moviendo mucho los ojos con gesto afable y obsequioso. Era practicante, y en aquel momento el máximo representante de la ciencia de curar.

—A la orden.

—¿Tienes algo *pa* los ataques cerebrales?

—¡Naturalmente! ¡Una sangría! Medio litrito fuera y queda nuevo.

Y extrajo del bolsillo una lanceta de sangrador.

—Bueno —dijo Rodríguez—, pero antes sería mejor probar un tónico eficaz.

—No hay inconveniente. Yo dosificaré —aprobó *Jeringuilla*.

Tomó la botella que llevaba en la mano Rodríguez y, luego de comprobar con un trago la calidad del tónico, se la enchufó a Fortunato a la boca.

Luego la cogió el sensible Ernesto y también tomó una ración del tónico afirmando que no podía soportar su corazón el ver sufrir a los amigos. Gregorito, con su flautín, comenzó una barcarola de Offenbach. Según él, nada había mejor que una barcarola bien tocada para curar las excitaciones cerebrales. Todos estuvieron conformes y se apiñaron a contemplar los efectos terapéuticos de la música. Este momento fue aprovechado por el director para verter toda la nueva botella en la bota de cuero.

—Bueno, pero... ¿le sangro o no le sangro? —preguntó *Jeringuilla*.

Y como nadie le contestase, determinó resignadamente:

—Entonces me voy a hacer pis.

El director se indignó:

—¿Ésa es la educación que has aprendido? ¿Cómo se pide permiso?

Jeringuilla, contrito y avergonzado, levantó un dedo.

—¿Mayores o menores?

—No sé aún. Ya me lo pensaré adentro.

—Bueno. Vete. Y que consigas pronto tu paz interior.

Fortunato, sentado entre tantos buenos amigos, había dejado de temblar. También había cesado en su sonsonete colorístico y empezaba a dar señales de reconocimiento del cosmos circundante. Pero fue en aquel momento cuando llegó el revisor y Mariano, siempre atento a todo, tomó una trompeta y se la puso en las manos a Fortunato. El revisor contó los billetes que le dio el director, contó las cabezas y se marchó.

—¿Qué te parece, Lucas?

—Mal me *paece*, Zequiel.

—Al *Jeringuilla* lo pescan sin billete, Lucas.

—Ya *me dao* cuenta, Zequiel.

Como si fuera una profecía, se oyó en la plataforma una fuerte discusión. Era el *Jeringuilla* con el revisor.

—Le digo que mi billete lo lleva un amigo ahí adentro.

—Y yo le digo que he visto todos los billetes y todos los viajeros, y ni sobra ni falta uno solo.

—¡No me diga! ¡Se cuela usted, joven!

—¡Y usted paga doble o baja en la próxima con la Guardia Civil, joven!

En el interior del vagón comenzaron a pasar cosas, Gregorito que era de baja estatura, fue metido bajo el asiento y camuflado con bultos y maletas, a pesar de que versificaba a velocidad de vértigo, encontrando consonantes siempre, aun para las palabrotas más gordas. Los demás tomaron sus instrumentos y comenzaron el ensayo general de un pasacalle. Lucas se puso tras Fortunato y le obligó a ponerse la trompeta en la boca. Después le pegó en el occipucio con los nudillos y le dijo:

—¡Sopla, idiota!

Mariano, muy fino, le entregó de nuevo los billetes al

revisor, que contó otra vez las cabezas. Como la cuenta salía bien y, además, el *Jeringuilla* manejaba a la perfección el flautín que Gorito había dejado libre, se dio por vencido. *Jeringuilla* le sopló dos agudos bajo sus narices y los demás lo despidieron con el airoso estribillo. Lástima que Fortunato, por obedecer a Lucas, que no cesaba de cascarle en el cogote, lanzara un lamentable rebuzno a solo de trompeta que malogró el conjunto.

Gorito salió de su obligado refugio y dijo con santa indignación:

—Mil veces os repito: sois todos unos...

El adjetivo ganaderil fue ahogado en un lamento del trombón de varas de Ernesto.

Imagínense ustedes un cuadro de Solana. Ése del Carnaval o, mejor, el otro de la fiesta en el pueblo. Multitud abigarrada, cretinos tristes, niños churretosos y todo lo demás. Ya es de por sí impresionante ¿no? Bueno, pues supongan ahora que ese cuadro tiene un protagonista como Fortunato Canales. Supongan que el Fortunato Canales que ustedes conocen ha caído en medio de un cuadro de Solana y con la varita mágica de la imaginación hagan vivir al cuadro, vean moverse a la multitud abigarrada, a los cretinos tristes, a los niños churretosos y a todo lo demás, con Fortunato en medio. Únicamente de este modo podrán hacerse una idea de lo que pasó a partir del momento en que Canales fue entregado a Mariano y sus muchachos con estas palabras de los Rodríguez.

—Conformes. Pero sean buenos chicos y trátenlo bien.

—Y sobre todo, encamínenlo hacia Barcelona.

—No teman, amigos. Será como nuestro hijo adoptivo y cuando pueda por sí solo volar, lo sacaremos a la carretera y lo subiremos a cualquier cosa que ande —dijo Ernesto, el sensible Ernesto, con un brillo altruista en los ojos. Mariano no dijo nada porque estaba ocupado en guardar convenientemente la botella de manzanilla y la de amontillado de Quintanilla y Torres que les habían sido entregadas como pago del pupilaje.

—¿Cuánto crees que pueden durar dos botellas *pa* diez, Lucas?
—Un par de horas a *too* tirar, Zequiel.
—¿Y cuánto *pué* durar un tontaina sin comer ni beber y a patada limpia, Lucas?
—Casi un par de días, Zequiel.
—Mal negocio, Lucas.
—Mal negocio, Zequiel.

Haría falta, por lo tanto, ser un Solana de la pluma para contar la historia de Fortunato Canales durante el día y la noche que pasó en Cornejar del Ebro. Y como ocurre en la Pintura, cuando el pobrecito narrador se siente impotente para poner algo suyo en lo que quiere retratar, recurre al subterfugio que no lo es, de contar las cosas como son o como fueron, sin quitar ni poner nada, simple enumeración de hechos, contabilidad de cosas vividas o vistas que, después de todo, igual llenarán al final el lienzo o las cuartillas. A esto unos le llaman naturalismo, otros realismo y no pretendo hacer una aleluya diciendo que es lo mismo. Porque siendo la vida y la naturaleza mucho más artistas que nosotros, nada malo hay en dejarlas hacer. Es seguro que este sacrificio de nuestra soberbia, esta renunciación a la tonta vanidad de querer siempre meter nosotros la cuchara de la interpretación, nos será premiada al final como se premian siempre los actos sinceros de humildad.

Llegada del tren a Cornejar. Lágrimas de mamá Rodríguez, que besa a Fortunato en un ojo quizá por la inestabilidad del tren o por la inestabilidad que proporciona el vino. Abrazos de papá Rodríguez. Juramentos del revisor, que, por un desbordamiento de su sentido del deber, vuelve a contar las cabezas en el andén y le salen once. Recibimiento del presidente de la comisión de festejos y orden de salir dentro de una hora a colaborar con las bombas reales y con las campanas en la inauguración de las fiestas. Extrañeza al ver once músicos en vez de diez, como son los contratados. Se le informa de que Fortunato ha sido dado a luz por Gorito durante el viaje y que no lo iban a dejar en el tren o tirarlo por la vía. Espíritu comprensivo del de Cornejar, que acepta encantado el aumento y felicita a la familia, aunque dice que él no paga más que a diez y que lo alimente su padre. "Pierda cuidado", dice Gorito, herido en su orgullo. Galope hacia el hospedaje. Zafarrancho general. Se decide poner decente a Fortunato para que los acompañe llevando solfas y atriles. Fortunato tiene el convencimiento de que está soñando desde el día anterior. Al desnudarlo entre todos, le ven la camiseta de las cintas y este funesto descubrimiento provoca graves desórdenes. Ernesto palidece. Zequiel propone ofrecerlo como número de festejos. Lucas cree mejor solución sacarle así a la calle, de abanderado. El *Jeringuilla* saca la lanceta para sangrarlo. Mariano se bebe media botella de manzanilla para soportar tantas emociones, y Gorito eructa veintitrés endecasílabos acabados en *ón*.

Música y jolgorio. Pasadoble de estreno que no sale mal y que en vista de eso es repetido setenta y dos veces. Cohetes, olor a churros, mozas en las ventanas, mozas en la plaza, mozas en el tablado y mozos en la taberna. Chicos en igual número que moscas, por lo que pasan inadvertidos. A Roque, el trombón mayor, le meten un petardo en la bocina que le hace polvo los bemoles. A Nicolás, el del bombo, se le rompe un parche, y una chica da un chillido como si le pasara algo a ella. Baile, polvo, sudor, cuerpos que giran, cuerpos que saltan, cuerpos que corren, cuerpos que aúllan, cuerpos que vomitan. Nuevo recorrido, Fortunato no puede más detrás de Mariano y sus muchachos pero Zequiel le anima a seguir metiéndole el clarinete por las costillas.

Comida abundante. Fortunato piensa que esto no es sueño y decide crearse reservas después de aplacar un hambre de dos días. Después de comer, se encuentra mucho mejor y se cuelga del hombro la máquina de retratar, lo que hace que Lucas le diga al posadero que es un chico de la Prensa. Como consecuencia viene a verlo el alcalde para pedirle que diga en los papeles todo lo que ha progresado Cornejar desde que es alcalde él. Fortunato le dice que sí, conminado por la batuta del director, y luego, para evitar más líos, se deja la máquina en la posada.

Vaquillas, plaza de carros. Siempre se hunde el tablado donde hay más mozas, resentido de las miradas de fuego que lanzan los mozos pasando por debajo. No ocurre nada porque la madera es mucho más blanda que las cabezas en Cornejar. Mozos con sogas, mozos con cestas de pinchos, mozos con palos luchan heroicamente con la primera fiera y la vencen gracias a que no le queda sitio para embestir. Sangre y vino en las camisas que con el polvo hacen el mismo barro. Chillidos de mujer, pitos de chicos, trompetazos de la banda, blasfemias de borrachos, dos mozos riñen en un tendido. La vaca ha hecho carne y se llevan a otro, blanco de miedo y jurando. Fortunato se cae del tablado de la banda nadie sabe por qué. El Zequiel sí que lo sabe. Al caer aplasta a dos chicos pero como hay tantos no se le toma en cuenta. Como no hay bicho alguno en la plaza en este momento los mozos deciden aprovecharlo para la lidia. Uno le ata una cuerda al cuello, otro le ensarta una cesta rota y los demás lo azuzan. Gorito, que ya le ha perdonado lo de las cintas, toca la trompeta ordenando la apertura del toril y Fortunato queda abandonado en medio de la plaza. La vaca, con escaso compañerismo, va por él con impropia decisión. El trombón de varas del sensible Ernesto logra izarlo en el penúltimo momento a la plataforma. Si lo hubiera izado en el último, le hubiera evitado una inyección intramuscular de cuerno en la nalga derecha. *Jeringuilla* dictamina que no tiene importancia el puntazo. "Si hubiera llevado calzoncillos, sería peor, porque la tela de calzoncillos sucios es muy infecciosa", le dice. Para el susto, vino. Para la alegría de verlo de nuevo en el hogar, vino. Para el peligro de tétanos, vino. Vino para poder seguir tocando. Vino para descansar de tocar. Vino para merendar. Más vino para cenar. Hay que llevar vino para el baile de la plaza. Para el baile de noche, a la luz de tres bombillas de cien vatios, que dejan en penumbra los rincones, que parecen flotar en unas doradas nubes de polvo, que ponen sombras de misterios y sonrisas en las caras que sudan lujuria, que fingen revoloteo de faldas lujosas en los vuelos alicortos y torpes del percal. Ritmo de jota encanallada en vals machacón. Las vueltas, la locura de los giros separa los cuerpos que el deseo quiere juntar y el juego se hace más peligroso. Petardos buscadores por entre las piernas de las mozas chamuscando medias y elevando faldas. Gritos, insultos, traseros de chicos cepillados a punterazos de botas nuevas. Llantinas, amenazas y vuelta a empezar porque a los chicos y a las moscas no hay poder humano que pueda exterminarlos. Fuegos de artificio. Una rueda chamusca la gorra de Fortunato, que estaba debajo, nadie sabe por qué. El Zequiel sí lo sabe. También los músicos quieren bailar. También los músicos quieren gozar del tacto de la carne joven, del olor de los cuerpos sudorosos expresamente lavados para las fiestas. Porque hay que lavarse una vez al año o antes si estás en peligro de muerte, según dice la ley no escrita. También los músicos quieren bailar. Uno a uno son sustituidos por Fortunato. Como está borracho, no lo hace mal, ayudado por las amistosas intervenciones de Lucas o de Zequiel. También Fortunato bailaría si no estuviera tan borracho. También desea como cada hijo de vecino tener junto a sí un cuerpo de mujer. Pero no puede. No puede ni tenerse en pie. Ahora que tiene tan cerca el placer, el amor, el beber en la fuente de la vida, no lo deja el vino. Siempre hay algo que no le deja. Siempre hay algo entre las mujeres y él. Hoy es el vino. Antes fueron otras cosas, pero hoy es el vino. El vino dicen que es rojo, aunque él no lo sabe porque sólo vio el color rojo una noche que parece cercana, pero que debe de ser muy lejana. Y vio el rojo porque estaba al lado de la muerte. A lo mejor también podría ver el rojo si estuviera cerca del amor. Rojo-muerte, rojo-amor, rojo-vino. Deben de ser iguales, aunque él no los vea. Si pudiera levantarse y acercarse a una mujer, quizá llegara a enterarse y quizás a verlo otra vez, aunque no estuviera cerca de la muerte. Abrazaría a una moza, le diría todas las ansias que llevaba dentro, todo lo que ha imaginado y soñado y deseado desde que es hombre. Le diría bellas cosas para describirle el suave tacto de su piel, la cálida blandura de sus carnes, la haría reír, la haría llorar, la haría sentir y al fin en sus labios o en sus mejillas amanecería la roja aurora de la vergüenza o la roja aurora del deseo. Sería lo mismo. Lo mismo y lo mejor, porque, si no, le mordería un seno para saber de una vez cómo es el rojo amor... Pero ¿cómo, si estaba tan borracho?

—¡Sopla, idiota! —le dijo Zequiel dándole con los nudillos en el cogote.

Y la armonía ramplona de un chotis pueblerino se adornó con un lamento burlesco, de bufón que al final de sus pensamientos no le queda más puerta de salida que la risa, un lamento de trompeta que resultaba casi humano y que, en realidad, lo era. Aunque nadie supiera por qué. Y esta vez ni siquiera el Zequiel.

La banda de Villar de Liestos tenía que tocar diana a las ocho. Mariano vertió la jarra del lavabo sobre la cabeza de los durmientes, que eran casi todos. Sólo Roque, el del bombo, estaba despierto, colocando un parche nuevo a su instrumento.

Recorrieron el pueblo despertándolo a trompetazo limpio, hicieron cloquear a todas las gallinas y quiquiriquear a todos los gallos asustados por esta competencia de despertadores; tuvieron la virtud poco recomendable de expulsar de las casas a todos los niños y llenar de nuevo con ellos las calles, y soplaron con más entusiasmo a la puerta del alcalde para justificar debidamente los honorarios. Luego hicieron una cosa rara: colocaron a Fortunato, vestido con su traje azul marino, su camisa blanca y su cuello duro, delante de ellos, en lugar de ir detrás, siguiéndolos como un perro, y tomaron el camino que enlazaba con la carretera general. Fortunato llevaba una maleta de cartón casi nueva que el Lucas se había proporcionado en algún sitio, y le colgaba del hombro la Leica.

Al llegar a la carretera, otearon el horizonte de asfalto sin dejar de soplar. Interpretaban ahora el "Adiós, muchachos, compañeros de la vida"; el sensible Ernesto arrancaba de su trombón de varas los mejores arpegios de su vida. Gorito vertía poéticas lágrimas sobre su flautín. Lucas y Zequiel acaparaban con el clarinete y el saxofón las dos orejas de Fortunato y el Zequiel dejó un momento de tocar para decirle:

—No llores, idiota.

Mariano dirigía con una botella vacía porque no sabía dónde se había dejado la batuta... y como ocupaban el mismo centro de la carretera, cuando llegó el imponente Cadillac tocó la bocina inútilmente y tuvo que parar.

—Buenos días, señores —saludó Mariano con extraordinaria educación—. ¿La familia bien?

—Vamos, Fortunato, hijo, acércate y saluda —dijo Ernesto dando un empujón al de Soria.

—Se trata de que este chico se tiene que ir a la guerra, ¿sabe? —explicaba Mariano—. Es el único soldado que hemos podido conseguir entero en Cornejar, ¿sabe?

—Y el Ayuntamiento es tan pobre que no puede subvencionarle el viaje, ¿sabe? —continuó Ernesto.

Dentro del coche había un chófer, un viejo y una vieja que miraban más asustados que asombrados a los de la banda. El Lucas y el Zequiel se habían separado un poco y miraban la matrícula del coche.

—¿*T'has dao* cuenta, Lucas?

—Ya, ya, Zequiel.

—¿No te *paece* que cuando uno va en coche extranjero a lo mejor también es extranjero de Francia *u* de París?

—Ya será fácil, ya, Zequiel.

—¿Tú *t'acuerdas* de hablar en gabacho?

—Unas miajas, Zequiel.

—¡Hala, pues!

Los dos se acercaron a la ventanilla. Lucas empezó:
—*C'est la guerre, madam! C'est la guerre, monsieur! Le jeune s'en va a la guerre! Oh, la la!*
—*La guerre?* —los ocupantes del coche se miraban entre sí, cada vez más asustados. Pero seguían sin entender nada.

Gregorito tuvo un arranque sublime. Abrió la puerta del coche, empujó a Fortunato y su maleta, y los dos cayeron al lado de una vieja muy asustada que estaba pensando en la buena tradición bandolera de las carreteras españolas. Mientras esto hacía, iba rimando:
—No hay que dar explicaciones, para viajar por España, en coches de otras naciones.

El chófer no esperó más. Metió la primera velocidad que le vino a mano y salió raudo. La banda de Villar de Liestos quedó en la carretera entonando con entusiasmo el "Soldado de Nápoles".

CAPÍTULO VI

Hasta que no pasó un buen par de kilómetros no se recobraron de su susto los ocupantes del Cadillac. Luego comenzaron a mirar a Fortunato. Al principio, con reserva y aprensión. Luego, descaradamente y con indignación creciente. En especial el chófer, que era el que más miedo había pasado, mostraba ahora un gran afán de justicia. Pero lo mostraba en francés, cosa que lo hacía innocuo para Fortunato, que, tímidamente, con sus ojos redondos de borrego apaleado intentaba ganarse la compasión ya que no la amistad de aquellas gentes.

El chófer debió de proponer algo al viejo que se sentaba a su lado y hasta frenó un poco el coche como dispuesto a pararlo. Pero el viejo tenía cara de buena persona y, volviéndose a mirar otra vez a Fortunato, debió de valorar su aspecto inofensivo y de asustada timidez —casi como de animal perseguido— por lo que, haciendo signos negativos, ordenó continuar la ruta.

La anciana ya no estaba acurrucada en un rincón. Se había erguido en el asiento y muy digna había recogido las ropas y trastos que tenía a su lado, evitando todo roce con Fortunato. Éste se replegó con triste sonrisa y procuró ocupar el menor sitio posible.

En silencio llegaron a Bujaraloz. A la entrada del pueblo paró el Cadillac, se volvió el viejo hacia el viajero forzado y preguntó:

—*C'est ici?*

Canales sonrió muy fino, miró al techo, miró al suelo, miró el bonito horizonte estepario de los Monegros y se encogió de hombros.

Los tres ocupantes del coche hicieron ese ademán tan francés de mover la cabeza, golpearse con los brazos en los costados y decir *Oh!* con desesperación. Lo repiten siempre con los desgraciados mortales que desconocen su lengua. Con todas estas cosas quieren expresar algo semejante a esto: "Pero ¿será posible que haya en el mundo bestias semejantes a ésta, que no saben hablar el francés? ¡*Mon Dieu,* y con lo fácil que es!"

Pero como Fortunato no se movía, el chófer continuó su camino con gesto cada vez más hosco. En Peñalba recurrieron a otro procedimiento más apto para retrasados mentales. Pararon, el chófer abrió la portezuela posterior de su lado, que era el de Fortunato, y esperaron unos segundos. Fortunato volvió a sonreír agradeciendo esta deferencia de ventilar el interior del coche para su comodidad, y se arrellanó en su asiento, al que ya le iba tomando gusto. Nuevos gestos de desesperación, nuevas frases incomprensibles entre ellos y reanudación de la marcha. En Candasnos no pararon. Antes de llegar al pueblo se entregaron los tres ocupantes a una representación mímica muy amena. Señalaban el pecho de Fortunato y luego señalaban el pueblo. Fortunato, que hacía trabajar su inteligencia al máximo, pudo interpretar los gestos:

—¿Ya es esto Barcelona? Se me había figurado que era algo más grande.

—*Barseloná?* —pescó al vuelo el chófer.

—*Voulez vous... jusqu'a Barseloná?* —interrogó el viejo encrespándose.

—¡Oh, no, no! —dijeron a coro los tres.

Fortunato, desentendido por completo de estos ejercicios lingüísticos, contemplaba el paso de las pobres casas del pueblo y al ver que el coche no se paraba, exclamó satisfecho:

—Ya me parecía a mí que esto no podía ser Barcelona.

En Fraga sí que pararon. Pararon y además bajó el chófer. Se acercó a la portezuela de Fortunato, la abrió con decisión, tomó la maleta, tomó a Canales por el brazo y sacó a los dos del coche con escasa suavidad. Luego dijo:

—*C'est ici.*

Y esta vez sin preguntar.

—*Mersi, mersi* —decía Fortunato desde la carretera—. *Mersi, mersi* —seguía diciendo muy orgulloso de haberse acordado de esta palabra para demostrar su gratitud.

Luego miró al pueblo, grandón y empinado, al largo puente sobre el Cinca, a las presuntuosas edificaciones hoteleras y turísticas que se apiñan en Fraga alrededor de sus surtidores de gasolina, y dijo convencido:

—Esto ya es otra cosa. Lo que no sé es hacia donde caerá el mar. ¡Tengo unas ganas de ver el mar!

Y le preguntó a un labrador que salía del puente conduciendo un burro cargado de hortalizas:

—Oiga. ¿Hacia dónde cae el mar?

El labrador y el burro se pararon, dijérase que los dos con el mismo asombro. Los dos también miraron a Fortunato. El burro enderezó las orejas. El labriego crispó la mano sobre la vara hasta que le blanquearon los nudillos. Luego los dos siguieron su marcha sin contestar.

Pero, un poco más adelante, el hombre y el burro se pararon. Precisamente junto a un surtidor de gasolina donde dos hombres —el del surtidor y otro vestido con mono azul— charlaban plácidamente. El labrador hablaba moviendo mucho los brazos y con la vara señalaba a Fortunato. Éste, ansioso de información, se acercó confiado. Siempre que Fortunato se acercaba a un surtidor de gasolina, uno no podía menos de comprobar el gran parecido entre los dos. El labriego estaba muy indignado, el del mono azul se reía hasta peligrar su estabilidad en el banco y el hombre del surtidor, un fulano grueso y peludo, se había quedado muy tranquilo y miraba a Fortunato con mirada crítica. Porque la misma noticia puede causar muy distintas

reacciones en cada hombre. Es cuestión de temperamento.
El grueso preguntó en un tono paciente y conciliador:

—Bueno... pero, vamos a ver, ¿qué mar es el que quiere usted?

—¡Anda! Pues el mar. El mar que pasa por Barcelona.

—¡Ah! ¿Ve usted? Hablando se entiende la gente.

El del mono azul se reía cada vez más, pero tenía la dentadura postiza y mal hecha, por lo que siempre que abría la boca en exceso se le caía. Por esa razón cada carcajada tenía que interrumpirse bruscamente para cerrar la boca y como la causa de la hilaridad no cesaba, volvía a abrirse y volvía a cerrarse, debido al mismo principio de todos los mecanismos intermitentes. Su risa podría ser representada onomatopéyicamente de un modo parecido a esto:

—Ja, ja, ja, aummm, ja, ja, ja, aummm, ja, ja, ja, aummm.

El hombre gordo, afable y complaciente, estaba dando indicaciones a Fortunato.

—No tiene usted más que seguir por aquí. Todo seguido, todo seguido —le señalaba la carretera, que se perdía entre dos grandes peñascos ascendiendo hacia la sierra—. Y si tiene alguna duda, le pregunta a cualquier guardia.

—Bueno. Pues muchas gracias.

—No hay de qué, hijo, no hay de qué. Un poco picadillo estará esta tarde. Tenga cuidado con las olas.

Fortunato se marchó. El labriego se quedó mirándolo y meneando la cabeza.

—No sé cuál de los tres somos peores —dijo—. Si soy yo, por haberme *enfadao* con ese pobre tonto, o éste por reírse, o tú por tomarle el pelo con tan mala sangre.

—¡Alto, tío, alto! ¡Que yo no he hecho más que decirle la verdad! ¿No es verdad, o qué, que si va todo seguido, todo seguido por ahí llegará al mar?

—Ja, ja, ja, aummm, ja, ja, ja, aummm —seguía el de la dentadura.

A las siete de la tarde, un camión lleno de obreros que venían de una cantera cercana paró junto a un hombre sentado en un pilón de la carretera.

Tenía una maleta a su lado, le colgaba de un hombro una máquina de retratar y se hallaba contemplando unas postales. El chófer preguntó:

—¿Quiere subir?
—¿Hacia dónde va?
—¡Cuernos! ¿No lo ve?
—Bueno. Es lo mismo.

Y de ese modo Fortunato fue devuelto a Fraga. No intentó verse con el calvo del surtidor. ¿Para qué? Estaba acostumbrado a la mala sangre de los hombres y a los hombres de mala sangre, y sabía que no merecía la pena pedir cuentas a nadie. Cuentas que es casi seguro que no se las darían. Por eso se dedicó a buscarse un buen acomodo para pasar la noche. Había pasado un buen día de campo comiendo parte de las provisiones que Gorito el flautín le había colocado en la maleta. Encontró un excelente rincón bajo el puente, pero había una tribu de gitanos, raza de la que huía porque estaba escarmentado de ellos. En varias ocasiones le habían saqueado Villa Jesusa. Por esa razón pasó al otro lado del río y bajo una de las arcadas halló al fin un poco de césped y abrigo suficiente para pasar la noche. Aún era temprano y no tenía sueño. Por encima de él se oían los acompasados golpes de las herraduras de bestias de labor que volvían del campo. Canciones, silbidos, algún taco de carretera que hacía retumbar con ellos y con el hierro de las ruedas la armazón del puente; bocinazos de coches abriéndose paso entre el tráfico nocturno, risas de jóvenes, charlas de hombres. Todo un mundo tan cerca y tan lejos del suyo, que no sospechaba su existencia y que pasaba atrafagado sobre su cabeza haciendo con su ruido y su inquietud más placentero el descanso y la paz bajo sus plantas. Canales empezaba a considerar que el mundo, al fin y al cabo, era como un inmenso escenario y que el ser más feliz es el que se conforma con ver la función. Había que evitar toda intervención en la farsa. Siempre que uno se dejaba llevar por el deseo de ser actor, empezaban a pasarle cosas, se veía perdido en el juego de las pasiones, corría desalentado tras de grandes espejismos, abría las manos y los brazos, queriendo abarcar, estrechar a la vida, al amor, la gloria, la amistad, y siempre, siempre, las manos y los brazos se cerraban en el vacío porque todo se hallaba siempre más allá, como tras un cristal contra el que uno se estrellaba a la manera del pez en la pecera... Por eso lo mejor era pararse a ver la función...

—¡Vaya un diíta! ¿Eh? ¡Qué calor!

Era un mendigo clásico el hombre que se sentó a su lado bajo el puente. Pelo entrecano, bigotes lacios que le caían a los lados de la boca, una nariz roja de buen bebedor y una infinita cantidad de arrugas donde se habían enterrado los reflejos y el calor de muchos soles. La ropa remendada le hacía grandes bolsas y llevaba un zurrón al costado. También llevaba una caja de madera, que depositó junto a él con mucho cuidado. Era un mendigo clásico, y, sin embargo, se ofendía gravemente si alguien le llamaba así. Esta ofensa se la produjo Fortunato sin querer.

Fortunato lo recibió en silencio. Había venido a romper su sosiego, sus ideas de paz, y lo que más le molestaba era la confianza con que se sentó a su lado como si fuera un igual.

—Buen pueblo este Fraga. Yo vengo mucho por aquí —dijo el hombre.

—¿Dan mucho, o qué? —preguntó Fortunato con ligera condescendencia.

—¿Cómo que dan? ¿Qué es lo que dan?

—Limosna. ¡Digo!

—¡Limosna! Pero ¿es que se ha creído *usté* que yo pido limosna? En mi vida me había *pasao* nada semejante. Mira que confundirme a mí... ¡a mí, con un...!

—*Usté* perdone. Uno no sabe...

—Yo soy un artesano... Un artesano... ¿Sabe? Y de los que quedan pocos. ¡Mire!

Y le enseñaba a Fortunato la caja de madera abierta, donde había unos raros utensilios, trozos de hierro, una cacerola y un paraguas desarmado.

—Estañador y paragüero. Eso es lo que soy —exclamó con orgullo.

—Que sea por muchos años —deseó respetuosamente Fortunato— y ya me dispensará...

—No se hable más. Me hago cargo. Es mejor así. Cada uno en su lugar, y cuanto antes se conozca con quien se juega uno los cuartos, mejor.

Fortunato se creyó obligado a presentarse.

—Fortunato Canales, para servirle. Fotógrafo y pintor.

—Mucho gusto. ¿Ve *usté*? Así ya sabemos que estamos entre caballeros. Nada mejor para la convivencia humana que el buen conocimiento de los que nos rodean. Confieso que si no me hubiera *usté* inspirado confianza, me hubiera ido al otro lado.

—Hay gitanos.

—Razón de más *pa* quedarme. Hay que huir de la raza maldita. De la vergüenza del mundo ambulante. A mí lo que más me encocora es la facilidad que tiene la gente *pa* las confusiones. *Pa* ellos no hay más que vagabundos, y a todo el que anda por los caminos le llaman igual. No se dan cuenta de que hay en el mundo que anda unas diferencias de clases más claras y marcadas que en el mundo que está *parao*. *Usté* y yo somos una clase; los segadores, peones y pastores trashumantes, otra. Luego vienen los titiriteros, y por debajo de ellos los mendigos. Los últimos de todos, lo peor de nuestra sociedad, son los gitanos. Y tenga en cuenta que por encima de nosotros sólo están los *globetrotter*, los turistas y los peregrinos.

—¡Hombre! No se me había ocurrido...

—Ya se ve, ya se ve que es nuevo y piensa poco... Hace falta, hace falta que ustedes los jóvenes se hagan cargo de su misión en el mundo y del lugar que ocupan en el concierto universal. Al fin y al cabo, nosotros somos los navegantes de tierra, los que enlazamos unas y otras tierras, unos y otros continentes. Símbolos de la fraternidad entre los hombres, vamos recorriendo el mundo que Dios ha puesto bajo nuestros pies... El hombre del mundo *parao* nos desprecia, se considera mucho más respetable... ¡Imbécil! Y sólo porque él está *anclao* en el puerto para toda su vida, pudriéndosele las tablas con el agua estancada, comido de deseos, de envidias y codicia, viendo pasar los días iguales, entre paredes iguales, y saliéndole el sol siempre por el mismo lado de su cuerpo...

—Ya, ya —dijo Fortunato que se perdía en tanta charla—. Sin ir más lejos, esta mañana...

Pero el viejo no dejaba hablar a nadie cuando él se hallaba en el abuso de la palabra.

—Como le decía, a nosotros se debe el mutuo conocimiento de los hombres. Día llegará que los gobiernos se harán trashumantes, se echarán a los caminos para conocer la tierra que quieren gobernar y a los hombres que deben obedecer. Verá usted resolverse de una vez todos los problemas que hoy agobian al mundo... No habrá guerras, porque los hombres no luchan entre sí cuando han caminado juntos unas cuantas leguas; no habrá cárceles ni códigos ni policías, porque todo estará al borde de la carretera para uso del caminante que pase, y éste no se lo puede llevar consigo...

El hombre se entusiasmaba en su propia evocación. Sólo paró cuando un ronquido de su compañero le hizo saber que había perdido el auditorio.

Durante la noche se despertó Fortunato al sentir un tirón en la correa que le sujetaba la máquina de retratar al cuello. Su compañero le dijo:

—Va usted a chafar ese trasto. Se lo quería yo poner al lado...

Fortunato, entre sueños, debió de tener alguna admonición porque se descolgó la máquina y se la metió, bajo los pantalones, en la bolsa de canguro.

A la mañana siguiente, de debajo del puente de Fraga, habían desaparecido dos cosas, el vagabundo consciente y la maleta de Fortunato.

Durante gran parte de la mañana Fortunato vagó por Fraga en busca de los dos, porque tenía la seguridad de que se hallaban unidos. Pero fue inútil la búsqueda. Inútil y fantasmal. Cuando se hallaba, por ejemplo, en la plaza de España, oía lejos en una calle alta:

—¡Estaaañador y paragüero!

Corría en la dirección de la voz y de nuevo la oía ahora allá en lo hondo, junto al río, como si se hubiera lanzado del castillo abajo o volara invisible sobre la ciudad.

—¡Estañador y paragüero!

Nunca pudo encontrar al hombre unido a su voz. Cuando más adelante recordaba esta extraña aventura, Fortunato llegó a pensar que fue un sueño soñado bajo el puente todo lo referente al vagabundo consciente, a su instructiva charla y a su misterioso pregón. Sólo no encajaba muy bien en el sueño la pérdida de la maleta.

Al mediodía, Fortunato hizo inventario de bienes, que arrojó el siguiente balance:

Una máquina fotográfica Leica. La ropa puesta. Tres duros que guardaba en el bolsillo de la camiseta de lona para cuando las cosas llegaran al último extremo. Una colección de postales pornográficas. Una cédula personal vieja. Una licencia de vendedor ambulante. Una navaja mellada. Unos cordones de zapatos usados. Un trozo de alambre. Las cartas de su hermana.

El inventario le hizo tomar la determinación de ir a ver a su hermana a toda costa si no quería perecer de hambre. Por un duro le dieron media barra de pan y un trozo de queso en una taberna y se informó, por un hombre que parecía formal, acerca del camino que debía seguir. Cuando se enteró de que, al fin y al cabo, la carretera hacia Barcelona era la misma que había tomado el día anterior, exclamó:

—No me engañaba, pues, el de ayer. Lo que pasa es que debe caer un poco lejos.

Echó a andar dándole pequeños pellizcos al pan y al queso, para que duraran más. Cuando se acabaron, miró desalentadamente a la interminable cinta negra que cruzaba campos y montes hasta el infinito y tuvo por primera vez una noción clara de su desamparo.

En el kilómetro 443 lo recogió un gran camión chato que llevaba pescado. Al parecer iba solo el chófer, un hombre serio y silencioso, que arrancó de nuevo sin mirar al viajero. Había entre los dos una gran mole de metal donde debía de ir el motor, y cuando escasamente llevaba un minuto de marcha se oyó una voz encima mismo de la cabeza de Canales:

—¿Por qué has *parao*, Pedro?

Fortunato se volvió y vio a un hombre que iba metido en una especie de litera situada posteriormente bajo el techo de la cabina. Debía de ir durmiendo, porque su voz sonaba bostezante, y tenía la cabeza desgreñada.

—*Pa* que subiera éste —contestó el conductor.

Siguió a esto un largo silencio que Fortunato, siempre tímido, no se atrevió a romper. Para distraerse sacó del bolsillo su colección de postales y, como tantas veces, púsose a contemplarlas una por una. En los últimos días las tenía un poco olvidadas a causa de tantos acontecimientos y ahora les sonreía como pidiéndoles perdón por su desvío, contento de este remanso de paz junto al ronroneo del motor con dos hombres, uno dormido y otro silencioso, que no le acosaban, ni se burlaban, ni le comprometían en sus locuras o sus diversiones... Algo así como si volviera con su familia. Olga estaba tan llenita como siempre, con su carita casi infantil y una media sonrisa en la boca, un poco grande. Lucía tenía aspecto de estar algo triste, quizá porque era la de más edad de todas y aquella arruguita que se le insinuaba a un lado de la nariz parecía más profunda. Clarita, sentada en el borde de un sillón, con la cara apoyada en las manos, miraba siempre muy hondo, con sus grandes ojos rasgados muy abiertos; siempre era la que más le impresionaba y la que contemplaba más rato para ver de descifrar el gran misterio de su mirada...

—¡Andoba! ¡Vaya vistas!

La inesperada voz del ocupante de la litera sonaba ahora encima mismo del hombro de Fortunato. El conductor volvió la cabeza, pero sólo un momento, y continuó serio y silencioso. El otro dijo:

—¡Bonitos paisajes, sí, señor!

Y alargó la mano para tomar la colección, Fortunato, con la desazón que siempre le producía el soltarla, se la dejó por aquello de que viajaba de prestado. Después que el de la litera las miró durante un rato, le hizo una pregunta inesperada:

—Así que a esto se dedica *usté*, ¿eh?

—¿A esto?

—¡Claro! Con la máquina.

Fortunato comprendió. Aquel individuo relacionaba la máquina de retratar con las postales, y esto le llenó de orgullo. Había un ser en el mundo que aceptaba la posibilidad de que él, Fortunato, fuera admitido en la intimidad de bellas mujeres. Y admitido ¡hasta qué punto! Por esta razón, pillado de sorpresa, ni dijo que sí ni que no.

—¡Psh! Ya ve.

Se quedó encantado del displicente acento que había conseguido en su respuesta.

—Lo que me extraña es una cosa.

—¿Qué cosa?

—Que teniendo usted esas amistades vaya por esos mundos así. Vamos... de gorra.

—Es que una vez van las cosas bien y otras mal...

—¡Vamos, ya sé! ¡Se lo comen vivo! ¿No?

—Hombre...

—No. Si no hay más que verlo...

—Ya que estás despierto, podías engancharte aquí —dijo de pronto el conductor.

—Tú lo que quieres es ver las *gachís*. Y no te conviene

porque eres *casao*... Luego empezáis a comparar y *too* son disgustos.

—Maldito lo que me importa eso.

—Bueno, bueno. Pero sigue hasta Lérida, que es lo *tratao*.

Le devolvió las fotografías a Fortunato. Luego, alargando el brazo, tomó una petaca y un librillo de papel de fumar que había encima del motor y, acostándose de nuevo, lió un cigarrillo con parsimonia.

Eran las dos de la tarde cuando llegaron a Lérida. Para el camión, el final del viaje. Para Fortunato, una etapa más ganada en esa su lucha contra la distancia, los hombres y el tiempo. Para acallar el hambre se puso a la cola de las sobras de un cuartel. Era algo que había hecho otras veces en Soria, cuando las cosas iban mal. Pero aquí sorprendió un poco a la clientela:

—¡Ahí va! ¡Mira éste! —exclamó un golfo muy sucio y desharrapado que no tendría más de doce años.

—¡Lo que hay que ver! —comentó una vieja bruja—. ¡Un fotógrafo con cuello duro y a las sobras del rancho! ¡Buena está la patria, buena!

Detrás de Fortunato habíanse colocado un par de hombres de media edad y otro chico aún más sucio que el anterior. Este último exclamó:

—Lo que es... Pues si a mí no me toca, me voy a quejar al coronel.

La respetable clientela aceptó como buena la posibilidad de que el señor coronel tomara en serio la protesta de aquella piltrafa humana, y todos miraron a Fortunato con hostilidad y murmullos de protesta.

—Además —manifestó sagazmente una mujer encanijada, que tenía un crío colgando de una tela lacia y negruzca—, además, ¿adónde le van a echar la comida si no lleva bote?

—Éste, lo que es, es un espión que han *mandao* aquí *pa* ver lo que se habla. Al que diga algo en contra lo retrata y, ¡hala!, luego a la *trena* con él.

Aunque parezca mentira, esta absurda posibilidad expuesta por el primero de la fila, un hombre de negra barba y voz de falsete, aún tuvo más aceptación que la anterior y ahora la gente, disolviendo la cola, formaba un grupo gruñidor y peligroso alrededor de Fortunato. El de Soria optó por escabullirse y su retirada fue saludada con silbidos triunfales e insultos. Ésta es la razón de que Fortunato no comiera aquel sábado. Y el hambre le hizo reflexionar sobre la impenetrabilidad de las clases sociales. Si difícil era para un hombre introducirse en las esferas superiores, aún resultaba mucho más entrar en las inferiores. Fue una forma de especular sobre ese asunto eterno de la fraternidad y de la igualdad, completamente inédito y al revés. Debía anotarse como dato para la historia: un hombre pobre en Lérida, en un sábado 21 de mayo de 1945, fue víctima de los privilegios de los hombres más pobres que él. A lo mejor, este dato se recordará por los eruditos dentro de treinta años, cuando la demagogia triunfe del todo y los pobrecitos catedráticos, médicos, abogados y comerciantes soliciten pingües plazas de peones de albañil o de cargadores de muelle para poder vivir.

Cenar sí que cenó Fortunato. Recurrió a otro de sus medios habituales en Soria cuando se dio cuenta de que por Lérida también pasaba el tren. Esperó pacientemente toda la tarde en la estación y subió a los cuatro trenes que pasaron hasta las diez de la noche. Una vez dentro, y procurando huir de los empleados, era fácil encontrar sobre los asientos, o bajo de ellos, tirados por el suelo, trozos de pan, algún pedazo de tortilla con patatas, costillas empanadas a medio roer, una naranja olvidada... Hasta una botella con un poco de vino había en un departamento de segunda. Como no tenía queja del hospedaje, durmió también en la misma estación. Durmió en la sala de espera de 3.ª, porque Fortunato era siempre muy considerado y consciente de sus derechos.

Como suele suceder, al sábado siguió el domingo y una mañana de domingo era aquella que contemplaba Fortunato desde lo alto de la escalera de la estación de Lérida. Se extendía ante él la Rambla de Fernando, desierta en la temprana hora, llenos de escándalo de pájaros los plátanos y las acacias del andén central. Reverberaba el sol sobre las blancas edificaciones modernas y el carrito de un lechero brincaba sobre el adoquinado con alegre estrépito de cascabeles y cántaros. Fortunato se había desayunado con media naranja y un trago de agua, lo que le hacía tener mente y espíritu despejados y libres para los pensamientos optimistas. Se abría ante él un hermoso día preñado de incógnitas y, sobre todo, con una tarea que realizar. La tarea era llegar a Barcelona vivo, y en aquella temprana hora Fortunato tenía la certeza de que lo conseguiría. No porque tuviera confianza en sus iniciativas, sino porque era profundamente providencialista, como todos los introvertidos y los soñadores. En cuanto a medios contaba con menos de los que poseía cualquiera de aquellos gorriones de la Rambla de Fernando, que, tan despreocupados como él, esperaban, cantando, el alimento.

Y no le faltaba razón para pensar así. Hacía exactamente quince días que había decidido marcharse por esos mundos. En quince días pudo llegar desde Soria hasta Lérida y si esto no es un *record* de velocidad precisamente, hay que tener en cuenta que estaba allí, y que el tiempo, al fin y al cabo, contaba muy poco para él.

En consecuencia, se desperezó con escaso comedimiento, cogió un pañuelo que acababa de lavar y que se estaba secando en un trocito soleado de las escaleras y echó a andar Rambla adelante, totalmente convencido de que la Providencia le saldría al paso.

Al llegar al puente, en la entrada del Blonde, había un camión parado y alrededor y encima de él unos grupos de jóvenes vociferaban, cantaban y pateaban. Era un camión

entoldado, con unos bancos bajo los toldos, y encima de
la cabina campeaba un cartel que decía:

Unión Balompédica Ilerdense

Bueno. Hay que tener en cuenta que esta asociación
futbolística tenía como presidente fundador a un maestro
nacional y esto ya nos explicará el título. Tenemos claros
indicios de que en el seno de la sociedad existían frecuentes
disensiones y opiniones encontradas, motivadas todas por
la susodicha denominación. Los enemigos de ella aducían
que les era dificilísimo animar a los jugadores con gritos
de victoria o estímulo, porque no había jugada en el campo que no acabase antes que el grito, y muchos goles se
metieron antes que los *hinchas* de la Unión etc., etc., hubieran llegado a lo de Ilerdense. Otros contraponían la manifiesta cultura que rezumaba el hermoso título. Al fin, todo
se solucionó cuando un grupito de hombres prácticos propuso la utilización del anagrama U. B. I. para los gritos y
para el membrete de las cartas, que así resultaban más
baratas. Esta medida contuvo la dimisión del maestro, que
hubiera sido muy de lamentar.

—¡Aúpa el UBI! —gritaban los que ya se hallaban dentro del camión.

—¡Falta Coderque! ¿Ha venido Coderque? —preguntaba muy preocupado un señor de lentes.

—¡Ra, ra, ra! ¡El UBI ganará!

Un muchacho con cara de luchador colocaba a pulso un
gran cesto en la caja. Los del suelo iban ya subiendo también y algunos de adentro comenzaron a cantar.

—¡Mecachis! ¿Dónde se habrá metido Coderque?

—¡Apa, Bofill! —exclamaba una voz chillona.

Un individuo de los últimos que embarcaba miró un
momento a Fortunato que, con su máquina colgando, se
hallaba contemplando la animada escena y habló con el
señor preocupado. Éste se dirigió a Fortunato con gran deferencia:

—Le mandan de *La Mañana*, ¿no?

Fortunato, que nunca llevaba la contraria a nadie, se limitó a sonreír, y entonces el señor aquel lo tomó del brazo y le cedió el paso para que subiera al camión. Fortunato hizo un ademán de retroceso que fue interpretado por su acompañante a su manera:

—Lo siento. No tenemos otro modo de llevarlo. En la cabina va el árbitro. Es por el qué dirán, ¿sabes?.

—No... si por mí... —exclamó Fortunato, muy conmovido por tantas explicaciones.

Y completamente convencido de que su puesto estaba dentro del camión, subió. Luego, a los dos minutos escasos, partió el vehículo con toda su alegre carga. No se ha podido saber si por fin llegó Coderque o se prescindió de su inestimable compañía.

El camión de la Unión etc., etc., tomó con precaución el puente y luego la bacheada carretera hasta el cruce del paso a nivel. Después ya corrió libremente. Fortunato tuvo una gran alegría cuando vio antes del cruce un letrero de Obras Públicas que decía con toda claridad:

A BARCELONA

Debajo, una cifra ilegible en la marcha, que indicaba los kilómetros.

Por otra parte, era evidente que constituía un distinguido huésped en aquella expedición. Él se había sentado en un rincón del banco y sostenía en las manos enlazadas la máquina fotográfica. Los que se hallaban cerca le miraban y pasaban la noticia a los demás. No era mala cosa, no. El Unión etc., era un modesto equipo que militaba en primera regional, pero que tenía arrestos para dar que hablar a toda la nación. El día anterior a todos sus desplazamientos se comunicaba a la prensa cuál era su enemigo, los pronósticos para la inminente lucha y el nombre de los jóvenes valores que muy pronto sonarían en los oídos de todos. Luego venía el ruego:

—Si ustedes destacaran un enviado... Aunque sólo fuera un fotógrafo...

Y he aquí que ya lo tenían con ellos. No parecía muy despabilado. Seguramente un infeliz novato que haría sus primeras armas, pero por algo se empieza. Ellos sabrían sacarle todo el partido posible.

El señor preocupado que ya no lo estaba se acercó con dificultades entre los bancos. Era todo sonrisas y brillos. Brillos en el diente de oro que le asomaba por un lado de la boca, brillos de las gafas, brillos en la calva incipiente.

—Éste es Gaudencio— le dijo con gran alegría mostrándole a un mozo de ojos huidizos que tenía una jungla rizada por cabellera. En la presentación había el íntimo gozo de estar en posesión de tal ejemplar. El mozo miró a todos con desánimo ante su ignorancia por lo que convenía hacer, y a un empujón del de lentes alargó la mano a Fortunato. El de Soria le abandonó la suya con un poco de miedo y así es como tuvo la suerte de estrechar la mano del interior derecha del Unión etc., etc., futuro gran astro del fútbol patrio.

—¡A ver si te saca un primer plano! ¿Eh, Gaudencio? —gritó un chico algo más canijo, con acento de envidia en su exclamación.

Fortunato se acordó de los futbolistas de su ciudad. No le eran simpáticos. Consideraba poco justo que aquella cuadrilla de vagos paseasen toda la semana Dehesa arriba, Dehesa abajo, sin más obligación que darle al balón, cuando podían, en las dos horas de juego dominguero y que, además, tuvieran un sueldo. Ninguno o casi ninguno era de Soria. Procedían de todas las regiones españolas, dándose mucha importancia, y Fortunato se iba enterando de los sudores y sacrificios que costaba a los sorianos el conseguir que no se fueran.

—El Canario dice que no se queda si no le dan quince mil de ficha.

Y el amor propio local era fustigado por el ultimátum. Había que conseguir las quince mil. El Club no las tenía hacía ya mucho tiempo porque su peculio y el de los heroicos directivos habían ido llevándoselo año tras año el Faustino, el Toribio, el Sevillano... Se podían gravar las consumiciones en los bares, rifar dos mulas, pedirle una subvención al gobernador, pedirle al Ayuntamiento un pellizco del presupuesto de las nuevas escuelas... Al fin y al cabo, era para deportes... Era cosa de nada: con que cada soriano diera una peseta, ya estaban las quince mil justas. Al final, el Canario se quedaba, haciendo muchos dengues y en el primer partido metía un gol, con lo que se daban por bien empleados los sacrificios. En el segundo no metía ninguno, por esas cosas que pasan, y en el tercero era abucheado por el público. Entonces se enfadaba, decía a la directiva que no tenía ambiente, desafiaba a cualquier infeliz que, exasperado, le hacía un mal ademán desde su localidad y por fin pedía el cese y se iba a otras tierras. En la ciudad se quedaba la deuda de las quince mil, que entre todos tenían que ir pagando a un banco poco a poco; se quedaba la hija de un comerciante llorando su marcha y su olvido si no tenía que llorar algo más; se quedaban sin pagar unas consumiciones en los bares, una gabardina en una tienda, un fieltro gris en la sombrerería, que le sentaba como un tiro a su cabeza de pastor de cabras. También se quedaba mentándole a la familia una pupila de la Susana que empezaba a relacionar la desaparición de sus ahorros con la marcha del fenómeno.

Por todas estas cosas que Fortunato, observador humilde de la vida, conocía, no le eran simpáticos los futbolistas. Aquellos que le rodeaban ahora hablando de sus hazañas, mirándole de reojo para ver si escuchaba, parecían buenos chicos, pero Fortunato era muy consecuente en sus simpatías y en sus antipatías y no se fiaba. Por otra parte empezaba a intranquilizarse. Se había dado cuenta de lo que esperaban de él y tenía miedo de cometer una pifia o de no poder escapar al final. Además, ¿adónde irían a jugar?

No tardó mucho en despejar, por lo menos, esta última incógnita. El camión paró de improviso en un pueblo, casi todo él dispuesto a lo largo de la carretera. A la entrada, un cartel aseguraba que aquello era Mollerusa, y todos los ocupantes del camión bajaron al suelo. Fortunato inició una retirada escabulléndose hacia una calle lateral, pero el señor de los lentes le agarró del brazo y le dijo con la mayor amabilidad:

—No, no, venga. Venga con nosotros. Veremos el campo y comeremos temprano.

—Yo... la verdad. Ya me arreglaré...

—De ninguna manera. ¡No faltaba más!

Mientras atravesaban el pueblo en dirección al campo de deportes, Fortunato vio parada a la puerta de una casa de buen aspecto una ambulancia con una cruz verde pintada sobre la carrocería amarilla. En el papel, bajo la ventanilla del vidrio esmerilado, unas letras también en verde informaban:

CLÍNICA DE LA ASUNCIÓN
BARCELONA

Tenía la portezuela posterior abierta y por ella se veía el interior vacío. El conductor, con uniforme blanco, fumaba sentado al volante. Tenía aspecto de considerar con escepticismo las cosas de esta vida. Fortunato se acercó a él aprovechando un momento en que no le asediaban los directivos de la UBI.

—Oiga, ¿se va a Barcelona?

—Sí.

—¿Podría llevarme?

El conductor le miró con desprecio.

—¿Usted se cree que una ambulancia es un autobús de línea? ¿Dónde quiere que lo meta?

—No, nada. Si no puede ser...

Fortunato ya se disponía a marcharse y miraba, sin acabar de decidirse a dejarla, la hermosa ocasión que se le escapaba. Un hombre también vestido de blanco bajó de la casa. Estaba congestionado y mostraba gran indignación. Hablaba muy de prisa, en catalán, con el hombre sentado al volante y éste comenzaba también a indignarse. Durante un rato discutieron ambos y de pronto el conductor vio a Fortunato parado, mirando. De nuevo habló con su compañero y le señaló al de Soria. Lo llamaron.

—Escuche. ¡Eh, usted!

Fortunato se acercó esperanzado.

—Mire, ocurre una cosa que a lo mejor le conviene...

Se le notaba embarazado por la proposición.

—Se trata —explicó el otro— de que nos tenemos que llevar una enferma a Barcelona y la familia no quiere venir, pero exige que alguien la acompañe dentro del coche. Nosotros no podemos...

—Si usted quiere venir, puede ser con esa condición. Les diremos que es practicante...

—Pero le advertimos que lo va a pasar regular. Por lo visto, huele'muy mal. Es un cáncer...

—No me importa. Si me llevan... Pero no me cobrarán nada...

—¿Cobrarle? —se asombró el conductor—. No, no. No se preocupe.

Los *equipiers* y sus acompañantes habían desaparecido sin darse cuenta de la ausencia de Fortunato. El chófer y su compañero subieron a la casa llevando una camilla y poco después bajaron con ella, ocupada por una anciana de palidez cérea, una anciana silenciosa y con los ojos húmedos. Una señora ajamonada, con un hombre gordo que llevaba un chaquetón casero, bajaron también. Detrás seguían una jovencita enclenque y un chico de pocos años.

—No será nada, tía. Ya lo verá usted —decía la jamona, que tenía poco acento catalán.

—Vamos, tía, no nos deje usted preocupados. No llore. Mañana mismo estamos con usted. Verá qué pronto...

El hombre gordo no pudo continuar con sus consuelos porque en aquel momento comenzaban las maniobras de carga y la vieja tenía ya la cabeza dentro de la ambulancia. Mujeres con mantilla y libro de misa en la mano se arremolinaban alrededor, y comentaban entre sí las múltiples desgracias que acompañan siempre al sexo femenino. Empezaban también a acudir chicos que metían las cabezas materialmente en la ambulancia, como queriendo absorber toda la morbosidad y tragedia del momento. El hombre gordo abandonó su tono plañidero y compasivo para hablar imperativamente a los dos hombres.

—¿Éste es el practicante que me ha dicho? —dijo señalando a Fortunato.

—Sí, señor.

El hombre miraba a Canales con desconfianza. Por lo visto, no entraba su aspecto en el concepto que el sobrino de la enferma se había forjado de un practicante.

—¿Y cómo me ha dicho usted antes que no podía contar con nadie que acompañara a la señora?

—Porque creía que se negaría. No tiene obligación más que de ir en la cabina. La familia es la que acostumbra a ir dentro —contestó el de blanco con mala intención.

—Bueno, bueno —terminó el hombre gordo—. Espero que sabrán ustedes lo que hacen...

El enfermero le dedicó una mirada asesina y se metió en la cabina con su compañero. Fortunato montó atrás, y arrancó el coche. La señora ajamonada se limpió con un pañuelito una hipotética lágrima y desapareció en la casa, seguida por toda la familia.

En el interior de la ambulancia, Fortunato iba pensando que no era para tanto aquello del olor. La gente a veces, exagera...

—¡Ingratos! ¡Descastados! ¡Dejarme marchar así! —comenzó a decir la anciana con una voz que salía muy débil de su garganta y que surgía sin que apenas se movieran sus labios. Fortunato se asustó por aquella voz imprevista, pero pronto se repuso y se inclinó solícito hacia la enferma.

—¿Decía usted algo, señora?

—Nada, hijo, nada. Nada que os convenga saber a los jóvenes. ¿Tienes madre, hijo?

—No, señora. Se murió hace mucho.

313

—¡Pobre!
—También tenía algo así como lo de usted —dijo queriendo hacerse simpático. Pero al darse cuenta de que había dicho una inconveniencia, se puso muy colorado y quiso arreglarlo.
—Bueno. No sé si era igual. Además, tardó muchísimo en morirse.
—No hagas caso, hijo. Es igual, es igual. Una vez u otra hay que morir y yo he vivido ya bastante. Pero a todos nos gustaría morir sin conocer todo lo malos y egoístas que pueden ser los que nos rodean. ¿Cuidaste a tu madre bien hasta el final, hijo?
—¡Eso sí, señora! Aunque era yo muy pequeño. Pero siempre me he *acordao*. Y a veces le rezo.
—Se ve que eres bueno.
—Entonces eran otros tiempos. Yo iba a la escuela en Soria y...

Las historias de los dos pobres seres reunidos de esta manera tan... ¿providencial?... tuvieron tiempo de ser relatadas por extenso y comentadas en todos sus pasajes durante las dos horas y media de viaje. No cabe la menor duda de que se hicieron un mutuo bien. Fortunato tuvo así ocasión de hacer examen de conciencia, de escudriñarse un poco el alma antes de la decisiva etapa de su vida que iba a comenzar. La vieja de Mollerusa, que se llamaba doña Engracia Sánchez Subirach, tuvo el mejor consuelo que el cielo pudo depararle en su triste caso. Tuvo a su lado un alma sencilla, compasiva, humana y tan desamparada como ella misma, que le hizo comprender cómo no hay cosa que tenga más compañía en este mundo que la miseria y el dolor. Uno puede triunfar, enriquecerse, alcanzar una u otra forma de gloria y verá cómo a medida que se eleve va quedándose más solo, más abandonado de verdadero afecto, hasta que ya en la cumbre sólo le rodee el frío del desamor, el falsamente cálido hálito deshumanizado de la admiración y el hedor de la envidia. Pero uno puede caer, o puede también no elevarse nunca. De un modo u otro habrá de ver cómo a medida que vaya bajando hacia la infelicidad tiene más cerca a sus semejantes, que le rodean, le apoyan y se apoyan en él, le dan cada vez más calor humano del de verdad... Uno entonces no sabe si es mejor bajar o subir, pero de cualquier modo es evidente que las cosas están bien así para que arriba o abajo uno pueda ir tirando mal que bien y no le dé el aire de pegarse un tiro, cualquier rato que se siente a pensar.

La vieja de Mollerusa fue para Fortunato algo así como una fugaz encarnación de aquella casi olvidada madre que se le murió de pequeño cuando aún no era el tonto de Soria. Vino como a iluminar un camino que en cualquier momento podría torcerse, y en los sucesos que siguieron es notorio que Fortunato se acordó muchas veces de la vieja de Mollerusa. Por lo que toca a la vieja, el Canales fue algo bueno que Dios quiso ponerle en el repecho final de su jornada para que se fuese de este mundo con mejor gusto de boca. De todos modos, Fortunato hizo las cosas mejor que las hubiera hecho un practicante.

En cuanto a las historias que se contaron el uno al otro no tiene importancia el saberlas. Hay muchas iguales. Lo importante y lo mejor de todo es que las contaran. Y que contándolas llegaran sin darse cuenta a correr sobre el asfalto de la Diagonal en la hora del mediodía de aquel domingo de primavera.

CAPÍTULO VII

—¡Pero esto es mucho dinero, doña Engracia!

La ambulancia estaba parada a la puerta de la Clínica de la Asunción, que cae por allá, por el elegante San Gervasio. El enfermero y el conductor habían abierto la puerta posterior y se habían marchado al interior del sanatorio en busca de la camilla de ruedas. La clínica tenía un diminuto jardín en la entrada y un porche embaldosado donde la ambulancia estaba introducida, al pie mismo de unas escaleras de mármol.

Fortunato insistía en devolver los dos billetes.

—¡Que no, que no, que es mucho dinero!

—¡Tómalo, no seas tonto! ¡Si vieras lo que me divierte el pensar que les quito ese pellizquito! ¡Ojalá llevara más en el bolso!

Y la anciana intentaba componer un gesto pícaro en su cara arrugadita y tan pálida. Debajo de la manta escondía otra vez el bolso viejo de malla de plata.

Los enfermeros volvieron con un bastidor con ruedas de goma y en él encajaron la camilla tras de sacarla del interior del coche. Fortunato tenía los ojos húmedos y prometió con vehemencia:

—¡Vendré a verla muchas veces, doña Engracia!

—Bueno, hijo, bueno. Me alegrará mucho. Pero antes busca a tu hermana y soluciona tus cosas.

La débil voz de la vieja se iba perdiendo en la fresca penumbra del vestíbulo. La ambulancia se deslizó casi sin ruido hacia la parte trasera del jardín. Canales se quedó contemplando cómo rendía su último viaje aquel montoncito de huesos y carne lacerada, llevando todavía el alma dentro. En el ojo derecho de Fortunato, la humedad había desbordado el borde del párpado y se hacía lágrima nariz abajo. Con el revés de la manga se la limpió y este ademán puso ante sus ojos los billetes que aún llevaba en la mano. Eran cuarenta duros.

Teótimo Jaulín Solanas era barbero, sacristán y zahorí. Pero, por encima de todo, era un hombre de cerebro privilegiado y capaz de grandes empresas, y si esto último, en realidad, más bien fue perjudicial para sus semejantes y para él mismo, no deja de ser verdad. Lo que pasa es que el atraso secular del país no permite el desarrollo de los genios. Más de uno o dos en cada generación no pueden prosperar. En vida de su padre, que afeitaba por la mañana, componía huesos por la tarde y hablaba mal del clero por la noche, en la taberna, Teótimo estuvo constreñido a la obediencia y no pudo hacer uso de sus especialísimas cualidades. A su muerte, la madre, partera por afición y echadora de cartas, le dio la brocha, la navaja y la bacía, convenció al cura para que lo tomara de sacristán y le enseñó la ciencia de la rabdomancia, poniéndolo en posesión de una vara de cerezo ungida personalmente por San Mamerto y frotada con cagarrutas de macho cabrío un sábado de luna nueva. Al mismo tiempo le dijo que no era hijo de su padre, con lo que hizo desaparecer cualquier complejo de inferioridad que pudiera entorpecerle en lo sucesivo. Esta entrega de poderes señaló el principio del despunte cerebral de Teótimo Jaulín, que decidió hacer honor al principio de que todo hombre de talento puede demostrarlo cualesquiera que sean su condición y su oficio. Así, desde los primeros días de ponerse al frente de la barbería hizo números para calcular el rendimiento del negocio y llegó a la conclusión de que podían doblarse los ingresos tan sólo con obligar a los hombres de Peralejos a afeitarse una vez más por semana. Poco tuvo que discurrir para inventar un procedimiento consistente en mezclar un frasco de Regenerador Paz del cabello con el agua de enjabonar. Lo malo es que debe de existir una diferencia esencial entre el cuero cabelludo y el pellejo facial, porque los peralejinos en masa fueron afectados de improviso de una dermitis tan intensa que no les volvió a salir el pelo en mucho tiempo. Claro está que hubiera sido igual aunque les hubiera salido, porque la barbería de Teótimo fue cerrada a peñazos y su dueño apaleado públicamente. En su cargo de sacristán también supo Julián utilizar el excelente funcionamiento de su materia gris. La idea le acudió el día aquel en que vio a una moza rezar a San Antonio y luego dejar unas monedas en el cepillo del santo. Hay que advertir que, previamente, Teótimo había comprobado la invulnerabilidad de todos los cepillos de la iglesia, pero esto seguramente no influyó ni poco ni mucho en su inmediata actuación. Lo que pensó, fue, en realidad, que no eran lógicas ni eficaces las relaciones del santo con sus peticionarias. Había un defecto de organización porque las limosnas todas, mezcladas en el interior del cepillo, no podían expresar individualmente el grado de fervor ni la vehemencia o la necesidad de la petición. Por eso comunicó con el mayor secreto a una moza de Peralejos sus observaciones diciéndole que se había dado cuenta de cómo las peticionarias que dejaban sus dádivas en una mesita al lado del altar eran las que más pronto conseguían novio. No tardaron en probar dos amigas de la confidente, y Teótimo, durante una semana, estuvo muy ocupado en convencer a dos peralejinos del sexo fuerte de la conveniencia de casarse pronto y de las buenas cualidades de aquellas dos muchachas, que por otra parte estaban derretidas por sus respectivos huesos. Este trabajo que se tomó, fue en breve recompensado, porque desde entonces el cepillo aparecía todos los días vacío ante la sorpresa del cura. La mesa también, naturalmente, pero esto último sólo podría haber sorprendido a Teótimo y hay referencias de que no se sorprendió nunca.

Fue lástima que la Andresa, una chica que andaba preocupadilla por unas irregularidades fisiológicas que padecía desde hacía tres meses, se quejara al cura de la poca formalidad del santo y su manifiesto olvido aun después de tres dádivas depositadas encima de la mesita milagrosa. De no ser por esta impaciente joven, Teótimo hubiera prosperado bastante y desde luego no hubiera salido a patadas de bota clerical de la sacristía y del templo.

Aquella misma tarde en que le fue cepillado el trasero tan indebidamente, Teótimo pensó que sólo le quedaba un medio de vida, consistente en el uso de la varita de zahorí, y con ella se lanzó al campo andando en trance por trochas y secano, en busca de manantiales ocultos. Este oficio hubiera sido fructífero porque Peralejos es un término con buenas corrientes subálveas y la posibilidad de encontrar agua cavando en un sitio u otro es muy frecuente. Pero tuvo la mala suerte de que Peralejos del Camino tuviera un complejo, y cuando un pueblo tiene un complejo, las cosas suceden de muy distinto modo que cuando el complejo lo tiene D. Sebastián Gurruchetegui, por ejemplo. Porque una persona puede *complejarse* todo lo que quiera en el curso de su vida. Con ir luego a un psicoanalista a que le desentierre todo el *stock* de complejos que tenga en el subconsciente, ya está curado y listo. El complejo del pueblo de nuestra historia estaba en unas cosas ocurridas durante la guerra civil y que son irremediables en todas las guerras civiles. Desorden, pasiones desatadas, ocasión de vengar rencillas y envidias. Cuando todo pasa, hay unos pocos vecinos desaparecidos; pero como la vida tiene que continuar, van cediendo poco a poco las malas miradas, se olvidan las amenazas, hasta pasa el luto, las cosas vuelven a su cauce y vecinos que no se hablaban entre sí vuelven a hablarse otra vez. Lo malo es cuando en un sitio así hay un genio como Teótimo y a este genio se le ocurre dedicarse a descubrir manantiales ocultos. Nadie puede dudar en este caso que la primera vez que le encarguen señalar el sitio para excavar un pozo, la varita de cerezo le dé una sacudida tremenda precisamente en el sitio aquel donde hay enterrados unos restos que todos identifican en seguida. El complejo del pueblo sale a la luz; pero el pueblo, en lugar de ir a mejor va a peor, se enconan antiguas heridas, se atrancan las puertas, hay algunos tiros de escopetas de caza y, en fin, como nada se puede hacer en realidad, Teótimo es la víctima propiciatoria y ha de salir, de noche y de mala manera, de Peralejos para no volver más.

Quizás al que conozca la historia de Teótimo Jaulín le extrañe un poco el verlo un mes más tarde vendiendo cerillas y tabaco de estraperlo en una esquina barcelonesa. Pero hay que tener en cuenta que si se halla reducido a tan baja condición, es tan sólo de un modo provisional, mientras espera que le concedan un cargo que ha solicitado por instancia al Excelentísimo Ayuntamiento. Teótimo se ha ofrecido al señor alcalde para descubrir toda posible avería de la red de aguas y alcantarillado, aplicando sus cualidades de rabdomante y la vara de cerezo, proposición muy de tener en cuenta en una población tan grande y tan complicada como Barcelona.

Teótimo Jaulín vende cerillas y tabaco de estraperlo en una esquina de la calle Balmes, casi al final de la misma. Un conocedor del negocio se verá atacado por un fuerte acceso de risa al saber el sitio que ha elegido Teótimo para colocar su cajón. Sin embargo, haría bien en no reír, porque esta ubicación, como todo lo que hace Teótimo, obedece a planes preconcebidos y bien madurados en su privilegiada mente. Teótimo estudió el asunto este de vender cerillas y tabaco y se enteró de que los sitios donde eran más perseguidos los vendedores eran precisamente aquellos en que tenían cerca estancos legalmente autorizados. Los estanqueros se preocupaban de denunciarlos, y ellos sólo podían vender en las horas de cierre. Teótimo profundizando más en el problema, se asombró de que precisamente la abundancia mayor de estos puestos clandestinos se hallaba en los sitios de mayor abundancia de estancos y este descubrimiento le llevó a formarse un pobrísimo concepto de la inteligencia de los cerilleros barceloneses. ¡Hay que ver! Se iban a poner al lado de la competencia y al lado del peligro. ¡Qué idiotas! En consecuencia, eligió el final de la calle de Balmes como resultado de su certero razonamiento. Allí estaba hacía quince días. No vendía un real, pero el razonamiento era exacto y Teótimo era firme en sus convicciones hasta el heroísmo.

Una de las cosas cuya falta más notaba Jaulín en Barcelona, era la sociabilidad, la conversación y el contacto personal. No concebía esta soledad del hombre entre tantos hombres, el estar todo un día viendo pasar a su lado a desconocidos, centenares, miles de personas desconocidas que ni le miraban, que le ignoraban más bien con su total indiferencia. Era un cambio demasiado brusco desde Peralejos del Camino, donde la calle era una continuación del hogar, donde todos se trataban de tú y se conocían mutuamente hasta en la calidad de su ropa interior. Y como Teótimo Jaulín no era un hombre resignado, no podía entregarse sin lucha a las circunstancias adversas o desagradables, utilizaba cualquier ocasión para hablar, paraba al primero que se le ocurría para preguntarle cualquier cosa y cuando no tenía más remedio, hablaba solo en voz alta, comunicándose a sí mismo sus propias opiniones sobre el mundo y sus habitantes.

—¡Buen día, bueno! ¡Las doce, y sin vender una escoba! —decía de improviso a grito pelado. El hombre de negocios, la dueña de casa que acababa de bajar del autobús, el obrero que salía del primer turno, el chico que volvía de la escuela, se le quedaban mirando sin pararse. Alguno sonreía, otro pensaba que la civilización iba dejando demasiados locos sueltos y hasta había quien se indignaba por esta desvergonzada exposición de sus propios problemas. Las escasas veces que un fumador despistado se paraba a comprar las cerillas o tres *lukis* de a dos reales, Teótimo no se apresuraba a servirle, sino que intentaba enterarse de todas las circunstancias que le habían determinado a hacer la compra y de paso si podía entrar en conocimiento de sus características individuales o familiares.

—Conque ¿cerillas de treinta y cinco, eh? ¡Vaya, hombre! Se las dejó en otro traje ¿no? Pasa muchas veces. Claro que para eso hay que tener dos trajes por lo menos. A mí no me pasaría. Sólo tengo el puesto. Usted, en cambio, ya se ve que...

El comprador, si tenía correa bastante, esperaba a que dejara de hablar o le respondía con monosílabos. Otras veces le dejaba el dinero tirado en el cajón y cogía las cerillas, y muchas se marchaba sin comprar. Teótimo no se corregía por esto y a continuación gritaba a los aires de la calle de Balmes:

—¡Qué mundo, qué mundo éste, guardia! *Orbe ingratus vanitatis pleno!*

Porque otra de las características de Teótimo eran sus citas latinas, costumbre adquirida en sus tiempos de sacristán.

Aquel mediodía de domingo Teótimo Jaulín estaba pensando en demorar lo más posible la hora de la comida con objeto de sentir menos hambre en las largas horas que mediaban hasta la cena. Sobre todo teniendo en cuenta que la cena debía estar constituida por lo que sobraba de la comida, y todo ello cabía en una fiambrera que tenía al lado del cajón de la mercancía. Abría la boca constantemente.

—*In nomine Pater* ¡qué carpanta da el trabajo!

Éste fue el momento elegido por Fortunato Canales para aparecer a la vista de Teótimo Jaulín. Salía de una calle transversal, deslumbrado y completamente perdido. Había recorrido todo San Gervasio indagando unas señas que llevaba escritas en un sobre, en la mano. Era la última carta recibida de su hermana y hasta ahora todo el que le había informado en la hora larga que llevaba buscando, le había asegurado que era una calle que estaba muy cerca, pero... El barrio de San Gervasio en un domingo al mediodía tiene algo de barrio provinciano elegante y serio, con sus callejas estrechas llenas de casitas pequeñas empinadas y de un vago aspecto familiar. Por eso, salir de improviso a la calle de Balmes supone para el forastero una sorpresa por la transición. La gran arteria, extendiéndose hasta el horizonte y descendiendo hasta la bruma lejanísima del centro como si no tuviera fin hasta el mar, ancha, monumental, con ingentes edificios, surcada por coches lujosos con velocidades de carretera, fue la que produjo en Fortunato la primera sensación de hallarse en ciudad grande y al mismo tiempo de miedo por su desamparo y su pequeñez. Se quedó mirando en el borde de la acera, arriba y abajo, indeciso y casi acometido de vértigo. Indudablemente fue un consuelo para él aquella voz que le dijo:

—¿Busca algo, joven?

Miró a su alrededor y comprendió que la pregunta sólo podía venir de aquel hombre cuarentón de ojos de rata, nariz ganchuda y mentón hundido, que estaba sentado detrás de una especie de mesa llena de paquetes de tabaco y cajas de cerillas.

—Sí, señor —le dijo—. Busco la calle de Ríos Rosas.

—¿Ríos Rosas? ¡Pero, hombre! ¡Si está tan cerca! No tiene más que volver.

Pareció arrepentirse de tanta facilidad en la información y preguntó de improviso:

—¿A qué número de Ríos Rosas quiere ir?

—Al 154.

—¿Al 154, eh? ¡Esto sí que es bueno! ¡Y a estas horas! ¡Se necesita tener prisa!

—¿Qué dice?

—Nada, nada. *Usté* perdone. Digo que a lo mejor no es hora de recibo tan pronto.

—Es igual. Voy a ver a mi hermana.

—¡Ahí va! *Peccatis hominis clamavit coelum!* —comentó en su latín personal.

Y no puso más inconvenientes. Se levantó, plegó la caja de la mercancía y tomando la fiambrera en la otra mano, echó a andar.

—Vamos, que le acompaño. Esto no me lo pierdo.
Por el camino le iba preguntando al de Soria:
—¿Cuándo se ha *enterao* que su hermana está ahí? ¿O lo sabe ya hace tiempo?
—Por sus cartas. La última que me escribió traía en el remite esa dirección.
—¡Ah, ya!
—¿Es que pasa algo en esa casa?
—¡Hombre! Como pasar, no es que pase nada. Y, además, eso depende de usted.
—¿De mí? —exclamó Fortunato en el colmo del asombro. Estaba acostumbrado a ver tipos raros por esos mundos, pero éste sobrepasaba a lo corriente.
—*Orate fratres* —murmuraba Teótimo, sin venir mucho a cuento.
Llegaron muy pronto a la puerta de la casa. Era de un solo piso y en la entrada una placa esmaltada en blanco rezaba:

Taller de Dibujo y Pintura

Fortunato llamó y el de Peralejos del Camino se puso tras de él asomando su cara de roedor por un costado.
Las reservas del de Peralejos parecieron justificarse desde el principio porque aquella puerta no se abrió a la llamada como cualquier puerta honrada sino que se limitó a guiñar el ojo de una mirilla tras de la cual otros ojos humanos escudriñaban a los dos hombres.
—¿Qué quieren? —preguntó una voz ronca a través de la mirilla.
—¿Hay aquí una joven que se llama...?
—Ahora no es hora. Vuelva a las cinco.
—Es que como es mi hermana, yo creí... Y vengo de fuera...
—¿Su hermana?
—Sí. Clotilde Canales. De Soria.
Tras un breve espacio de tiempo en que la voz calló,

se abrió la puerta y en el quicio apareció la dueña de la voz, una mujer con pelo de zanahoria y un quimono de flores que le llegaba hasta los pies. Tenía una mirada dura y desconfiada que triunfaba sobre el espeso maquillaje y se apoyaba en el aro de la puerta rascándose la espalda con fruición.

—¿Es usted hermano de la Cloti?
—Sí, señora.

Fortunato, acostumbrado a la desconfianza de las gentes, reivindicaba su título de hermano de la Cloti, enseñando a la mujer el sobre que llevaba en la mano.

—El caso es que hace mucho tiempo que no la veo. Ahora no viene porque pica más alto y no sé dónde puede estar...

—¿Y cómo es que me escribe desde esta dirección?
—¡Eso, eso! —exclamó Teótimo considerando genial la finta de Fortunato.

—Porque aquí le recogemos las cartas y ella viene de vez en cuando a buscarlas. Pero no sé qué tramas lleva que no me dice nunca...

—¡Vamos, tía buena! —exclamó Teótimo—. No nos venga con cuentos. Dígalo de una vez si no quiere que le pase algo... Además, aquí el joven viene por las buenas.

—Oiga. ¿Y usted qué pinta aquí? —le dijo la del quimono dejando de rascarse.

—Yo soy un hombre *honrao* que se pone siempre al *lao* de los hombres *honraos* y con vergüenza. Y le advierto, tía gorda, que se quita usted de la puerta y nos deja entrar, o no respondo...

La mujer pruritosa se quitó de la puerta, en efecto. Pero se quitó para avanzar sobre el rellano de la calle y para coger a Teótimo del cuello de su guardapolvo y casi levantándolo en vilo conducirlo limpiamente hasta la misma acera. Al mismo tiempo le iba diciendo con reconcentrada ira:

—Usted no es más que un macaco y yo me meriendo a doce macacos como usted sin enterarme. Ni a mi padre le he consentido yo que me chillara nunca y cuando veo una piltrafa como usted, lo único que hago es escupir.

Luego de soltar a Teótimo, volvió a subir los tres escalones de la entrada y sin pronunciar una palabra más cerró la puerta.

Teótimo, todavía blanco del susto, se volvió a Fortunato y le dijo:

—¿Eh? ¿Ha visto? Así es como hay que tratar a estas furcias. Con ellas no vale andar con buenas palabras.

—Sí, pero, a todo esto ¿cómo encuentro yo a mi hermana? Ahora no sé dónde ir...

—Mire. Yo creo que no está ahí. Porque si estuviera no lo hubiera *negao* tan... vamos, con tanta seguridad. Estas mujeres le tienen mucho miedo a la poli...

—Y ahora ¿qué hago yo?

—¿Tiene dinero?

—Cuarenta duros. Digo... Cuarenta y dos.

—¿Ha comido?

—No, no he comido.

—Lo primero de todo es comer. Luego ya veremos.

... ...

—*Guadeamos* hermanos, *guadeamos* y... *taceat colloquia*, que decía mosén Crispín cuando se embaulaba él solito medio cordero al horno.

Y Teótimo Jaulín recordaba al cura de su pueblo apurando con una cuchara el gran plato de *munchetas* con chorizo que les habían estructurado en un figón a espaldas de la calle Mayor de Gracia. Mientras tanto, acallaba las preguntas de Fortunato, que desde la escena de la calle de Ríos Rosas andaba el hombre intranquilo y cejijunto.

—No... si no me preocupo. Ya aparecerá... Pero ¿qué hago yo mientras tanto aquí? Esto es muy grande y yo...

—Todo se andará. Ya es una buena suerte que me haya encontrado a mí... ¿No le parece? Oiga, ¿qué tal si ahora pedimos un buen plato de bacalao con tomate?

—Bueno. Pero... ¿cuánto cuesta?

—Eso no le preocupe. Tenemos dinero de sobra. Cuarenta y dos duros todavía son cuarenta y dos duros, digan lo que quieran.

—Lo que más me fastidia es la tía aquella. No sé cómo se puede relacionar mi hermana con gente así...

—¡Un momento! —exclamó Teótimo con la cuchara en alto—. Antes de seguir adelante, dígame: ¿quiere que le ayude, o no?

—Sí, señor. Yo le agradezco mucho...

—Está bien, está bien. Así, pues, ahora respóndame con el corazón en la mano: ¿usted cree de verdad todo eso de que su hermana es artista, que baila y canta y que se gana la vida así por las buenas?

Fue éste el momento de la crisis espiritual de Fortunato. Durante tanto tiempo en su vida soriana, y luego durante tantos kilómetros hasta llegar a Barcelona, se había esforzado en proteger sus sueños contra la realidad. Canales se esforzaba en vivir dentro de su especial mundo interior; adonde su defecto visual y su incompatibilidad con las gentes lo habían recluido. Hubiera querido no salir nunca de él, formarse su propia realidad con la que vivir a espaldas de la de los demás, porque de una forma inconcreta y vaga comparaba los ojos del espíritu con los de la carne. Éstos estaban hechos para ver de manera distinta a como veían sus semejantes; le mostraban un mundo de distinto color, pero éste era su mundo, su realidad concreta y tan bella como pudiera ser la otra. ¿Por qué, pues, lo otro no había de ser igual? ¿Por qué el alma no podría fabricarse sus propios jardines, sus particulares conceptos en los que fuera desterrado todo mal sentimiento, toda mala hierba...? Donde los demás veían el azul del cielo, el verde de los campos, él veía unos tonos distintos, unos bellos matices y una amapola roja en un campo de trigo no le hería la retina como se la hería a cualquier hombre que pasara por el camino. Del mismo modo podría no ver la maldad donde los demás la veían, no ver vicio, miseria, dolor, donde la gente decía que existía... En pago de esto tampoco podía representar para los demás su propia belleza, ni tampoco entregar a los demás su propio amor, que sólo él podía comprender... Tenía que limitarse a contemplar el mundo como tras de un cristal, vivir ignorado y sufrir cuando sus brazos abiertos no pudieran abarcar más que el aire sutil de sus propios sueños...

Así hubiera vivido siempre y no le habría importado. Pero ahora... La casa de la calle de Ríos Rosas, la traza inconfundible de aquella mujer, las apremiantes necesidades de la vida, el acoso de la tremenda y asustante ciudad, las decisivas experiencias del viaje rendido, la muerta de aquella noche, el rojo de su sangre, que conoció sin haberlo visto nunca, el hambre, los golpes, las burlas, el dolor de la vieja de Mollerusa... Todo eran impactos recibidos contra su pared de cristal, a la que poco a poco iban resquebrajando. En este momento un hombre con una cuchara en alto le daba los últimos golpes y Fortunato sabía que el cristal ya no podría aguantar más.

Y el cristal se rompió cuando Canales, bajando la cara con una voz cansada, doliente, de hombre que se rinde, dijo:

—No. Ya no lo creo.

—Conformes. En ese caso ya pueden traer el bacalao con tomate.

Teótimo Jaulín Solanas tenía un plan. Siempre tenía un plan preparado para cualquier eventualidad y, si no lo tenía, su privilegiado cerebro lo fabricaba con extraordinaria rapidez.

—Para encontrar a tu hermana me basta a mí con diez minutos —dijo al terminar de comer entre dos eructos. Había decidido tutear a Fortunato desde el tercer trago de vino.

Fortunato, que no conocía la historia de Teótimo, no tenía por qué dudar de su eficacia y le miró esperanzado.

—Trae las cartas de ella que tengas. ¡Mozo! ¿Tienen

el Anuario de Barcelona? ¿No? Bueno, traiga, pues, la Guía Telefónica.
Y sobre la mesa del figón vacía, Teótimo extendió las cartas y abrió la Guía. Mientras ordenaba las cartas por fechas, leía las direcciones y anotaba en un papel unos signos cabalísticos, iba hablando de sus peculiares métodos.
—Esto lo he hecho yo infinidad de veces en Peralejos... Venía el tío Roque o la señora Celes y me decía: "Teótimo, vengo a que me *indivines* los pasos que lleva mi chica por Barcelona. Ya va *pa* un año que se marchó y la *verdá*..." Yo les pedía las cartas y no las leía. Es perder el tiempo. Si dicen la *verdá* no vienen el padre o la madre a preguntar y si dicen mentiras, como pasa casi siempre, ¿*pa* qué te vas a molestar? Yo cogía las direcciones del remite y luego me iba al casino a mirar el Anuario. Con eso era bastante. Al día siguiente venía la señora Celes o el tío Roque y les decía: "No hay que apurarse. La chica está sirviendo en buena casa y me parece que no tiene ni novio siquiera". O también les doraba la píldora: "No es que quiera alarmarles, pero esa chica..., esa chica... De todos modos, *pa* las fiestas la tendrán aquí con ropa nueva y medias de gasa". Ya me entendían.
—Bueno... pero ¿cómo hacía *usté pa*...?
—*Especulum sapiente. Ego sum* —contestó Teótimo, y Fortunato no insistió porque el latín tiene una fuerza de convicción que anula toda insistencia.
No obstante, como Teótimo no podía estar callado, le fue desvelando el misterio de su sistema a retazos.
—Supónte, por ejemplo, que una chica emigrante se hace dirigir las cartas durante mucho tiempo a casa de un conocido o algún amigo de Peralejos que está viviendo en Barcelona. La cosa está clara: no encuentra casa, o no la busca. En el primer caso, habla de volver y de lo mal que está todo. En caso de que no lo haga así, como no se puede vivir del aire quiere decir que la chica vive su vida y está a lo que caiga. Casi siempre vuelve al pueblo a presumir con seis vestidos nuevos y el pelo *ondulao*. Allí

su padre la *esloma* de una paliza y se queda *pa* siempre a ordeñar vacas, o se escapa *pa* no volver más. Otras veces lo que llega al pueblo es un escrito del Juzgado por alguna trastada o una carta desde cualquier Maternidad.

—¡Ah, ya! Oiga, pues mi hermana hasta ahora no...

—Hay otras veces en que vienen direcciones distintas de casas desconocidas. Se buscan en el anuario, o en la guía, y si no están... malo. Los que no están en el anuario o en la guía de teléfonos no tienen servidumbre. Y si no está sirviendo, de alguna manera tendrá que ganarse la vida... Oye: ¡mira que es triste el sino de las mujeres! ¡O echarse al suelo, o echarse a la cama! Una de las dos cosas tienen que hacer si quieren comer.

Los dos hombres se quedaron en silencio casi un minuto. No menos hacía falta para recapacitar sobre la trágica luz aportada por Teótimo a la comprensión del destino femenino.

—*Labor bestialis at labor infernalis* —resumió lapidariamente.

Luego continuó:

—Pero, aunque me esté mal el decirlo, a lo que hay que echarle más talento es a los detalles, y eso muy pocos hombres lo tenemos. Había una moza que mandaba en las cartas cupones de coñac *Fundador*. Decía que para que su madre consiguiese una máquina de coser. A la pobre mujer se le acabó la alegría en cuanto le dije que su hija estaba de tanguista al tanto por ciento de las consumiciones. ¿Eh? ¿No es eso talento? Otra pedía una fe de bautismo apañada con más años de los que tenía. Decía que para poder entrar de dependienta en una zapatería hacía falta tener más de veintitrés años. ¡No tenía mala zapatería!

"Pero lo más importante son las direcciones del remite. Ahí está el quid de muchas cosas. Cuando lees por ejemplo: Conde del Asalto, número tantos; y vas al anuario y lees en ese número de esa calle: "Habitaciones". *Domus pecatorum!* ¡No falla! En cambio, vienen las cartas durante días y días de la calle de Muntaner, tantos y tantos, y te encuentras en la guía o en el anuario al señor Pla y Canadell, de Aprestos y Teñidos Pla, Tartabull y Compañía, y entonces puedes quedarte tranquilo porque el honrado señor Pla y Canadell es seguro que si tiene otro piso para sus cosas lo tiene a nombre de Pérez García. *Vir bonus escandallum fugit.*

Durante unos minutos más Teótimo acabó de ordenar las direcciones, de anotar sus descubrimientos y de mirar la guía. Por último dijo:

—¡Ya está! ¡Ya lo tengo! ¿Ves esa carta? Aquí está la clave.

Teótimo le enseñaba triunfalmente a Canales una carta extraída de su sobre, y siguió hablando:

—Todos los remites tienen señas de sitios como ese de la calle de Ríos Rosas. Casas de recibo, donde sólo van a días y por un rato. Perderemos el tiempo preguntando en ellas, porque en esas casas no viven más que la dueña y el servicio. Las chicas como tu hermana tienen su domicilio particular, solas o acompañadas, y como verás en esta carta han *cortao* el membrete *pa* que no supieras quién era el que pagaba el piso, pero se ha *olvidao* del teléfono, que está en la parte de abajo.

—Es verdad. Además, es de las primeras cartas que me mandó.

—Claro. Ahora no hay más que llamar a este número y chasco me llevaría si no se pone tu hermana *fraterna* en persona.

Sin más comentarios, el soriano y el peralejino se dirigieron al teléfono, situado junto al mostrador. Jaulín marcó el número y luego, con sonrisa de triunfo anticipado, separó el auricular de su oreja acercándolo un poco a Fortunato. Quería asistir junto al interesado al inmediato éxito de su esfuerzo mental.

Una voz femenina se oyó que decía al otro extremo del hilo:

—Aquí RENFE. Oficina de Información.

Los dos hombres se quedaron asombrados. Teótimo preguntó en voz baja a Fortunato:

—¿Tú sabes si tu hermana tiene algo que ver con la RENFE?

—Pues la verdad. No sé... Me parece que no. A no ser que se escapó con un revisor.

La voz en el teléfono sonaba impaciente.

—RENFE, Información. RENFE, Información.

—No me digas más —exclamó Teótimo colgando el receptor—. El fulano ese, además de llevarse a tu hermana, se llevaba a casa el papel de la oficina *pa* ahorrar. Los hay *aprovechaos*.

Luego dejó caer los brazos al lado del cuerpo diciendo:

—Paciencia, amigo. No hay nada que hacer. Por lo menos, hemos comido bien.

Y se quedó tan fresco. Pero luego, al ver el gesto de abatimiento de Fortunato, le consoló diciendo:

—Te aseguro que es la primera vez que me falla.

Fortunato se pasó toda la tarde acurrucado al lado de su nueva amistad. Jaulín le había propuesto que diera un paseo para conocer Barcelona y luego fuera a buscarlo cuando cerrara el establecimiento.

—El negocio es lo primero —le manifestó solemnemente—. El negocio y el respeto a la clientela, que espera encontrarme allí en el momento que me necesita. Si no fuera por este sagrado deber, te acompañaría...

Pero Fortunato miró calle de Balmes abajo, recordó todo el camino recorrido del figón hasta allí, toda la inmensa barahúnda de la ciudad que se adivinaba allá en el fondo, y se asustó. A Canales, desde que se le rompió la pecera donde soñaba vida y libertad, le asustaban más todas las cosas. Por eso se quedó junto a Teótimo, acurrucado en el suelo, y vio pasar los autos veloces, la gente con prisa, vio encenderse las luces de la calle, ascender toda la niebla y el polvo de la ciudad que rugía allá abajo y asistió a la venta de un paquete de Ideales, otro de Luky y dos

cajas de cerillas. Un señor se acercó también para que
echara gasolina Teótimo al mechero, pero se fue sin echarla porque Jaulín se empeñó en que lo conocía de algo, que aquella cara le sonaba a él y luego de mucho reflexionar le comunicó que no tenía gasolina porque había llegado a la conclusión de que los mecheros son mucho más imperfectos que las cerillas.

Los dos nuevos amigos se entretuvieron en mirar las fotografías de mujeres que llevaba Fortunato y en desarmar la máquina de retratar. Teótimo aseguró que la máquina no tenía secretos para él, pero lo cierto es que gracias a un guardia municipal que resultó ser fotógrafo *amateur*, pudieron luego encajar cada cosa en su sitio sin que sobrara nada. Además, el guardia condescendió a dar unas someras explicaciones sobre su manejo, que Fortunato escuchó con sumo interés.

Cuando el guardia se marchó, Teótimo se quedó pensando un rato. Para pensar intensamente Teótimo se mordía el labio inferior y se hurgaba en la nariz con el dedo índice. Eran signos inequívocos de que iba a parir un proyecto nuevo, y Fortunato todavía no lo conocía bastante para echarse a temblar al verlo en este trance. Los síntomas no fallaban nunca y tampoco fallaron esta vez. El novísimo plan fue perfilándose entre citas latinas y muestras de admiración a sus facultades inventivas:

—...y nadie tiene por qué saber que tú no has hecho esas fotografías de *gachís*. Lo natural es que supongan que las has hecho al verte con tu Leica. Es asunto de mucho dinero. No te quepa duda. ¡De mucho dinero! Basta con que consigamos unos pocos *clichés* y luego ¡vengan copias! Precisamente conozco al hombre que nos conviene. Vive en una travesía de la calle de Barbará. No hay más que proponérselo y verás como le gusta...

Aquella misma noche Fortunato, después de cruzar en tranvías repletos y chirriantes el centro luminoso y atrafagado, las calles interminables, el espectáculo único de la plaza de Cataluña y las Ramblas en prima noche de domingo, fue introducido en el alucinante y promiscuo mundo enclavado entre las Ramblas bajas y el Paralelo. En el inmenso escenario, el soriano, pilotado por Jaulín, navegaba a bandazos, empujado por los hombros y los codos de hombres y mujeres de todo el mundo, mostraba su faz mal afeitada y pálida al descaro de los letreros fluorescentes, aspiraba el olor de fritos, de sudor, de vicio, de perfumes baratos, de alcohol... Cruzaba la barra formada por el río humano que expelía un salón de espectáculos, volvía la cabeza a mirar equívocos hombres y contemplaba al pasar las inequívocas mujeres, se detenía asustado ante un par de marineros borrachos, cruzaba por pasadizos olientes a cocinas pobres, para salir de nuevo a la calle abigarrada y luminosa donde los bares incendiados de luz alternaban con oscuros y sospechosos portales.

Comieron de pie, en un bar, unos pedazos de chicharro y unos calamares fritos. Bebieron cerveza de barril y siguieron su camino. El hombre de la calle de Barbará tenía unas preferencias muy variadas, porque hubieron de recorrer hasta encontrarlo seis bares, una sala de billar, un baile lleno de chulos, sirvientas y marineros y un *music-hall* de a duro la entrada. Por fin lo encontraron y hablaron.

Serían las doce de la noche cuando Fortunato, siguiendo indicaciones de Teótimo Jaulín, penetró en un hotel situado en la calle de Escudillers.

—Es nuevo —le había dicho—. Además, es decente y no muy caro. Te conviene.

—Pero... ¿podré pagarlo?

—¿No has de poder? Acuérdate que no tardaremos en ganar mucho dinero. Déjamelo a mí. Nunca fallo.

El portero de noche le pidió el importe de la habitación por tres días. No se fiaba de su traza. Cuando Fortunato se dejó caer en la primera cama con colchón que había visto en mucho tiempo, ya no podía más.

Tenía en aquella hora treinta pesetas en el bolsillo, un caudal de experiencias nuevas y brutales que le anegaba el alma, sus sueños y sus esperanzas manchados por el polvo de la realidad, salpicados de barro de la calle y el compromiso verbal de tomar parte en el negocio más sucio y canalla que una mente sin escrúpulos puede imaginar.

Tercera parte
La casa y las goteras

CAPÍTULO PRIMERO

Sebastián, el viudo, cuando la pena suavizó sus esquinas hirientes, cuando el dolor se fue endulzando con el recuerdo, hizo un inventario de lo que le había quedado de su breve vida de casado, inventario que arrojó el resultado siguiente: un culto eterno a una imborrable imagen de mujer, una mayor comprensión de lo femenino, el afecto y consideración de los revisores de la RENFE y un kilométrico para poder viajar en primera durante muchos meses.

Porque Sebastián tuvo que volver a viajar como el payaso tiene que volver a hacer reír en cuanto el pésame de los últimos amigos ha clausurado la tragedia doméstica. Hay algo de maldición de noria en este seguir viviendo a pesar de todo, y muchos hombres pueden sucumbir a su peso, dejarse abatir y teñirse los trajes y el alma de luto para el resto de sus días. Demostraríamos no conocer a Sebastián Viladegut si supiéramos que iba a hacer tal cosa. Sebastián era un enamorado de la vida, a la que aceptaba con sus risas y con sus lágrimas, colocando ambas cosas en la misma escala de jerarquías afectivas. La vida era así y no sólo había que tomarla así, sino que había que agradecerla por habérsenos dado tal como era. Lloró a Isabel, pero su llanto fue el mejor homenaje, porque no tuvo el ordinario fin utilitario del llanto de casi todos los humanos que lloran para desahogarse, es decir, para diluir y lavar la pena en agua, con lo que poco a poco la pena va borrándose en las paredes del corazón. Su llanto era silencioso y hacia dentro; sólo quien le conocía muy bien sabría que lloraba cuando, durante 17 kilómetros —los que mediaban entre las dos estaciones que dejaban en medio a Puebla de Samper—, Sebastián callaba, reclinaba la cabeza en el respaldo del asiento y ladeándola un poco a la derecha o a la izquierda, según el sentido de la marcha, fijaba la vista en el cristal y, a través de éste, en los campos yermos, en los cerros de tomillos, en los postes del telégrafo. Si el tren que le llevaba era un expreso o un rápido, a Sebastián le brillaban los ojos un poco más cuando por su campo de visión pasaba la solitaria y pobrecita estación de Puebla y el reflejo de la luz del vagón o de los rayos del sol, al incidir en la ventana de Isabel, cerrada y vacía, le daba en los ojos. Si el tren era un correo, cuando pasaba nunca faltaba en la ventanilla abierta del vagón la mano temblorosa y cálida del pobre don Santos, ansiosa de estrechar la otra, la del único afecto que le quedaba en la tierra, aunque fuera en traspaso. Si Sebastián no hubiese poseído suficientes arrestos para sobreponerse y salvar su espíritu de la tragedia, hubiera tenido un magnífico ejemplo en aquel triste viejo que, después de estrecharle la mano quietamente, durante un minuto largo, se sorbía una lágrima, le preguntaba cuándo le darían permiso para pasar unos días con él y luego, levantando la bandera con inusitada energía, tocaba el pito fieramente, para dar salida al convoy una vez más. La figurilla, un poco encorvada y humilde, que la distancia iba empequeñeciendo, representaba para Sebastián el triunfo del espíritu sobre la adversidad.

—¡Pobre viejo! ¡Tan solo! —decía el revisor, que se había sentado junto a Sebastián en un departamento de primera vacío.

Sebastián le miró largamente y luego habló sin dirigirse a nadie:

—Sí, ¡pobre! Pero no está solo.

Había en su acento una infinita tristeza. No pudo saber

el revisor que Viladegut se consideraba más solo que don
Santos, que era más duro para él mantener vivo el culto
de la muerta, entre la algarabía y la indiferencia de las
gentes, que para don Santos, dichoso oficiante en un altar
vacío pero colmado de recuerdos y de aromas.

Después de una larga pausa, durante la cual el tren iba
abandonando la paramera baja aragonesa, Sebastián agitaba la cabeza como para sacudirse enervantes ideas, y comenzaba a silbar. Lo haría primero tenuemente, como en
el preludio de un Nocturno inédito, después afirmaba la
melodía y, mientras tanto, el sol despejaba la neblina
mañanera y triunfaba sobre los campos verdes y exultantes a medida que la vía se iba aproximando al cauce
del Ebro.

Paró el tren en un pequeño pueblecillo de la linde de
Aragón. En su estación, de ordinario vacía, había un hombre y una anciana de buen porte que tenían unas maletas
a sus pies. El revisor se asomó a la ventanilla. Tenía costumbre de conocer a los viajeros y dijo:

—Me parece que vas a tener compañía. Ésos llevan billete de primera y éste es el único departamento con plazas que llevamos.

—¡Qué le vamos a hacer! —exclamó Viladegut. Luego
añadió, al examinar a los presuntos viajeros—: La verdad
es que en primera no viaja más que gente aburrida. En
cuanto se me acabe el kilométrico volveré a mi sitio, a
mi tercera, que es donde se habla de todo y se aprecia la
vida en lo que vale. ¡Fíjate, fíjate! Parecen dos figuras
arrancadas de *La Ilustración Española*.

Pero al parar el tren aquellas dos figuras de fotografía
con exposición entraron en movimiento. El joven abrazó
a la vieja con efusión tal que parecía temer no volver a
verla más; la anciana, a todas luces su madre, lloró copiosamente sobre la chaqueta oscura de corte anticuado, y
mientras lo hacía, su historiado peinado, semejante a una
tarta de merengue espolvoreada con carbonilla, se conmo-

vía en sus cimientos de horquillas y bigudíes. Después el joven subió al tren. El revisor, que había salido del departamento, vino de nuevo conduciendo al viajero y le señaló el asiento enfrente de Sebastián. Al mismo tiempo, y mirando a Viladegut, se encogía de hombros como para indicar que él no tenía la culpa de nada.

El nuevo ocupante murmuró un seco saludo y se sentó junto a la ventanilla. Luego mostró hacia el exterior, hacia donde su madre le estaba mirando, una triste sonrisa que quedó estereotipada en su rostro mientras el convoy estuvo parado. Cuando comenzó a andar, acompañó la sonrisa con un movimiento de adiós de su mano pálida y blanda, mientras en el andén la anciana hipaba y se limpiaba los ojos con un pañuelito de encajes. La inquisitiva atención de Sebastián esperaba el momento siguiente, que siempre le resultaba cómico. Es el momento en que el viajero que se despide a través de la ventanilla con emotivos aspavientos, ha de reintegrarse al nuevo ambiente donde ha caído y se ve obligado a descender desde la cima de su emoción hasta el limbo de la indiferencia que le rodea. Entonces ha de componer sus gestos difícilmente para ajustarlos a tenor de los rostros, aburridos, cansados e impávidos de los otros viajeros. Así tuvo que hacer el nuevo viajero para no escapar a la ley general, y durante unos segundos pudo gozar Viladegut del espectáculo de ver aquella sonrisa blanca y fría borrarse poco a poco hasta desaparecer y quedar aquel rostro —demasiado bien rasurado, de rasgos aniñados y un poco endurecidos por la mirada distante y glacial— serio, hierático, como dispuesto a que nadie en lo sucesivo descubriera sus íntimas emociones.

Durante mucho tiempo permanecieron callados. Hasta para Sebastián resultaba difícil encontrar un punto vulnerable al ataque de su facundia. Incluso había dejado de silbar y pensaba seriamente en cambiarse de departamento porque le estaba asediando la extraña idea de que viajaba con un muerto. Le distrajo de su intención la llegada del policía de servicio, que pidió al recién llegado la

documentación. Le fue exhibido un carnet de cuero marrón. Luego el policía salió al pasillo y Viladegut, que lo conocía, salió tras él.
—Oye, ¿quién es ese tío tan serio? Tiene cara de haberse muerto hace tiempo y, sin embargo, no huele.
—Se llama Francisco de Paula Escalona y no sé qué más. Es notario.
—¡No podía ser otra cosa que notario! —exclamó Sebastián, que tenía ideas preconcebidas sobre muchas cosas.

Francisco de Paula Escalona y Villavicencio era notario por intención y no por vocación. Vocación tiene un sentido pasional. En realidad no es más que la orientación hacia su fin de una afición, de una pasión humana. Hay un impulso vital en su aparición. Por todas estas razones Francisco de Paula no podía sentir una vocación. La vocación puede sustituirse con el cálculo. En rigor, muchas veces se hace así. Pero Escalona tenía una mayor preocupación que la puramente crematística cuando su madre le hablaba de decidirse por una u otra cosa. Sabía que el elegir era algo así como ser lanzado al agua después de haber aprendido a nadar por correspondencia. Y aunque el agua estuviera en el estanque pequeñito y transparente de la ciudad natal, el agua era siempre agua, y tenía un horrible miedo a ahogarse. El agua de sus pesadillas tenía un sentido de gente, de vulgo soez, de empujones y de roces, de humanidad hostil, de vida promiscua. ¡Si pudiera quedarse en casa leyendo libros sobre cosas muertas o clasificando pedruscos antiguos! Pero no podía ser. ¡Había que vivir!, le decía su madre, un poco asustada del retoño que le había salido. Y no sabía ella que precisamente "vivir" era en el fondo lo más difícil y lo más alejado de las intenciones de Paquito.

El poseer la licenciatura en Derecho le eximía de la obligación de pensar en otras profesiones que tienen un más directo contacto con la gente y la vida. Había descartado así el ser, por ejemplo, médico —dolor, contagio, crudeza bestial de la vida y de la muerte—; militar —hombres a su lado, debajo y encima de él, a los que secundar, mandar y obedecer—; arquitecto o ingeniero —audacia, responsabilidad, sentido excesivamente vivo y funcional del arte—; maestro —lucha eterna y desigual de un hombre solo que envejece contra enemigos siempre jóvenes y renovados—... Por ser licenciado en Derecho los caminos se habían reducido mucho. Podía quedarse en abogado si no fuera porque abogado significa lucha y polémica y un continuo debatirse entre las pequeñas miserias y los torpes intereses de las gentes; hacerse juez siempre que juez no significase tener poder sobre esas mismas gentes a las que temía y no comprendía; intentar hacerse notario...

Cuando pensó en lo de notario se acordó de don Agustín Villalonga y Ruiz. Era notario de la pequeña ciudad donde vivían, y gozaba de un prestigio intangible, que Paquito nunca había comprendido bien hasta que lo conoció. Era un viejo renqueante y catarroso que casi no tenía trato social. Se le veía salir de casa después de comer y meterse en el casino. Allí lo había visto muchas veces, sentado junto al radiador de la biblioteca, colocar encima de él el pañuelo, siempre húmedo de moquita, y dormirse antes de volver la hoja primera del periódico. Luego se despertaba gruñendo, cogía el pañuelo, ya seco, y se marchaba de nuevo a casa tosiendo y estornudando. No recordaba que hubiera hecho nada memorable en toda su vida, y toda ella había permanecido soltero... Un día, Paquito y su madre tuvieron que ir a su casa. Se trataba de la venta de una finquita que la viuda se veía obligada a realizar para costear los últimos estudios de su hijo. La vieja ama de llaves los introdujo en el antedespacho como prueba de respeto, en vez de dejarlos sentados en el banco duro del vestíbulo como hacía con los labradores. Por la puerta abierta del despacho podía verse a don Agustín sentado tras la mesa y delante tres clientes, dos hombres y una mujer, discutiendo con acritud.

—¡No *t'importa* lo que le sacamos al tablar! —decía la

mujer—. ¡Nuestros sudores nos cuesta! ¡Si tú no *fuás* un gandul y tu mujer una puerca...!

—¡Mira lo que hablas, *Juaquina*! Yo sólo iba a lo que el padre quería que se hiciera. Partir a las medias, pero igual lo bueno que lo malo...

—Lo bueno es lo que se trabaja y lo malo lo que *s'esperdicia*. La culpa...

El otro hombre, que permanecía al lado de la mujer, habló entonces por primera vez:

—De *toos* modos, yendo a las buenas...

La mujer se le volvió como una furia:

—¡A las buenas! ¡Bragazas! ¡Cobarde! ¡A las buenas! Pero ¿no ves que se nos quieren comer por los pies? ¡Buen defensor me he traído! ¿No ves, *cacho* de mula, que nos quieren quitar lo nuestro?... ¡Además, tú te callas, que la tierra es de mi padre y éste es mi hermano!

—No... Si ya te decía yo que *pa* qué quería venir...

Don Agustín, mientras tanto, se había dedicado a limpiarse las uñas, a mirar si había tinta en el tintero, a mirar unos papeles... Parecía estar a muchas leguas de allí. El catarro, por aquellos días, iba de mal en peor y le obligaba a sonarse las narices continuamente. De una cajita verde sacó una pastilla, que se tragó a secas. La discusión seguía aumentando. Ahora la mujer volvía a especular sobre las cualidades negativas de la esposa del otro —a todas luces su cuñada—, que al parecer tenía una profunda relación con los líos de la testamentaría. El hermano, ya exasperado, manifestaba al otro hombre que no se extrañara de que delante de él partiera la cabeza a su mujer si seguía por ese camino. El otro, quizás con pocos deseos de oponerse abiertamente a este proyecto, se limitó a decir:

—¡*Paice* mentira que hayáis *estao* en el mismo vientre!

—¿Qué quieres decir, mala bestia? —se volvió su mujer—. ¿A qué fin mientas a mi madre? ¿*L'has* oído? ¡Si no fuera porque no estamos en casa!...

Pero, a pesar de que no estaba en casa, cogía a su marido por el chaleco de pana y lo zarandeaba, mientras él se

345

defendía a manotazos. El hermano, entonces, se levantó y quiso separarlos.

—¡Venga, siéntate ahí, *cacho* burra! ¡*Too* lo entiendes a las malas! ¡Veneno llevas en la sangre...! ¿Ve *usté*, don Agustín, como tengo yo razón?

De esta manera se aprovechaba de las accidentadas circunstancias para arrimar el ascua a su sardina. Don Agustín, tan directamente interpelado, como además no encontraba ya ocupación directa a sus manos y a su atención, posó su mirada en el grupo. Parecía verlos por primera vez.

Y como los tres contendientes se quedaran mirándolo de pie y estupefactos continuó:

—Bueno. Pero ¿se ponen de acuerdo, o qué?

—¡Ah! ¿Todavía no? ¡Bueno, bueno! Pasen a esa habitación y arréglenlo. Y si no, váyanse a casa. No vuelvan aquí sin haber decidido una cosa u otra.

Y muy satisfecho con su veredicto, señalaba la puerta con el índice extendido. Borreguilmente, la poco unida familia emigró del despacho.

Pasaron los Escalona. Mientras don Agustín, con parcas preguntas, iba anotando las condiciones de la venta y las características de la finca, se oía en el antedespacho la voz chirriante de la mujer y las profundas de los dos hombres. Una vez sonó la del ama de llaves, que hubo de entrar a poner paz o proteger los bienes de la casa.

Cuando salieron, volvieron a cruzarse en la entrada del despacho con los herederos, y Paquito pudo ver, mientras su madre se despedía del ama, como sumisos y taciturnos se sentaban de nuevo ante don Agustín y éste, fríamente, como una indiferente deidad que recibe el tributo de sus fieles, escuchaba la relación monótona que por turno exponían el hermano y la hermana. Luego, sin una palabra de aprobación ni de ánimo, sin un comentario, se dispuso a escribir, tosiendo después de sonarse otra vez las narices.

De vuelta a casa, Paquito empezaba a explicarse el incomprensible prestigio de Villalonga. Del insociable, gruñón y sucio Villalonga. Había visto cómo a sus pies se habían debatido el odio, el sórdido interés, la brutalidad, la avaricia, sin inmutarle. Luego, sin que él se dignara intervenir en este juego de pasiones humanas, había contrastado las conclusiones de los vencidos y de los vencedores —suponiendo que hubiera alguno de éstos— y desde este momento, desde que su pluma perpetuase sobre el papel el resultado de la lucha, las pasiones habían quedado muertas, petrificadas como inscripción sobre mármol, inmutables hechos archivados para siempre entre el polvo y telarañas que nadie se atrevería a resucitar ni a comunicarles de nuevo el impulso vital que las desencadenara. Y todo sin esfuerzo, con el solo poder de la presencia. De una presencia al margen, o mejor, desde arriba, libre de intervenciones y salpicaduras, como un dios indiferente.

No sabía entonces Escalona que el prestigio de Villalonga no era de Villalonga. No era de la persona, era del cargo. No arrancaba de su propia condición humana, sino que había sido dado por orden ministerial y, por consiguiente, era un prestigio falso. El prestigio del militar, del ingeniero, del médico han de ganárselo ellos mismos y se vincula a su individualidad. Es el prestigio verdadero. También el notario puede ganarse su propio prestigio; pero Escalona había de aprender en sus propias carnes que el camino para ganarlo tenía un rumbo completamente opuesto al que él quería emprender. Desde el día que vio actuar a don Agustín Villalonga pensó en hacerse notario como una manera digna de eludir el lanzamiento al agua, como una forma de seguir al margen, de permanecer en la vida sin necesidad de vivir. Había de pasar algún tiempo para que aprendiera que ni a los notarios les está permitido esto. Que por haber nacido estamos obligados a dar a los demás algo de nosotros mismos y más vale darlo a las buenas, como decía el marido de la Joaquina.

Cuando el correo llegó a Reus entró, o más bien, invadió el departamento una mujer. Era una exuberante joven de amplias y prietas curvas, con una belleza demasiado provocativa y excesivamente recargada en su atavío. Llevaba un traje sastre que tenía todo el apresto de la tela nueva y junto a un bonito reloj de oro colgaba de su cuello, de su pecho y de sus orejas, una bisutería estridente. Viladegut la catalogó en seguida:

"Prófuga del estropajo. Hasta hace muy poco esta chica ha tenido íntimas relaciones con la escoba y la fregadera", pensó.

Pero atento siempre a lo que el espectáculo de la vida pudiera depararle, abandonó el pasillo y se sentó en su sitio. Quería ver cómo encajaba el impacto de la nueva presencia el avefría aquel del notario. En principio pareció no alterarse, pero Sebastián sorprendió un brillo en la mirada que antes no existía, un desasosiego evidente cuando la joven inquieta y bullidora disponía su equipaje, apoyaba la pierna bien formada, aunque un poco gruesa, en el borde del asiento, o cuando se arrellanaba buscando posiciones de comodidad, rozando, como sin querer, al notario.

"¡Bien, muchacho! ¡De modo que ése es tu punto débil! ¡Quién lo iba a decir!", pensó Sebastián con regocijo.

La joven comenzó a hablar. Se la veía dispuesta a ganar amigos como fuese y con ese instinto certero que existe hasta en las más obtusas el objeto de sus ataques fue Escalona. Quizás advirtiera que Viladegut la tenía ya catalogada como poco interesante.

—¿Vienen de muy lejos? —preguntó en general, pero mirando a Escalona.

Sebastián, con evidente falta de educación, se puso a silbar un aire indeciso y lento mientras miraba por la ventanilla.

—No, no mucho —contestó Escalona, premiosamente obligado por el ataque directo.

—No sé cómo se las arregla este tren para traer siempre retraso —siguió ella—. A mí sólo me gusta viajar en los "expreses".

—¡Hum! —dijo Francisco de Paula sin comprometerse demasiado.

—Pero hoy no me ha quedado más remedio, y bien que lo siento. Además, que va a ser la primera vez que voy a estar sola en Barcelona.

La sonrisa no podía ser más insinuante ni más clara de intención. Escalona se revolvió en su sitio con evidente malestar, en el que un observador sutil podría encontrar un atisbo de interés bastardo.

—Voy completamente desorientada. Hasta ahora siempre había ido con papá y por unas horas nada más. Pero esta vez tendré que buscar hotel... ¡Dios mío, qué trastorno! Vienen las cosas así de pronto... ¿Ustedes saben de algún hotel cerquita del centro que sea decente?...

—Yo, verdaderamente... desconozco.

—Pero usted irá a un hotel, ¿no?

—Sí, me han recomendado el hotel Crusellas —dijo por fin Escalona imprudentemente—, pero no sé...

—En fin, ya veré —decidió la joven levantándose—. Le ruego que si viene alguien diga que este sitio está ocupado.

Y con un ampuloso movimiento de caderas salió al pasillo.

Sebastián miró con interés a Escalona. Éste se había congestionado y hasta sudaba un poquito, pero no emitió ninguna opinión.

—¡Vaya pájara! ¿Ha visto usted qué descaro?

Escalona se volvió a él con asombro y un principio de indignación, y no contestó ni una palabra. Estaba empezando a emplear la técnica del erizo, acreditada forma de defenderse que usaba cuando alguien quería inmiscuirse en su vida o en sus opiniones. Sebastián continuó:

—Le aconsejo que tenga cuidado. Esta clase de individuas pueden comprometer a un santo.

—Quisiera saber, señor mío, quién le ha autorizado para darme consejos. Tengo suficiente edad para saber lo que hago.

—Bueno. Allá usted —dijo Viladegut sin inmutarse—. Por mí, que...

No terminó la frase, que prometía ser contundente, porque en aquel momento volvió a entrar de nuevo la inquieta señorita con el susto retratado en su semblante.

—¡Ay, Dios mío! ¡Qué conflicto! ¡Qué desgraciada es una mujer sola!

Los dos hombres la miraron interrogantes. La joven tomó el bolso que había dejado encima del asiento y rebuscó en vano.

—¡Me lo figuraba! ¡La he dejado en casa! ¡La documentación, ya ve usted! Y ahora viene el policía y sabe Dios lo que se pensará. Si alguno de ustedes me hiciera el favor de decir que va conmigo...

—A mí la policía no me quiere bien. El señor no se negará, supongo —dijo Sebastián con bastante mala sangre.

—¿Por qué me había de negar? —exclamó desafiante Escalona—. No tema, señorita.

Viladegut, silbando y riendo entre dientes, salió del departamento ante las miradas furibundas de los dos. Pero su ausencia duró corto rato. Poco después volvió con mucha prisa y, sin pronunciar una palabra, tomó el maletín, el cabás y el bolso de la joven, se lo puso todo en los brazos, y dijo:

—Ande, corra y deje de hacer el idiota. Usted ya me entiende. Si puede bajar en la próxima estación sin que pase nada, tendrá usted muchísima suerte.

Escalona se había incorporado.

—Pero ¿quién le autoriza a usted? Me parece que se toma usted unas atribuciones... Señor mío, responderá...

La individua del traje sastre, sin un solo comentario, había ya salido al pasillo y corría por él con agudo taconeo. Pero tras ella un hombre, el policía, corría también. Sebastián, asomándose a la portezuela, dijo:

—¡Vaya! ¡Ya la pescaron!

Luego, en obsequio de Escalona, aclaró con mucha tranquilidad:

—Viene de Valencia. Ha robado en la casa donde servía.

Fuera, en el pasillo, se oía un tumulto de voces y comentarios. Francisco de Paula, lívido el semblante, se había desplomado sobre el asiento y huyendo la mirada a la sonrisa divertida de Viladegut, parecía haber renunciado a toda reivindicación.

Llegaron a Barcelona sin hablar.

Por delante de la estación de Francia los taxis pasaban rápidos y con la luz verde apagada. Los mozos de la estación y los golfillos pescaban alguno con grave riesgo de sus vidas y lo conducían, de pie en el estribo, triunfalmente, al afortunado viajero que pagaba propina. Sebastián Viladegut apareció de pronto dentro de un taxi con la portezuela abierta ante el inmóvil e indeciso Escalona que se había ya entregado sin lucha a la fuerza de los acontecimientos.

—¡Vamos, suba! —le dijo conminatorio.
—No, no, muchas gracias. No debo...
—No sea tonto, hombre. Si vamos al mismo hotel...
—¿Cómo lo sabe usted?
—¡Cosa difícil! Lo va diciendo usted a cualquier choricera que se lo pregunta...

Escalona, ya vencido, subió al taxi sin más comentarios.

CAPÍTULO II

Francisco de Paula Escalona y Villavicencio abarcó en una sola mirada el cuarto que le era destinado. En sus ojos se pintó lo más próximo a la aprobación que en él era posible. Las paredes desnudas, la cama niquelada, con ropas limpias, el lavabo moderno, con un espejo y un estante de cristal; el armario; la mesa al lado de la ventana, con luz de una pequeña pantalla, y una silla. Era todo cuanto necesitaba. Todo impersonal, como el hotel mismo. Un hotel sin comedor y salones de reunión, un cubo perfecto dividido en muchos cubitos en cada uno de los cuales podría dormir una persona. Un conserje deferente, pero frío, que no preguntaba más que lo necesario, casillero para correspondencia, teléfono interior individual, ascensor y montacargas. Organización, eficiencia y el mínimo contacto humano. Únicamente le molestaba el tener que compartir el baño con los presuntos habitantes del piso. La única habitación con baño individual se hallaba en el piso superior y estaba ocupada, por lo visto.

El botones, que había sudado para traer hasta el cuarto la pesadísima maleta —estaba llena de libros—, permanecía a la entrada, mirándole descaradamente. Francisco de Paula, para quedarse solo, tuvo que descender su atención hasta la minúscula presencia, y con ademán indiferente puso en su mano un duro sin decir una palabra. Un ademán simple y preliminar, necesario para el cierre de la puerta.

Mientras abría las maletas y colocaba ordenadamente

las ropas en el armario, pensaba que a su categoría social y económica le correspondía un hotel de primera en barrio elegante, pero en Barcelona no lo conocía casi nadie y podría prescindir por esta vez de la dura obligación de vivir con arreglo a su condición. Se estremecía al pensar en un hotel de lujo, con camareros empalagosos que en seguida se enterarían de su nombre para llamarle a todas horas "don Francisco", con un comedor donde inevitablemente al cabo de los días sería saludado por los compañeros de mesa y tendría que corresponder a su saludo, donde nadie podría impedir que otros huéspedes intentaran trabar relaciones con él simplemente por haberse enterado de que era notario, como también lo era su hijo, su tío, su cuñado, su amigo o el mismo huésped.

Los trajes en los colgadores correspondientes, la ropa interior y menuda en los cajones y en la rejilla los pares de zapatos. Cuando le tocó el turno a la maleta de los libros, se acercó a la mesa de la ventana para disponerlos encima. Por la entreabierta ventana ascendía el bullicio de la calle. Un rumor siempre igual, al que se acostumbraba, hecho de "claxons", pregones, conversaciones y risas de chicos, pero que puede romper su uniformidad el silencio o, como en este momento, la algarabía; cuando esto ocurre, hasta Francisco de Paula Escalona y Villavicencio se ve obligado a asomarse a la ventana.

Nada de particular. Enfrente del hotel había una confitería donde, sin duda, estaban celebrando un bautizo. Los granujas de la calle miraban envidiosos a través de los cristales el festín y exigían su parte en la alegría general con los gritos de ritual:

—¡Echen, echen pastillas de café con leche! —gritaban los optimistas.

—¡Bautizo *cagao* que a mí no me han *dao*! —exclamaban los pesimistas.

Un hombre con ropas domingueras y una llamativa corbata salió a la puerta y lanzó unas monedas al aire. Seguramente era el padrino y había en su generoso gesto tanta complacencia y elegancia que se veía en seguida que no lo había hecho nunca. Tirar dinero sin tenerlo es una de las mejores satisfacciones reservadas al padrino de un bautizo modesto.

Los chicos se lanzaron a las perras con enorme entusiasmo. El abigarrado grupo, inquieto y gesticulante, de cabezas ceñudas, narices con mocos y bocas vociferantes, se cerró sobre sí mismo presentando unánimemente las corvas ilustradas por algún pedacito de nalga colorada y sucia por los rotos de los fondillos. Las cabezas habían desaparecido, debido a la circunstancia de que los ojos en ellas hospedados debían de arrastrarse por el suelo en busca de la fortuna. También los gritos cesaron de pronto, porque en principio estaban empezando a ser atendidas las reivindicaciones exigidas.

Francisco de Paula cerró la ventana porque siempre le habían desagradado las bullanguerías del vulgo soez, pero quedó ensimismado tras los cristales contemplando una figurita que en este momento salía de la confitería. Era un niño llevado de la mano, por su mamá seguramente. Muy bien vestido y acicalado, tenía un paquete de chocolatinas en la mano. Al encontrarse en la puerta con el grupo de los golfos luchando en el suelo, obstruyendo el paso y la calle, apareció en su carita pálida un gesto de susto y asombro. Cuando a duras penas pudieron alejarse unos metros, tiró de la mano de su madre y la obligó a permanecer con él mirando el espectáculo que daban los chicos de su edad luchando a brazo partido por una problemática perra gorda. No había en su cara regocijo, sino asombro, tremendo asombro que le llevaba a mirar a su madre de vez en cuando, como en muda demanda de contestación a indeterminadas preguntas que le acudían a la boca sin saber formularlas. Una expresión muy similar a la que adoptaría un habitante del Limbo contemplando el mundo por el desgarrón de una nube.

La batalla de la calderilla estaba llegando a su cenit épico. El compacto grupo se redondeaba cerrándose sobre sí mismo cada vez que una nueva emisión de perras gordas caía en su seno. Las cabezas desaparecían de la luz y en ciertos momentos un miope podría haber confundido aquello con una especie de medusa acéfala e histérica. Era la fase centrípeta. De pronto, uno, tres, cuatro chicos se levantaban bruscamente del montón con la fortuna en la mano y pisando cabezas y lomos huían para proteger la presa, sin alejarse mucho, no obstante. Alguno de ellos, arrepentido de haber abandonado tan pronto la lucha, caía otra vez sobre el montón unos momentos antes de que éste empezara a disgregarse en sus unidades primitivas, unidades cada vez más sucias, greñudas, vociferantes y exigentes. Era la fase centrífuga. Cualquier metaforista barato, cualquier filósofo de hoja de calendario, podría hallar en la escena los componentes todos de la humanidad que se esfuerza en vivir sobre el planeta. Aquel vivillo que se levanta siempre el primero irguiendo su cuerpo delgado sobre el montón, como pistilo de flor de estercolero, es el triunfador, el oportunista; los que se hallan bajo sus alpargatas, pisoteados y arrastrándose, son los eternos vencidos que siempre, necesariamente, han de ser más en número. Unos pocos siguen buscando por el suelo cuando ya todos se han levantado, a pesar de que ya tienen su perra gorda en el bolsillo. Son los hombres-hormigas, atesoradores y avaros. Hay uno, grandullón y mala persona, que se dedica a esperar a los más pequeños para liarse con ellos a tortazos y quitarles su botín. No hace falta buscarle comparación. Tres o cuatro a la puerta de la confitería no hacen más que gritar y gritar con indignación; cuando una nueva lluvia de monedas cae sobre el grupo de sus compañeros dudan un momento, mirándolos indecisos, en caer también sobre ellos y luchar; pero bien pronto se arrepienten y siguen gritando y pidiendo siempre. Cuando sean mayores estos tres o cuatro harán un buen papel en un mitin sindicalista. Uno de ellos ha cogido a un crío pequeño, que llora porque le sangran las narices, y lo muestra indignado a los demás. Ha encontrado un mártir y está contento con exhibirlo. Se le podría rebatir diciendo que aquel crío de la fácil epistaxis haría mejor no metiéndose en líos, pero ¡quién se preocupa de eso! Como nadie se preocupa tampoco de hacer ver a los humanos que sus desgracias obedecen más veces a sus cualidades, a sus defectos, a sus errores que a la maldad de los demás, al destino o a la vida, que son los tres comodines que usamos en el póquer de nuestra existencia cuando llevamos una mala jugada.

Mientras tanto, el niño de las chocolatinas tira de su madre fuertemente para que no se aleje, para que lo proteja de no sabe qué peligro y también para que no se lo lleve lejos de la escena, que lo subyuga. Se ve que aquello constituye para él una revelación. Y no es que sienta deseos de intervenir en la lucha. Su sangre pálida y floja, sus pobres musculitos, constituyen un veto suficiente, si ya no lo fuera su propio temperamento. Si quiere quedarse es porque no comprende aquella dureza de procedimientos por conseguir tan pequeño beneficio, él, que no tiene más que pedir para que le den...

Francisco de Paula lo mira a través de los vidrios de la ventana y sin saber a ciencia cierta por qué, se ve representado en el niño de las chocolatinas. Es muy característico en él que antes de profundizar en su pensamiento se torture intentando descifrar su origen, su génesis. "Si he pensado en ese niño como una reproducción de mi infancia, será porque a mí también me vestían así de pequeño poco más o menos. Con esos trajecitos oscuros de corte elegante y un poco femenino; con el cuello duro y chalina... O quizá porque esa señora de cara bondadosa y tipo esbelto se parezca a mamá. Sí, eso es. Se parece a mamá." Como de costumbre Escalona se engañaba a sí mismo huyendo de la verdad por el cómodo sendero de su sensiblería. Lo cierto era que si se sentía retratado en ese niño era por las especiales circunstancias en que lo contemplaba. Podría haber visto al mismo niño y a la misma madre en un paseo, en un teatro, en un parque, y no los habría mirado.

Pero ahora lo contemplaba allí, parado, con un gesto de asombro incomprensivo ante la lucha de los golfos. Lo veía al margen de una escena callejera, al margen de una explosión de vitalidad y pasión humana y por esta razón simple se veía retratado en él. Pero sin quererse confesar que la causa residía en que Francisco de Paula Escalona y Villavicencio siempre había sido un ser al margen. Al margen de la vida, al margen del amor, al margen de las pasiones, al margen del sexo.

El padre de Francisco de Paula fue el teniente Escalona y se casó con la señorita de Villavicencio cumpliendo órdenes del coronel de su regimiento. Bueno: hay que decir también que el coronel se llamaba Villavicencio también, por ser el padre de la señorita Villavicencio. Ya desde los primeros días que pasó el teniente Escalona en aquella ciudad altoaragonesa a cuyo Regimiento de Infantería lo habían destinado, comenzó haciendo unas cosas que no auguraban nada bueno para aquel muchacho. La hija del coronel era para los oficiales una fría y distante imagen pálida y delicada que se asomaba al mirador encristalado del patio del cuartel con un gran bastidor donde bordaba una labor inacabable. La guardaban los cristales de aquella especie de altar y la terrible muralla del respeto a su padre, el coronel, célebre a la vez que impopular, lo que quiere decir finamente que era una bestia. Nadie se atrevía a cortejarla. Cuando salía al paseo, hacía incómoda la presencia de todo el elemento militar, que acababa tronzado a fuerza de taconazos y saludos. En el Casino Principal y en los bailes de gala sólo se atrevían a sacarla a bailar los jefes y capitanes, siempre que no hubieran sido amonestados durante la semana por su padre, lo que hacía limitadísimo el número de opositores, y cuando daba vueltas de vals, llevada por los brazos de alguno de aquellos inmaculados caballeros, el baile tenía algo de rito litúrgico, rígido y convencional; serios los rostros, distantes las miradas y los cuerpos separados. Un día, un camarero que se vio acorralado contra la pared por las numerosas parejas que bailaban, pudo salir del atolladero pasando, con bandeja y todo, entre Paquita Villavicencio y el comandante Repollés, que estaban bailando una polka.

Cuando llegó el teniente Escalona, vio a la bella en su altar encristalado una mañana y le gustó. Y casi a continuación perpetró aquella audacia inconcebible que sumió al cuartel en una nube de temor. Estaba mandando un grupo de instrucción, haciendo ir a una compañía de punta a punta del patio con armas al hombro, con armas rendidas y con armas a la funerala. Una y otra vez los soldados y el teniente pasaban bajo el mirador donde Paquita bordaba. El teniente Escalona, un poco botarate, tuvo la idea de amenizar el ejercicio introduciendo en él una variante y entonces fue cuando al pasar bajo el mirador dio la temeraria orden:

—¡Vista a la derecha!

La compañía entera, con su teniente al frente, desfiló bajo los cristales fijando doscientos ojos —doscientos dos con los de Escalona— en la deliciosa flor de invernadero. Todos aquellos ojos, obligados por la disciplina, incidieron sobre la figura femenina con su pelo cortito, su traje —¡horribles trajes de 1920!— colgado de los hombros sin talle y con una guirnalda de flores a la altura de la pelvis. Como la disciplina tiene sus límites y la chica, después de todo, no estaba mal, algunos de aquellos ojos denotaban tras sí imaginación suficiente para especular sobre la más ventajosa posibilidad resultante de cortar aquellas hombreras sencillas, lo que indudablemente hacía caer el vestido a sus pies.

Durante unos segundos eternos, las doscientas dos miradas fueron soportadas por la hija del coronel, que al fin y al cabo descendía de valerosos soldados. Pensó en principio que había sido una desagradable coincidencia que aquella orden fuera dada en el momento de atravesar los soldados su campo de mira y siguió bordando. Pero cuan-

do la compañía, con Escalona al frente, volvió, oyó repetir la orden de esta manera:
—¡Vista a la izquierda!
Aquello era demasiado. No cabía duda de que la cosa tenía intenciones aviesas. No obstante, siguió bordando, quizá porque consideraba más digno no darse por aludida. Con un poco de ansiedad esperó la próxima vuelta y la próxima orden, sin levantar la cabeza de la labor. Los rítmicos pasos de los soldados sonaban ya bajo sus cristales cuando oyó:
—¡Vista a la izquierda!
¿A la izquierda otra vez? ¡Eso quería decir que ahora no la miraban! Hincó la aguja un poco demasiado violentamente en el alfiletero de forma de corazón —su corazón, que debía de ser muy parecido, sufrió una punzadita también— y segura de que ahora podría levantar la cabeza libremente, miró al patio. Y vio la más extraña y heterodoxa de las escenas posibles en el patio de un cuartel: mientras toda la compañía desfilaba mirando a la izquierda, el teniente que la mandaba miraba a la derecha, es decir, a ella, con una sonrisa completamente antirreglamentaria.
Por todo el cuartel corrió la noticia de la audaz maniobra del teniente. Como era recién llegado, tenía pocos amigos, pero los pocos que simpatizaban con él le rehuyeron aquellos días como un apestado. De un momento a otro esperaban ver caer sobre su cabeza la dura mano del coronel. Escalona, sin embargo, permanecía tranquilo. El domingo había baile en el Casino y acudió a él vestido de punta en blanco. Y de pronto, antes de que nadie pudiera darse cuenta de sus intenciones y alejarle del peligro, observaron con horror los presentes como se acercaba a la hija del coronel y, después del protocolario taconazo ante su padre, la invitaba a bailar. Pero lo peor de todo era que entonces la orquesta estaba atacando ¡un tango!, ¡nada menos que un tango, señores!, ¡un tango de aquellos primitivos, arrastrados y lascivos del año 20! El coronel no

dijo nada. Era mucho hombre él para dar un espectáculo allí negando el permiso a aquel insensato. Durante diez minutos tuvo que resignar su natural violencia a contemplar las guirnaldas de flores del vestido de su hija contonearse, arrastrarse y ondularse con el ritmo canalla. La guirnalda que adornaba la pelvis se había elevado un poco por detrás a consecuencia del prendido de la mano de él y por eso la otra guirnalda, la de las tibias, hacía un pico escasamente gracioso levantándose y dejando al descubierto unos músculos gemelos quizás un poco delgaditos y sin formar.

Al día siguiente toda la oficialidad esperaba con malévola ansiedad el momento en que Escalona fuera llamado por el coronel. Sin embargo pasaron las horas sin ocurrir nada. En la lista de la noche se leyó la orden del día y al final de ella se nombraba al teniente Escalona teniente-ayudante del señor coronel, ordenándole incorporarse a su nuevo cargo al día siguiente.

Las obligaciones del teniente-ayudante eran muy variadas. Muchas de ellas se desarrollaban en el interior del domicilio del coronel. Tenía que hacerle las veladas, volver las hojas de las partituras cuando Paquita tocaba el piano, acompañar al padre y a la hija para ir al Casino en las fiestas... Una tarde descubrió una obligación más. Habían vuelto de una merienda campestre combinada con unas maniobras militares. El ojo derecho de Paquita lloraba por efecto de un granito de polvo que hería despiadadamente su delicada mucosa y Escalona se ofreció a librarle del granito con la punta de su pañuelo. Estaban muy cerca los dos y el impetuoso muchacho, que en táctica era partidario del ataque frontal le largó por sorpresa un beso a la coronelita. Paquita, asustada, retiró la cara y por esa causa el beso fue a caer en la punta de su nariz. Pero esto fue suficiente. El coronel estaba en la puerta contemplando la escena y sacó la caja de los truenos:

—¡Señor mío! Espero que sepa usted reparar esta ofensa de acuerdo con su honor.

—A sus órdenes, mi coronel.

Y se casaron.

La exquisita, hierática y pálida figurita del mirador encristalado se quedó embarazada. La vida, a veces, es así de poco remilgada y brutal.

Cuando el parto llegó, fue llamado al domicilio del coronel el médico del regimiento. En la ciudad había comadronas y tocólogos experimentados, pero el coronel tenía el prurito de demostrar que el ejército puede valerse siempre por sí mismo. El capitán médico era don Roque Sacadura, personalidad asimétrica. Queremos decir que era un ochenta por ciento capitán y un veinte por ciento médico. Había estado en la guerra de Cuba, tenía gran práctica en el uso de la quinina para curar paludismos y en el del escalpelo para sacar balas de mambises, pero de partos ni pum. Tenía una vaga idea de la forma en que venimos a este mundo, y sus bigotes, escasamente asépticos, temblaron un poco al recibir la orden. Sin embargo, era una orden y había que cumplirla. Con la misma determinación que empleó un día para entrar en la reconquistada trocha de San Isidro, se caló el ros, se colgó la espada y fue a la lucha. Paquita se retorcía de dolor en el lecho y pronunciaba unas frases que nadie sabía lo que significaban.

—¡No es posible! ¡No puede ser! ¡Es absurdo! ¡Me muero, Dios mío!

Don Roque Sacadura, sin quitarse el ros ni desceñirse la espada, empezó a dar órdenes tajantes.

—¡Preparen aguas! ¡March! ¡El calorífero! ¡Adelante! ¡Despejen el campo! ¡Pronto!

Paquita no abandonaba su cantinela, que unas veces —en los descansos del dolor— era un monótono canturreo y otros gritos desgarradores:

—¡Es absurdo! ¡Eso es imposible! ¡Nunca más!

Y sus gritos se mezclaban con las órdenes de don Roque, que ahora se dirigía al núcleo de la acción.

—¡Adelante! ¡Valor! ¡Empuje fuerte! ¡Resolución! ¡Ya es nuestro!

Así, en este ambiente bélico en el que sólo faltaban los tambores y el cornetín de órdenes, vino al mundo Francisco de Paula. Cuando don Roque, que no lo esperaba tan pronto ni mucho menos, lo vio encima de la cama, se llevó el gran susto. Lo contemplaba como si hubiera caído de otro planeta y, acordándose de pronto de sus deberes facultativos, se sentó en el borde de la cama y buscó en derredor algo que no había preparado todavía. Una criada, más avisada, le dio un trozo de hilo perlé, con el que ató el cordón umbilical, y no teniendo otra cosa a mano desenvainó la espada y cortó el tubo de la vida tomándolo entre los dedos como si fuera un chorizo de las provisiones de campaña. Luego dio unas breves instrucciones a la criada del hilo y, ladeándose el ros, salió de la habitación. Al bajar las amplias escaleras de honor, la espada golpeaba orgullosamente contra la balaustrada de piedra siguiendo su contoneo marcial.

—¿Has sufrido mucho, vida mía? —preguntaba Escalona a su mujer unos minutos más tarde. Subía del cuartel, donde su obligación le había retenido hasta entonces. Su suegro no consideraba bastante motivo el nacimiento de un hijo como para abandonar el deber imperioso de la milicia.

—¡Mucho, muchísimo! ¡Nunca más quiero sufrir así! ¡Esto no es propio de personas civilizadas! ¡Es imposible que la vida exija esto de nosotras! ¡Prométeme que nunca me pondrás en este trance!

Y Escalona asustado por la excitación de su mujer, prometió, sin saber a ciencia cierta qué. Si lo hubiese sabido también hubiera prometido, porque para éntonces ya conocía a su mujer lo suficiente para saber que no perdería mucho. Era una muñeca insensible, inexpresiva, frígida, casi asexual, que huía de toda manifestación vital, de toda explosión pasional humana y que aportaba muy escaso calor al lecho común. Sí, seguramente hubiera prometido sin dudar mucho de haber sabido lo que Paquita quería decir.

De todos modos hubiera sido igual, porque Abd-el-Krim y unos amigos suyos unos meses más tarde perforaban a balazos por mal sitio el cuerpo del teniente Escalona.

La noticia de la muerte de su marido fue recibida por la viuda de modo mucho más resignado de lo que se podía esperar. En realidad, no es que no lo sintiera. El motivo era que ya se lo había supuesto. No era posible, en su sentir, abandonar su propio rincón, su concha, lanzarse por los tenebrosos mundos y esperar que no pase nada. Desde que partió, al son de la música y acompañado del rebrillar de las armas, sabía que no volvería, porque Paquita hacía extensible a todos los que le rodeaban su propia debilidad y no podía esperar que nadie que ella conociera sobreviviese al choque con la vida brutal, el enemigo sitiador que en todas las encrucijadas esperaba para herir. Por eso, cuando le comunicaron la muerte de su marido corrió a abrazar a su hijo. Tuvo que abrazar a la vez a la nodriza —naturalmente, ella no podía darle el pecho— porque Paquito no quiso abandonar la dulce fuente y así, sobre los dos, juró defenderlo contra la vida siempre; rodearlo, enterrarlo totalmente en su regazo para que no pereciera como su padre, para que nunca sufriera, para que nunca fuera un hombre como los demás.

De la infancia de Francisco de Paula sabemos muy pocas cosas. Algunos recuerdos familiares, algunas pueriles anécdotas. Hay una que le ocurrió con una niña de su edad cuando tenía siete años. Si se ha conservado es porque, de vez en cuando, la contaba la madre de la niña, a la que le hizo mucha gracia. La madre del niño no la contaba nunca porque no le hizo ninguna.

Las niñas gustaban de la compañía de Paquito. Más adelante le había de pasar igual, porque las mujeres gustan de acercarse a los débiles, a los que pueden dominar. Los otros, los fuertes, los dominadores, también les gustan, pero saben que no hace falta acercarse, porque ya se acercarán ellos. Además, en cuanto le conocían tenía un incentivo mayor. Lo veían tan pulcro, tan seriecito, tan bien vestido y peinado, que sentían hacia él un afecto casi maternal. Era el juguete nuevo al que podrían despeinar y desarreglar desde el principio. Luego, cuando chocaban con su indiferencia y su desapego, el amor propio intervenía. Y nadie sabe de lo que es capaz una mujer cuando interviene su amor propio. Pero eso lo averiguaremos luego. Decimos que las niñas gustaban de acercarse a Paquito, y una tarde una de ellas, de su misma edad, se sentó a su lado mientras sus mamás respectivas hablaban. La niña estaba chupando deleitosamente una figura de chocolate. Estaban en casa de Paquito y éste llevaba un babero hogareño. La niña, ante el silencio hostil del varón, estaba discurriendo la forma de vencer la fortaleza y de un modo impulsivo le ofreció la chocolatina.

—Puedes chupar; pero sólo un poco de aquí, de la punta, ¿eh?

A Paquito Escalona le gustaba mucho el chocolate por el poco esfuerzo que había de hacer para mascarlo. Era un placer fácil de obtener. Pero sus principios le hicieron negarse a la invitación. La niña seguía ofreciendo y esto era casi heroico porque a ella no le gustaba menos que a él. Por fin aceptó. La niña le dio la figura con un poco de pena y desconfianza. El chocolate se estaba empezando a derretir por efecto del manoseo y del chupeteo. Paquito lo cogió; pero antes de probarlo procedió a eliminar toda muestra de contacto extraño, de acuerdo con la higiene más elemental y, sobre todo, también con su manera de ser. Por eso refrotó el babero sobre toda la parte chupada, con ahínco y energía. Lo malo es que esta labor purificadora deshizo la chocolatina totalmente, quedando en su mayor parte ilustrando el babero con grandes chorretones muy vistosos. La consternación y la indignación de la niña fueron grandes, pero como era todo un carácter no se resignó a la pérdida del dulce y, abalanzándose sobre el chico, empezó a lamer el babero concienzudamente de abajo arriba. Paquito se vio de pronto arrollado por aquella especie de antropófaga de pelo rojo que parecía dispuesta, cuando acabara de comerse todo el chocolate, a continuar con su propia carne, a morderle el cuello quizás, o darle un bocado en la nariz. Aterrorizado, cayó al suelo debajo de aquella furia y como hacía siempre que se hallaba en conflicto con lo que le rodeaba, comenzó a llorar desgarradoramente.

Un psicoanalista saltaría de contento al conocer esta historieta de la infancia de Paco Escalona. He aquí el arranque de toda su psicología —diría—. Y se entretendría en darnos una conferencia sobre la lesión que en su desarrollo psíquico produciría aquella agresión primera, formadora de un complejo, para acabar relacionándolo todo al final con el sexo y sus aberraciones.

Pero como los psicoanalistas abundan mucho y todos piensan de manera distinta, no tardaría otro en levantar la voz para decirnos: "Tonterías. Francisco de Paula repudiará siempre a la mujer porque estaba afectado de un complejo de Edipo. El amor absorbente de su madre y la correspondencia por él creó la aberración que fue rechazada al subconsciente por monstruosa, lo que luego repetiría, cada vez que una mujer procurara atraerle..."

¡Sí, sí...! ¡Qué risa! La verdad es que los psicoanalistas no dan una. ¿Saben ustedes la verdadera causa de la venida de Francisco de Paula a Barcelona? Lamentándolo mucho hay que decirlo: Escalona no venía a preparar oposiciones, como le dijo a su madre. Escalona venía siguiendo a una sirviente que tuvo en su casa, la Celeste, la tercera hija del señor Dimas el herrero.

Le entraba el desayuno todos los días a su cuarto y aunque malas lenguas dicen que siempre se tomaba el café frío, lo cierto es que Escalona, cuando Celeste se marchó, se dio cuenta de que no podía pasarse sin ella.

CAPÍTULO III

Uno de los primeros ocupantes del hotel Crusellas fue una mujer.

Respondía al nombre de Monna siempre que uno tuviera cuidado de dejar la lengua pegada al paladar el suficiente tiempo para que las dos enes salieran laminadas y suaves, como besos ectópicos, a envolver apasionados la femineidad rotunda de la a.

Respondía al nombre de Monna (¿se llamaba así?) y esto era lo único firme y seguro de su personalidad. Sin embargo, uno pensaba que no hacía falta nada más al minuto de verla. Como los puras sangres del turf podía prescindir de mostrar su alcurnia, evidente siempre en su paso y en su presencia. Hasta el señor Crusellas, el dueño —catalán y de Gerona—, lo comprendió desde el primer momento que traspuso el umbral de su hotel. Él estaba apoyado en el mostrador del *comptoir* y se enderezó al verla avanzar por el centro de la alfombra del vestíbulo, alto el busto de curva suave y potente, rítmico el paso, que tenía elegancia de *ballet*, verdadera alquimia lograda por el sabio trabajo de aquellas ancas altas y aquellas piernas, largas, esbeltas y fuertes en su depurada gracia como columnas bizantinas de airosa traza y poderoso nervio hechas para embellecer y para sostener el rico cuerpo de la arquitectura. El traje, blanco y ceñido, era una constelación abrumadora de sombras y relieves brillantes que, alternando en la andadura, aparecían como la imagen velada de la vibración de aquel cuerpo que se adivinaba prieto y terso, adorable y fogoso. Perdida en la cálida penumbra de aquellos valles, o corriendo torturada por el rotundo trazo de sus relieves, la mirada del contemplador corría el tremendo riesgo de olvidarse de la cara, pero si superaba el peligro se colgaba arrepentida de los ojos castaños, profundos como un buen sueño, y abiertos y grandes como sus horizontes; de la nariz, atrevida y tiernamente desdeñosa; de la boca, con perfiles de venus carnal, rezumando sabiduría de sonrisas y de besos. Y como sombra de patio emparrado en tarde de agosto, la claridad mate del rostro se tamizaba bajo el palio de una guedeja morena que escapaba del pelo tendido sobre la frente.

—¿Es indispensable? —preguntó con una sonrisa blanquísima señalando la hoja de inscripción que le presentaba el conserje.

—¡No, señora! ¡Ni mucho menos! —contestó el señor Crusellas con absoluta convicción—. Firme aquí nada más.

Y la protocolaria hoja tan llena de preguntas idiotas y de llamadas al margen, cobró de pronto categoría de pañuelo galante y perfumado, nítido el semianagrama "Monna L" en su ángulo izquierdo, sostenido por la fina rúbrica como cifra de princesa.

El botones, contra su costumbre, había tomado las maletas sin que se lo mandaran. El señor Crusellas, también sin preguntar nada, le había dado la llave de la habitación con cuarto de baño individual.

Mientras tanto, el conserje —un hombre que se las daba de eficiente— se dedicaba a rellenar la hoja de inscripción a su manera. Presentó al señor Crusellas el producto de su imaginación; en la casilla del nombre había escrito:

Simonna López

El señor Crusellas lo miró con infinita compasión y dijo:

—Está bien, está bien. Después de todo, no me parece mal que conserve la cabeza aquí desde hoy.

Y nada más. Como al señor Crusellas, también a nosotros Monna nos pilló de sorpresa. Recortada contra la mampara de cristales de la puerta del hotel, pareció surgir del bullicioso mundo de afuera como náyade de aguas encrespadas y en él se dejó no sólo sus apellidos, y quizá su nombre, sino toda su historia, que no hemos encontrado ya nunca. Para nosotros su vida empieza aquí y acaba ya veremos cómo. Sin embargo, ella no era reacia a contar cosas suyas, no. Por el contrario contaba demasiadas y siempre diferentes. Era diferente la historia que contó a Fortunato Canales de la que oyó Sebastián Viladegut, de la que se creyó Francisco de Paula Escalona, como también diferente fue la Monna que conoció Canales de la que supo Viladegut, de la que entrevió Escalona. ¿Diferente de verdad? ¿O fueron sólo ellos los diferentes? En el polimorfismo de su psicología hubo siempre una suerte de fidelidad a una personalidad más profunda que... Sebastián, el hombre de las teorías, pudo al final construir una a propósito de esto... Pero será mejor que contemos las cosas como pasaron.

Cuando Monna abrió los grifos del baño, el agua golpeaba contra el suelo de la bañera y su ruido, escachado y silbante, hacía vibrar también el suelo de cemento y se oía desde los cuartos de abajo. Monna era entonces la única mujer que había en el hotel, y en los tres cuartos contiguos de abajo habitaban los tres únicos huéspedes masculinos. Y era en cierto modo simbólico que aquellos tres hombres tuvieran en aquel momento en el cuarto alto de sus pensamientos la imagen de una mujer. Diferente la imagen para cada uno, naturalmente, porque también era distinta entre ellos su respectiva posición espiritual ante lo femenino. En sus respectivas vidas, "lo femenino" fue conocido y gozado por Sebastián Viladegut, desconocido para Paquito Escalona y le fue negado a Fortunato

Canales. Quizá fuera por esta razón por la que en aquel momento los tres pensamientos se debatieron entre recuerdos y sueños tan dispares como sus mismas almas.

Viladegut sonreía con dulzura al recuerdo de Isabel y soñaba con la Mujer-Aventura. Escalona pensaba en Celeste, la inhallable, y se debatía y torturaba entre los conceptos de madre y amante incapaz todavía de pensar abstractamente en el amor. Canales colocaba la imagen de su hermana junto a las imágenes de aquellas mujeres que cada día tenía que retratar sobre las camas de los prostíbulos para lanzar el pasto infame a la sensualidad de los brutos, y se veía obligado a pensar con asco, con eterna sensación de alma sucia en la Mujer-Pecado, vencido ya su bello sueño antiguo de la Mujer-Novia.

El agua del baño caía tenaz sobre la pila. Sebastián Viladegut, el único de los tres hombres que nunca perdía el contacto con lo que le rodeaba, que sabía siempre relacionar la causa con el efecto, iba en aquella perezosa tarde de sábado poniendo música de silbidos al curso de sus pensamientos. Estaba sentado en el alféizar de la ventana. Cuando el ruido de los grifos cesó, cambió el compás de su sinfonía, que pasó de un dos por cuatro a un voluptuosa fantasía oriental como cantada por chirimías ocultas durante el baño de las mujeres del harén. Se imaginaba el bello cuerpo de la vecina emergiendo entre espumas, brillante y lechoso. La conocía por habérsela cruzado en la escalera y sabía de ella algo más que el resto de los habitantes del hotel. También sabía lo que iba a ocurrir: luego, al soltar la válvula de desagüe, el agua, por algún misterio de la construcción, se filtraría a través de las paredes, y en el rincón norte de su cuarto iría apareciendo una gran mancha de humedad que se iría agrandando, agrandando, hasta llegar a la altura del zócalo. Como era el rincón opuesto al de la cama, no le preocupaba mucho, y por otra parte sentía una especie de tonto contento por tener allí casi permanente ese signo de la vida que se desarrollaba en el cuarto de la bella. Algo de su sudor, del aroma de su cuerpo soberbio, penetraba con aquella humedad en su propio espacio vital y Sebastián, quizás un poco cansado o quizás un poco de vuelta de placeres fuertes, le iba ahora encontrando gusto a estas pequeñas voluptuosidades. Aquella mancha de humedad denunciaba con sus contornos y su mayor o menor intensidad la fase del embellecimiento casi ritual que Monna iba desarrollando y coincidía casi siempre, en su aparición, con la presencia en la calle de un estupendo coche gris, con un hombre maduro, sentado al volante, que lanzaba tres discretas llamadas de claxon y luego esperaba con infinita paciencia los tres cuartos de hora largos que Monna tardaba en bajar. Venía un día sí y otro no el hombre del coche gris y siempre a la misma hora. Era un amor aquel regulado y exacto, clandestino a todas luces, pero firme y con apariencias de absoluta seguridad. Un amor de fabricante catalán metódico y reglado, con querida de precio, pero en relación con los ingresos. Y quizá por este mismo influjo de las cosas hechas a su tiempo y a su medida, la mujer del cuarto de arriba tenía también un método en su vida más fielmente seguido que el de cualquier ama de casa honrada. Día libre y día de trabajo. En el día libre no hay baño, arreglo ligero, lectura en el cuarto, salida de compras y sesión de cine. En el otro, baño, sesión de alta belleza, sonrisa alegre de reencuentro, horas de amor y recogida a las doce. Así un día y otro, siempre igual, y por esta razón Sebastián Viladegut, aun en medio de la inercia de aquellos días, tenía una mariposa traviesa y esperanza volando en sus pensamientos... Presentía en el alma de aquella estupenda mujer una reserva intacta para gozar de lo imprevisto, de la aventura que sólo espera a que alguien... Presentía también algo distinto de lo gustado en aquella firme estructura, en la cara altiva ligeramente irónica y amable... Bastaría con saber esperar, con seguir la interpretación de los signos. Un día que aquella mancha de humedad no aparece, o que aparece la mancha y no suena el claxon, o que... Algo tenía que suceder más pronto o más tarde. Y como el agua entonces había llegado a la total saturación de la pared y empezaba a rezumar alguna gotita que caía en el pavimento, supuso con razón que Monna, embutidos los pies en lindas chinelas, andaba por el cuarto con sus pasos de *ballet*. En consecuencia, modificó el aire oriental de sus silbidos para interpretar algo parecido a un rigodón.

Francisco de Paula Escalona y Villavicencio había renunciado a salir aquella tarde, por primera vez desde que llegó a Barcelona. Estaba cansado de indagar, de preguntar en las agencias de colocaciones, de recorrer los mercados por las mañanas y los paseos de niños por las tardes... Además, estaba avergonzado, profundamente avergonzado de sí mismo. Cada día la imagen de la chica de Dimas, el herrero, se hacía menos concreta en su memoria, perdía nitidez su contorno; iba quedando nada más la urente sensación de sus besos, el recuerdo de la opresión de su cuerpo, de la inicial agresión que se convirtió en dulce vencimiento, de aquellos momentos de sensualidad irrefrenable y casi animal... Nada más. Y Francisco de Paula se torturaba pensando que, en realidad, no perseguía más que un cuerpo de mujer, que acabaría por no recordar la cara y mucho antes por olvidar el tono de su voz, que había en esta vil inespecificidad de su deseo algo de bestial, de bajo instinto excitado, pero no saciado, que no tenía nada que ver con sublimes sentimientos ni mucho menos con el amor. Cuando Escalona llegaba a esta conclusión, no podía menos de deducir el inmediato corolario: cualquier otra serviría para calmarle esta sed que le llenaba. Pero, contra toda lógica, la idea le repugnaba casi hasta la náusea y sólo por plantearla se consideraba más vil, más insensato y más pecador. Entonces anhelaba marcharse, olvidarlo todo, volver al regazo de la madre, su refugio seguro de siempre. Escalona, en estos momentos, era algo así como un embrión de pollo al que un golpe desde el exterior ha abierto una hendidura en el cascarón. El embrión, asustado por la luz hiriente que le llega del mundo, se repliega en un rincón, está aún mal preparado para apreciarla y gozarla. No sabe que dentro de unos pocos días él mismo buscará y le abrirá acceso a golpes de pico por todos los puntos cardinales de su celda, pero entretanto teme arder en el resplandor imprevisto, acurrucado y miedoso lo espía, lo odia y lo desea a la vez.

Francisco de Paula, quizá siguiendo el curso de sus pensamientos, quizá porque fuera propósito deliberado en su tercer día de estancia en Barcelona, se sentó junto a la mesita de la ventana y se dispuso a escribir una carta a su madre. En su sempiterna falta de contacto con lo que le rodeaba, no había reparado en el ruido del agua del cuarto de arriba, ni en la mancha húmeda que se extendía sobre su cabeza. Pero cuando comenzó a escribir cayeron encima del papel dos gotitas de agua que extendieron la palabra "mamá" en un borrón indeciso y desvaído y como le ocurría siempre que una acción contundente del medio le obligaba a situarse en el mundo, reaccionó destempladamente. El peculiar egoísmo de estos hombres al margen les hace considerar ofensas personales cualquier molestia sobrevenida del exterior.

Escalona se levantó con brusco movimiento, pulsó el timbre frenéticamente y sin paciencia para esperar la llegada de alguien, tomó el teléfono y gritó:

—¡Oiga, oiga! ¡Conserje! ¡Oiga!

Fortunato Canales se hallaba, cuando empezó a dibujarse el contorno húmedo en la pared de su cuarto, recostado en la cama con los ojos abiertos y procurando no pensar en nada sin conseguirlo. Creyó en principio que la mancha iba a ser para él una magnífica escapada al mundo de los sueños, de las imágenes y de los colores, a su viejo y querido mundo, que temía perder en esta vida nueva de atroz realidad. Por un capricho de la construcción, la mancha de humedad en el cuarto de Fortunato no empezaba en el techo, sino en la pared, a media altura, y crecía insensiblemente, con prolongaciones amiboideas, como una nube quieta y a la vez polimorfa. Tenía ese vago contorno de las cosas que no lo tienen y que cada individuo compara con algo diferente. Los psiquiatras usan las manchas de tinta caprichosas para preguntar a sus pacientes o a sus examinados a qué se parecen. De las respuestas extraen más o menos peregrinas consecuencias respecto al psiquismo del interrogado. Fortunato Canales no conocía esta astuta tontería de los psiquiatras, pero cuando intentó construir sobre la mancha una imagen bella y coloreada en el lienzo de la imaginación, se asustó de los resultados y cerró los ojos como único medio a mano para borrar el cuadro que le repugnaba. En vano. Cuando los abrió de nuevo y recomenzó a construir sobre el nuevo contorno otras imágenes, halló de nuevo el odioso asunto aun cuando fueran diferentes las posiciones. Antes era una mujer desnuda, tendida sobre una alfombra. Ahora había erguido el busto y se apoyaba sobre un codo. Pero era la misma. Siempre la misma y siempre lo mismo. Hizo un esfuerzo rebelde, abrió y cerró varias veces los ojos, movió la cabeza a un lado para lograr otro ángulo de visión. Inútil. Entonces procedió de otro modo. Compuso un cuadro bucólico en su mente, con los ojos mirando al techo liso, un cuadro de álamos, casitas tendidas sobre un prado y montes con pinos a lo lejos, e intentó luego superponerlo sobre la mancha. Parecía haberlo conseguido cuando los montes lejanos se convirtieron en senos erectos, los álamos en cabellos cayendo en cascada abandonada y lasciva sobre unos hombros mórbidos y el prado convertido en un vientre liso; las casitas eran dedos de una mano abandonada en impúdica negligencia exenta de todo deseo de ocultación.

¡Siempre lo mismo! ¡Dios! ¡Siempre lo mismo! Parecía un tremendo castigo a la actual prostitución de su vida este hartazgo de visiones sensuales, este continuo caleidoscopio de cuerpos de pecado a los que, sin embargo, ahora menos que nunca podía llegar. Era como un nuevo y más torturado Tántalo al que la fruta y el agua cercana de tan cercana y tan deseada ya se le hubiera hecho repugnante y ahora, viéndola, no sintiera sed ni hambre sino náusea incontenible de estómago enfermo y vacío.

Fortunato, el fotógrafo de prostitutas, eslabón miserable y forzado en el infame mercado de la más baja pornografía, volvió la cara contra la almohada y lloró. Las lágrimas, al menos, borraban del lienzo de su imaginación las odiadas imágenes. Iban desvaneciendo el dibujo y los colores en largos chorretones sucios, aunque sobre la almohada sólo dejaran una humedad fresca y confortadora.

A Fortunato, el tonto de Soria, se le había abierto un agujero en los fondillos del alma y por él, sin poder evitarlo, se le iba perdiendo lo único bueno que tenía: su creencia en la belleza y en el amor. Por eso lloraba.

El señor Crusellas subió solícito y asustado al segundo piso, reclamado por la voz airada de Escalona, que a través del teléfono interior, clamaba contra la ofensa inferida a sus derechos de huésped que paga. El señor Crusellas tenía la costumbre de repetir sus propias frases y las de los demás. Hacía la impresión de que cada palabra que pronunciaba o pronunciaban delante de él era un portentoso descubrimiento en el filón del idioma y se refocilaba en su encuentro. Por lo demás esto es una costumbre muy frecuente en catalanes cerrados, que se ven obligados de pronto a tratar con castellanos durante todo el día.

—Mire, tiene usted razón. Ya lo creo, ya lo creo, ya lo creo. Tiene usted razón, ya lo creo.

Esto es todo lo que se le ocurría ante las invectivas de Escalona por la inundación de su cuarto. En realidad, no habían sido más que aquellas dos gotitas caídas sobre la carta a mamá, pero Escalona, por la especial disposición de su ánimo, hacía de ellas cuestión de gabinete. Crusellas seguía como si la cosa no fuese con él.

—Ya lo creo, ya lo creo. Que sí, señor. Ya lo creo.

—Eso sin contar con lo perjudicial de la humedad en un dormitorio.

—Que sí, señor, que sí. La humedad. La salud. El dormitorio. Que sí, señor.

Y se escabullía hacia el pasillo. Viladegut había salido a la puerta de su cuarto porque acababa de relacionar las llamadas, las voces y los portazos con el lío aquel del baño de Venus Afrodita. Tomó el asunto donde lo estaban dejando y al señor Crusellas del brazo, llevándolo a la entrada de su habitación:

—Hombre, a propósito. Vea qué estimable decorado le han salido a estas paredes. No es que me importe mucho, pero desearía saber si esto aumenta el precio del hospedaje.

—¿El hospedaje? —dijo el eco-Crusellas—. No, señor, no, ni mucho menos; no, no. —Y cayendo por fin de las nubes, dijo con profunda convicción—. Esta agua viene de arriba.

—¡No me diga! —se asombró Viladegut—. ¿Quién se lo iba a suponer?

En este momento se oyó un firme taconeo en las escaleras y, comenzando por los airosos zapatos y los finos tobillos en el fondo del pasillo, se fue dejando ver la estupenda figura de Monna, que bajaba acabando de ponerse los guantes.

—Mire, señorita —exclamó el señor Crusellas—. Me sabe mal molestarla, pero me temo que se haya dejado algún grifo abierto. Digo yo. Me sabe mal, pero...

Monna sonrió a los tres hombres de un modo arrebatador y pudoroso. Luego les concedió el don de oír su dulce voz:

—Estoy completamente segura de que no es así. He comprobado antes de salir que no había ninguno abierto.

—En ese caso... Mire, usted perdonará.

—Sin embargo —interpoló Viladegut con la más suave de sus sonrisas—, el agua que rezuma sobre nuestras cabezas proviene de su baño. Me consta. Pero sepa usted, señorita, que no me quejo. Yo no soy el que ha protestado, después de conocerla, más bien celebro la original forma de desagüe de esta casa.

—¡Huy! No sé, no sé. Parece una galantería, pero quizá tenga algo de... atrevimiento en su fondo.

—¿Atrevimiento? ¡Nada es demasiado atrevido si consigue una sonrisa de sus labios!

Escalona dijo entonces a Crusellas, dando la espalda a la concurrencia:

—Espero que solucione este asunto pronto.

El señor Crusellas permanecía extático, no se sabe si admirando a Monna o intentando digerir los versallescos giros que Viladegut imprimía al idioma.

—Pronto, sí, señor, pronto —dijo como despertando a la realidad.

—Ese señor, en cambio, no es de su misma opinión —díjole Monna a Sebastián, señalando con la linda barbilla la puerta hostilmente cerrada del cuarto de Escalona.

—No me extraña. Me han dicho que es notario. ¿Qué podemos esperar de un notario?

—Formalidad por lo menos.

—Sí; la formalidad es el signo de los tiempos hasta en el amor. ¿No es verdad?

—No le entiendo a usted.

—¡Qué bello sería que no me entendiera! Y que, en cambio, comprendiera al hombre al que le basta para ser feliz con contemplar cómo se filtra el agua del baño de usted por las paredes de su cuarto.

Monna contempló un momento con asombro a Sebastián. Luego emitió una suave carcajada, que mostró el cielo de su boca, y sin contestar continuó pasillo adelante. En aquel preciso momento salía Fortunato Canales de su cuarto. Tenía una mirada brillante y huidiza. Cerró la puerta con cuidado de ladrón de pisos y se quedó mirando, como sorprendido en un delito, a los ocupantes del pasillo.

—¡Hombre, señor Canales! —exclamó Crusellas—. ¿A usted también le rezuman agua las paredes de su habitación?

—¿Las paredes? ¡Ah, sí! Pero ya no me importa —contestó prontamente, con una sonrisa extraña e inquietante—. Ya no me importa, ya no.

—¿Ve usted? —dijo Viladegut a Monna—. Otro al que no le importa.

—Bueno —dijo algo sorprendido el dueño—, pero si me lo permite querría ver...

Fortunato abrió de nuevo la puerta y mostró su cuarto con el brazo extendido y ademán de vencedor. El señor Crusellas se asomó y lanzó una exclamación inarticulada, mitad de consternación, mitad de asombro. Viladegut y Monna, que se hallaban al nivel de la puerta de Fortunato, se asomaron instintivamente y admiraron también el raro dibujo. Fortunato con un carboncillo, había aprovechado los contornos de la mancha de humedad para componer un grupo pictórico que tenía reminiscencia de la pintura isócroma de Sert. Era una especie de energúmeno blandiendo un puñal con el que asestaba furibundos golpes a un informe monstruo híbrido de dragón, de buey y de mujer bigotuda y adiposa. Para el que hubiera visto el cuadro único de Canales dibujado en el matadero de Soria, algún recuerdo de aquél le hubieran despertado estas alucinantes imágenes, pero para el espectador primerizo aquello tenía algo de pintura de loco o de genio. Sebastián fue el primero que reaccionó para preguntar:

—Y ese bicho, ¿qué representa?

—No lo sé bien. Pero es así. Yo sé que es así —contestó Fortunato con profundo convencimiento.

—Cuando usted lo dice...

Monna había reprimido una ahogada exclamación llevándose una mano ya enguantada a los labios. Quizá penetró mejor que nadie en el pensamiento de Fortunato. Quizás ella alguna vez hubiera visto el brillo brutal de los ojos del matarife en los ojos de algún hombre que los tuviera muy cerca de los suyos. O al menos el brillo antecedente al de aquella locura llena del deseo de sangre, cuando la carne tersa y sin herir ya no basta. Y las lúbricas curvas de aquella bestia amorfa, pero no asexual, tenían un inequívoco significado en su provocación y otro mucho más inquietante en su vencimiento.

El señor.Crusellas rompió el tenso momento con consideraciones muy particulares:

—Mire. No es que diga que está mal, pero me ha fastidiado la pared.

CAPÍTULO IV

EL HOTEL DEL SEÑOR CRUSELLAS, aquella casa sin alma ni valor, de cubículos iguales, decoración uniforme y expresa carencia de personalidad, encontró, precisamente en un fallo de su estructura, en aquellas goteras entre el segundo y el tercer piso, un remedo de esta alma que le faltaba. Esto es bastante común también en las personas: una anomalía de su carácter, una desviación patológica de su psicología o simplemente una excentricidad en su conducta, es considerado muchas veces como indicios de la existencia de espíritu.

Pero lo cierto es que aquella humedad filtrándose por las paredes del hotel tuvo la virtud de ligar el factor humano a la impersonal estructura de la casa de dormir, y de esta caprichosa manera, entre los ladrillos y las vigas, cuatro vidas hallaron un punto de contacto.

Sucedió que el señor Crusellas envió un técnico para que investigase en las cuatro habitaciones las causas de la filtración. El técnico miró, palpó, reflexionó y se fue. Luego el señor Crusellas comunicó a los tres hombres y a la mujer que se iba a ver obligado a cambiarlos de cuarto porque era preciso hacer una reparación en la red de tuberías.

Pero, en el mismo día, una agencia de viajes volcó sobre el hotel una manada de turistas franceses. Eran los primeros que venían después de la guerra mundial, como canija nube de verano a dejar caer unas gotas de divisas en un suelo sediento de moneda extranjera. El hotelero consideró el hecho de interés nacional y de nuevo remontó su barriga hasta el segundo y tercer piso, para pedir perdón a los únicos españoles que habitaban el edificio por tener que aplazar la satisfacción de sus justas demandas.

El sacrificio en pro de la consecución de divisas era en aquellos años una práctica muy conocida de los españoles y por esa razón no tuvo dificultades mayores. Viladegut se encogió de hombros y le recomendó que evitara las emociones y que tomara Asmalisina para su disnea. Escalona protestó al principio y sólo accedió marcando un plazo de tres días y bajo la condición de que le cambiaran en el acto el emplazamiento de los muebles del cuarto. A Fortunato Canales no le preguntó nada. Lo encontró sentado delante de la pared, contemplando ensimismado una chepa que le había salido al matador de dragones. Probablemente le estaría buscando significación mágica a la cosa. Cuando Crusellas entró, Fortunato miró hacia él con extraña sonrisa y los inquietos y brillantes ojos que por aquellos días adornaban de continuo su redonda cabeza de microcéfalo. Crusellas volvió a cerrar la puerta con un bufido y se prometió echar a Canales del hotel en cuanto le quedara un poco de tiempo.

Monna, con esa expresión tan suya, entre divertida y acogedora, le dijo:

—Así ¿no podré bañarme estos días?

El hotelero, incapaz de dar a aquella mujer una negativa rotunda, pidiese lo que pidiese, contemporizó:

—Mire. Si los señores de abajo lo consienten... por mí...

—¡Pero eso es muy pintoresco! Y además, me daría una vergüenza tremenda. Figúrese a una señorita visitando cuarto por cuarto a tres caballeros para anunciarles que se va a bañar... ¿Quién sabe en qué sentido podrían tomarlo?

Estaba limándose las uñas y vestía con un salto de cama insinuante y vaporoso. Miraba al señor Crusellas desde muy arriba y sobre él descendían desde los negros ojos unos reflejos chispeantes cargados de intención. Entre sus dientes jugaba la risa.

El señor Crusellas acabó de arrancarse un botón de la chaqueta por torsión y balbuceó, iniciando la retirada:

—En qué sentido; claro. Tiene razón. En qué sentido. Mire: no había caído yo... Que sí, que sí. Tiene razón. En qué sentido...

Ya en la puerta, con la mano empuñando la manija para salir, tuvo un momento de lucidez y se volvió a participarle una luminosa idea:

—Oiga: ¿sabe qué? ¡Llámeles por teléfono!

—Muy propio. Una especie de boletín meteorológico telefónico. "Tomen precauciones. Se avecina tiempo húmedo."

Y Monna, acabando por soltar la risa, empujó a Crusellas al pasillo y cerró la puerta.

La idea del teléfono no era tan mala. Por lo menos, así lo entendió Sebastián Viladegut, que, cuando volvió a su cuarto para acostarse a la noche siguiente, lo usó para comunicarse con la bella vecina. Buscó como pretexto un hecho que en el acontecer diario era anómalo:

—Señorita. Soy el huésped del 12. ¿No la he despertado?

—Demasiado sabe usted que no. Acabo de llegar y usted me ha sentido taconear encima de su cabeza.

—Tiene razón. Pero de alguna manera hay que empezar. La llamo para comunicarle mi gran desconsuelo.

—¿Su desconsuelo?

—Sí. Figúrese que ha desaparecido la mancha de mi cuarto. Del todo. Ya no tengo nada aquí que me recuerde a usted, y mi corazón se abrasa en esta seca aridez.

—¡Pobre! ¿Y qué vamos a hacer? Ya sabe que nunca cae el agua a gusto de todos. A usted le gusta la humedad. En cambio, al notario le produce reuma.

—Pero somos mayoría. Recuerde al pintor que tenemos en casa. Si usted no se baña, es posible que se malogre el genio del siglo. Me consta que sólo se inspira en el perfume del agua que ha lavado su cuerpo y que...

—¡No siga, no siga! Tiene usted una extremada habilidad para llevar las cosas a terreno peligroso... Le agradezco su buena intención y su galantería... que aún no sé si es sólo galantería.

—En serio, señorita. ¿Prescinde usted de su comodidad por consideración a nosotros?

—En serio. Naturalmente. Es cuestión de pocos días.

—No puedo consentirlo. Yo mismo convenceré al notario. No hay notario que se me resista. Los conozco muy bien. Si un notario se pudiera cascar como una nuez, saldría dentro un buen hombre que no está muy seguro de su importancia.

—¿Qué tiene usted contra ellos? ¿Le han hecho algo?

—Nada, nada. Sólo que me chincha la gente seria. No es lógico ser serio en este mundo tan divertido de no tener una úlcera en el estómago o una úlcera en el alma. Lo demás es decoración y *pose*. Lo dicho. Ahora mismo voy a solucionar este problema de riegos con el prócer de aquí al lado. Una vez fui con una comisión de Villanueva y Geltrú a pedirle al ministro un pantano, y esto viene a ser casi lo mismo.

En el otro lado del hilo, una risa adorable recompensó las buenas intenciones de Sebastián, que colgó el aparato y salió al pasillo a enterarse si estaba aún despierto Escalona. Viladegut confiaba en su simpatía y en los tres o cuatro saludos amables que había cambiado con su vecino para plantearle la singular petición.

Aquellos días, el nuevo y hasta ahora silencioso hotel estaba poblado de voces extrañas. Los turistas franceses llenaban los pasillos y las paredes de acentos exóticos. Eran desgalichadas mujeres de zapatos planos y estrafalarios vestidos que dejaban muy mal parado el *chic* ultramontano. Hombres de todas las tallas, de todas las formas y de todos los colores desde el rojo al amarillo verdoso, como si pertenecieran a un *stock* de muestras de la libre Francia, y así cada pareja o cada individuo entraba, salía, cantaba, tocaba el timbre o protestaba a horas distintas del día o de la noche, y su gran número parecía darles un fuerte instinto de invasores con todos los derechos. Por estas razones, los cuatro españoles se hallaban casi como extranjeros en su propia patria y sus apiñados cuartos eran una especie de reducto en campo francés. Viladegut decía que se le estaba formando un complejo de Sitio de Zaragoza.

Bajo la puerta de la habitación de Escalona salía luz. Sebastián llamó con los nudillos y una voz áspera dijo:

—¡Adelante!

En virtud de la nueva disposición de los muebles del cuarto de Paquito, se hallaba éste de espaldas a la puerta por hallarse acostado en la cama. Tenía un calorífero sobre el pecho, una bufanda arrollada al cuello y el sudor le corría profuso y brillante por la pálida cara y las manos, abandonadas sobre la colcha.

—Déjelo ahí —dijo sin volverse.

—¡Ah! Perdone. No sabía que se había acostado ya.

Escalona se volvió con sorpresa y se sobresaltó al ver a Sebastián. Siempre se sobresaltaba cuando algún extraño irrumpía en su intimidad.

—¿Es usted? Yo creí que era la muchacha. La he llamado ya hace rato y...

—Está usted enfermo, ¿no?

—No es nada. Seguramente un resfriado. Esta maldita humedad... ¿Quería usted algo de mí?

—No, no, nada más que verle. Me he enterado de su enfermedad y...

Mentía Viladegut sobre la marcha porque se dio cuenta de que era muy mal momento para hablarle de un posible aumento de la humedad del cuarto, aunque fuera por galantería hacia la joven del tercero.

—Se lo agradezco. Siéntese. ¡Esa chica sin venir! No se puede poner uno enfermo en un hotel. Cuando más se nota la falta de la casa propia es en estos casos.

Tenía Escalona ahora un tono plañidero de autocompasión en sus lamentaciones. Viladegut tomó el teléfono, que ahora caía lejos de la cabecera de la cama, y llamó al conserje.

—¿Cómo tiene usted la cama puesta de una forma tan rara? —le dijo mientras esperaba contestación.

—Por culpa de esa avería en los desagües. No puede usted imaginarse cómo se puso todo. Estaba escribiendo una carta a mi madre y de pronto comenzó una verdadera lluvia sobre mí... Creí que se había inundado todo el piso de arriba. Es terrible esta falta de consideración para el cliente y esta negligencia en los servicios. Realmente, no tenemos remedio. Y luego la llegada de los turistas, bárbaros, sin educación...

Sebastián escuchaba pacientemente la enumeración de las desgracias y de las quejas de Escalona. Entretanto, estudiaba aquel espécimen de hombre joven inadaptado a todo, en pugna con el medio y seguramente con sus semejantes y con la misma vida, vieja ya, sin edad y sin motivo, y sentía una profunda compasión hacia él. La muchacha entró y dejó sobre la mesilla un servicio de agua y un sobre de aspirina.

Viladegut abandonó el cuarto de Escalona al poco rato. Sentíase incapaz de entablar una conversación interesante con aquel hombre que se parapetaba como un armadillo tras una espesa capa de vaguedades, de lugares comunes y de quejas indeterminadas. Su misma facundia se veía anulada ante aquella carencia absoluta de eco, como si hablase contra una pared acolchada. Se dijo que muy pocas cosas en común podrían tratarse entre él y aquel hombre que constituía su antítesis.

A la mañana siguiente, cuando se disponía a salir a la calle, Sebastián se acercó a dejar la llave en el *comptoir*. La doncella del segundo piso hablaba muy excitada con Crusellas y con el conserje.

—Está muy malo. De verdad. Ha empeorado esta noche.
—Pero ¿quién es el que está malo?
—El señor del 14. El notario. Delira y todo.

Sebastián sintió despertarse su interés.

—¡Caramba! ¿Dice que delira? Eso tiene que ser bueno. ¿Qué podrá decir un avefría cuando delire? Será cosa de oírle.

Crusellas tomó las palabras de Sebastián como un ofrecimiento:

—Delira, delira. Señor Viladegut: delira. Y yo no sé si tiene familia ni dónde está. Usted, que ha hablado con él, podría ayudarme. ¿No le parece?

—Yo creo que se podría uno pasar diez años con ese señor, solos en una isla desierta, sin hablar más que del tiempo y de lo mal que está todo. Pero subiré con usted. Al fin y al cabo, es un compatriota caído en medio de fuerzas enemigas.

Por la tarde, Viladegut comentaba por teléfono con la vecina de arriba sus impresiones de la visita al pobrecito Escalona.

—Oiga. Buena la ha hecho usted. El protocolo apolillado de aquí, del 14, está con una pulmonía de no te menees. Y debe ser todo por la humedad.

—¡Dios mío! ¿Usted cree?

—No, ni mucho menos. Yo he dicho que era por la humedad para armar un poco de lío. Tengo ganas de que vengan los albañiles a abrir agujeros entre el cuarto de usted y el mío, por inconfesables razones. Pero ha venido el médico y me ha chafado el complot. Tiene una pulmonía y nada más. Pero lo bueno es que la fiebre le hace delirar. ¡Si oyera las cosas que dice! ¡Son de vergüenza! ¡Parece mentira que haya ido a colegio de pago!

—Es usted bastante mala persona. ¡Pobrecito! Solo y enfermo, mientras usted se ríe de él. Siento como si tuviera el deber de hacer algo. ¿Estaría mal que ayudara a cuidarle?

—Baje, baje si quiere. Pero se lo aviso. Dice unos pecados así de gordos. Y unas referencias a cosas... En fin, figúrese usted que se ha ruborizado el conserje, que era antes acomodador de cine...

—Tiene que estar muy mal si es verdad todo eso...
Un señor tan formal.
—No le extrañe. Estos tipos tienen a veces un subconsciente que da asco...
Pero en la opinión de Viladegut lo que verdaderamente daba asco era la medicina moderna. La bonita novela sentimental del desconocido solo y enfermo, asistido por las blancas manos de una bella mujer; el encanto morboso de un delirio que prometía descubrir interesantes subterráneos de un alma hermética, el simpático gesto de la ayuda desinteresada al huésped enfermo... Todo desbaratado en unas horas con una simple inyección de Penicilina sódica cristalizada. Ya lo dijo el médico después de reconocerlo: "Tiene suerte. Es una pulmonía en período agudo, que le inutiliza pulmón y medio. Se curará en veinticuatro horas. Si se le hubiera resfriado la nariz, estaría en cama una semana".
De todos modos fue suficiente la enfermedad para que la intimidad de Escalona fuera invadida y esta vez de una manera que no podía menos de gustarle. Por lo pronto, cuando despertó del sopor de la crisis se encontró con la estupenda joven del baño estropeado que trajinaba por su cuarto y que se hallaba vestida con una bata larga, feliz indicio de que no se hallaba de visita únicamente. Tenía Escalona una especial sensibilidad para apreciar instantáneamente cuando se hallaba rodeado de cuidados femeninos. El desamparo de los útimos días le hacía por otra parte valorar enormente esta atmósfera con reminiscencias maternales: la luz velada de la ventana, con la persiana sabiamente dispuesta, la cama arreglada y limpia, un vaso de agua de naranja en la mesilla, con un tapecito encima, y una mujer, una bonita mujer arreglando el cuarto sin hacer ruido. Había un detalle disonante: un hombre sentado en un sillón y hablando sin cesar. Monna le siseaba imponiéndole silencio cada vez que elevaba un poco la voz.
—Me resisto a dejarla sola aquí. No sabe uno lo que

puede pasar cuando un notario se despierte. Usted no se lo cree, porque no le oyó ayer mañana delirar, pero es la pura verdad. Este hombre ha tenido unos sueños voluptuosos en demasía. Me consta. Sólo le diré las cosas que mi educación me permite: se ha pasado toda la pulmonía estrechando entre sus brazos a una señorita con la que no le unían lazos canónicos porque le prodigaba unos adjetivos que son improcedentes después de la Epístola. Figúrese su impresión cuando despierte y la vea a usted. Para un hombre es tremendo encontrarse de pronto con que la realidad es todavía mejor que los sueños. Esto es una cosa ilógica y contranatural. Va contra la costumbre establecida y contra toda tradición. No, de verdad, no puede preverse lo que podría suceder. Lo mismo podría darle por pensar: "Vaya, ésta es más estupenda que la de antes. Debo de estar cada vez peor", y morirse de la impresión, que exclamar, echándose al suelo de un salto: "Pero ¿qué especie de idiota soy? Me paso horas y horas abrazando galaxias y fuegos fatuos y tengo aquí a la mano semejante bombón de los de verdad". Por eso no me voy. Yo sé bien lo que haría en estos casos, y...

—Ahora es cuando ha dicho usted algo con cabeza. Lo que haría usted en este caso es lo que piensa que harían todos los demás. Y no tiene en cuenta que hay hombres diferentes...

—Peor, mucho peor. Cualquier otro tipo de conducta en presencia de usted es antinatural. Si ahora el notario se despertara y dijera: "Buenos días. ¿Querría explicarme qué es lo que hace usted aquí?", sería indudable la existencia de una deformidad psicológica tan grande que no cabría más que compadecerlo y recomendarle para una plaza de peluquero de señoras...

No acabó de exponer Sebastián su opinión referente al caso porque en aquel momento Escalona, casi completamente despejado, habló con débil voz, con voz de enfermo que le gusta serlo:

—Buenos días. ¿Les he causado muchas molestias?

—¿Ve usted? —exclamó Viladegut—. Me alegro de haberme quedado. Ahora sí que podré marcharme tranquilo a mi trabajo.

Monna, transformando una corta carcajada en una sonrisa maternal y animosa, se acercó a la cama.

—No se preocupe por tonterías. Descanse tranquilo. ¿Quiere un poco de naranjada?

Y así, de esta manera, Escalona dejó que penetrara un poco de amistad en su vida por la única puerta accesible: por la de su biológica sed de compasión y ansia de cuidados maternales. Cuando le preguntaron:

—¿Quiere usted que avisemos a su familia? Tiene alguien a quien...

—¡No, por Dios! ¡No lo hagan! Mamá se moriría del susto. Además nunca ha viajado y venir hasta aquí sola supondría para ella una aventura terrible.

Luego pasó un cuarto de hora hablando de como era su madre, de lo que se querían, de la vida mutuamente dedicada de los dos... Tenía una especie de anhelo por rememorar apasionadamente —todo lo que era capaz de apasionarse— las horas plácidas de ventura pálida pasadas con su madre, como si quisiera reconstruir por la evocación los cimientos sentimentales sobre los que había edificado su vida. Sentía como una desgracia que todo el edificio había sido removido por tempestades de más honda pasión y quería aferrarse al antiguo terreno en ansia desesperada de resistir en él hasta que todo pasara.

—Después de esto volveré con ella. No tengo nada que hacer aquí —dijo como haciendo un resumen de sus pensamientos.

Sebastián intuyó un hondo matiz en esta conclusión y, como no podía callarse nada de lo que se le ocurría, exclamó:

—Parece como si se diera usted por vencido en alguna lucha. No es que quiera forzar su confianza, pero me parece que una convalecencia no es tiempo oportuno para tomar determinaciones serias. Se queda uno como chafado, deprimido y sólo sabe pensar en retiradas y claudicaciones.

Escalona, automáticamente, puso el gesto tan suyo de frialdad y voluntaria ausencia que era síntoma de defensa y encastillamiento cuando alguien pretendía mirar en su interior. Monna lo comprendió así y, con un destello de sus hermosos ojos, acudió en su ayuda:

—No es retirada el descanso. Y nada mejor para descansar que un hogar con una madre dentro. Después se sale más fuerte y más dispuesto a la lucha.

Sonrió levemente Viladegut, porque pensó que nada más lejos de parecerse a Escalona que un luchador que necesita recobrar nuevas fuerzas para volver a la brecha. No obstante, concedió:

—Puede que tenga razón. Yo no he podido tener esa suerte por ser huérfano y quizá por eso no lo he pensado así.

—Quisiera que conociera a mamá, señorita —exclamó Escalona en un arrebato de agradecimiento—. Presiento que se entenderían muy bien.

—Yo también lo creo. Quien es capaz de hacerse querer así, tiene que ser muy buena.

Sebastián se movió incómodo en su sillón. Le fastidiaba tanta ñoñez, y, sin embargo, algo le impedía lanzar un exabrupto de los suyos para poner las cosas en su punto, es decir, para estropearlas del todo. No podía, porque la actitud de Monna no era falsa. Trascendía de ella una ternura hogareña y virginal muy honda, sin forzar, y que contrastaba fuertemente con la Monna que él creía empezar a conocer, con la provocativa joven que hacía bailar de coronilla a Crusellas, con la perspicaz mujer de mundo que cogía al vuelo las insinuaciones de Viladegut y que se defendía de él con risueña complacencia. Todavía le faltaba por conocer otra cara del mismo enigma.

Fortunato Canales asomó su inefable cara por la puerta de la habitación. Había un leve matiz de dureza extraña en la voz de Monna, cuando al ver al de Soria exclamó:

—¡Ah! Fortu, vete a mi cuarto, que en seguida voy yo.
Y luego, con una naturalísima sonrisa, explicó:
—Me está haciendo un retrato, ¿saben? Es muy buen chico.
Cuando salieron del cuarto de Escalona, Sebastián se ofreció para acompañarla a su piso:
—Es ya muy tarde y hay muchos franceses sueltos por ahí. Tienen mala fama.
—Usted me hace sentirme ave de corral —dijo Monna.
—Me parece impropia la comparación si exceptuamos a las tiernas palomas. ¿Por qué dice usted eso?
—Porque tiene usted un excesivo empeño en guardarme de todo el mundo con el solo propósito de hincarme el diente.

La sonrisa con que acompañaba estas palabras le quitaban toda dureza. Sebastián iba a replicar cuando vieron a Fortunato sentado en la escalera. Tenía un dibujo de gran tamaño entre sus manos. Cuando vio a Monna, se levantó y le enseñó su trabajo.

Era Monna indudablemente. Era la cara de Monna y tenía algo de velada la expresión de aquellos ojos, como si se hallara distante su pensamiento o como si el artista no hubiera podido captar toda la hondura de su expresión y recurriera al ardid de colocarla tras de un enigma. ¿No será este mismo el secreto de la Gioconda? Sin embargo, bastaba contemplar a Canales para darse cuenta de que todo se podía esperar de él menos que fuera capaz de trocar la expresión de sus sentimientos. Ahora se hallaba ante la bella con una actitud impresionante de sumisión total, casi abyecta, como de perro que espera ser apaleado. Viladegut no podía llegar a comprender cómo en tan escasos días se había podido establecer tal clase de relación entre aquellos dos seres.

—No, no, Fortu. No es esto. Parece una fotografía y fotografías tengo muchas. ¿Es que no eres capaz de poner un poco de la pasión que pusiste en el dibujo de la pared?
—¡Aquello! ¡Aquello es muy diferente! Allí yo... yo...

estoy dentro. Explica cosas que me han pasado. Me sale de muy hondo...

—¿Te das cuenta de que me estás insultando? —había en su tono una vibración violenta—. ¿Es que yo no soy capaz de meterme muy hondo en tu alma? ¿Es que no puedes ver aquí dentro cosas de las que te han pasado o te pueden pasar?

Mientras esto decía, tomaba la barbilla de Canales y le hacía asomarse a sus ojos, que chispeaban. Luego lo dejó con el mismo ademán con que se retira algo despreciable.

—Quizá si probaras a pintarlo... —dijo con tono más suave.

—¿Pintar? ¿No sabe que no puedo? ¿Que los colores...?

—¡Está bien! ¡En ese caso, dibújame desnuda! Ha de haber algún medio para hacerte sentir y ése es el más fácil. Siempre es el más fácil cuando se trata de hombres. No falla en ningún caso y en éste no fallará...

Fortunato, al oírla, retrocedió horrorizado. Se llevó la mano que tenía libre a los ojos, como para despejar una horrible imagen, y gritó:

—¡Desnuda no! ¡Por lo que más quiera, desnuda no! —huía ahora a toda prisa pasillo adelante—. ¡Desnuda no!

Sebastián, aturdido, se preguntaba si estaba soñando. Oyó el portazo de la puerta de Canales y oyó el taconeo de Monna ascendiendo a su piso. Lentamente se dirigió a su habitación y sentándose al borde de la cama, procuró poner en orden sus pensamientos.

Media hora más tarde solicitaba de la centralilla del hotel que le pusieran en comunicación con la señorita del 22. Habló al conseguirlo:

—Oiga. Soy Sebastián Viladegut. ¿Hablo con la señorita Monna?

—Naturalmente. ¿Quién va a ser?

—Verá. Perdóneme mi insistencia, pero tengo especialísimo interés en cerciorarme de que es de verdad la señorita Monna.

—¿Qué tontería se le ha ocurrido?
—No es tontería. Es lo único que puedo hacer si quiero dormir esta noche y otras noches. Yo no quiero hablar con la joven angelical, mojigata y llena de ternura maternal que le entra sopicaldos al notario. Ni tampoco con la hembra de empuje que está acabando con los botones de la chaqueta de Crusellas, ni con la avispada chica que sabe devolverme todas las pelotas con tanto salero, ni con la vampiresa existencialista que va a volver loco, si eso fuera posible todavía, al genio de Soria. Yo querría hablar con la señorita Monna nada más. Ya sé que es un poco difícil, pero si usted fuera buena y la llamara...

Al otro lado del hilo sonó una risa cristalina y sin doblez de muchacha inocente a la que le han contado un chiste bueno, aunque sea rosa.

—No. Perdone. Tampoco es ésa que ahora se ríe —dijo Sebastián muy serio.

—Tengo que darle una buena noticia. Ha ganado usted seis puntos en la calificación. Yo creía que sólo era usted un Tenorio fino.

—¿Luego he dado en el blanco?

—Ni mucho menos. Pero teniendo en cuenta que es usted un hombre se ha aproximado todo lo que era posible.

—Gracias por el concepto en que nos tiene.

—No es eso. Verdaderamente no hay nada más frágil que el amor propio masculino. Yo me refiero a que desde su punto de vista ha sido su conclusión todo lo aproximada que es posible.

—¡Espere, espere! Explíqueme eso antes de que me pierda como Fortunato.

—Es muy fácil. Usted, como hombre solo, puede pensar que yo estoy fingiendo, que encarno falsamente diferentes tipos de mujer como una actriz puede hacerlo en un teatro.

—¡Ah! ¿Y no es así?

—No lo es, sino todo lo contrario. Los diferentes son los hombres, ustedes. La mujer no es más que una caja de resonancia que responde a cada diferente nota pulsada sobre ella. Usted, Viladegut, ha conocido muchas mujeres, ¿no es así?

—¡Vaya! Aunque me esté mal el decirlo... unas pocas.

—Y usted, naturalmente, habrá creído que cada una de ellas se le ha mostrado tal como era...

—No es tanta mi vanidad. Pero hay unas cuantas de las que no tengo duda.

—¿Y no ha pensado usted cómo habrán sido esas mujeres indudables si en la vida han tenido ocasión de conocer a otros hombres? ¿Puede usted asegurar que junto a otro hombre cada una de ellas ha mostrado la misma faceta de su carácter que ante usted? De ningún modo, amigo mío, y esto métaselo de una vez en la cabeza, no es falsía ni fingimiento. No es más que una exigencia más de nuestra misión, de nuestra dependencia y de nuestra sumisión al servicio del amor de la especie. Igual que nuestros vestidos y nuestro maquillaje son diferentes según las horas y las ocasiones, ha de serlo también nuestra personalidad según las horas de nuestras vidas y según sus... protagonistas. La mujer que llegue a comprenderlo así es la que podrá escapar del dolor de su esclavitud por el único camino posible. Por el de conocer su justificación.

—Pero ¿es necesario todo eso? ¿No puede bastarles con un hombre y una psicología para toda la vida?

—¡Chist! No se desvíe por ese mal camino. Eso que usted dice puede ser la mayor suerte o la mayor desgracia de una mujer. Según. A quien le ocurre, no pueden llegarle nunca estas verdades porque ni las busca ni las necesita. Pero estamos las demás, las estériles, las nones, las santas y las malditas. A propósito: ¿no sabe que la belleza suele ser la mayor maldición? Y las más inteligentes de estas últimas son las que llegan a obtener de cada hombre sus mejores sonidos.

—No sé... No me gusta ser sólo considerado como una guitarra. Me ha dejado usted arrugada la propia estimación como si fuera una camisa en sábado...

—Usted no puede quejarse.

—Muchas gracias. Pero explíqueme por qué.

—Porque le he dejado conocer a cuatro mujeres diferentes cuando en realidad no tiene derecho más que a conocer una como cada hombre.

—¡Caray! Monna... Tanto como conocer... La verdad es que escasamente las he olido.

—¡Vaya! Se terminó la conferencia. Buenas noches.

—¡Espere! ¡Un momento! La última pregunta: ¿cómo es usted cuando se halla junto al hombre del estupendo coche gris? Es la única Monna que me falta en la colección y me gustaría...

—En realidad, yo sólo me había fijado en el estupendo coche gris... ¿Había un hombre dentro?

—Suficiente. ¡Que descanse!

El portero de noche, malhumorado, desconectó las dos líneas interiores al ver la señal de cese. Los dos últimos turistas franceses que faltaban aparecieron en la puerta apoyándose el uno en el otro, ahítos de coñac. Venían de una de tantas juergas flamencas de exportación que se fabrican cada noche en el Paralelo. Hipando, pero con la mayor dignidad posible, se metieron en el ascensor. El portero les metió en el bolsillo las llaves de sus cuartos y confió en su suerte. Pero le falló la confianza, porque en el tablero de señales pudo observar cómo el ascensor se había detenido entre el segundo y el primero. Maldiciendo tomó las escaleras y una vez arriba, mirando por el hueco del ascensor, comenzó a gritar para convencer a los galos de que el único procedimiento para que la cosa terminara bien era que recobraran un trozo de gabardina enganchado entre las dos puertas.

—*Le pardessu, le pardessu!* —gritaba, porque sus conocimientos le impedían terminar una frase.

Cuando los tuvo a su nivel, los acompañó a sus habitaciones y luego, arrastrando los pies porque era un resignado mártir de los callos, anduvo de nuevo los largos pasillos iluminados únicamente por una luz rinconera y pálida. Todo estaba silencioso, aunque no dormido, y pensó que los únicos cuartos que aún daban señales de vida eran los ocupados por los españoles. El del viajante se hallaba iluminado y se oían sus movimientos; posiblemente se disponía para el descanso. El notario tenía la luz de la mesilla encendida. Como había estado enfermo, el portero consideró una fácil manera de trabajarse la propina entrar a preguntarle si le ocurría algo. A sus golpes en la puerta, una voz respondió:

—¿Qué ocurre?
—Quería saber si el señor necesitaba algo.
—Nada, gracias —comentó Escalona.

Al pasar por delante de la puerta del fotógrafo, pintor, o lo que fuera, oyó algo parecido a unos sollozos. Pero ni llamó ni entró, porque desde su natural punto de vista no le gustaba el tipo.

Mientras bajaba al *comptoir,* el portero de noche, que se llamaba Evaristo, iba pensando qué podía ser lo que mantenía despiertos a los únicos españoles del hotel. En un alarde de intuición —nadie sabe de lo que es capaz un portero de hotel que se llama Evaristo— respondió a su pensamiento acordándose de la joven del 22. Y si llegó a esa conclusión fue porque también Monna ocupaba muchos espacios de sus tristes noches. Cuando se retiraba tarde, la acompañaba al ascensor y cerraba tras ella las puertas con suavidad. Luego, instintivamente, elevaba la vista hasta ver desaparecer la luz del aparato, con el mismo gesto de pena y vencimiento que el de un niño al que se le escapa un globito de gas. El crujido de la silla de la conserjería, cuando después se dejaba caer en ella, era lastimero y rendido, como de remo forzado o de jergón de cárcel. Era un curso de psicología de las cosas. Ordinariamente, Evaristo resumía así sus impresiones en tales momentos:

—¡Vaya jaca!

Lo que al fin y al cabo no era más que una nueva

395

forma de definir a Monna. Distinta de la conocida por
Crusellas, distinta de la inquietante y superior Mujer-
Aventura de Sebastián, distinta de la tierna y solícita ma-
drecita que entontecía a Francisco de Paula, distinta también de la diosa impura y fustigadora que hacía llorar a
Fortunato Canales. Una diosa a la que Fortunato se empeñaba en seguir adorando porque, a pesar de todo, encar-
naba para él cuanto en el mundo quedaba de puro, bello
y adorable.

En realidad, no había mucha diferencia entre las llantinas de Fortunato y la exclamación de Evaristo.

CAPÍTULO V

EL HOTEL DEL SEÑOR CRUSELLAS se acreditó pronto por la relativa comodidad de sus instalaciones y por la economía de sus precios. Este extraño turismo de la posguerra, con la limitación de divisas, ha concedido una importancia extraordinaria a los precios de los hospedajes. Se parece el turista de hoy a esos hijos de casas bien, de 13 a 14 años, a los que les limitan la soldada dominical por tacañería o por sistema educativo; como quieren divertirse igual que cada hijo de vecino, se ven obligados a ahorrar en lo superfluo y así, a esa edad, puede verse a cualquier hijo de banquero o de fabricante gordo encaramado en el gallinero de cualquier cine de barrio. De la misma manera, el turista actual, que en su país es persona acomodada, se ha de portar en el extranjero como un pobretón que cuenta y apunta cada peseta que sale de su bolsillo porque papá-gobierno le ha dado al salir un montoncito de calderilla diciéndole:

—Toma, y a ver si no te lo gastas todo.

Todo esto viene a cuento de que cuando se marcharon los franceses vinieron otras gentes de España y de fuera de España, y ocuparon todos los cuartos vacíos. El señor Crusellas no subió a las habitaciones de sus primeros huéspedes, a darles explicaciones, porque el éxito le daba arrogancia y seguridad. Pero cuando los pescó a su paso por el vestíbulo, les informó de que se veía imposibilitado de hacer obras de fontanería y albañilería con tanta gente dentro y en plena temporada. No le veía más solución al asunto que un arreglo entre ellos y la señorita del cuarto de baño para limitar en lo posible las molestias. En otro caso...

En esta frase suspensiva compendiaba el de Gerona toda la desfachatez que extraía de la firmeza de su posición. O lo toma o lo deja, parecía decir, y fue muy significativo, para comprender el actual estado de los tres huéspedes, que ninguno de ellos adoptase la segunda alternativa. Viladegut propuso:

—Bueno. Pero... ¿por qué no nos da otros cuartos?

—Está todo lleno y, por otra parte, no puedo cambiar a nadie. Si se fueran ustedes, cerraría esas habitaciones.

Esto no era verdad, pero daba una fuerza invencible a su decisión.

Escalona, en cuanto oyó lo del arreglo con la señorita de arriba, puso cara adusta y exclamó muy ofendido, sabe Dios por qué:

—Eso es cosa mía.

Fortunato no dijo nada, porque, en realidad, a él no le preguntaron nada. Permanecía en el hotel, gracias a los buenos oficios de Monna. Crusellas no había cambiado tanto como para negar cualquier cosa que pidiera a su arrobadora huéspeda.

Luego, los tres estuvieron unánimes en rogarle a Monna que no se preocupase por ellos y que utilizase el baño sin miedo alguno. Estaban muy contentos de poderle ofrecer este sacrificio y ella lo aceptó sonriente, como deidad propicia a la ofrenda. Después del primer baño de prueba, también estuvieron los tres unánimes en que parecía que ya no pasaba tanta agua, que sólo se manchaba un poco la pared y que con el calor que estaba haciendo se agradecía un poco de frescura en los cuartos.

Así fue como se restableció totalmente la antigua rutina y así también, insensiblemente, aquellos tres hombres aprendieron a separar los días según la humedad de sus habitaciones. Porque, según hubiera o no mancha de humedad en las paredes de sus cuartos, los días eran de una manera o eran de otra, pasaban unas cosas u otras muy diferentes, se llenaban de ilusiones o de desesperanzas. Eran, en fin, días felices o días desdichados.

Viladegut, por ejemplo, se despertaba uno de los días considerados como felices y la primera mirada lanzada al mundo caía sobre aquel cerco de humedad que iba desapareciendo ya, indicando que todo el día aquella pared iba a estar limpia y esto solo le llenaba de alegría el corazón porque era un hecho aparejado con otros hechos venturosos. Viladegut se lanzaba al suelo silbando un ritornelo comparable al de Fígaro, aunque, naturalmente, no lo era. Mientras se afeitaba, dejaba de silbar, porque escuchaba atentamente unos ruidos que conocía muy bien. Escuchaba el cloquear de las chinelas de Monna en el piso de arriba y podía considerarse como perfecto este principio del día si Monna, ya despierta, danzaba por su habitación. Viladegut, en tan dichosa coyuntura, se lanzaba al teléfono y la llamaba:

—Buenos días, amor. ¿Has tenido bellos sueños? ¿Has soñado conmigo?
—Son dos preguntas completamente contradictorias.
—Para mí, en cambio, son idénticas. Si no sueño contigo, me despierto y vuelvo a empezar. Oye, ¿comerás en el restorán de abajo?
—Sí, ¡claro!
—¡Viva! ¡Viva! *Hoy la tierra y los cielos me sonríen. Hoy creo en Dios.*

Terminaba la cita de Bécquer con una marcha triunfal silbada al teléfono, mientras oía cómo dulcemente colgaba Monna el aparato y se daba a pensar que aquella su risueña esquivez era la faceta de su personalidad que presentaba ante él para conseguir sus mejores sonidos.

Escaloña, despierto, esperaba en la cama el maravilloso suceso de los días felices, de los días sin humedad. Se sentaba arrebujado en la ropa, muy quieto para que ningún ruido del jergón ni de las sábanas pudiera ahogar lo que esperaba oír, y si el estrépito de un camión, de un carro, una algarabía cualquiera, ascendía de la calle, temblaba de indignación y aguzaba más el oído para evitar que ahogaran la deseada voz. Así permanecía el tiempo que fuera preciso y, por fin, hacia las diez, sonaban unos golpecitos en la puerta y las palabras de Monna, cálidas, amorosas y juveniles, inundaban el cuarto:

—¡Vamos, perezoso, que ya es hora!
—Buenos días, Monna. ¡Buenos días! —contestaba él con agradecida entonación y fervor. Luego escuchaba cómo se alejaba el grácil taconeo pasillo adelante, y por fin se disponía a levantarse. Había comenzado bien el día y mucho mejores eran sus promesas que su principio.

Fortunato era el que más madrugaba en los días buenos. Se vestía rápidamente y se contemplaba en el espejo del armario durante mucho rato, porque se encontraba desconocido con el traje veraniego de dril y la camisa de *sport* que la misma Monna le había comprado. Luego tomaba el cuaderno de dibujo y se sentaba al lado de la puerta, dejando una rendija abierta en ésta, por la que de vez en cuando asomaba un ojo, y miraba al pasillo. A la vez dibujaba al carbón sobre papel granuloso, y ahora su motivo siempre era la misma cara, sólo la cara sostenida por el cuello, que acababa en un trazo vago antes de convertirse en hombros. No quería dibujar cuerpos, y menos el cuerpo que correspondía a esa cara. Los días mejores entre los felices conseguía imprimir a aquel rostro un matiz inédito, un mohín, algo impalpable, pero real y definitivo, y entonces se levantaba bruscamente y, arrancando la hoja, salía del cuarto, subía al tercer piso y echaba el papel por debajo de la puerta del cuarto número 22. Esperaba sentado en el suelo el tiempo necesario, oía los ruidos del interior de la habitación con anhelosa impaciencia y si no pasaba nada más se volvía a su cuarto a esperar sentado, tras la rendija de la puerta. Los días peores el papel salía despedido otra vez bajo la puerta y Fortunato, recogiéndolo, volvía mohíno a su observatorio. De un modo u otro, Monna pasaba luego, con su atuendo ligero y deportivo y una bolsa en la mano, ante Fortunato. Éste la dejaba pasar, luego cerraba la puerta tras sí y la seguía pasillo adelante. Monna, sin volverse a mirarlo, le lanzaba al aire la bolsa, que Canales recogía como un perro amaestrado y, apretándola contra el pecho, continuaba andando tras su dueña.

Sí, indudablemente era aquél el comienzo del día feliz, aunque no fuera igual la felicidad para los tres hombres. Para Viladegut, por ejemplo, era un día en que el trabajo se teñía de recuerdos y de esperanzas. Mientras visitaba a los médicos, o a los clientes, llenaba fichas y ponía en orden cuentas y pedidos, Viladegut imaginaba escaramuzas verbales, contestaciones y preguntas que pudieran surgir entre Monna y él. Planeaba sistemas de ataque, de infiltración, de sitio, y silbando una música voluptuosa soñaba con los resultados. Era algo que le hacía reverdecer antiguos recuerdos, sonreír estableciendo comparaciones y todo se lo contaba a Isabel hablando en voz alta:

—No te sonrías, no. Verás como puedo —decía a veces, interrumpiendo una sonata y mirando hacia arriba. Si esto le ocurría en la plataforma de un tranvía había algún desorden alrededor suyo, del que parecía no darse cuenta.

En casa del médico viejo atareado y gruñón, que lo recibía de pie, dejaba las muestras y la literatura de sus productos encima de la mesa y decía, mientras se disponía a marcharse:

—Ahí le dejo eso. Si tiene que recetar algo parecido, acuérdese de que soy el que menos tabarra le he dado.

Pero en casa del médico novel, hambriento de ciencia y de trabajo, y sobrado de tiempo, se sentaba, desplegaba sus mejores conocimientos, le animaba a la dura lucha y, ofreciéndole un cigarro, acababa siempre hablando de mujeres:

—¡Caramba, doctor! Si conociera a mi vecina de cuarto... Es de campeonato...

Y con fantasía oriental describíale sus encantos y narrábale todas las cosas que deseaba que ocurrieran entre los dos. Eran unas historias largas, cargadas de diálogos intencionados, de ardides y de escenas picantes. De pronto, interrumpíalas en un punto cualquiera y decía:

—Le estoy robando su tiempo. Ya continuaremos otro día.

Con lo que el joven médico, que no se atrevía a decir que disponía aún de mucho tiempo, se quedaba en lo mejor y pasaba un día perro pensando cómo acabaría aquello. Uno de estos médicos tuvo a la semana la fortuna de recibir de nuevo a Sebastián y sin dejarlo hablar le dijo:

—El otro día quedamos en que usted llamaba en su cuarto, a las tres de la madrugada, y decía: "Señorita, el desayuno..."

A la una y media, Viladegut bajaba de un tranvía en la Rambla de las Flores, compraba un ramito de claveles, se colocaba uno en el ojal y gozando el momento se dirigía exultante y optimista al restaurante situado en los bajos del hotel y que servía comidas en combinación con el mismo. Se colocaba en una mesa para dos, íntima y apartada, ponía el ramito de claveles en el plato de Monna y encargaba la comida, que sabía le iba a gustar. Casi siempre arroz a la marinera y un *tournedos* con lechuga.

Monna llegaba a la puerta del restaurante con Fortunato detrás. Recogía éste algún paquetito o alguna prenda de las manos de Monna y desaparecía, porque su misión aquel día había terminado y otro hombre iba a recibir la merced de la dulce compañía. La entrega se hacía en la misma puerta, adonde Viladegut acudía con los brazos extendidos, en un ademán mucho más amplio y prometedor de lo conveniente, porque Monna sólo le daba la punta de sus deditos para que la condujera versallescamente a la mesa elegida.

Sentada enfrente de él, mordisqueaba un trocito de

pan y le miraba profundamente, con sonrisa amablemente irónica:

—He pedido arroz a la marinera —decía Sebastián.
—Muy bien.
—Luego *tournedos* con lechuga. Y para postre, helado.
—Estupendo.
—Pero antes de todo eso he de decirte una cosa.
—¿Qué cosa?
—Que te quiero.
—¿Y por qué antes?
—Porque luego no tiene mérito. El hombre tiende a ser sentimental siempre después de comer y de beber.
—Es verdad. El hombre es una cosa rara. Tiene una dependencia visceral poco elegante. El corazón depende del estómago, del hígado y puede que del bazo. A veces una se siente algo así como una perdiz escabechada...
—Prueba conmigo. Si te casaras conmigo...
—¿Casarme? ¿Hablas en serio?
—No. Es un eufemismo.
—Es un cinismo vergonzoso.
—Es que en mi amor por ti no hay más que dos vísceras interesadas. El corazón y el cerebro.
—¡Ah! ¿El cerebro también?
—Sí. Para comprenderte y para defenderme.
—¡Pobre amor intelectual y cobarde! Me haces pensar si estaré perdiendo encantos.
—A veces deseo que te cases con Escalona.
—¿Con Escalona? ¿Por qué razón?
—Aquí viene el arroz. Cuando tengas la boca llena, te contestaré.
—No hace falta que me lo digas. Lo he comprendido desde el principio. Pero no tienes en cuenta que también en las casadas hay peligro. No sólo por el marido, sino por ellas mismas. Pueden abandonarlo.
—Abandonar a Escalona sería algo así como dejar a un recién nacido en un portal una noche de invierno. Tú no lo harías.

—Eres un canallita. ¿Cómo pudo llegar a quererte una chica tan pura como debió de ser tu Isabel?

—Yo también tengo un par de personalidades. No son tantas como las tuyas, pero les saco buen partido. Y a veces pienso que mi mayor desgracia es no tener únicamente la que Isabel conoció. Ahora estaría tan sólo con su dulce recuerdo en vez de hacer piruetas sobre un abismo. Sobre el abismo de tus ojos.

—Eso es bonito, Sebastián. Me ha conmovido y te lo agradezco, aunque me haga poco favor.

—No me hagas caso. Es un golpe de efecto. Isabel se ríe, se reía siempre con mis cosas, porque estaba segura de que tendría siempre un rincón vitalicio en mi corazón. Lo demás está dividido en cuartos para alquilar.

—Eres un fatuo insoportable.

—Bien. Pero... ¿vas a casarte con Escalona?

—Una mujer no sabe nunca con quien se va a casar hasta que no se lo proponen. En ese momento siempre reacciona de manera imprevista, porque un hombre declarándose es completamente distinto del de antes. Se mira con otros ojos.

—No esperes nunca que el notario se arranque. Le falta la puesta en marcha.

—Pero, en cambio, da la impresión de ser un motor seguro y de gran rendimiento.

—Puede. Pero no te fíes. ¿Sabes a qué ha venido a Barcelona?

—A prepararse para oposiciones.

—¡Ca! Ha venido persiguiendo a una criada de su casa.

Monna se quedó perpleja de asombro e incredulidad.

—Como lo oyes. Me he enterado por un viajante de mi firma, que oyó la historia de boca del médico del pueblo en donde ha ejercido Escalona. No te tomes tan de prisa el helado, que te va a hacer daño.

—Es que se está haciendo muy tarde.

—¿Habrá recepción esta noche?

—Sí, sí. ¿Por qué no?

—¿Me dejarás subir un poco antes que los demás, para ayudarte a hacer el café?

Monna, ensimismada, no respondió.

—Bueno. No me contestes ahora —siguió Sebastián—. Quizá después de esta tarde sea mejor para mí la respuesta. O peor ¿quién sabe?

Cuando Viladegut, ya solo, entregaba una propina al camarero, le dijo:

—Este *round* lo he ganado yo.

—Enhorabuena, señor —contestó el camarero con respetuosa amabilidad.

Para Escalona el día estaba lleno de una felicidad inquietante y puntiaguda, a la que no sabía cómo apresar para que no le hiciera daño. Al embrión de pollo empezaba a gustarle el rayito de luz que penetraba en su cascarón roto, pero en cuanto se ponía un ratito a su calor, tenía que salir huyendo a su rincón para que no le quemara.

Después del reconfortante saludo de Monna por la mañana, Francisco de Paula se vestía y salía a la calle. Su meta era una biblioteca, bien en el Colegio Notarial o en otro sitio, donde trabajaba un rato preparando las próximas oposiciones. Éste era el pretexto que le hacía permanecer en Barcelona, porque había abandonado totalmente la sensual idea que le trajo. Cuando pasaba por la plaza de Cataluña, sentía una profunda vergüenza al acordarse de las largas horas pasadas espiando la llegada de las niñeras, dando dinero a los chicos para que alimentaran a las palomas y preguntando por una chica llamada Celeste, que había llegado de Bosambre. Con más vergüenza todavía recordaba el mal uso que había hecho de su carnet de notario para investigar en agencias públicas y privadas su paradero, hablando de una falsa herencia y mintiendo con todo descaro. Un detective privado le dijo un día:

—Déjeme a mí, que yo se la encuentro. Estas chicas que vienen sueltas a servir en privado, con mucha frecuencia pasan al servicio público.

Y como esta brutalidad iba acompañada de una sonrisa equívoca, Escalona comprendió su significado y, poniéndose sofocado de indignación, exclamó:

—¡De ninguna manera! ¡Le prohíbo! ¿Oye usted? ¡Le prohíbo que busque usted en esos sitios!

Con lo que el detective se quedó sin habla, y llegó a pensar si el fulano aquel se habría vuelto loco. Escalona tenía muy arraigadas sus infantiles reacciones de avestruz.

De todos modos, estaba muy arrepentido de aquellas vergonzantes investigaciones.

Lo verdaderamente bueno del día para Escalona empezaba a las cinco. A esa hora era cuando, muy acicalado y compuesto, subía a llamar a Monna. Monna había dormido una breve siesta y se estaba arreglando. Desde dentro contestaba:

—En seguida salgo. ¡Ay, Dios mío! ¡No se le ocurra abrir! Espéreme abajo.

Y el caballero Escalona se apresuraba a contestar:
—No tema, no tema.

Y descendía al vestíbulo con una suficiente sonrisa, iluminando a medias el serio rostro. Posiblemente se creería en esos momentos un disoluto hombre de mundo que había hecho peligrar el honor de una joven.

Todos los días buenos se repetía el milagro de la aparición de Monna en lo alto del vestíbulo, enfundado el perfecto cuerpo en un vestido estampado de verano, al aire los mórbidos brazos y en el rostro una angelical sonrisa preñada de promesas. Escalona, todos los días buenos, se juraba en tales momentos que de aquél no pasaría, que aquella tarde iba a ser histórica en su vida.

Iban a Montjuich o al Tibidabo. Montar en el tren aéreo era una aventura excitante que no convenía repetir mucho para que ella no creyera que le guiaban intenciones pecaminosas; el primer día, la pobrecita, llena de miedo a verse tan alta, había apoyado la cabeza en su hombro instintivamente. En Montjuich visitaron el Pueblo Español, y hay que reconocer que Francisco de Paula estuvo elocuente, inspirándose en aquella inefable arquitectura y sintiendo el eco de sus palabras en las recoletas plazas, y en las nobles paredes de las casonas, expresó todo el encanto de una vida plácida y tranquila en un rincón provinciano, al lado de una compañera amorosa, esposa y madre, etc., etc. Indudablemente había brillo de lágrimas en los ojos de ella cuando acabó. Tuvo que esperar un ratito para decirle:

—Lo pinta usted tan bien, que parece un sueño. Tanta felicidad no puede caber en la Tierra.

Cuando esto decía, le abandonaba una mano en la suya y... éste era el momento en que el embrión de pollo comenzaba a quemarse y escapaba a resguardarse del sol. Había para Escalona aquel punto oscuro de los días sin Monna y también las sibilinas insinuaciones de Viladegut respecto a otro hombre. Luego, cuando la tarde acababa, se recriminaba por sus dudas y se prometía recomenzar el tema donde lo había dejado. La tarde misma del ejemplo, cuando la contempló en lo alto de las escaleras del vestíbulo, con un vestido ceñido, de grandes lunares blancos, y su maravillosa sonrisa sólo a él dedicada, se dijo a sí mismo:

"Nada, nada. Habrá que volver al tren aéreo."

Pero la misma tarde del ejemplo las cosas tomaron un derrotero imprevisto. Escalona estaba desarrollando el inagotable tema de su mamá:

—Me va por la cabeza la idea de traérmela unos días. No conoce Barcelona y, sobre todo, no la conoce a usted. Sería para mí tan importante que se conocieran y se estimaran... Lo que no dudo, porque mamá...

Monna le interrumpió con ligero desabrimiento:

—¿Por qué no me habla de usted mismo? ¿Le es muy difícil hacerlo?

—Pero... ¡si ya lo he hecho! Mamá y yo siempre hemos vivido juntos y cuando hablo de ella...

—Me está resultando usted bastante pillo. Me explica su vida a través de la de su madre y, de esa manera, por fuerza ha de aparecer como un santo varón. Pero puede ser muy buen hijo y, en cambio... ¿Hay algo privado que no pueda saber una señorita?

Escalona sonrió por mimetismo ante la subyugante sonrisa de ella, pero cuando encajó el golpe enrojeció hasta la raíz del pelo. No estaba hecho para responder a tales fintas.

—Monna... por Dios... yo —balbuceó, sin saber cómo salir del atolladero.

Su compañera le echó una manita:

—Vamos... vamos... ¿Me va a decir que un hombre de sus años...? ¿No se ha enamorado nunca?

—No, no, le aseguro que no.

—¿Nunca, nunca?

El mohín de Monna, al decir estas dos palabras, era un prodigio de expresión. Había en él duda, desencanto, ansiedad por la respuesta y, sobre todo, tenía una intención personalísima y actual. Paquito cayó en la trampa, sin poderlo remediar, porque tenía la impresión de que, si contestaba negativamente, su linda amiga iba a llorar.

—Nunca... hasta ahora —contestó con un hilo de voz, y asustado por su atrevimiento. Monna, con muy buen acuerdo y consecuente con su papel, bajó la cabeza con tímido y ruboroso gesto. Hubo una pausa empleada por Escalona para recobrarse y poner en orden sus pensamientos. Nacía en él, junto a la inquietud por las consecuencias del paso dado, una sensación de alivio por haberle resultado tan fácil. Monna, dueña total de la situación, habló la primera y puso en su voz un trémolo de emoción:

—Ahora más que antes debo saber algo de usted. Nos conocemos tan poco...

Con atropelladas palabras afirmó Escalona que nada había en su vida que le ligara a nadie y que sus afectos estaban totalmente libres de hipotecas. Durante un cuarto de hora de ardorosas protestas estuvo dando explicaciones Escalona, que precisamente era el menos indicado de los dos para darlas. Monna, comprensiva e indulgente, las aceptó y luego, como era maestra en el arte de las dosifica-

ciones, evitó toda nueva referencia a la velada declaración
de Paquito. Sólo permitió que la conversación transcu-
rriese por veredas más íntimas y, naturalmente, sin afec-
tación ni prisa, en el curso de la conversación contó retazos
de una historia que Escalona creyó sin sombra de duda.
Cuando más tarde escribía a su madre, se la repetía:
> ...es hija de un magistrado recién destinado a
> la Audiencia de Barcelona cuando empezó la
> guerra y que murió aquí. Ahora Monna está
> arreglando lo de la jubilación y además...

En la misma carta instaba a doña Paquita para que
se trasladara a Barcelona, y mientras le escribía tenía aún
en su mente el recuerdo de las palabras de Monna durante
la cena:

—Ahora sí que es preciso que conozcas a mamá —le
dijo, aprovechando que Monna estaba cascando un huevo
duro y no le miraba.

—Sí. Ahora es preciso que ella me conozca a mí. ¿Crees
que le gustaré?

Había en su rostro un adorable mohín de preocupación. Y seguramente por la emoción que le producía la posibilidad de conocer a doña Paquita, sólo se comió la pun-
tita de arriba del huevo.

Para Fortunato Canales, el día feliz estaba lleno de
una felicidad atormentada. Acompañaba a Monna a la pla-
ya de San Sebastián, y se sentaba con ella al borde del
agua, que en las primeras horas de la mañana tenía un
cándido tono azul con crestitas blancas de litografía idealis-
ta. Monna, en traje de baño, exponía su hermoso cuerpo
al sol y esperaba que la piel morena, untada de crema,
anhelase calmar su ardor en la caricia del agua. Fortunato
no se bañaba y ni siquiera miraba al mar, olvidado su deseo infantil porque era muy corta una mañana para mirar
a Monna. Tendido en la arena, boca abajo, con la redonda
cabeza entre las manos y completamente vestido, asestaba en ella sin pestañear los ojos brillantes e inseguros, que

tenían una inexpresión de sonámbulo o de iluminado en trance. Fue en este momento cuando Monna extrajo de la bolsa playera el último dibujo hecho por Fortunato y echado aquella mañana bajo la puerta de su habitación.

Con tono de reconvención y paciencia irritada, habló mirando el dibujo. Caían lentamente las palabras de su boca:

—¿Por qué te empeñas en verme así?

—Eres así —dijo Fortunato, como hablando en sueños.

—¿Tengo esta cara? ¿Esta rigidez de esfinge, sin expresión ni vida? —había un duro trémolo de indignación en su voz—. No es mi cara, sino tus ojos los que tienen la culpa de... esto.

—¿Es que no estás guapa?

—No basta. También hay belleza en la cara de una reina muerta. Pero yo estoy viva, tengo sentimientos, pasiones, soy capaz de amar y de odiar y puedo llevar un hombre al paraíso o arrojarlo al infierno...

—Eso está detrás.

—¿Detrás de qué?

—De esa cara —Fortunato, con un gesto, señalaba el retrato.

—Y si lo sabes ¿por qué no lo expresas? Tú podrías hacerlo; podrías, en cuanto te lo propusieras, descorrer ese estúpido velo.

—No puedo. De verdad que no puedo —exclamó Canales premiosamente y con dolorida expresión. Parecía retorcerse interiormente atormentado.

—Pero ¿por qué? ¿Qué es lo que te lo impide? ¿Te falta en el alma, igual que en el fondo del ojo, algún pedazo que necesitaras para sentir como un hombre? ¿Eres, en realidad, un hombre capaz de apasionarte, o sólo un místico castrado?

Fortunato parecía no escuchar los insultos de Monna. Se había sentado y arañaba la arena estrujando luego entre sus manos la húmeda masa en donde se marcaban los dedos crispados. Cuando habló, parecía que las palabras, como un río subterráneo, venían de muy lejos y sólo entonces afloraba a los labios el curso de sus pensamientos:

—Tendría... tendría que besarte. Besarte hasta hacerte daño y tenerte entre mis brazos hasta el fin de todo. Ahora eres una diosa. Te adoro como a una diosa, lo mismo da que sea mala o buena, porque para eso es diosa. Tendría... Tendría que quererte y besarte como a una mujer y entonces sí que me importaría si eras mala o eras buena... Y ya no quedaría nada sin manchar en el mundo si pecara contigo

Eran palabras que no esperaban respuesta ni la necesitaban. Fortunato había hablado como un simple intérprete de una oscura fuerza y ya no miraba ni imploraba a Monna sino que miraba al mar, muy lejos, como en demanda de una insondable profundidad gemela de la de su alma. Monna, vuelta hacia él la cara y los ojos fijos en su grotesco perfil, se estremeció.

Pero le gustaba el juego tanto más cuanto más peligroso se volvía. Una pelota lanzada por unos niños cayó entre ellos, y este trivial incidente disminuyó la tensión del momento. Monna tomó la pelota con su mano derecha y, enderezando el busto de bellísima curva, la lanzó de nuevo al agua. Había un cinismo sonriente en su voz cuando dijo a su compañero:

—Yo sé bien que no es ésa, que no puede ser ésa la causa, Fortu. Los hombres sois como baterías eléctricas: os cargáis con el deseo, con la pasión; os descargáis cuando la habéis satisfecho... Pero sólo producís luz, sólo servís para algo cuando tenéis toda la carga. Seguramente no lo sabrás, y por eso te voy a contar un ejemplo: En Italia hubo una vez dos hombres: el uno se llamaba Romeo y el otro Dante. El primero consiguió a la mujer que quería y por eso lo mejor que hizo en toda su vida fue amar, pero la historia de su amor tuvieron que contarla otros. Dante no pudo tener a Beatriz y por eso, sólo por eso, pudo escribir la mejor historia de amor que se recuerda... Morirías,

Fortu; morirías quemado como una mariposa si te acercaras a la llama.

Seguía Fortunato en la misma actitud, y no parecía darse cuenta, ni siquiera escuchar las palabras de Monna. Como un rezo monótono fluían ahora las frases de sus labios mientras los ojos seguían mirando al mar:

—Si con un beso fuera bastante... Al menos, un beso. Con el calor de un beso estoy seguro de conocer el sabor del rojo-amor. Conozco el rojo-muerte, conozco el rojo-vino, pero no conozco el rojo-amor. ¿Será bastante con un beso? Quizá no y entonces... Entonces sería peor. Sentir tu sangre latir tan cerca y no poder saber como es... Pero, a lo mejor, un beso, si apretara bien...

Con una carcajada nerviosa se levantó Monna y dijo en un susurro que la brisa se llevó hacia el mar:

—¿Un beso? Poca cosa es un beso.

Luego, corriendo en ágil carrera clásica y casi alada, se introdujo en el agua. El agua, que azotaba con el fino látigo de su cuerpo, se puso de acuerdo con el sol para formarle un nimbo irisado. Fortunato, mirándola y mirando el dibujo abandonado en la arena, pensaba que sólo así encuadrada, sólo como una deidad mitológica que va a celebrar sus esponsales con el mar, se atrevería a representar desnuda aquella anatomía. Sólo así continuaría en el papel el truncado sueño de aquella línea angélica que hacía siempre morir antes de contornear los hombros.

El agua estaba fría y Monna salió pronto. Envuelta en el albornoz y estremecida, se secaba mientras miraba a Fortunato con un brillo inquietante y zumbón en sus ojos.

—Mañana te daré un beso, Fortunato —dijo—. Sube temprano a mi cuarto. Y dispuesto a dibujar como no has dibujado en tu vida.

El día feliz no lo era del todo si no acababa bien, y para acabar bien era preciso que Monna reuniese en su cuarto a los tres hombres, en íntima velada, después de cenar.

Era una reunión sin par. Viladegut se decía que rarísima vez podrían sentarse a tomar café cuatro personas de más dispar psicología, y para su inquieto y goloso espíritu era un milagro repetido aquella confluencia humana de los días buenos en el cuarto de Monna. Ella representaba en estas ocasiones a la eterna mujer de hogar, hacendada, habilidosa y limpia, quieta y maestra en su destino de esperar al hombre que ha de venir a sentarse en la mesa. Sabía convertir el frío cuarto del hotel en una pieza familiar y cálida, con su mesa cubierta con un tapetito bordado por manos de monja, con las tazas de café caliente y aromático, las copas de coñac y el infiernillo para calentarlas... Una sonrisa y un ademán lleno de naturalidad hacían considerarse en su propia casa a todo el que entraba y sobre él se posaba una atmósfera sedante. Se convertía instantáneamente en un hombre tranquilo y bueno que hubiera dejado como un paraguas molesto sus inquietudes y sus concupiscencias en el vestíbulo.

Los hombres de la reunión, cuando llegaban por la noche al cuarto de Monna, parecían salir a la luz desde desconocidas profundidades. Viladegut venía del hondo torrente ciudadano, de su tráfago inquieto y de su lucha, al mismo tiempo que de su propio fondo de alegre cinismo y sensualidad pagana. Escalona salía a flote tras de haber estado sumergido entre polvo y penumbras de bibliotecas jurídicas y también en las aguas desconocidas e inquietantes de una vida que le asediaba y de unas emociones que no sabía ni seguramente sabría nunca si procedían de su alma o de sus sentidos. Fortunato venía de más hondo: venía de un mundo infrasocial y canalla, puesto a la orilla de todas las leyes divinas y humanas y donde él mismo oficiaba en la misa negra, donde el vicio se ofrecía al dinero. Era ese mundo en donde Teótimo Jaulín había aprendido a decir *les charmants femmes de la nuit* y *Of Spain the women* enseñando unas fotografías a marineros de cara roja y ojos alelados. Venía también de un fangoso pantano subconsciente cuyo barro estaba hecho de lascivia y misticismo de quintaesencias y sensualidad sobre el cual se derrumbaban, nada más erigirse, las formas de belleza y los esquemas espirituales.

Cuando la luz tamizada de la pantalla colocada encima de la mesa iluminaba la cara de los tres hombres, había en ellas siempre una sonrisa y se vivificaban con un suspiro. Tenían aire de nadadores que han salido a flote y pueden al fin respirar el buen aire que limpiará y expandirá sus pulmones, y la comparación es más chocante si se tiene en cuenta que en este caso el aire era diferente para cada uno y, sin embargo, era el que necesitaban.

Sebastián sonreía con asombrado regocijo cuando veía igualados en el afán, en la dicha y en la actitud ante Monna a un hombre que como él podría muy bien representar al amante, a otro que, como Escalona, personificaba el adecuado esposo de tal mujer y a Fortunato Canales, el esclavo y perro fiel, a despecho de todo.

Aquella noche, sin embargo, algo había en el aire que la distinguía de las demás. Francisco de Paula y Sebastián llegados juntos, a pesar de que una hora antes Sebastián había estado en el cuarto de Monna. Sebastián tenía un aire entre contemplativo y burlón, pero no alegre. Escalona, en cambio, irradiaba presunción y triunfo y en las miradas que dirigía a Monna buscaba correspondencia a su actitud, porque, como un niño que no sabe guardar un secreto, intentaba lanzarlo en miradas a los ojos de su cómplice. Fortunato llegó el último y eran sus maneras más inseguras, movedizas e inquietas que de costumbre.

Las palabras, y los ademanes tranquilos de Monna al servir el café, aliviaron la tensión de la atmósfera. Como de costumbre, preguntó con el aire de una madre que quiere saber los problemas de sus hijos, sentados alrededor de la mesa:

—¿Cómo ha sido vuestro día? Contadme cosas.

—Poco tengo yo que contar —dijo Viladegut ensimismado—. Trabajar y venir a verte. Oscuridad y luz. Me paso ahora la vida de túnel en túnel viendo sólo unos minutos el sol.

—Es bello lo que dices, Sebas. Te lo agradezco. ¿Y tú, Paquito? ¿Cómo ha sido tu día?

No pasó inadvertido para Viladegut el tuteo. Escalona se esponjó, enrojeció y se rió de un modo nervioso y tonto:

—¡Huy! ¡Mi día! ¡Histórico! ¡Yo creo que será un día histórico! ¿No te parece?

Sebastián Viladegut lo miró con indignación mientras pensaba: "Este mozo es idiota. Nos va a soltar, queramos o no, que se ha comprometido con Monna y nos va a chafar la noche. Enhorabuenas y caras de falsa alegría..."

Pero Monna estaba al quite e interrumpió a Escalona:

—Ahora tú, Fortunato. Nunca nos dices nada. ¿Cómo son tus días?

—No tengo días. Mis días son noches y sus luces no sé si son estrellas o son resplandores del infierno...

—Genial —exclamó tranquilamente Monna—. Estás ganando mucho en la expresión, Fortu. Al principio sólo eras genio en la pintura. Hablando tenías resabios... sorianos. ¡Lástima que seas en todo tan tétrico!

—Oiga, Canales —interrumpió Escalona, que aquella noche estaba dispuesto a asumir una importancia y una autoridad evidente—. ¿Cómo va el retrato de Monna? Me gustaría verlo...

—No, no, Paquito —dijo Monna—. No quiero que te lo enseñe. Fortunato no ha conseguido aún lo que quiere él y lo que quiero yo. Dice que mi cara es así y yo lo niego. Quizá no lo vea, o quizá no esté con ella lo que yo pretendo tener.

—¡No es posible! Canales, me defrauda usted. Quizá fuera mejor que lo dejara para más adelante. Hay una felicidad interior que sale a la cara de las mujeres únicamente en una solemne ocasión. ¿Eh, Monna?

Viladegut, que estaba bebiendo café, se atragantó, profundamente indignado por la estupidez y la fatuidad de

Escalona. Fortunato miró a unos y a otros y de pronto se levantó con brusquedad y salió de la habitación.

—¡Pobre Fortunato! —exclamó, consternada, Monna—. Lo hemos ofendido. Los artistas son muy sensibles, Paquito. Debías haberlo tenido en cuenta...

Escalona, pidiendo perdón con el gesto contristado, se ofreció para ir a darle excusas. No sabía bien qué clase de excusas, pero estaba dispuesto a cualquier cosa para evitar contrariedades a Monna. Pero Viladegut vio un hermoso pretexto para escapar de aquella fracasada velada, que sería más fracaso si se quedaba a solas con Monna y el insufrible Paquito.

—Yo iré. Soy el más indicado y me estima bastante...

—Gracias, Viladegut, gracias —dijo Escalona—. Es usted un buen amigo.

Monna, dirigiéndose a Escalona, manifestó:

—Muy bien, caballero. Pero... no soñará usted con quedarse aquí a solas conmigo...

Francisco de Paula, cayendo de las nubes, exclamó humildemente:

—Perdón, Monna, perdón. De ninguna manera había pasado por mi imaginación... Bueno... Hasta mañana. Te aseguro que yo...

—Vamos, vamos. Nos hemos dado cuenta perfectamente de su distracción —dijo Viladegut con toda seriedad—. Hasta mañana, Monna. Gracias por el café. Y por lo demás.

CAPÍTULO VI

El agua comenzó a golpear contra el suelo de la bañera del n.º 22 mucho más temprano que otros días. El ruido escachado y silbante despertó a Sebastián Viladegut y le obligó a lanzarse de la cama. Las cosas habían cambiado tanto, que ya no le hacía sonreír al oír los ruidos del piso de arriba ni tenía ánimo para experimentar sutil voluptuosidad contemplando luego la mancha de humedad que se formaría sobre un trozo de techo y de la pared norte de su cuarto. En la regularidad casi cósmica con que se sucedían los días felices y los días vacíos, había fallado precisamente esa casi cósmica y extrapersonal particularidad esa presuntuosa elevación a las altas esferas psicológicas y, descendiendo a su humilde condición de peligroso juego humano, le había pillado en la trampa el corazón.

Quizás en adelante fueran tan difíciles de soportar los días húmedos como los días secos, aun cuando ver o no ver a Monna diera muy distinto signo a esta infelicidad. El agua, cayendo sobre el suelo de la bañera en el piso de arriba, marcaba el signo actual y obligaba a Viladegut a liberarse de recuerdos y de deseos lanzándose al tráfago diario mucho antes que otros días.

"Pero, ¿por qué habrá madrugado tanto?", se decía, mientras se vestía y se afeitaba sin silbar.

Escalona, sólo de una manera semiinconsciente, relacionaba la desdicha con las goteras. Tantos años de vivir al margen de la misma vida le incapacitaba para relacionar signos externos con estados de ánimo, pero de sobra sabía que aquel día que empezaba no era un día feliz. Casi al mismo tiempo que Viladegut oyó el fluir del agua allá arriba y sus pensamientos, después de recrearse en el recuerdo de Monna, tomaron la adusta rigidez propia de quien quiere rendir todo a su propia conveniencia. Escalona tenía madera de marido egoísta y difícil.

—Eso tiene que acabar en seguida. Mañana mismo me tiene que decir todos sus pasos. Para ayudarle en cosas legales, nadie mejor que yo mismo.

Y satisfecho con esta decisión, se dispuso a abandonar el hotel prestamente, porque deseaba sumergirse en libros y polvo de bibliotecas, sucedáneos impropios y desdichados para llenar aquel día sin Monna.

Un par de horas más tarde, hacia las diez y media de la mañana, se llevaron a Fortunato Canales a la cárcel, por lo que bien se puede decir que Fortunato fue el que de peor manera comenzó el día entre todos los huéspedes.

Sin embargo, los dos agentes que acudieron a buscarlo aseguraron que nunca habían tenido menos dificultades para detener a un tipo como en la presente ocasión. Subieron acompañados del conserje y uno de ellos llamó a la puerta de la habitación. Canales salió casi inmediatamente, completamente vestido con su traje de dril y la camisa de deporte.

—¿Es usted Fortunato Canales?
—Sí, señor.
—Venga con nosotros. Está detenido.
—Bueno.

Cerró la puerta tras sí y echó a andar pasillo adelante. Los agentes, perplejos, permanecieron quietos sin saber qué hacer. Uno de ellos preguntó:

—Pero ¿no quiere coger nada de su cuarto?
—No, no. No tengo nada que coger.

El agente, enemigo de misterios, quiso entrar en la habitación, pero Canales, suavemente, le dijo.

—¡Chist! No entre. Está dormida.

—¿Dormida? ¿Quién?

—Mi alma.

El conserje alivió un poco la sorpresa de los policías explicando con el dedo en la sien la opinión que le merecía el funcionamiento cerebral de Fortunato. El otro agente dijo:

—Déjalo. Cierre usted con llave —ordenó al conserje— y cuide de que no entre nadie. Luego haremos el registro.

El conserje preguntó al agente que se había quedado más retrasado:

—¿Por qué se lo llevan?

—Por porquerías. Vende postales sicalípticas y cosas de ésas.

Crusellas, que esperaba abajo, alborotó un poco.

—Mire, me sabe mal, mal, mal, que esto pase en mi casa. Me sabe mal. Y ahora ¿quién me paga a mí...?

La pregunta quedó sólo iniciada, porque Canales, tranquilamente, estaba dejando encima del *comptoir* unos cuantos billetes. El conserje le dio el cambio y Fortunato salió del hotel entre los dos agentes.

El conserje, el señor Ramón, pasó la mañana pensando en la detención de Fortunato. No era hombre que se alegrara con las desgracias ajenas, pero prefería que Canales no estuviese en el hotel, porque el señor Ramón había conocido al Fortunato hosco, huidizo, que andaba siempre pegado a la pared como si quisiera ocultar su cuerpo a las miradas honradas, y ningún espíritu simple como era el conserje hubiera podido encontrar en los inquietos ojos del soriano reminiscencias de aquella cándida humanidad, de aquel corazón limpio y bueno que fue el vendedor de cacahuetes del parque de la Dehesa. Y cuando además oyó la acusación policial, pensó que no merecía la menor compasión, porque no hay contubernio más canalla y repulsivo para la gente decente que el del comercio con el vicio sexual en cualquier forma.

Luego olvidó un poco sus consideraciones morales, cuando a través de la vidriera vio llegar al estupendo coche gris de los días alternos. Con el hombre dentro, naturalmente.

Llegó hacia las dos, paró frente al hotel y dejó oír por dos veces el claxon, potente y presuntuoso.

El conserje, el señor Ramón, como no tenía nada mejor que hacer, se asomó a la vidriera como otros días. Era un ameno espectáculo contemplar al afortunado mortal que tenía tan bonito coche y tan bonita querida; sobre todo teniendo en cuenta que uno y otra le venían grandes. El del coche era un hombre de cuello corto y ojos saltones, que miraba con desconfianza y casi con hostilidad, como ofendido de que nadie se fijase en su oscura persona. Quizás el coche y la mujer fueran los mejores medios que había encontrado para que el mundo se percatase de su importancia. Ramón era un hombre de gran eficiencia como empleado, pero de escasa imaginación, y esto mismo le hacía valorar extraordinariamente los rasgos de ingenio y las observaciones perspicaces. Su gran estima por Sebastián Viladegut procede de aquel día en que éste le dijo, en ocasión de hallarse parado el coche gris frente al hotel:

—Fíjese, Ramón, en el brillo de los níqueles delanteros de ese coche. Parece una boca abierta en eterna sonrisa. Y fíjese en el brillo de los dientes de Monna cuando baje y le sonreía al tipo ese. Son iguales. Iguales de falsos; pero encubren una gran carcajada hacia dentro de los dos: de la mujer y del coche. El coche se carcajea con todos sus cilindros y la mujer con todo su corazón. Y ¿sabe de qué se ríen? De ese pobre infeliz, que se cree que los posee porque los ha comprado.

Pasó bastante tiempo. El señor Ramón se cansó de mirar y se volvió al *comptoir*, a rellenar fichas y facturas. Casi se había olvidado del coche gris y del hombre de adentro cuando vio a éste en persona, frente a frente.

—Oiga, ¿quiere usted avisar a la señorita del 22? Dígale que la estoy esperando.

—Sí, señor. En seguida.

Colocó la clavija del teléfono interior en el disco 22 y se puso el auricular. Insistió un par de minutos, sacando y metiendo la clavija, y luego dijo al hombre del cuello corto:

—No contesta. Seguramente no estará.

—¿Cómo? ¡No es posible! ¡De ningún modo!

Había tal seguridad en sus palabras, que Ramón sintió automáticamente una profunda antipatía hacia aquel fulano.

"A este tío seboso no le cabe en la cabeza que le dé el plantón una mujer", se dijo. Y desde este momento decidió no ayudar en lo más mínimo a su interpelante.

—Pero ¿usted la ha visto salir?

—Yo no, pero estoy aquí sólo desde las diez.

—¡Bah! ¡Bah! ¿Por dónde se sube?

—Por la escalera.

Y se quedó tan tranquilo sentado. Se le olvidó, por lo visto, que había ascensor y Cuello Corto tampoco reparó en ese detalle, porque su indignación no le permitía darse cuenta de casi nada.

Cinco minutos más tarde, Cuello Corto descendía solo y con airado porte. Sin una palabra de despedida salió a la calle, y unos momentos más tarde el ronquido del coche gris señaló su rápida desaparición del horizonte.

Ramón sintió un íntimo contento por este cambio en las costumbres de la casa. Su escasa imaginación le limitaba las suposiciones sobre lo sucedido, pero el fracaso de Cuello Corto le hacía considerar con más optimismo las posibilidades de encontrar justicia en este mundo. Aún rumiaba la agradable idea cuando llegó Sebastián Viladegut, que acababa de comer en el restaurante contiguo. El señor Ramón simpatizaba con Sebastián y siempre le contaba las novedades. Aquel día había dos: la detención de Fortunato y el plantón de Cuello Corto. Decidió empezar por la segunda como más interesante.

—¿Ha visto usted al del coche gris? —preguntó Ramón con misteriosa sonrisa.

—No. Sólo lo he presentido, y eso es lo máximo que hoy puedo soportar.

—Valdría más que lo hubiera visto. Se ha ido solo.

—¡Ramón, Ramón! ¡No juegues con estas cosas! ¡Mi pobrecito corazón!

—¡Le digo que es verdad! Se ha ido solo y de muy mal café. Se lo digo yo...

Las últimas palabras alcanzaron a Sebastián cuando se hallaba en el primer rellano de la escalera. También se olvidó del ascensor. Una vez en su piso, al pasar frente a la puerta de su habitación recordó que llevaba en la mano una pesada cartera y dudando un momento dio la vuelta a la llave, que la encargada de la limpieza había dejado allí. Pensaba entrar y trazar un plan de campaña. Quizá conviniera antes...

Se interrumpió brutalmente el curso de sus pensamientos y Sebastián quedó clavado en el umbral. Su habitación, plenamente iluminada por la luz de junio, estaba igual que siempre, pero sus ojos se fijaron inmediatamente y de una manera hipnótica en algo horrible que había sobre la pared norte: era la mancha, la mancha de humedad. Se extendía como siempre, con sus mismos límites, con su vago parecido al mapa de América del Norte, pero algo en ella cambiaba la intención y el sentido, algo la hacía trágica y le daba una vida intensa y sobrecogedora, fantasmal y terrible. La mancha de humedad no tenía el tono gris apagado sobre la pared blanca, sino que era roja, totalmente roja, con el rojo escandaloso e inconfundible que sólo puede dar la sangre de verdad. El color caía en largos chafarrinones irregulares, como horribles tentáculos, y diríase que se le veía avanzar, invadir la familiar mancha hasta cubrirla del todo como mortal úlcera que ya va cubriendo los miembros de un cuerpo querido. Su horror residía en su indudable significación original, pero en la mente y en el sentimiento de quien la contemplaba estaba tan unida, tan relacionada la causa con el efecto, había puesto tanta humanidad en aquel accidente de la pared, que ahora, al verlo dotado de tal trágico cromatismo, veía distintamente de una manera espantosamente cierta, destacar sobre sus contornos un cuerpo yerto y frío con una o con muchas puertas abiertas en él para escaparse la vida. Del mismo modo que anteriormente un día y otro habíase representado a este mismo cuerpo vivo, bello y vibrante.

Fue indudablemente el primer impulso de Viladegut lanzarse escaleras arriba para confirmar la terrible alucinación. Nadie, ni él mismo, ha sabido nunca si fue el miedo, un último resto de prudencia y sentido práctico, o una imperiosa necesidad de apoyo humano en aquel dramático momento, lo que le hizo caer sentado en el borde de su cama y, sin apartar los ojos de aquello, descolgar el teléfono:

—¡Ramón! ¡Ramón! ¡Suba pronto, pronto! ¡Avise a Crusellas!

La vieron en primer lugar los tres hombres, Crusellas, Ramón y Viladegut, que quedaron paralizados, clavados a la puerta del cuarto de baño, lleno hasta la congoja de una sorpresa temerosa y brutal y de una infinita e indefinible compasión. Viladegut retrocedió como si una mano invisible le rechazara y sintió muy adentro un golpe sordo y profundo, de rotura y acabamiento. Algo muy precioso y definitivo se había perdido para él.

Luego la vieron los policías, cuatro agentes y un comisario. Eran hombres bragados y hechos a los espectáculos fuertes, pero un rápido gesto de humano horror apareció, y desapareció en seguida en sus caras profesionales. El comisario —padre de hijos mayores— quizá fuera el que más acusara el gesto de horror y compasión ante la vista de tan bella juventud vencida. El juez y los secretarios, que llegaron después, quizá por estar puestos en antecedentes, quizá porque no hay nada que deshumanice más la vida y la muerte que el oficio de encuadernarlas en papel sellado, se emocionaron menos. Por último la vieron un par de obtusos camilleros que se limitaron a valorar a ojo el peso del cuerpo inmóvil en función del esfuerzo realizado. Así, y de esta manera progresivamente descendente, la capacidad humana para la emoción trágica fue desgradándose ante el espectáculo, que, sin embargo, era igual para todos.

El espectáculo de Monna con blancura de mármol en toda su desnudez, tendida en la bañera, con un brazo fuera de ella y el arco de su axila torcido y aplastado contra el borde. La cabeza caía en ángulo sólo verosímil en la geometría de la muerte al lado de la jabonera, y el cuello, distendido en su lado izquierdo por esta caída, mostraba una ancha herida de bordes toscos y dilacerados, como hechos por mano torpe con arma insólita. Un cuerpo bellísimo, al que la muerte no le había robado ni su mágica línea ni su morbidez, ni sus hermosas proporciones, al que no le faltaba más que su vibración y su pulso, pero que ya sólo podía ofrecer dolor, compasión, todo lo más trágica admiración al contemplarlo, en lugar de engendrar amor y deseo.

Para Sebastián Viladegut, el más sensible y más preparado para captar toda la espantosa sugestión de la escena, quizá fuera lo más trágico y significativo un detalle trivial que escapó a todos los demás. El detalle del desagüe abierto. Por él había escapado, diluida en agua, toda la roja y palpitante vida de Monna como si, aferrada a una última ilusión de movimiento —porque moverse es vivir para la sangre—, hubiera huido a confundirse con el espíritu de la casa haciendo desesperadas señas, intentando contar la horrible verdad del cuarto número 22 al único hombre que podía comprenderla.

También a un agente le llamó la atención el detalle del desagüe abierto, pero su interpretación fue muy distinta y de momento escasamente oportuna:

—Ha sido muy amable el asesino vaciando la bañera.

CAPÍTULO VII y FINAL

En este punto de la historia fue precisamente cuando uno de sus protagonistas se dio a pensar que en el curso de sus treinta y siete años de vida había visto y le habían ocurrido tales cosas que sería una pena el que quedaran sin constancia escrita. El protagonista que así pensó era un agente comercial de una casa de productos químicos y farmacéuticos de Barcelona, y nosotros lo hemos conocido hasta ahora con el nombre de Sebastián Viladegut. Si se llamaba así o no en la vida real, es cosa que no debe preocuparnos, porque los nombres de los personajes, en la historia o en la ficción, son sus rostros o sus caretas, pero de cualquier forma se pegan de tal modo a la personalidad, que se confunden con ella misma. Sería una difícil e inútil tarea intentar despegarlos, y posiblemente nos llevaríamos detrás tiras de temperamento.

El amigo Viladegut fue, por consiguiente, quien tomó tal determinación, y gracias a él en gran parte se han podido reconstruir todos los hechos. La lectura de unas cuartillas que él prestó generosamente han constituido la principalísima fuente de información.

Estas cuartillas tenían un extraño título: las llamó "Cartas a Isabel" y si recordamos que Isabel, la dulce Isabel, fue la esposa de Sebastián y que murió en un primer mal parto, el título dicho equivale para nosotros a otro absurdo y macabro que sería "Cartas a una muerta".

Esta última pirueta viladegutiense ha sido esgrimida

por sus detractores para demostrar su irresponsabilidad, su cinismo y hasta su mal gusto. Sus detractores son, por lo general, hombres que tienen barba en el alma y que se indignan mucho cuando alguien hace algo fuera de lo acostumbrado o de lo sancionado por las leyes de la vulgaridad y de su estrechez mental. Para ellos, no cabe más procedimiento de guardar constancia de nuestros sucesos o nuestras impresiones que el acreditado y tan recurrido "Diario Íntimo".

A todo el que haya captado un poquito nada más de la personalidad viladegutiense, ha de producirle incredulidad y regocijo imaginarse al amigo Sebastián reconcentrado y solo, anotando en un cuadernito las cosas que le pasan y luego escondiéndoselo en un bolsillo interior de la americana o en el fondo de un cajón. Un "Diario Íntimo" es idea propia de un introverso, de un hombre que mira hacia dentro y en que los hechos vitales sólo desarrollan una dirección centrípeta. La vida la nutre de experiencias, pero él padece de estreñimiento espiritual y no devuelve nada a la vida. Por esa razón necesita el Diario Íntimo como memoria y almacén suplementario donde guardar sus vivencias, porque, avariento de este caudal, se resiste a transformarlo en actos e iniciativas. A no ser que se trate simplemente de un superficial presuntuoso que considere tan importante su existencia como para transcribirla para la posteridad.

Viladegut no es ni una cosa ni otra y cuando le asalta la comezón de desahogar su alma de impresiones fuertes, de buscar una válvula de escape para su hiperpresión, ha de reaccionar como lo que es, como un sintónico, un expansivo, un hombre que metaboliza la vida que por él pasa vertiéndola al exterior luego: que participa y se identifica con el medio que le rodea. Viladegut, necesariamente, no ha de comprender más procedimientos de dejar una constancia escrita de su vida y de sus emociones que dirigirse a alguien contándolo todo. Aunque su corresponsal sea una muerta, siempre que esa muerta sea Isabel; su Isabel, que mantiene viva en su recuerdo, que existe en él como injerto, que se alimenta de su savia espiritual, que le posee, como una bondadosa conciencia que el buen Dios le ha regalado en premio por amar tanto la vida y, sobre todo, por haber amado tanto a la misma Isabel.

Fue en forma de cartas pues, de cartas a una muerta, como Sebastián nos prestó el material para construir esta historia. Sebastián no era remiso en darlas a conocer. Generosamente las leía o las daba a leer tan sólo con que encontrase un mínimo de comprensión en el oidor o en el lector, y ésta es otra de sus fundamentales diferencias con el solitario y reconcentrado autor de cualquier Diario Íntimo.

Necesidades de composición, de técnica y de claridad han obligado al narrador a no mencionar estas cartas hasta este momento y también a contar los sucesos en una forma objetiva y de tercera persona. Pero, llegando a este final, el narrador ha sido asaltado por un desagradable pensamiento de que, llevado de su fatuidad, de creer que lo iba a hacer mejor que Viladegut, ha dejado perder la sutil esencia que el viudo de Isabel imprimió a los hechos; porque ha revuelto demasiado con la cuchara de su interpretación el agua madre que le entregaron. Es un arrepentimiento tardío y, como todos los arrepentimientos, no sirve para arreglar las cosas. Pero lo confiesa y lo demuestra del único modo que puede hacerlo: terminar la historia infligiéndose a sí mismo el castigo de marcharse por el foro, negándose el supremo placer de estampar la palabra FIN y dejando a un humilde pero honrado escribiente la tarea de copiar íntegras las cuatro últimas cartas.

CARTAS A ISABEL

Isabel: Ya sé que Monna no puede estar cerca de ti. Se hallará separada de tu dulce presencia muchos, muchísimos círculos de aquellos que Dante nos describió cuando hizo el catastro del otro mundo. Pero... si pudieras ayudarla un poquito... Ten en cuenta, y haz que Ahí la tengan, que ha sido demasiado pesada para sus hombros la carga de tanta belleza y de tanta sensualidad. Tan pesada, que le han vencido y aunque no podamos creer en la fatalidad de ningún destino, no nos queda más remedio que considerar lo débiles que son las fuerzas humanas para luchar con éxito cuando el enemigo es tan grande. Compréndela, Isabel, y tenle lástima. Quizá con eso sea bastante, porque la compasión de alguien como tú debe de ser moneda muy apreciada Allá arriba.

Aquí abajo hemos estado bastante nerviosos unas horas. Menos mal que la policía lo ha arreglado todo en seguida.

La policía y su modo de actuar es algo confortador siempre. Tú sabes que para mí y para los amigos del hotel la tragedia cobró en principio visos de pesadilla, de cosa diabólica, infranatural. El tremendo impacto de Monna asesinada en el baño cayó en nuestro humano y diario juego como manotazo de fantasma sobre un pacífico tablero de damas. Contribuía a darle carácter de alucinación, de cosa soñada, aquella horrenda e inconfundible mancha de la pared, anuncio de lo que encima había ocurrido. Luego, casi inmediatamente, surgió en todos la idea de que, bajo la

429

rutina *agradable de nuestras vidas, fermentaban pasiones, porque había pasión en Escalona, en Fortunato, en Crusellas. Hasta en Evaristo, el portero de noche... Bueno, no te sonrías, también en mí, ¿por qué no? No puedo ocultarte que últimamente la cosa estaba poniéndose peligrosa, a pesar de mis fanfarronadas... En nuestra imaginación, desbocada por las circunstancias del hecho, jugaba un gran papel el asunto de las goteras. Eran para nosotros algo familiar que uníamos inconsciente o conscientemente a recuerdos agradables, a visiones voluptuosas, o a tristes soledades y cuando su humedad se tiñó de sangre fue como si el espíritu de la casa se manifestara para horrorizarse con nosotros, para sufrir con nosotros y... ¡quién sabe si hasta para acusar a uno de nosotros! Fue como si junto a Monna y a nosotros hubiérase personificado en el drama un protagonista más al que todos conocíamos aun sin darle realidad. No sé si me comprendes (pero ¡qué tonto! ¡Claro que me tienes que comprender desde Ahí!). Todos, tácitamente, reconocimos la importancia de esta protagonista. Yo recibí su aviso. Crusellas bajó expresamente, después de descubrir a Monna, para ver la mancha de mi cuarto, y tembló como un niño. Escalona llegó al hotel cuando todo había pasado y, aun habiéndosele puesto en antecedentes, se desmayó al ver la mancha en su habitación, y le habilitaron otro cuarto en el último piso. Y por si fuera poco, el cuarto cerrado de Fortunato, donde nadie podíamos entrar por orden superior, nos guardaba su misterio y, al pasar ante la puerta esclaustrada nos imaginábamos que allí dentro se había refugiado el último calor y el último brillo de la vida de Monna y que aquellos tentáculos rojos se debatían aún, desesperados en una pugna estéril ante el vacío del cuarto donde nadie podía temblar ante su horror ni recibir su mensaje. Pero, como te digo, la policía no hace caso alguno de malos sueños ni de pesadillas. Para ser eficiente ha de abrir bien todas las ventanas dejar entrar la luz del día a raudales y buscar a "su hombre" donde más fácil y más frecuentemente puede encontrarse: escon-*

dido tras algún motivo serio y acreditado por la costumbre como bueno para decidirse a asesinar. Ramón, el conserje, que fue de los primeros en declarar, dio la clave y puso en movimiento la honrada y competente máquina. Acababa yo de contarle al comisario cómo llegué a descubrir el crimen y al buen hombre, que tenía aspecto de padre de familia y que miraba derecho, y muy adentro, no le debían de gustar mis comentarios sobre la mancha teñida de sangre. Posiblemente en la emoción me excedí y quizá considerara que todo aquello era poesía, o quién sabe si pensaba que era un modo raro y sospechoso de descubrir el asesinato. Lo cierto es que me pareció que no me miraba bien y cortó rápidamente mi deposición:

—Bueno, pero... ¿usted ha estado en el cuarto antes, o después de llamar al dueño y al conserje?

—Después —le dije—. La verdad es que me ha entrado miedo de subir solo.

—¡Hum! Vamos a ver ¿quién de los aquí presentes ha estado o sabe quién ha estado esta mañana en el cuarto de la señorita?

—Yo puedo decir algo —manifestó Ramón, muy decidido—. A las dos ha venido a buscarla un señor... un amigo que viene a menudo y como no bajaba ha subido en persona a llamarla.

—Eso es mejor —dijo el comisario. Y olvidándome por completo, exprimió la información que Ramón le pudo suministrar. La figura del hombre del coche gris pasó a primer plano y varios agentes se movilizaron en su busca.

Un vendedor de lotería y una lechera de la calle se acordaban de la matrícula porque en este mundo hay gente para todo.

Mientras llegó el forense y el juzgado, y se llevaron a cabo los trámites formularios pasó más de una hora y por fin llegó un agente con noticias sabrosas: el hombre del coche gris, un conocido industrial, había huido con dirección desconocida abandonando familia y negocios de una forma inexplicable. Todas las investigaciones se interrum-

pieron y la tragedia bajó el telón del segundo acto en espera del inevitable desenlace. La prensa saldrá mañana con el titulito consabido: "Crimen pasional".

Basta por hoy cariño. Me sosiega contarte todas estas horribles cosas y, vencida mi excitación, ahora tengo ganas de descansar, de dormir. Quisiera dormir tanto, tanto, que al despertarme no me acordara de nada. No, no pongas ese hociquito. No es que sufra por... ella. He pensado mucho todo el día en la naturaleza de mis sentimientos y no he podido llegar a un acuerdo. Pero esta noche, al retirarme a mi cuarto (me han puesto una cama en la misma habitación de Escalona y a los dos nos agrada la mutua compañía), he tenido que pasar por delante del cuarto de Monna. Estaba la puerta abierta y la luz encendida, porque la mujer de la limpieza lo estaba barriendo. Me he parado y he contemplado la habitación vacía, impersonal, de hotel de segundo orden. Parecía mentira que hubiera albergado tanta vida, tanta humana pasión y, sobre todo, que para algunos de nosotros haya sido hasta ayer un santuario pagano donde adorábamos al Sexo. Es entonces cuando he sentido que todo ha pasado como era irremediable que ocurriera, que Monna apareció entre nosotros como surgiera por generación espontánea de la misma Vida, sin origen conocido, sin raíces, como dotada de un entronque y una biología superior, y de la misma manera se ha sumido en la Muerte. Porque Monna ha sido para nosotros tres la personificación milagrosa de una entelequia, de un sueño: para mí representaba la Mujer-Aventura de las mil caras y el perfecto amor; para Escalona, un ente casi incestuoso, a medida de su psicología enfermiza, la Mujer-Madre; para Fortunato, ¿quién sabe?, Diosa. Pecado. Ángel impuro... Hay algo raro en esos ojos redondos de Fortunato, tan desajustados como la cabeza. Algo tan profundo y tan poco humano, que da miedo mirar en ellos.

———

Isabel: Escalona es todo un caso. No sé si sabrás que se llama Francisco de Paula Escalona y Villavicencio. Nada menos. Está desde ayer deprimido y se ha pasado toda la mañana en la cama. Pero al mediodía le ha llegado una carta de su madre.

Cuando he subido a la habitación después de comer, Francisco de Paula, etc., la estaba leyendo, dando vueltas en pijama por la habitación. Tiene un pijama rosa con vivos blancos que es una pesadilla para mí; es indudable que se lo compró su mamá.

Estaba excitadísimo y temblaba como si tuviera un ataque de paludismo. Yo estaba dispuesto a no decirle nada, porque sé lo reacio que es a descubrir su intimidad, pero al rato de verlo en ese estado no he tenido más remedio que hablarle:

—Bueno, pero ¿qué le pasa?

Escalona me ha mirado como si me viera por primera vez y no me ha contestado ni pío. Sólo ha puesto una cara muy rara y ha seguido paseando. Estaba yo decidido ya a mandarlo al cuerno, y además a decírselo en voz alta, cuando me ha tendido la carta con gesto melodramático. No me ha quedado más remedio que tomarla y leerla.

Y lo extraordinario es que no te puedes figurar una carta menos excitante que aquélla. Refería cosas menudas de la pequeña ciudad donde vive contaba con todo detalle un ataque de reuma que ha tenido la buena señora, pero que se le ha pasado con un parche de Sor Angélica. Luego ponía muchas dificultades para venir a Barcelona por los achaques y la edad, lamentaba estar tanto tiempo separada de su hijito y terminaba diciendo que una tal Celeste, antigua muchacha de la casa, había ido a verla para que, si le parecía bien, la volviera a admitir. Nada más. Bueno: en una posdata decía que si por fin se decidía a regresar al hogar, no se olvidara de los bigudíes.

Después de leer la carta yo me he quedado muy serio. Era el mejor modo de esperar los acontecimientos, porque la seriedad y el silencio lo mismo valen para señalar la más grande de las inopias que la más afectuosa de las adhesiones.

—¿Qué me aconseja, Viladegut? —me ha dicho de pronto, con trágico acento.

Te aseguro que me ha conmovido, quizá por ser la primera vez que veo a este hombre enseñar un poco el alma. Estaba francamente dispuesto a poner mi sabiduría a su disposición y aconsejarle tan sólo con que me dijera el asunto en que había yo de aconsejar. Pero como no me lo decía y parecía tan seguro de que yo lo tenía que saber, le he dicho:

—¡Psh! Es un poco difícil...

—Parece cosa del destino. Ayer mismo hubiera respondido que no. Pero hoy...

—Bueno... que no ¿qué? —le he preguntado por fin, arriesgándolo todo y muerto de curiosidad.

—Que no la admita —me ha contestado con cara de asombro. Por lo visto, considera extraordinario que alguien esté ignorante de sus importantes asuntos, a pesar de que no se los cuenta ni a su sombra.

No es por alabarme, pero esta contestación me ha bastado para darme cuenta de todo el asunto. La cosa excitante estaba en ese pequeño lío de sirvienta pródiga que quiere volver al hogar. He recordado lo que me dijo aquel compañero sobre el motivo de que el notario haya venido a Barcelona y con unas cosas y otras que Escalona me ha contado he reconstruido todo el argumento. Bueno. Quisiera que me hubieras oído. Estaba Escalona completamente prendido a mis palabras porque he desplegado en su honor todos mis conocimientos de catedrático en el asunto. Te aseguro que ha sido una verdadera suerte para él el que sea yo el destinado para aconsejarle en este momento crucial de su vida, y ningún moralista lo hubiera hecho mejor. ¿Que qué le he aconsejado por fin? ¡Que se vuelva a casa y que admita a Celeste antes por telegrama! ¡Naturalmente!

Pero, ¡Isabel! ¡Que no es para tanto! Ten en cuenta,

mujer, que aquí somos de manera diferente, que estamos aferrados al barro de la vida y que tenemos que debatirnos en él para no hundirnos. Este muchacho, Isabel, tiene primero que aprender a debatirse, aprender a vivir, salir del cascarón, que le va a ahogar. Y luego, ¡allá se las componga como lo hemos hecho todos! Y si se casa con Celeste ¿qué le vamos a hacer? ¿O es que tienes tú algo contra esa pobre chica? Te podría decir un proverbio sobre el parecido de las aves de corral, pero me parece un poco fuerte para este correo celestial.

El caso es, Isabel, que después de asimilar bien mis valiosas enseñanzas, Escalona se ha marchado. Luego me he enterado de que tiene pedida la cuenta. Me ha dejado solo. Solo con mis preocupaciones.

Porque yo tengo preocupaciones o, mejor dicho, preocupación. Es por lo de Monna, ¿sabes? Por lo de Monna y su desastroso fin. Hay una cosa que me atormenta, un detalle al que no hago más que darle vueltas y más vueltas...

Esta tarde he ido a ver a Fortunato. Tenía que hacerlo porque le tomé cierto aprecio y de pronto me ha enternecido su desamparo, su total y definitivo desamparo, porque sé bien que si hubiese vivido Monna hubiera ido a verle y ahora, en cambio, debe de estar completamente solo.

Pero me he llevado una sorpresa, porque con él estaba una mujer. Era su hermana Clotilde y Fortunato se hallaba incluso alegre y comunicativo. Nunca lo he conocido así aunque en su alegría había una extraña incoherencia junto a rasgos de absoluta lucidez. Por ejemplo, nada más verme me ha dicho:

—*¿Ve usté? Pa que pueda volver a ver a mi hermana han tenido que meterme a la cárcel. El tío Carmona ya me decía que donde mejor está un hombre es en la cárcel.*

La Clotilde tiene una cara que engaña, de oveja asustada, y si se quitara la gran cantidad de pintura que lleva encima sería una gran chica. Se ha inhibido en cuanto he llegado yo y al poco rato se ha marchado, dejándole a su hermano en la mano unos billetes arrugados. Fortunato, después, me ha pedido un favor:

—*Los papeles de dibujo. Tráigame los papeles de dibujo. Y todas las pinturas porque...* —*al decir esto se me acercaba a través de la reja del locutorio y miraba con desconfianza en todas las direcciones*— *ahora ya conozco todos los colores.*

—*Está bien. Te los traeré.*

—*Entre en el cuarto despacio, despacio, y coja todo lo que está encima de la mesa...*

—*Pero... ¿por qué he de entrar despacio?*

—*Porque está dormida.*

No he querido preguntar más para no acentuar su desvarío. Tampoco le he dicho nada de lo sucedido a Monna. ¿Para qué?

Al salir he hablado con un agente y le he dicho que tenía que entrar al cuarto de Canales para traerle unas cosas, pero que todavía estaba cerrado por orden judicial. Después de unas preguntas hemos quedado en que se efectuaría un registro y podría yo tomar lo que no fuera preciso para el sumario.

Escalona no ha vuelto. Estoy solo y no hago más que pensar en esa maldita casa.

Hasta mañana, cariño.

Isabel: Hoy, al levantarme, estaba decidido a contar a alguien lo que tanto me atormenta. He bajado al vestíbulo y al poco rato se ha efectuado el registro en el cuarto de Fortunato. Estaba presente el mismo policía con el que había hablado la tarde anterior, y simpatizamos muy pronto. Se trata de un hombre ya maduro y solterón, con más aspecto de comerciante modesto que de policía, pero con un gran golpe de vista y con buen trato de gentes.

—*Esto deberíamos haberlo hecho ya* —*me decía cuan-*

do subíamos en el ascensor—, pero con el asunto ese de la muerta de arriba...

—¿Cómo van las indagaciones?
—Bien. El pájaro ya ha caído; lo pescaron en Figueras.
—¿Ha confesado?
—No, no. Ésa es su defensa. Dice que huyó porque vio el cadáver y temió comprometerse si avisaba o se quedaba...
—Bastante hábil.
—Sí. Pero serán trucos de abogado. Él no parece discurrir gran cosa.

Yo me callé pensando que ese hombre sencillo y asequible sería un buen oidor para "mi cosa". El policía, como siguiendo el curso de sus pensamientos, dijo:
—A mí lo que más me extrañaba de todo esto era la amabilidad del asesino.
—¿La amabilidad?
—Sí. ¿Por qué cuernos soltaría el agua de la bañera?

Le miré con susto. Aquélla no era mi idea; pero, en cambio, la completaba. Una luz, indecisa aún, empezaba a surgir en el caos de mis dudas... Era como si otra vez la bañera, el agua, las tuberías rotas, la humedad, las goteras, todo aquel complejo que constituía para mí el espíritu de la casa, volviera a colocarse en primer lugar, a asumir de nuevo un principal papel... Había algo que no encajaba en la solución policíaca con todo aquello, como si los fantasmas familiares del hotel quisieran reivindicar para sus habitantes una participación más importante en la comisión del crimen... Y aquí sí que venía a ensamblar bien "mi cosa", mi pequeño detalle. Iba ya a contárselo al policía, iba ya a decirle que el agua del baño de la habitación de Monna había empezado a caer aquel día terrible a una hora desusada, a las nueve de la mañana; iba a demostrarle que no es posible preparar el baño a las nueve de la mañana y seguir bañándose a las dos y media de la tarde, cuando el hombre del coche gris llegó para asesinarla... Pero estábamos delante de la puerta del cuarto de Fortunato y el policía entró con la llave que le dejó Ramón.

Sobre la pared del fondo, un gran dibujo al carbón contorneaba una mancha rosa sucia que unas horas antes era de un rojo intenso. El dibujo estaba superpuesto sobre otro antiguo que yo conocía ya, pero lo vencía a fuerza de trazos gruesos y enérgicos. El dibujo —aún se puede ver— representaba una esbelta mujer tendida en una bañera, inerte, con un brazo colgando fuera de aquélla y la cabeza torcida, en un ángulo sólo verosímil en la geometría de la muerte, sobre la jabonera.

El policía silbó y se lanzó como un buen sabueso hacia unas tijeras manchadas de sangre que había encima de la mesa. Yo me dejé caer en el borde de la cama, rendido por la emoción y también, ¿por qué no?, aliviado. Muy aliviado porque sea otro y no yo quien acuse al desdichado Fortunato de asesino.

Después que el policía me oyó contar mi pequeño detalle, dijo:

—Vamos a charlar un poco con el jefe.

———

Isabel: Yo creo que no debo escribirte más. No te enfades. Es que se me ocurre que desde ahora lo más interesante que yo pueda contar es lo que ya ha pasado, y ya lo conoces todo. En cambio, sí que me gustaría hablar y hablar, hablar siempre, hasta que Dios me lleve a tu lado, de ti y de nuestro amor. Es un tema inagotable que no puede tener fin, como lo tienen siempre estas tontas historias de las aventuras humanas.

He tenido una idea: he buscado un pequeño piso independiente para poner un modesto despacho. En una de sus habitaciones instalaré una radio emisora de aficionados y por ella hablaré con papá. Hablaremos los dos de ti. No *sería extraño, no, ni mucho menos, que, a fuerza de probar y de dar vueltas a tanto pirindolo, podamos enviarte un mensaje henchido de dulce dolor, de eternos recuerdos y de muchas esperanzas.*

No creo que sea muy difícil. Ni mucho menos.